叱咤之城系列
谍战小说
第二季

叱咤之城

之 无间风云

刘子义 著

金城出版社
GOLD WALL PRESS
·北京·

图书在版编目（CIP）数据

叱咤之城之无间风云 / 刘子义著. —北京：金城出版社有限公司，2023.7
ISBN 978-7-5155-2476-4

Ⅰ. ①叱… Ⅱ. ①刘… Ⅲ. ①长篇小说－中国－当代 Ⅳ. ①I247.5

中国国家版本馆CIP数据核字（2023）第069565号

叱咤之城之无间风云

作　　者　刘子义
责任编辑　张礼文　郝俊伟
责任校对　雷燕青
责任印制　李仕杰
开　　本　710毫米×1000毫米　1/16
印　　张　22.5
字　　数　352千字
版　　次　2023年7月第1版
印　　次　2023年7月第1次印刷
印　　刷　天津旭丰源印刷有限公司
书　　号　ISBN 978-7-5155-2476-4
定　　价　59.90元

出版发行　**金城出版社有限公司**　北京市朝阳区利泽东二路3号　100102
发 行 部　(010) 84254364
编 辑 部　(010) 64214534
总 编 室　(010) 64228516
网　　址　http://www.jccb.com.cn
电子邮箱　jinchengchuban@163.com
法律顾问　北京植德律师事务所　（电话）18911105819

我们的生命是天赋的，我们唯有献出生命，才能得到生命。

——泰戈尔《飞鸟集》

序

子义要出新书，是件喜事，嘱托我写序，犹豫了半天，才应承下来。我是影视制片人，多年来与编剧、导演、演员打交道多，与作家交往则少。所以作序这样的事，我有些怯场。但子义不仅是小说家，同时还是一位优秀的影视编剧。他左手小说、右手影视的创作经历，令我充满期待与好奇！

与子义相识相交于五年前的深秋，当时他正把一部悬疑谍战类型的40集的电视剧本《雾中人》（后更名为《叱咤之城》），托朋友送给我，看看是否有机会一起合作。不料，我一拿到手，竟然完全放不下来，剧中人物之鲜活，情节之紧张，故事之曲折，二战时期波澜壮阔历史背景下，主人公跌宕起伏之人生传奇，凄美动人的爱情经历，为革命信仰无私无畏的奉献精神……深深地吸引着我。连续一周，我手捧剧本，几近废寝忘食，夜不能寐。时而掩卷深思，时而击掌赞叹。有时为平息自己激动而喜悦的情绪，不得不停下来，点支烟，泡壶茶，让自己平静下来。我自从与石钟山、汪海林、闫刚、麦家、钱林森、海飞合作系列谍战剧《地下地上》《风语》《生死钟声》《向延安》《麻雀》后，已多年未能碰到如此激发起我产生创作冲动与激情的电视剧本了。

读完剧本后，我即约子义到上海相聚交流，可谓一见如故，相见恨晚。自此兄弟相称，交往频频，为探讨创作，常常是不分时序，互相交流沟通，成为莫逆之交。

子义为人处世，谦和，语迟，厚道，简单；写书作文，才思敏捷，创意无限且自求品格。对历史背景的考据，严谨扎实，对谍报领域的专业探索用心专注，对人物形象的塑造与故事情节的结构，力求完美，精益求精，使其笔下的历史格局恢宏大气，人物人设生动鲜活，故事架构奇伟精彩。

近来，子义心无旁骛，潜心创作，推出民国谍战悬疑世界系列化作品，除了6卷本的《叱咤之城》外，还有反映革命时期我党女地下工作者，化身女作家、女演员、女老板的传奇悬疑作品《枪与玫瑰》系列，以及上海、香港、重庆、南京、天津、哈尔滨、长春、沈阳等以城市为主题的悬疑传奇系列作品。我十分期待着子义新作问世，他将为我们打开一个新鲜传奇、精彩纷呈的创作领域，让我们拭目以待，跟随他的奇思妙想，去他的悬疑世界，领略创意带给我们的惊喜赞叹和无穷魅力。

子义，你杰出的创意才华与坚持不懈的努力，一定会让你实现自己的梦想。你到达任何创作的高度，都是可能可期的。奔跑吧，子义，在你最好的年华！

郁康淳

2021年1月9日于文盛堂

郁康淳

中国影视金牌制作人

上海电影艺术学院　教授

上海电影艺术学院亚洲创意产业研究院　执行院长

上海电影艺术学院电影制片厂　厂长

目 录

第一章　“三　刺”

～ 078 ～

时间：1941 年 12 月 7 日，星期日。

地点：上海，公共租界，黄浦江畔，江公馆。

叱咤之城，黄浦江畔。白天淡烟疏雨，晚上星云稀落。

太平洋战争爆发，日军进驻公共租界。黄浦江边一片混乱，大批逃亡者拥向黄浦江口。

凌云洲站在太古码头上，凝视着刚刚起航的“柯立芝总统号” 邮轮，喃喃自语：“亲爱的，保重，平安归来！”

邮轮上的昏黄灯光下，江澄子站在甲板上，向江公馆方向眺望，脸上全是不舍和眷恋，眼中噙着泪花。她也在喃喃自语：“亲爱的，多保重，一定要平安……”

即将离开故土时，江澄子又想起那个急促的电话铃声，心里充满恨意。因为那个电话，决定了她与凌云洲不得不分开。

电话铃声响起时，她正与凌云洲深吻。她撒娇说：“不要接嘛。”

凌云洲见江澄子妩媚可爱，便不去接电话，回应着她的深吻。

江澄子在被窝里偷笑：“你真不接啊？”

电话铃声一直响着，凌云洲觉得不对劲儿，向江澄子做出噤声的手势后，慢慢地拿起话筒。

话筒里传来罗亭的声音："我二十分钟后到江公馆，让江叔和澄子收拾好行李，去美国。"她不等凌云洲回应便挂断了电话。

凌云洲猛地翻身坐起，对一脸迷惑的江澄子说："赶紧起床，通知父亲收拾东西，去美国。"

"去美国？为什么？"江澄子翻身坐起。

"不知道。"凌云洲下床穿衣服，"电话是罗亭打来的，听声音很急。她二十分钟后就到。你赶紧通知父亲收拾东西。"

"难道是药品出事了？"江澄子边穿衣服边问。

凌云洲往皮箱里装衣服："有这种可能。如果药品出事，大哥也得走。"

"他不会走的。"江澄子穿好衣服，坐在梳妆台前整理头发，"只要罗姐姐不走，他就不会走。"

"你必须走。"凌云洲站在江澄子身后，看着镜子里一脸愁云的江澄子，轻轻地捏了捏她的肩，转身继续收拾行李。

"是罗姐姐的命令？"江澄子忽觉心头一紧，身子微微战抖。

"是的。"凌云洲没有回头，"一会儿她来了，我们就知道原因了。"

"必须执行？"江澄子眼睛发酸。

"嗯！"凌云洲轻轻地说。

"你和我们一起走吗？"江澄子拿起梳子轻轻梳头。这件事如果发生在半年前，她早就大吼大叫了。经历过腥风血雨后，她遇事变得很冷静，因为她知道，组织绝对不会无端下达任何一条命令。

"我——不知道。"凌云洲魂不守舍地从床头拿起两本江澄子喜欢看的小说，放进皮箱里。

江澄子从凌云洲的举止中看出他的无奈，看出他对她的眷恋，看出他对她的深爱，她的心里顿时暖烘烘的。她梳好头，望着镜子中的自己，也有些惊诧自己此刻还能有这样的从容与淡定。

她起身走到凌云洲身后，紧紧环抱住他，将脸贴在他的背上，轻声说："我会服从命令的。"

江澄子说着松开手，整理她的东西。

凌云洲当然舍不得江澄子离开，可是他知道，如果那批药品一旦出了问题，江家就处于危险之中。然而，运送药品的事情设计得如此巧妙，又怎会被敌人看破呢?

“我去通知父亲。”凌云洲望着江澄子的背影，心里酸楚，不忍心看着她做临行前的准备。

“不用你去。”江澄子背对着凌云洲，泪水早已冲下脸颊，“大哥会通知他的。”

凌云洲轻轻地“嗯”了一声，走到江澄子背后，将她搂在怀里。江澄子再也无法控制情绪，在凌云洲的怀里转过身，双臂箍住他的脖子，“哇”的一声大哭起来。

他们收拾好行李后，来到1号楼。江仲阁和普乐天已经坐在客厅里，一起望着穿过花园急匆匆走过来的罗亭。

罗亭进屋便说：“情况紧急，我就不兜圈子了。”

“亭亭，你也是共产党员？”江仲阁低声问。

罗亭轻轻点头。

江仲阁注视着罗亭，目光柔和，一抹笑容从嘴角荡起：“很好，很好。”他向普乐天看了一眼，“或许老朽不在上海，你们更便于施展拳脚了。”他起身轻轻握住罗亭的手，“老朽此去，不知还能否回来。既然你们有共同的追求，这件事就听我的吧！”

罗亭轻声说：“不瞒江叔，我早就嫁给乐天了。”

江仲阁一愣，手微微战抖：“什么？”

罗亭说：“十年前，我和乐天在英国就结婚了。我们回国后本想告诉您的，不料日军侵华，国将不国，我们就投身革命了。”

江仲阁将罗亭和普乐天的手叠在一起，说：“好，好啊！了却这桩心事，老朽就无牵无挂了。”

不用他们讲，江仲阁就知道他们在民族存亡之际做出了什么样的牺牲。他松开二人的手，转过身去，悄悄拭去眼泪。他不想让晚辈看到他的悲伤，背着手走到院里，抬头望着凄苦的寒月，心里却感觉暖暖的。

罗亭望着江仲阁的背影，努力克制情绪，对凌云洲说："药品已安全抵达苏北。"

"既然药品到了苏北，我和父亲为何还要去美国？"江澄子抢先问道。

罗亭拉住江澄子的手："日军进驻公共租界后，影佐圭吾就派人调查大公制药厂药品的去向。"

"鬼子亡我之心不死！"普乐天愤愤地说。

"影佐圭吾已经怀疑你们了。"凌云洲掏出烟盒，抽出一支，在手心轻轻一蹾，若有所思地说。

"所以，江叔和澄子必须走。"罗亭的口气不容置疑，"现在！"

"我不走，让我留下嘛。"江澄子摇着罗亭的手。

罗亭注视着江澄子："让你去美国，是'1号'首长的精心安排。"

"什么安排？"凌云洲听到罗亭的话，快速吐出口中的烟。

"少抽烟！"江澄子一把夺过凌云洲手里的烟，扔到脚下踩灭。

"太平洋战争爆发，'1号'首长分析日军退败已成定局，我们最大的危险将是国民党反动派的迫害与暗杀。'1号'首长研究澄子的情况后，才决定安排她利用去美国的机会接触宋美龄。"

"接触第一夫人？"江澄子瞪大眼睛。

"宋美龄准备赴美争取美国政府支持以及海外华侨捐助。"罗亭抬起手腕看看表，"澄子到美国后，去拜访美洲洪门致公堂总理司徒美堂。他是爱国侨胞，宋美龄一定去拜会他。只要时机拿捏得准，澄子就有机会见到宋美龄。"

"我什么时候能回来？"江澄子一脸沮丧，扭头看了看凌云洲，"我不在，你可不能乱来。"

凌云洲沉默不语。

罗亭拍拍江澄子的肩头："你放心，有我在呢。"

"谢谢大嫂！"江澄子嫣然一笑，走到凌云洲面前，凝视凌云洲几秒后，拎起皮箱走出去。

江公馆外，江仲阁已经上车。用人接过江澄子的皮箱，塞进轿车后备厢。江澄子扭头望向门口，见凌云洲一直注视着她，眼睛一酸，泪水又不争气地流下来。她狠狠地擦了一把眼泪，钻进车里。

“暴风雨要来了？”凌云洲目送轿车驶出江公馆大门，心里空落落的，又点燃一支烟。

“龟机关是日本内阁情报机构——”罗亭看了看墙上的山水画，刚才笑对江澄子的轻松消失不见，“犬养中堂死在上海，影佐圭吾若查不出凶手，他将调离审查或切腹谢罪，所以他必然会不择手段地反扑。”

“这是一场不可避免的暴风雨！”凌云洲忍不住又望向紧闭的大门。他弹了一下烟，烟头竟然脱落。他上前一步，将烟头踉灭。

“这场暴风雨肯定异常猛烈，澄子对敌斗争经验不足，离开是最好的选择。”普乐天拍了拍凌云洲的肩头，“分别是为了下一次相逢嘛。”

凌云洲点点头，没有说话。

罗亭望着沉默的凌云洲：“今天我接到陈璧君的电话，我们的调职要被无限期搁置。”

“为什么？”凌云洲心头一怔。

“我改任上海市警察局副局长。”罗亭迟疑一下又说，“我还有一个身份，重庆侍六组特工。”

“侍六组，侍六组……”凌云洲轻声默念。

“任务呢？”普乐天最关心这个问题。

罗亭满脸愁容：“《日汪密约》原件曝光前，重庆侍从室制订了‘军机处计划’，准备在上海进行大规模策反行动。我以《日汪密约》为契机，奉‘1号’首长之命打入侍六组，代号‘断刺’。”

“是不是很危险？你向来淡定，怎么突然变得心事重重的？”凌云洲问。

“由于日本特务破坏，‘军机处计划’失败，侍六组仅策反了三个人，定名为‘三刺’，代号分别为‘断刺’、‘毒刺’和‘血刺’。”罗亭走到窗前，盯着黑黢黢的夜幕，“‘军机处计划’失败后，侍六组就没有起用‘三刺’。”

“太平洋战争爆发，重庆不应该放弃上海这个东北亚情报中心啊。”普乐天一脸不解，“侍六组为何不起用‘三刺’？”

“‘军机处计划’的负责人是‘姜太公’。这个‘姜太公’非常神秘，据说只有蒋介石知道他的真实身份。没有蒋介石准许，凡涉及‘军机处计划’的特工一律不准启用。”罗亭的表情越发凝重。

“‘姜太公’？‘军机处计划’？”凌云洲来回踱了几步，站下问罗亭，“你提及你的侍六组身份，难道‘姜太公’要现身了？”

“这是‘姜太公’准备唤醒‘三刺’的通知。”罗亭转身走到茶几前，从包里掏出一份报纸递给凌云洲，点指一幅名为《木兰辞·问鱼》的版画。

凌云洲接过报纸，再三辨认《木兰辞·问鱼》版画，发现版画下面还附有姜子牙直钩钓鱼的图案。

“本已四面受敌，如今再加上侍六组的任务，你要小心了。”普乐天接过凌云洲递过来的报纸，边看边说。

凌云洲问罗亭：“‘三刺’被唤醒，虽然有危险，但能接触更多情报，对你来说是好事，你怎么还忧心忡忡的呢？难道这里面有什么问题？”

罗亭拿过报纸，指着《木兰辞·问鱼》版画末尾那句“雄兔脚扑朔，雌兔眼迷离；双兔傍地走，安能辨我是雄雌”说：“看看字体。”

凌云洲看了看：“通篇是小篆，最后怎么变成大篆了？”

罗亭说：“‘姜太公’在提醒，‘三刺’中有汪逆内鬼。”

“内鬼？”普乐天又接过报纸，反复看了几遍，抬头看着罗亭，“假投诚？”

罗亭点点头：“汪逆内鬼，汪精卫的忠实拥趸。这就是侍六组不敢启用‘三刺’的原因。若非太平洋战争爆发，‘姜太公’或许还在暗中调查。这则通知表明了‘姜太公’的意思，在起用‘三刺’前要揪出内鬼。”

凌云洲挠挠头：“这也太烧脑了吧！”

普乐天说：“烧不烧脑我不关心，我们必须接受台风小组的同志都去了南京、我们要面对里无粮草外无救兵的现实。”

“我已向组织申请让他们返回上海，组织已批准，他们大概一周后陆续回来。这周内，我们基本就是孤立无援的。”罗亭看了看两个人，“目前，我只想到了一个对策。”

“什么对策？”凌云洲问。

普乐天注视着罗亭，等待她的安排。

“移花接木。”罗亭轻声说。

“谁是木？”凌云洲没想到罗亭会如此设计。

“苏——成——方。”罗亭一字一顿地说。

凌云洲点点头：“苏成方是青帮二当家，沐承风死后，按理说他应该出任特工总部行动队队长。他作恶多端，罪行累累，应该除掉。”

罗亭说：“还有一批盘尼西林要运出上海。这批药可以救活成千上万名前线战士，所以无论如何，我们一定要把这批药运出去。”

普乐天说：“让苏成方背锅，必须说服宋帮主。宋帮主是司徒美堂的师弟，我们不能给他添麻烦。”

罗亭点点头：“没有宋帮主帮忙，我们无法做到滴水不漏。”

普乐天没有丝毫犹豫：“交给我吧。”

凌云洲补充道：“让苏成方背锅，少不了杨枢这个烂厨子。我去找他商量。他是酒鬼，难免要跟我喝两杯。我酒量太小，晚上就睡在他家了。”

普乐天明白凌云洲的意思，扭头看看罗亭，见她低头不语，顿时明白她之所想，心里不禁为之一动……

~ 079 ~

时间：1941 年 12 月 8 日，星期一。

地点：上海，公共租界，南京路，爱琴海西餐厅。

普乐天走在南京路上，见街面上一如既往的热闹，只是多了一群群嚣张的日军，心里备感凄凉。

日军到处张贴“上海日本陆海军最高指挥官”签署的中文布告，布告中宣称为确保公共租界安全，日军不得不接管英商上海电车、中国公共汽车、上海自来水、上海煤炭等公司，包括江家的十六铺造船厂。

日军张贴这张布告，旨在宣告公共租界的万国会历史就此结束。

普乐天穿着灰色长袍，黑白参半的头发平添了几分岁月的沧桑。

十年前回国后，他头上就不断增添白发，起初只有几根，随后越来越多，最近两年内差不多白了一半。

夫妻的身份一旦暴露，就要死一对。革命不是为了牺牲，而是为了活着，因为活着才有希望。所以，他只能选择忍受，只能眼看华发渐多。

他看了看前方，知道拐过街角便是爱琴海西餐厅。为了化解中共上海地下组织面临的危机，他只能硬着头皮求助宋格。他见时间还早，断定此时宋格应该不会在爱琴海西餐厅，便在街边摊上吃早餐。

两辆汽车疾速驶来，在早餐摊前突然停下。一扇车窗徐徐落下，苏成方探出头，看了看普乐天，然后驾车快速离去。

普乐天看见苏成方，筷子停在嘴边：“他怎么来了？”他看了看爱琴海西餐厅方向，然后将筷子放在桌上，掏出钞票对老板说：“四根油条，打包带走。”

老板把油条包好后递给普乐天，见钞票面额太大，尴尬地笑道：“先生，我找不开的。”

“不用找了。”普乐天将钞票放在桌上。

老板面露喜色，拿起钞票问道：“您是江家大少爷吧？”他再次打量普乐天，似乎确认了，快速将钞票塞到普乐天手里，“哎呀，我咋能收您的钱呢？我在这里做生意，没少受江老爷照顾。”

普乐天又将钞票塞到老板手里：“如今这世道，大家都不容易。”说完，他提着油条走了。

轿车停在爱琴海西餐厅门口，苏成方从轿车里钻出来，抬头看了看招牌，对身边一个留着中分头的青帮弟子说：“春子，你和弟兄们在这里候着，我去见小姐。”

春子点头哈腰，一脸媚笑：“好的，二爷。”

苏成方瞪了春子一眼：“能不能长点记性？叫队长！”

“是的，队长！”春子指着紧闭的店门，“我去敲门？”

“一边待着！”苏成方整理一下衣服，走到店门前正要敲门时，店门却忽然打开，吓了他一跳。

苏成方看清开门人是宋格，顿时眉开眼笑：“师妹，你走路怎么一点儿动静都没有啊？”

宋格瞥了苏成方一眼：“你能不能长点记性？不要叫我师妹！”

苏成方脸色一变：“师妹，咱们进去说话？”

宋格不耐烦地跺脚吼道：“你再不走，我就喊巡捕了！”

“巡捕？现在哪里还有什么巡捕！”苏成方嘿嘿一笑，“公共租界已经是日本人的天下了，这一片儿我才是老大。”

“汉奸！”宋格狠狠瞪了苏成方一眼，转身要关门。

苏成方倚着门，低声说：“师妹，以后咱们不能再这么说话了。日军已经占领公共租界，咱们说话办事要小心。”

宋格关不上门，索性松手：“我今天就说你是汉奸，你能把我怎么样？你就是狗汉奸嘛！”

苏成方强装笑脸：“你入美国籍的事儿，是不是司徒美堂给你办的？上次他回上海时，我就应该劈了他。”

宋格怒视苏成方：“你敢！如果红帮想要你的命，你能活几天？”

苏成方嘿嘿一笑：“瞧瞧，你可是地道的美国人，怎么还一口一个要人命？我是见过世面的人，睡过上流社会女人无数，她们可不是你这个样子的。你说得对，之前我不敢来，是怕师父活劈了我。风水轮流转，现在不同了，有南京政府和日本人给我撑腰，我想怎么着就怎么着！美国人怎么了？昨天，就在昨天，在美国珍珠港，日军可是把美军打残了。师妹，识时务者为俊杰，现在上海是日本人的天下，我一定会让日本人为咱们主持婚礼的！”

宋格气得脸色发青。她明知苏成方功夫了得，自己根本打不过他，却控制不住怒火，举手朝苏成方脸上扇去。

苏成方伸手抓住宋格的手腕，嘻嘻笑道：“打是亲骂是爱，不过这里不是谈情说爱的地方。晚上我开间房，让你绑起来打，怎么样？”

“放手！”一个声音从苏成方背后传来。声音虽然不大，却极具穿透力。

苏成方扭头望去，见普乐天大步流星地走过来，便阴阳怪气地对宋格说：“你的靠山来了。”

“你干什么来了？”宋格见来人是普乐天，脸上顿时乐开了花。

“给你送早餐来了。”普乐天走到苏成方面前，貌似不经意地撞到苏成方的肘部。

苏成方顿觉肘部酸麻，立即松开宋格的手腕。

普乐天也不看苏成方，继续对宋格说：“给你买油条了，不知道你爱吃不爱吃。”

宋格莞尔一笑：“只要是你买的，我都爱吃。”

苏成方也不回头，猛地挥手，手下纷纷拔出手枪对准普乐天。

普乐天对此却毫不在意，将油条递给宋格：“我建议你的西餐厅，早上也炸油条，中国人就好这一口。”

宋格点点头：“你爱吃，我就炸。”

苏成方嘴角微微抖动，拔出手枪抵在普乐天的后背上，低声喝道：“你信不信，我一枪崩了你？”

普乐天转过身，嘻嘻笑道：“我还真不信！”

苏成方强压心头怒火，瞪了普乐天和宋格一眼，灰溜溜地钻进轿车里。

宋格坐在窗边的餐桌前，用刀将油条切成小段，用叉子叉着慢慢吃。

普乐天见宋格“中餐西吃”，笑道：“我还是第一次见到这种吃法。”

“品位！”宋格叉起一段油条，递到普乐天面前，“味道绝对不同的。”

普乐天摆摆手：“怎么吃都是油条嘛。我已经吃两根了，你吃吧。”

“同样是男人，你和那个汉奸就不一样。”宋格指指窗外。

“我只是看不惯男人欺负女人而已。”

“其他女人受欺负，你也管？”宋格直视普乐天。

“必须管。”普乐天不解风情地说。

宋格“啪”地放下刀叉：“以后我的事，就不劳你费心了。”

普乐天一愣：“你怎么又生气了？”

“上海女人那么多，我怕你累着！”

普乐天赶紧转移话题：“你昨晚没回家？”

宋格双臂抱在胸前：“街上乱哄哄的，到处是鬼子和特务，我哪敢回家啊，在楼上凑合一宿。”

普乐天关切地说：“下次你再遇到这种情况，给我打电话，我送你回家。”

宋格向普乐天靠近一些，上下打量他：“你接我？把我接到江公馆还是送回红堂？”

普乐天马上端起茶杯，轻轻抿了一口。

宋格点指普乐天：“你总是这样无趣。”她挺直身子，“你是不是觉得我出身红帮，有点儿卑贱？”

普乐天摇摇头：“世上只有卑鄙的人。”

宋格一时无言，默默地望着窗外。

普乐天低头喝茶，思索着如何转移话题。

半晌，宋格回过头来：“你向来都是无事不登门，说吧，今天为啥来找我。”

“我想见宋帮主。”

“你见我爹做什么？”宋格冷冷地问，“我爹已经知道我的热脸贴在你的冷屁股上，发誓要活劈了你！”

“宋帮主说的是气话。”

“我爹才不说气话呢。”宋格撇撇嘴，“除非你答应和我交往，否则想见我爹，门都没有！”

普乐天深爱着罗亭，这么多年他一直和其他女人保持着应有的距离。但是，日军已经完全控制上海，封锁了各条交通要道。药品是日军禁运货物，只靠中共上海地下组织的现有渠道根本运不出去。

普乐天盯着宋格的眼睛：“我拒绝你，是为你好。”

“为我好，就应该喜欢我呀。”宋格满脸羞涩。

“格格，我不想把你置于危险之中。”普乐天郑重地说。

“危险？”宋格淡淡一笑，“红帮人过的就是刀尖舔血的日子。再者说，日本鬼子到处烧杀抢掠，什么地方不危险？”

普乐天摇摇头：“格格，你知道我……也许我随时都可能见不到明天早上的太阳。”

“我能加入你的组织吗？”宋格突然转移话题。

“加入我的组织——”普乐天一怔。

宋格向左右看了看，低声说：“假如我也是共产党员，你就不会担心这个问题了，对吧？”

“没有一个人因为爱情才选择加入中国共产党。”普乐天轻轻地说，“所有党员都是为了实现自己的理想，追求民族独立、国家统一才走到一起，进而形成一股坚不可摧的力量。这是大爱，爱天下所有贫苦之人，因此不怕任何牺牲。”

“我什么都不怕！”宋格盯着普乐天，“只要能和你在一起，我愿意做任何事情！”

普乐天凝视着宋格：“任何冲动的选择，都会受到惩罚的。”

“是不是冲动，你可以给我机会证明啊。”宋格认真地说，“你不是想见我爹吗？我现在就有个好主意。”

“说说看。”

“我们假装交往，你假装是我的男朋友。假装，懂吗？你放心，我爹肯定看不出来。”

“假装？”普乐天微微一愣，不知如何回答。

“就这么定了。”宋格伸出手，“为了实现我们的理想、民族独立、国家统一，普乐天同志，请你考察我！”

“好吧。”普乐天缓缓伸出手。

“这么说，你答应做我的男朋友了？”宋格眉梢上挑，“括号，假的。”

“为了实现我们的理想。”普乐天提高嗓门。

~ 080 ~

时间：1941 年 12 月 8 日，星期一。

地点：上海，日占区，极司菲尔路 76 号。

太平洋战争爆发，日军以风卷残云之势横扫南太平洋，按理说李墨群应该感到高兴，可他心头却萦绕着莫名的不祥之感。

他一直很清楚，特工总部不过是日本人“以华制华”的工具。如今日军控制了整个上海，他掌管的特工总部如同南京政府一样，话语权只能被削弱。

凌云洲的调职被无限期搁置，就是有力的明证。

短短两个月，李墨群就损失凌岳州、沐承风两员大将，心中无比悲戚。

凌岳州是日本人，这一点让李墨群始料未及。李墨群痛恨日本人在特工总部安插眼线，却敢怒不敢言，幸好凌岳州被人一枪打死，免去很多不必要的麻烦。

沐承风绝对是冤死鬼，他绝对不是共产党员，但他把自己弄得众叛亲离，死不足惜。

其他人呢？凌云洲是龟机关特工，虽然他向李墨群表明心迹，但不好驾驭；杨枢是周佛麟的心腹，绝对不能和他走得太近。李墨群思来想去，现在能信任的人，只有青帮混子苏成方。

不，李墨群还有一个忠实的心腹陈恭如。

想到陈恭如这个军统四哥，李墨群脸上总算有了笑容。军统四哥和军统五哥向特工总部投诚，这是李墨群特工生涯中最精彩的一笔，也是气得戴遇依吐血的辉煌战史。

李墨群立即向杭州发密电，责令陈恭如尽快返回上海。

昨夜，凌云洲和杨枢喝了很多酒，今天上午 10 点钟他们才来上班。他们听说李墨群召集各处处长开会，赶紧跑到会议室。

李墨群正讲到兴头上，被他们突然打断，本想骂人，扭头看了看坐在他右侧的女人，才愤愤地指指他们的座位。

那个女人打扮得很时髦，波浪式的卷发裹着消瘦的脸颊，紫色旗袍让她的身材显得凹凸有致。

凌云洲认出那个女人，心里“咯噔”一下，边坐下边向她打招呼：“苏科长好！”

苏成方坐在女人对面，向凌云洲和杨枢介绍：“二位处长，这位是警察局电讯科科长苏醒小姐，现在调到咱们特工总部了。”

苏醒冲凌云洲点点头：“凌处长，别来无恙！”

“看来我们缘分不浅啊。”凌云洲冲苏醒拱手，“以后还望你多多提携。”

“彼此彼此。”

李墨群知道凌云洲和苏醒都是汪精卫的心腹，却故作糊涂：“苏科长，你认识凌处长？”

苏醒点点头：“在南京有过一面之缘。”

苏醒本是汪精卫的私人医生，两年前空降上海市政府，摇身一变成为上海市警察局电讯科科长，可谓一步登天。

凌云洲心里充满疑惑，不明白苏醒怎么会调到特工总部，但他又不能问，只能跟着忽悠。他冲李墨群竖起大拇指：“主任面子真大，竟然能把警察局的大美人挖过来。我对您只有一个字，服！”

李墨群哈哈大笑：“鄙人别的本事没有，就是欣赏人才。苏科长在警察局太屈才了，现调到特工总部任处长，官升一级。”

凌云洲立刻说：“恭喜苏处长！”

苏成方问：“听说罗特派员也调到警察局了？”

杨枢一愣：“罗特派员不去南京了？”

凌云洲笑道：“杨处长，这不是你求之不得的嘛。”

杨枢点指凌云洲，没有说话。他爱慕罗亭，甚至愿意接受她是南京政府政要的身份。没想到势态陡转，罗亭还是重庆方面特工，与他是同一战壕的战友，让他更想和罗亭走到一起。

苏醒说：“我和罗亭都是汪先生的人，理应无条件服从汪先生的安排。”

“好了，好了，等欢迎宴会上再叙旧吧。”李墨群轻轻地敲了敲桌子，“我今天要说两件事。第一件事，我做一下介绍。”他指指苏醒，“苏小姐，不，苏处长原是警察局电讯科科长，现调任特工总部情报处处长。”他指着凌云洲，“凌处长就不用介绍了，你们认识，总务处处长。”他指向杨枢，“这位是机要处杨枢杨处长。”他指向苏成方，“苏成方，刚刚晋升为行动队队长。”

李墨群介绍完毕，说：“我现在说第二件事。诸位，太平洋战争爆发，大日本帝国将建立大东亚共荣圈，南京政府和平建国的使命就要达成了。眼下我们要做的，并不是庆祝，而是继续剿杀共匪。”

李墨群扫视众人，干咳一声：“在座各位作为特工总部的中层领导，不管你们有什么背景，绝对不能有端着饭碗砸饭锅的勾当。今天早上，影佐机关长打来电话说，梅机关获悉一批药品已经从上海运到苏北，责令特工总部和警察局联手调查这批药品的来龙去脉。这个案子很重要，就由苏队长负责。苏队长，把你的人全撒到大街上，哪怕挖地三尺，也要把这件事弄清楚。”

苏成方站起来，朗声说道：“请主任放心，我一定把这件事查个水落石出。”

直到这一刻，凌云洲才意识到，李墨群压根儿就没有信任过任何人。

散会后，李墨群把凌云洲叫到办公室，向凌云洲解释调职搁置的原因，劝凌云洲不要着急，待药品走私案结案，再向汪精卫面陈此事。

“昨天我和汪先生通过电话了。”凌云洲淡淡一笑，“大哥，我就是跑腿的命，在哪里都一样。”

“你是抱住汪先生的大腿了，哈哈！”

“其实还是大哥更器重我，我心里有数的。”凌云洲向李墨群深深鞠躬，“我一定会做出成绩，不辜负大哥的厚望。”

李墨群轻轻拍了拍凌云洲的肩头：“罗特派员怎么去警察局了？”

“汪先生说是舒季衡的意思。”

“舒季衡？”李墨群眉头拧到一起，“他不是被刺杀了吗？我还参加过他的葬礼呢，他怎么还活着？”

凌云洲小声说：“他根本没死，为了封锁消息，才举行葬礼掩人耳目。我听说，这也是汪先生的安排。”

李墨群叹口气，摇摇头：“看来我这个特工总部主任，做得也不合格呀。”

凌云洲赶紧说：“大哥，您这是说哪里话！就算是天上的神仙，也不能包打天下。再者说，这种破事儿，您不知道也好，免得心烦。”

李墨群摆摆手，边踱步边说：“老弟有所不知，舒季衡与我八字不合，他向来看不惯我的所为，在汪先生面前没少说我坏话。日本人已经向英美两国开战，现在我们不仅要顾脸，还要顾屁股。此时舒季衡复活，对我们来说，绝对不是什么好事！”

“舒季衡敢得罪我们？我们可是有梅机关撑腰的。”

“日本人根本靠不住，尤其那个影佐圭吾，搞情报是好手，搞内斗更是高手。舒季衡老小子，必然会利用这一点的。”

“主任的意思是——”凌云洲走近李墨群。

“我没什么意思。”李墨群指指沙发，“坐，我们随便聊聊。”

凌云洲坐下，小声说：“苏醒是汪先生的心腹，她从警察局空降特工总部，估计是舒季衡的意思。”

“也是我的意思。”李墨群瞥了凌云洲一眼。

“您的意思？哦，我明白了，放在身边才是最安全的。”凌云洲点点头。

“‘二苏’都要盯紧。你平时任务不多，要利用各种机会接近他们。”李墨群把头向凌云洲微微倾斜，“苏醒玩电讯还行，弄情报就是一个雏，汪先生能不知道？让她做情报处处长，这里面的玄机，我们必须得搞清楚，不然稀里糊涂地坏了汪先生的大事，可就不好交代了。你和苏醒、罗亭都熟悉，以后你多去警察局走动。”

“好的。”凌云洲点点头，谨慎地问，“为什么要盯着苏成方，他对您很忠诚的，没有这个必要吧？”

“苏成方出身青帮，劣根性就是他的致命弱点。”李墨群指指窗户，“在上海滩办制药厂的人，哪个没有后台？你家老爷子能办制药厂，靠的是谁，你应该比我更清楚。苏成方要是不知轻重，一不小心得罪了周佛麟，就等于给我挖个大坑。”

“既然涉及药品，我家又有制药厂，我是不是应该避嫌？”凌云洲盯着李墨群，“不然您也说不清楚啊。”

“避个屁嫌！”李墨群敲敲茶几，“汪先生的意思是，要你走走过场，即便这个案子跟你家老爷子有关系，最好也不要声张。”他压低嗓门，“尤其不能让日本人知道。”

“明白。”凌云洲会意地点点头，“老爷子和澄子昨天去了美国，已经不在上海了。”

“他们去美国了？”李墨群感到有些意外，旋即笑道，“走了好啊，就算出了什么事，跟他也没关系了。”

“多谢主任理解。”

“老爷子走得真够及时的。”李墨群站起来，伸展双臂时见苏成方推门进来，喝道，“还懂不懂规矩？”

“懂，懂！”

苏成方刚想退出去，李墨群又喝道：“滚进来！”

苏成方点头哈腰地进来，见凌云洲坐在沙发上，支支吾吾，欲言又止。

李墨群呵斥道：“有话就说，有屁就放。”

“主任，经过我们走访调查得知，上海共有三家制药厂，一家在法租界，是中药厂；一家在沪西，早被日军控制。唯有大公制药厂生产西药，而且最有可能把药品运出去。”苏成方向凌云洲拱手，“凌处长，我只是尊重事实，实话实说而已，请你多多包涵。”

“公事公办，少扯别的。”凌云洲指指墙上的挂钟，“散会才一个小时，苏队长就能得出结论，厉害，太厉害了！”

苏成方赶紧解释：“凌处长，你有所不知，四天前我就安排人手调查此案了。”

凌云洲看看李墨群，见李墨群毫无反应，意识到苏成方四天前就得到了李墨群的授权。

四天前他们就开始调查了？

李墨群发现了什么？

凌云洲心里连问几个为什么，又担心李墨群有所察觉，于是站起来说：“主任，要不我先回去？”

李墨群摆摆手：“不用。”他看了看苏成方，“用人不疑，此事凌处长要介入，关于大公制药厂的一切调查，苏队长要服从凌处长调度。”

苏成方一怔，马上说道："是。"

"我觉得我们不能只盯着制药厂。"凌云洲说，"种种迹象表明，那批药品确实是从上海运出去的，但未必就是上海生产的。所以，我认为应该查一查码头，谁运的货才是关键。"

李墨群点点头："继续。"

"这几年我一直关注药品市场，上海的制药厂生产的药品只供给上海各大医院和药房，不准外卖。现在日本人三令五申，一旦查出药品外流就即刻关厂，大公制药厂生产的药品也只能在上海市面上销售，且药品都有工部局的批号。工部局谁在管？日本人嘛！大公制药厂是中美合资企业，日本人查得更严。所以，我认为那批药品是大公制药厂生产的可能性不大。反过来看，我们把调查重点放在运输上，会更精准一些。上海的制药厂生产的药品也好，从其他渠道购买的药品也罢，总得有人运输。能在码头运输货物的，不是青帮就是红帮。这样有针对性地调查，效果可能事半功倍。"

"凌处长分析得有道理。"李墨群扭头吩咐苏成方，"这样，你去调查青红两帮，查明他们这段时间运输的货物种类及去向。至于大公制药厂，就请凌处长走一趟，形成书面报告，也好向日本人交代。"

~ 081 ~

时间：1941 年 12 月 8 日，星期一。

地点：上海，日占区，警察局。

这是一栋三层简欧式楼房，楼前是大院子，楼后是花园，花园左右各有一排平房。一排平房是警察宿舍，一排平房是医务室和审讯室。三层主楼是上海市警察局办公楼。

作为上海沦陷后上海市警察局第一任局长，舒季衡自然是汪精卫的铁杆拥趸，只是这一点重庆方面没有搞明白，竟然派人策反他。在汪精卫的授意下，他成了蒋介石钦批的侍六组“三刺”之一。

只可惜，舒季衡没有找到另外“两刺”，就被中共门徒小组的“野兔”给“刺杀”了。如果当时他没有本能地转身，如今已是死人了。

舒季衡伫立窗前，一阵冷风吹来，他忍不住捂住胸口。虽然他的伤势已好，但胸口还是经常感到疼痛。

他目不转睛地盯着罗亭走进上海市警察局大院。

安排罗亭到上海市警察局任职，是他的提议。

他是混迹上海滩多年的老特工，拥有超乎常人的敏锐洞察力。

这两年，他一直在暗中调查《日汪密约》泄密案，对每个能接触到《日汪密约》的人，全部做过调查，但结果却令他感到沮丧。所有线索都指向高宗武、陶希圣，但他的内线却认为，泄密者应该是中共“13号”。

谁是中共“13号”？

舒季衡眼前闪现出罗亭的身影。

“是罗亭吗？”这种假设让他心头发痛。那是莫名的心痛。

年近五十的舒季衡，两年前第一次见到罗亭，就觉得罗亭非常像他年轻时爱过的女人，便毫无缘由地喜欢上她。只是当时他忙于筹备新政府，没有正式向她表白。

他绝对不希望罗亭是中共“13号”，更不希望罗亭接触其他男人，所以他便向汪精卫建议，让罗亭出任上海市警察局副局长。

当然，他也怀疑苏醒是中共“13号”。

原因很简单，罗亭和苏醒，一个是汪精卫的机要速记员，一个是汪精卫的私人医生，她们虽然不在核心层，却能接近核心层要员。她们这种游离在核心层边缘的角色，最容易成为策反对象，还不容易被人怀疑。

当然，他知道两个人都碰不得，甚至连碰的想法都不能有，可是有些杂念，依旧像雨后的春笋一般，不断地从他心底冒出来。

所以，他就动了让汪精卫难以察觉的小心思。

他向汪精卫建议：第一，特工总部的势力越来越大，一旦李墨群彻底投靠日本人，南京政府就很难掌控他；第二，特工总部的人就是一批地痞流氓，新政府刚成立时需要他们扫清障碍，但现在他们的恶行已经严重影响新政府的形象；第三，上海市警察局是新政府的警察机构，要一步步稀释特工总部的权力，成为上海第一执法机构。

实际上，特工总部那批人确实已经成为汪精卫的心病。舒季衡提出组建上海市警察局，防止特工总部坐大，正中汪精卫下怀，所以汪精卫就同意了舒季衡的建议，让罗亭与苏醒互调。

下一步，舒季衡就要慢慢实行他的计划了。

他的计划当然包括追求罗亭，只是他更要精心地设计。想到这里时，他脸上泛起一抹会心的微笑。

罗亭推门进来时，看到窃笑的舒季衡，也忍不住笑了："大哥笑得这么开心，必是遇到开心的事了。"

"你到警察局与我搭班子，我肯定开心啊。"舒季衡真的很开心，至少这时他心里是满满的幸福感。他指着沙发说，"坐。"

罗亭坐下："我们就甭客气了，日后还要大哥多多提携才是。"

"一家人不说两家话。"舒季衡更开心了，坐下为罗亭沏茶。

罗亭知道舒季衡是老特工，在中统时就已名震天下。后来他一路保护汪精卫跑到河内，深得汪精卫赏识和信任。现在，他虽然只是上海市警察局局长，但周佛麟都得给他几分面子。

"大哥的身体还好吧？"罗亭喝了一口茶，"不瞒大哥，听说你被共匪袭击，我伤心了很久呢，还多次去你墓前祭拜。没想到——"

"没想到我还活着！"舒季衡呵呵一笑，端起茶杯，小嘬一口，"此事是我考虑不周，应该给你留个口信。"

"身在乱世，能活着就好。"

"唉，我差一点儿就摸到阎王的鼻子了。"舒季衡放下茶杯，"我通过监控共匪电台得知，那一枪是'野兔'打的。"

"查出是谁了吗？"罗亭不动声色地问。

"那么容易被我们逮住，就不是'野兔'了。"

"再狡猾的兔子，也逃不过大哥这样的好猎手掌心的，只是时机未到而已。”罗亭将茶杯轻轻放在茶几上，盯着舒季衡，“大哥，有件事我一直想不通。你当年可是中统一等一的特工，后来又追随汪先生到河内，说功高盖世都不过分，汪先生怎么只让你做个警察局局长呢？”

“警察局局长不好吗？”

“反正我觉得不值。没有大哥悉心保护，汪先生是死是活还真不好说！”

舒季衡站起身：“到上海任警察局局长，是我主动请缨的，这种话题到此为止，以后不要再提。妹子，我带你去看看你的办公室。”他说完把罗亭领到对面的办公室，介绍道，“三层是局长办公室，一套是我的，另一套是你的。”

上海市警察局办公楼三层只有两个办公室，而且都是套房，既可办公，又可休息、休闲，里面还有健身器械可供健身。

“大哥想得真周到，其实我根本不需要这么大的办公室。”罗亭谦卑地说，“我是新人，担心有人在背后议论啊。”

“这也是体现我的诚意嘛。在这里，包括我的话，你可以听，也可以不听，你还怕什么议论？走，我带你去会议室，认识一下其他同仁。”

二楼是总务科、电讯科、会议室，一楼是保安科和特务科，其余科室设在楼后的平房里。舒季衡和罗亭来到二楼的会议室，警察局科股级干部已经恭候多时。舒季衡和罗亭进来，他们立即齐刷刷地站起来。

舒季衡走到主位坐下，冲众人摆摆手：“都坐下吧，我向诸位介绍一位新同仁。”他指指身边的罗亭，“罗亭，曾任圣约翰大学校长，现任我局副局长，诸位欢迎！”说完，他率先鼓掌。

其他科股级干部随之热烈鼓掌。

“我能来警察局，是舒局错爱。”罗亭站起来，冲众人点点头，“作为从事教育工作的校长，到警察局负责治安工作，我就是滥竽充数，以后还望诸位多多帮忙、指教。”

上海市警察局科股级干部大多都知道罗亭与陈璧君的关系，谁都不敢小瞧她，纷纷表示愿意听从她调遣。

上海市警察局有十几个科室，科级干部五人，股级干部十二人。舒季衡向罗亭逐一介绍前排的科级干部。他指着离他最近的、四十岁左右、留着八字胡子的人说："陈起，总务科科长。"然后他指着一个三十五六岁、戴眼镜的人，"卫铭笠，保卫科科长。"他又指着空位说，"缺席的蒋文汉，特务科科长，你见到他肯定会大吃一惊的。"

罗亭佯装纳闷："我们见过？"

舒季衡诡秘一笑："熟悉的陌生人。"

罗亭诧异："熟悉的——陌生人？"

舒季衡哈哈大笑："不跟你卖关子了，文汉是我的学生，德国慕尼黑军校高才生。"

罗亭做出恍然大悟的样子："特工总部的凌岳州，也是德国慕尼黑军校毕业生，可惜他玉碎了，太遗憾了。"

舒季衡说："听说凌岳州还是犬养中堂的儿子，太可惜了。不过，他为大东亚共荣伟业牺牲是值得的。"

陈起套近乎，主动说话："罗局，你可能不知道，蒋科长就是活脱脱的凌岳州。您见到他，千万别吓着。"

罗亭闻言，一脸不解地看着舒季衡。

"陈科长说得没错，他们就像双胞胎似的。"舒季衡促狭一笑，"不过，文汉是地道的中国人，跟凌岳州没有半点儿关系。"

罗亭半信半疑："真是天下之大无奇不有啊。"

"一个月前，蒋文汉到东京办差，前天才回来，我让他歇两天再上班。"

"应该的。"罗亭点点头。

舒季衡扫视在座各位科长、股长："诸位，原电讯科科长苏醒调到特工总部，现在电讯科科长还没有合适人选，只能辛苦罗局兼任了。"

"我和苏醒是好姐妹，她的能力可比我这个书呆子强多了。两年前我们在日本学过电讯技术，不过我学得不好。我接她的活儿，确实有点……"罗亭一脸为难状。

"罗局，我不是说让你暂时兼任嘛。其他人我就不一一介绍了，随后他们会一一向你做自我介绍的，你们再深聊。"舒季衡向众人挥挥手，"散会，我和罗局还要谈些公务。"

待众人散去后，舒季衡对罗亭说：“我着急让妹子过来，是因为有一件棘手的事要妹子处理。”

“什么事？”

“调查江仲阁及其产业。”舒季衡想了想，接着说，“有一件事你可能还不知道，苏北共匪又弄到一批从上海运出去的药品。上海只有三家制药厂，规模最大的当属江仲阁掌管的大公制药厂。江仲阁和汪先生是换帖兄弟，此事处理不好会影响中日关系。梅机关要着手调查，被汪先生制止了。汪先生答应梅机关，让警察局尽快核实大公制药厂是否与那批药品有关。汪先生再三叮嘱，一旦此事涉及江仲阁以及家人，一定要有礼有节有据，然后酌情下结论。我考虑再三，认为这么棘手的差事，只能交给你处理，毕竟你与江家关系不一般。”

“汪先生考虑事情就是周到、严谨。”罗亭面露难色，“不过，有件事大哥可能还不晓得，江家父女已经不在上海了。”

“去哪里了？”舒季衡瞪大眼睛。

“日军进驻公共租界，江仲阁可能觉得不安全，就乘坐‘柯立芝总统号’邮船去美国了。”

“江仲阁确实是聪明人，他现在去美国绝对是明智之举。”舒季衡若有所思，“不管江家人在不在上海，我们都要尽职尽责地调查大公制药厂。不论调查结果如何，对汪先生和梅机关有个交代就行。”

第二章　“笔　仙”

~ 082 ~

时间：1941 年 12 月 8 日，星期一。

地点：上海，日占区，郊外，红堂。

上海红帮总舵红堂，设在一个三进院落内。

红帮，即洪门，源起天地会，以反清复明为己任。如今，清王朝倒台三十余载，红帮声势渐微，在上海的运筹能量远不及青帮。

红帮帮主宋万堂时年六十四岁。他四十岁才生下宋格，因此对宋格非常溺爱。不料，宋格对宋万堂包办她与苏成方的婚事不满意，一怒之下出国，还加入美国籍。回国后，宋格因有师伯司徒美堂撑腰，死活不肯嫁给苏成方。

宋万堂作为一帮之主，一口唾沫一个钉，反悔的事情自然不能做，但又怕再次逼走宋格，便采取拖字诀，慢慢劝解宋格。怎奈苏成方不争气，竟然背叛师门做了青帮二当家，几乎与宋万堂平起平坐。宋万堂气得呕血半升，再也不提宋格与苏成方的婚事。

一年后，宋格有了意中人。宋万堂暗中打听，才知道把宋格迷得五迷三道的人是普乐天。

宋万堂对宋格选的女婿没有干涉，毕竟他和江仲阁是知根知底的老朋友，自然愿意两家亲上加亲。

不料，普乐天竟然一再拒绝宋格，让宋万堂脸上挂不住，气得一个月没有出门，也没有主动与江仲阁讨论这件事。

一个小时前，宋格打电话告诉宋万堂，普乐天要来拜见他，这让他感到不可思议。

上海滩谁不知道宋万堂的暴脾气？这个戏耍宋万堂女儿的小子竟敢主动送上门，真是吃了熊心豹子胆。

于是，宋万堂按照江湖规矩，在红堂设阵，大门口两尊大狮子前站着两排人，手里都拿着刀枪，中间设置“刀山火海”。

普乐天和宋格来到红堂门口。宋格一看这种阵势，低声叮嘱普乐天：“你要小心了，我爹脾气不好，这次我帮不了你。”

普乐天问：“你就眼睁睁地看着我丢人现眼？”

宋格笑道：“活该，你自找的！”

红帮副帮主朱子刑黑着脸走到普乐天身旁，喝道：“小子，你还敢来红堂？”

宋格挽住朱子刑的胳膊，嗲声嗲气地说：“朱叔叔，不要难为他了，他已经答应做我的男朋友啦。”

朱子刑看看普乐天，把宋格拉到一边，低声问：“他不是拒绝你好几次嘛，这次他要是再敢不从，我要劈了他。你知道红帮人最讨厌什么吗？给脸不要脸！”

“他已经答应了，真的，不然他绝对不敢来红堂的。”宋格心里比棉花还虚。

“傻孩子！”朱子刑扭头看了看普乐天，“我得吓唬吓唬他，不然他以后变卦怎么办？小白脸子，没有好心眼子！”

宋格撇嘴：“他的脸也不白啊！”

朱子刑大步走到普乐天面前，喝问：“你小子答应格格了？别玩口活儿，不然有你好果子吃！”

普乐天瞥了宋格一眼：“我答应了——”

“你敢耍弄红帮大小姐，我今天就要你的命！”朱子刑掏出手枪，对准普乐天。

“朱叔叔，朱叔叔——”宋格见朱子刑掏枪，赶紧跑过来。

她话音未落，朱子刑手里的手枪却到了普乐天手里，谁也没看清是怎么回事。

普乐天像揉报纸一样，把手枪拆解完毕，零件“哗啦”落了一地。

朱子刑从未见过谁能把枪玩得这么溜，惊愕得说不出话。

普乐天蹲下，闭着眼睛，瞬间将手枪组装完毕，双手递给朱子刑：“朱副帮主，见笑了！”

朱子刑缓缓接过枪，反复看了看，知趣地退到一边：“请吧，普先生，帮主在里面等你呢。”

普乐天向大门里看了一眼，想起罗亭的叮嘱，“宋万堂之所以金盆洗手，是因为他不愿意做汉奸。如果红帮能抗日，绝对是一股不可忽视的力量”。他刚才之所以在朱子刑面前小试牛刀，是想向红帮人证明自己也是江湖中人。

普乐天跟随朱子刑来到二进院门口，远远看见宋万堂独坐凉亭中，一副淡定的样子，顿觉心里没底儿。

朱子刑让普乐天和宋格在门口候着，他进去通报。

“帮主！”朱子刑走进凉亭，在宋万堂身后站下，“他来了。”

“咱们这里谁都能进来吗？”宋万堂用力嘬着旱烟袋，浓烈的旱烟味儿非常刺鼻。

“他起码征服了我。”朱子刑低声说。

“征服——你？”宋万堂扭过头，打量朱子刑，“是不是你没玩活儿？”

“我都不知道他怎么就下了我的枪，眨眼工夫就拆装一遍。手法之快，我从未见过。这趟活儿，他就在弟兄们眼皮底下玩的，估计没有人能看出他是怎么玩的。”

“他会玩枪，还能玩出花样？”宋万堂向门口的普乐天瞥了一眼，“他是什么人？”

“不是延安方面的，就是重庆方面的。”

“不是南京方面的？”

“应该不是。江仲阁一再拒绝与汪精卫合作，他儿子岂能为汪精卫卖命！”

宋万堂说：“让他一个人过来见我。”

朱子刑回到普乐天面前，低声说：“帮主让你自己过去。”

“我呢？”宋格担心宋万堂难为普乐天，也要跟普乐天进去。

朱子刑拦住宋格：“格格，老帮主这一关，他必须自己过才行。”

宋格当然了解红帮的规矩，附在朱子刑耳边悄声说：“您去帮衬他一下。”

“老帮主眼里可不揉沙子。”朱子刑转身冲普乐天努努嘴，“请吧，普先生。”

普乐天看了看宋万堂的背影，轻提长袍径直走过去。

宋万堂用眼角余光看着普乐天，见他腿如弹簧，脚步轻盈，目光如炬，就知道他是练家子。宋万堂吸了口烟，缓缓吐出来，也不看普乐天：“坐吧。”

“谢帮主。”普乐天深深鞠了一躬，在石墩上坐得笔直。

“江老近来可好？”宋万堂问。

“父亲昨晚去美国了。”

宋万堂冷冷地问：“为何？”

“避祸。”

“他就是上海的天，哪来的祸？”

“通共。”

“为什么？”

“父亲和西边做药品生意，送货上门那种。”

“胡说！人人都知道江老无心政治，为何还要帮西边？”宋万堂突然起身，直视普乐天。

“我命属金，父亲爱子心切。”普乐天口中的“西边”，暗指共产党，因为共产党在延安。五行中，西方属金，他暗示自己是共产党员。

“你命属金……看看我命属什么？”宋万堂明白普乐天话里的意思，用烟袋嘴儿指指自己的太阳穴。

“您应该不是金命。日军佐官十二人、南京政府高官八人在上海滩消失，应该不是您或者您弟子做的。因为只有命硬的人，才敢做、才能做这种事。”

宋万堂打量普乐天："你命硬？"

"也许是运气好。"普乐天不动声色地说。

"我听说上海有一个中共门徒小组，能否介绍一二？"宋万堂缓缓坐下，"我这个人好奇心重。"

普乐天微微一笑："我也是听说而已。这个小组共有十三人，其中十二人以生肖为代号。如果您想知道更多，我可以托人打听。"

"这就是你一再拒绝格格的原因？"

普乐天虽然没有明说，但宋万堂心里也清楚，这种掉脑袋的事情就不能明说的。普乐天能向他说到这种地步，一是向他表明身份，二是绝对信任他。

普乐天平静地说："身处乱世，朝不保夕，不敢也不能有任何奢望。"

"小子，你小看红帮了！"宋万堂吸了一口烟，"红帮衍生于洪门，洪门反清复明，过的就是刀尖舔血的日子。孙先生也是洪门中人，封为'洪棍'，坐洪门第三把交椅。"他瞟了普乐天一眼，"你应该不是闲人，更不会串门聊闲，说说你来这里的目的吧。"

"帮主英明。我今天前来，是想向您要一个人。"

"谁？"

"苏成方。"

"你要那个废物做什么？"

"警察局的人正在调查大公制药厂，大公制药厂一旦出现意外，必然殃及上千名工人。"普乐天顿了一下，"必须有人对此负责。"

"苏成方也就能干些屁事儿，让他负责，我都不信，日本人能信？"宋万堂摆摆手，"他现在是青帮二爷了，跟红帮没有任何交集。"

"如果用他换得上海千家老小的生活保障，帮主是否愿做这笔生意？"

宋格实在忍不住了，几步跑过来，喊道："爹，你别为难他了，我们已经开始交往了。"

宋万堂看看宋格，又看看普乐天，没有言语。

普乐天颔首："我代表上海千家老小，请求帮主成全。"

宋万堂起身走到普乐天身边，俯下身子，低声问："你是喜欢格格，还是为了救人？”

普乐天立即站起来：“二者皆有。”

宋万堂淡然一笑，点指普乐天：“你还算老实！”

宋格赶紧拉住普乐天的手：“我爹同意了！”

普乐天向宋万堂深深鞠躬：“谢谢帮主！”

～083～

时间：1941年12月8日，星期一。

地点：上海，日占区，警察局；法租界，千枝秀笔庄。

调职到南京一事搁置，是罗亭期望的。

凌云洲、江澄子大婚当晚，吴已楠运走的药品只是总量的三分之一。江仲阁变卖他在上海的产业，从美国购置的盘尼西林，还藏在上海没有运出去。

得知罗亭和凌云洲要调职到南京后，上级安排代号“笔仙”的中共南京地下组织负责人到上海运药。为了确保安全，这个消息只有罗亭和“笔仙”知晓。

“笔仙”已于12月7日早上从南京出发，12月7日下午罗亭才得知自己要到警察局任职。上级无法联系到在路上的“笔仙”，要罗亭见到“笔仙”后告之。

12月8日上午10点半，是罗亭与“笔仙”接头的时间。

然而，舒季衡的安排打乱了罗亭的计划。

日军全面占领公共租界，南京政府和日本人将共同接管公共租界巡捕房，舒季衡伤势尚未痊愈，便安排罗亭代表警察局与梅机关机关长影佐圭吾在12月8日上午11点参加接管仪式。

中共门徒小组潜伏上海十余年，一切运转有序，跟它的运作机制有关。如今，“国师”“军师”牺牲，大部分小组成员撤离上海，罗亭作为中共门徒小组负责人，不得不走到一线。

罗亭知道自己走到一线意味着暴露的可能性将会成倍增加。

可是，这批盘尼西林数量巨大，对于延安方面来说至关重要。用“1号”首长的话说，这批盘尼西林的作用抵得上一个团的战力，所以不管付出什么样的代价都要将其运出上海。

“你是警察局警花，形象好，而且你跟影佐机关长比较熟，你去比我去合适。”舒季衡劝罗亭，“不瞒你说，这么安排，我还另有目的。”

“另有目的？”罗亭其实并不关心舒季衡还有什么目的，“笔仙”身份特殊，在上海多留一日必然会增加一分风险。她今天必须想办法与“笔仙”见面。

“你可知汪先生为何同意你来警察局？”舒季衡意味深长地问完，不等罗亭回答，便笑了笑，“日军已经全面占领上海，汪先生下一步要接管上海。我们现在的第一要务是树立南京政府亲民形象。以前的警察给百姓的印象太差，所以汪先生想让你成为警察局的形象代言人。此次接管公共租界巡捕房，各大报社记者都要去，确实是展现警察形象的好机会。”

“看来我无法拒绝了。”罗亭看看表，“还有时间，我去买点礼物。”

“买礼物？”

“大哥有所不知，我欠影佐机关长一份礼物呢。”罗亭起身，“正好给他带过去，巩固一下感情。”

“那就买一份大礼，局里给你报销。”

“只送对的，不送贵的。影佐机关长爱好书法，我觉得送他一盒千枝秀笔庄的毛笔最合适，大哥觉得如何？”

舒季衡连连点头，觉得这个主意不错：“千枝秀笔庄的狼毫笔，天下闻名，且有‘妙手治天下’的寓意，影佐机关长一定喜欢的。”

罗亭之所以提出购买千枝秀笔庄的毛笔，是因为她与“笔仙”的接头地点就在千枝秀笔庄。

千枝秀笔庄是中共门徒小组行动二组设在法租界的联络点，掌柜是吴已楠的叔叔吴坤。

法国维希政府投降德国，日军作为德国盟军，没有全面占领法租界，只进驻一个联队，因此法租界经营日常生活用品的商铺照常营业，并未受到影响。

实际上，梅机关和特工总部早在法租界设置很多暗哨，监视霞飞路、贝当路等主要街道上的店铺。

作为特工总部特派员，罗亭自然知道这些暗哨，也知道如何利用或规避这些暗哨。

她一边驾车一边想，这次应该买两盒狼毫毛笔，送给李墨群一盒。

出乎她意料的是，霞飞路上竟然没有暗哨。

她把轿车停在千枝秀笔庄门口，下车走到街中心向远处眺望，发现了一些疑点。

千枝秀笔庄后面的一家诊所，虽然像往常一样营业，但有些根本不像病人的壮汉进进出出。

她断定梅机关和特工总部的特务并没有取消暗哨，还极有可能要在此处进行有预谋的行动。

他们的行动和她与“笔仙”接头有关吗？

难道“笔仙”暴露了？

罗亭不动声色地走进千枝秀笔庄。

店里只有一个头戴礼帽的中年人在挑选毛笔。

六十岁左右的吴坤正在为中年人介绍：“笔墨纸砚，文房四宝，安徽是故乡。湖笔，徽墨，宣纸，歙砚，均源于安徽。”

中年人拿起一支毛笔问吴坤：“我怎么听说湖笔是浙江湖州出产的呢？”

“您是行家。”吴坤笑道，“不过，这是宋朝以后的说法，一说湖笔出于浙江湖州，一说端砚出于广东肇庆，其实则不然。我家世世代代做这一行，自然熟悉其演变历史，不会有错的。”

罗亭上去搭话：“掌柜的，我怎么听说笔、墨、纸、砚指的是诸葛笔、李廷圭墨、澄心堂纸、婺源龙尾砚呢？”

吴坤抬头打量罗亭：“呦，这位小姐也是行家。你说的是南唐时的说法。”

中年人看了罗亭一眼："上海滩，不一般。"

罗亭淡然一笑："先生是外地人？"

"南京人。"中年人摘下礼帽，冲罗亭微微点头，"路上不太平，走一天多才到上海。今日要拜访一个老朋友，总不能空着手吧？南京人都把千枝秀笔庄的毛笔当作珍品，所以我也要附庸风雅。"

罗亭看看手表，此刻是10点半。

接头时间和地点吻合，此人也是从南京来的，这一切都在表示他是"笔仙"。

然而，"笔仙"的说法却令她不解。"笔仙"作为资深地下工作者，到上海接替她的工作，怎么会在陌生人面前故意强调"南京"和"千枝秀笔庄"两个地方呢？

罗亭断定，此人应该不是她要见的"笔仙"。

如果此人不是"笔仙"，为何他能在约定的时间和地点出现？是巧合吗？如果不是巧合，只能说明"笔仙"出事了。

联想到千枝秀笔庄后面诡异的诊所，罗亭迅速改变既定的安排，转身对吴坤说："买两盒狼毫，包装要精美，盒上分别写上'敬赠李主任''敬赠影佐机关长'。'写敬赠李主任'那盒，我就不带走了，麻烦您派伙计送到极司菲尔路76号。"

"76号？"吴坤打量罗亭。

"不会让您白跑腿的。"罗亭从包里掏出一沓钞票放在柜台上。

吴坤选好大小不一的六支毛笔，装进锦盒里递给罗亭："这盒您先带走，另一盒下午送到您指定的地方。质量您放心，不满意包退包换。"

"有劳您费心了。"罗亭接过锦盒，转身要走。

中年人一直注视着罗亭，见她要走，胳膊不自然地举起，又迅速收回，继续挑选毛笔。

没有见到"笔仙"，打乱了罗亭的部署。她知道，此批药品牵扯甚广，她一步不慎，普乐天和凌云洲就会陷入险境。

凌云洲经共产国际运作，好不容易打入龟机关和特工总部，他的价值与那批盘尼西林同等重要，绝对不能暴露。

然而，如果“笔仙”出现问题，一切就可能不在她的掌控之中。想到此，她不得不启动她最不想实行的计划。

她驾车驶过一条小巷子时，一个熟悉的身影从她车旁闪现，然后进入小胡同。

吴已楠。

罗亭看清那人是吴已楠时，心头一紧。吴已楠怎么还在上海，难道她没有接到撤到南京的通知？

看到吴已楠，罗亭自然想到在自己眼前牺牲的中共门徒小组“军师”孙丙伦，内心无比难受。她意识到，孙丙伦的尸体还在特工总部，吴已楠作为孙丙伦的妻子，怎会轻易弃他而去？

“幸好吴已楠没有离开上海。”罗亭暗暗思忖。

吴已楠的出现，让罗亭瞬间想出了一个貌似天衣无缝的应对策略。

~ 084 ~

时间：1941年12月8日，星期一。

地点：上海，日占区，极司菲尔路76号，梅机关。

位于极司菲尔路76号的特工总部里，有两件事让李墨群感到头疼无比。

第一件事，就是给沐承风身份定性。这是汪精卫的意思，必须找出真凭实据，才能证明沐承风是中共“31号”。

第二件事，查出代号为“变色龙”的军统特务。来自重庆罗家湾19号的内线称，“变色龙”就潜伏在上海，破坏力极强，但无法确定这个人是谁，在哪里扮演什么角色。

李墨群经过反复权衡之后，决定让苏醒负责调查军统“变色龙”，并为沐承风的身份定性。

苏醒一眼就看出李墨群的小算盘，不露声色地说："对于这个'变色龙'，我早有耳闻。"

"你听说过军统'变色龙'？很好！"李墨群为苏醒冲了一杯咖啡递过去，"苏科长，喝杯咖啡提提神。"

"谢谢。"苏醒接过咖啡杯，放在茶几上，笑问，"主任在重庆应该有内线吧？"

李墨群呵呵一笑，指指苏醒："不愧是警察局电讯科科长，你监听我的电台了吧？"

"我哪敢啊。"苏醒摇摇头，"警察局那点儿破事儿瞒不过主任的，电讯科的设备太落后，怎么可能监听主任的秘密电台呢。"

"舒局不是有个秘密情报室嘛，那里的设备可是最先进的。"李墨群一语双关。

苏醒嫣然一笑："上海就没有能瞒过主任的事儿。"

"上海说大也不大，干我们这一行的，就那么几个人，想不关心都难。"李墨群说完叹口气，"唉，可惜那三十部电台、三辆无线电监测车，都便宜了舒季衡！"

"舒局也是把它们当宝贝供着呢。"苏醒故意显摆她与舒季衡的关系，"一些事情我确实知道。主任，没有舒局亲笔签发的通行证，一般人根本无法靠近情报室。那些先进的玩意儿，情报室的人尚在学习过程中。"

"于是我就成了他们的试验品了吧？"李墨群懊恼地说，"当初如果我再坚持一下，那些宝贝就归特工总部了。"

"前些天，舒局为情报室起了一个特有意思的名字。"

"叫什么？"李墨群饶有兴趣地问。

"炼狱。"苏醒端起咖啡杯，轻轻抿了一口，"舒局喜欢但丁的作品。"

"这个名字取得好！"李墨群竖起大拇指，"炼狱——炼狱，舒季衡这个老小子不是文盲嘛。"

"有关军统'变色龙'的信息，就是'炼狱'侦听到的。"苏醒说，"这个'变色龙'，舒局一直在挖，只是他藏得太深，甚至处于休眠状态。就连军统上海站、中统上海站遭到摧毁后，重庆方面都没有起用他。”

“军统‘变色龙’和中共‘31号’，就是我的两大心病。”李墨群起身走到窗前看了看，“自组建特工总部后，延安方面和重庆方面就想置我于死地。若不是我小心谨慎，恐怕早就见阎王了。尤其那个姓戴的，我一日不见阎王，他一日不会消停。”

“舒局猜测，军统‘变色龙’极有可能潜伏在特工总部。”苏醒走到李墨群身边，轻声补充，“他只是猜测。”

“在我身边？”李墨群猛然转身，“这种玩笑一点儿都不好笑！”

“主任，我说有可能。”苏醒赶紧解释，“这是舒局的分析，特工总部一直在招募重庆方面的特工，混进特工总部是他们的首选。”

“苏处长，你的下一步工作就是调查军统‘变色龙’，并为沐承风身份定性。”李墨群转移话题，“我已通知机要处，你随时可以调阅所需资料。”

特工总部的大部分人，确实来自军统和中统，可以说鱼龙混杂。对于这些人的素质，李墨群心知肚明。他只能对他们边观察边使用，边使用边验证。

“放心吧，主任。”苏醒保证，“这两件事就交给我吧，保证让您满意！”

电话铃声响起。李墨群拿起话筒。

话筒里传出影佐圭吾兴奋的声音：“李主任，你马上到梅机关来一趟。”

李墨群感觉有好事发生，立即对苏醒说：“走，你陪我去梅机关，顺便熟悉一下那里的环境。”

李墨群和苏醒到达梅机关后，一个日本特务把他们带到小红楼。

茶室氤氲，茶香扑鼻。充满日本风情的茶室里，坐着影佐圭吾和一个四五十岁的中国男子。

李墨群向影佐圭吾微微躬身。

影佐圭吾的注意力集中在苏醒身上：“这不是苏小姐嘛！”

“机关长还记得我？”苏醒兴奋地问。

“苏小姐可是汪先生身边的红人，我怎敢忘记呢？”影佐圭吾示意李墨群、苏醒坐下，向他们介绍中国男人，“这位是中共南京地下组织负责人宋鸣谪。”

“难道这位就是传说中的‘笔仙’？”李墨群脱口而出。

“李主任慧眼！”宋鸣谪冲李墨群微微点头。

“我与‘笔仙’神交已久，可是‘笔仙’神龙见首不见尾，一直无缘相见。宋先生，‘笔仙’大名真是如雷贯耳啊！”李墨群像想起什么似的，突然转移话题，“宋先生对南京21号[1]不陌生吧？”

“鄙人经常与南京21号打交道，哪有陌生的道理？”宋鸣谪说，“李主任大名鼎鼎，天下哪个不知？我们虽未谋面，但惺惺相惜却是真的。”

影佐圭吾哈哈笑道：“李主任，客套话就免了吧。宋先生已经是自己人了，以后你们在一起，要多多配合，携手创造不朽之伟业。”

苏醒见宋鸣谪脸上、脖子上伤痕累累，判断他忍受不了梅机关的酷刑，已经投降变节。

李墨群笑道：“机关长这么说，看来我在南京可以包饺子喽！”

“当然。”宋鸣谪从怀里掏出一张纸放在茶几上，“这是中共南京地下组织联络站的地址、成员名单。”

“多谢宋先生。”李墨群拿起名单，看都不看就装进包里，“我还有一事不明，想请教宋先生。”

“这件事恐怕我爱莫能助。”不等李墨群说完，宋鸣谪便说道，“中共的上海和南京地下组织虽然同归南方局领导，但二者并不交叉作业。我这次到上海，也只是为了完成一个任务，对中共上海地下组织的情况并不了解。”

“宋先生昨天上午到达上海，然后就入住梅机关。”影佐圭吾向李墨群解释，“宋先生顾大局、识大体，愿为大日本帝国效力。”

影佐圭吾说得很委婉，但事实绝对不是这样。宋鸣谪刚下火车，便被梅机关特务抓捕，遭受各种酷刑，直到今天上午9点才供认自己的身份。

李墨群不动声色地说：“一看宋先生就是识时务的俊杰。人非圣贤，孰能无过？既然宋先生弃暗投明，以后我们就是在一个马勺里讨饭吃的战友了。对了，宋先生这次到上海办哪趟差呢？”

---

[1] 南京21号：汪伪特工总部南京区，设在南京颐和路21号，与上海76号齐名，时称“21号”或“南京21号”。

“见一个人，运一批药。”宋鸣谪呆滞的目光里，隐藏着无尽的迷茫，仿佛他已经坠入无底深渊。

“见何人？”李墨群轻声问。

“中共‘13号’。”宋鸣谪将茶杯放在桌上，“也就是你们苦苦寻找的门徒小组实际负责人。”

“门徒小组实际负责人不是代号‘国师’的方远声吗？”李墨群盯着宋鸣谪的眼睛，“他已经死了，犬养先生亲眼所见。”

“因共党地下组织工作性质所限，这些情况我尚未掌握。”宋鸣谪把嗓门压低到极限，说话声音几乎连自己都听不清，“我只接到南方局‘虎先生’的密电，内容是：速到沪见门徒小组负责人中共‘13号’。至于方远声是不是中共‘13号’，我真不清楚。”

“宋先生何时与中共‘13号’见面呢？”李墨群追问，根本不给宋鸣谪思考的时间。

宋鸣谪看看表，见已到11点，漠然答道：“半个小时前，千枝秀笔庄。”

影佐圭吾冷冷地补充道：“梅机关的人替宋先生去了，中共‘13号’根本没去千枝秀笔庄！”

“怎么可能？”李墨群狐疑地看了看影佐圭吾，“宋先生在梅机关所言，应该是真的，那个笔庄没有进入可疑的人？”

“10点半只有一个人去买笔。”影佐圭吾伸出一个手指，“她要有问题，所有人都有问题。”

“谁？”李墨群轻声问。

“罗亭，罗局。”影佐圭吾说，“一个小时前，罗局打电话问我何时去中央巡捕房，并说要送我一盒千枝秀笔庄的狼毫笔。对了，她也给你买了一盒，并要求笔庄的伙计送到特工总部。”

“看来罗局去千枝秀笔庄应该是巧合，她是汪先生信赖的人，不可能是中共‘13号’。”李墨群摸着下巴嘀咕着。他看了宋鸣谪一眼，转而问道，“宋先生，中共‘13号’要离开上海吗？”

“是的。门徒小组已经解散，他也该退场了。”宋鸣谪想了一下，补充说，

“哪里出了差错呢？他应该准时到千枝秀笔庄见我啊。”

“是调职到南京吗？”李墨群依旧揪着这个问题不放。

“具体情况我不了解。”宋鸣谪谨慎地回答，“我判断应该不是。这次我的任务只是完成运药，然后返回南京。按理说，中共南京地下组织不可能有两个负责人。”

李墨群轻轻点头，不再追问。他扭头问影佐圭吾：“机关长是派我去南京抓捕共匪吗？”

影佐圭吾点点头：“宋先生投诚一事，属于绝密级，在电报和电话里不能提及一个字。你带着名单去南京，看看这一网下去，能捕到什么鱼。”

“明白，我马上动身。”李墨群起身告辞。

李墨群知道影佐圭吾的用意。宋鸣谪虽然投诚，但他提供的信息需要验证。只有凭借他提供的名单将中共南京地下组织成员一网打尽，才能证明他投诚是真。在上海，梅机关和特工总部才能放心地按照他提供的线索追查中共“13号”。

不能给中共南京地下组织成员一丝喘息的机会，李墨群必须争分夺秒地赶到南京撒网，所以他连特工总部都没有回。他让苏醒传达命令，他不在上海这段时间，特工总部暂由杨枢代管。

~ 085 ~

时间：1941 年 12 月 8 日，星期一。

地点：上海，公共租界，南京路，中央巡捕房。

“笔仙”没有按约定出现，肯定出事了。

罗亭在中央巡捕房没有见到影佐圭吾，进一步印证了她的猜测。

接管中央巡捕房是件大事，影佐圭吾没有理由缺席。看来，埋伏在千枝秀笔庄后面诊所的人，应该是梅机关的特务。

罗亭将刚才自己的行为复盘一遍，没有发现任何纰漏。她到千枝秀笔庄买笔，影佐圭吾和舒季衡事先都知道，一切都安排得天衣无缝。如果问她为什么在那时出现在那里，只能以“纯属巧合”解释了。

可是，“笔仙”作为经验丰富的地下工作者，怎么会轻易被捕呢，哪个环节出了问题？

从特务监视千枝秀笔庄的行为可以看出，“笔仙”肯定变节了，交代出他们接头的地点。

罗亭惊出了一身冷汗。

所幸，“笔仙”的任务只是运药，还不知道与她互换身份、继而负责中共上海地下组织的领导工作。

中央巡捕房已经换了招牌，改为“上海市警察局第一分局”，其他巡捕房按照规模大小依次向下排列。在公共租界时期，中央巡捕房就是警察机构，所以上海日本宪兵司令部才对其举行接管授牌仪式。

上海日本宪兵司令部代表、上海市警察局代表、新闻记者聚集在上海市警察局第一分局门口。晴气武夫代替影佐圭吾发表讲话，罗亭代表舒季衡授牌，万墨翰代表上海市警察局第一分局揭牌，一时间锣鼓震天、镁光灯闪烁，好不热闹。

晴气武夫与罗亭共同剪彩、合影。

挂牌仪式结束后，晴气武夫对罗亭说：“罗局，真对不住，影佐机关长临时有点儿小事，无法脱身。”

罗亭笑道：“让我先恭喜您晋升大佐吧。今日您能前来捧场，日后警察局的工作就好开展了。”她将锦盒递给晴气武夫，“这是我送给影佐机关长的礼物，烦请您代我转交。”

晴气武夫接过锦盒，称下午他还要去南京开会，便带领上海日本宪兵司令部的人走了。

罗亭待晴气武夫走后，示意万墨翰，她有话要对他说。

万墨翰心领神会，吩咐手下引领各方代表、记者到招待所就餐，然后对罗亭说：“属下略备薄酒，请罗局小酌一杯。”

罗亭微笑："算了吧，我这个人向来喜欢清净，这么多人，闹哄哄的，改日吧。"

万墨翰笑道："罗局有所不知，招待所里有间雅室，在里面喝酒聊天，根本不受打扰的。"

罗亭盯着万墨翰："恭敬不如从命。"

那间雅室，只是招待所的一间房子。因房子用石头砌成，周围栽满竹子，如同水墨画一般，因此被称为"雅室"。

罗亭站在雅室门口，看着绿竹映衬着冬日的萧索，不禁赞叹："这里真是闹市桃源，万站长真会享受啊！"

万墨翰道："心中有桃源，方能观其妙。罗局，里面请。"他挥手示意手下退下去，请罗亭进入雅室。

罗亭进入雅室，环顾左右，这里确实如万墨翰所说，闹中取静，便在靠墙的位子坐下，望着窗外的景色，轻声问："万站长应该知道我的身份吧？"

万墨翰在罗亭对面坐下，为罗亭斟茶："罗局怎么知道杨枢的身份？"

"'鱼钩'！"

"'鱼钩'？"

"'鱼钩'策反我的时候，可是打着撮合我和杨枢的幌子，那时候我就猜出了杨枢的身份。"

"'鱼钩'是杨枢的老师。"万墨翰点点头，"罗局很聪明。"

"我只是猜出了杨枢的身份。"罗亭微笑摇头，"当时我被困在凌公馆，消息传不出去，只能冒险试一试。老天眷顾，还让我蒙对了。"

"罗局胆大心细，'断刺'标志一般人看不明白，若不是参与了'军机处计划'，我们也看不懂。"

"若非情况紧急，我也不愿公开自己的身份。"罗亭端起茶杯轻抿一口，"毕竟'三刺'还在休眠。"

"罗局大可放心，您的身份我并没有上报。"万墨翰看着罗亭，心里暗暗思忖，能拿到《日汪密约》原件和珍珠港事件情报，绝非一般人，所以他打心眼儿里敬佩罗亭。

“谢谢万站长成全。”罗亭打量桌上的菜，“这些菜，色、香已经接近完美，看来味道必然不错。”

万墨翰笑道：“罗局是美食家，吃过再下结论也不迟。”

罗亭尝了尝菜，赞叹道：“果然名不虚传。”

“您这是给这里的厨师长脸呢。”

罗亭看了看万墨翰：“万站长，我既然已经亮明身份，重庆方面的事情，就无法置身事外了。”

万墨翰放下筷子：“罗局是大才，党国大业需要您。”

罗亭摇摇头：“什么大才小才的，我只是机缘巧合、随心随遇而已。”

“但是您没有随波逐流！”万墨翰感叹道，“南京政府的高人也不少，只可惜他们忘记自己的祖宗在哪里了。”

罗亭轻声说：“调查沐承风时，沐承风供出了赵甲坊。”

万墨翰哼了一声：“哼，这条疯狗，死到临头还咬人。”

“赵甲坊还在上海吧？”

“在，但他暴露了，只能在暗中协助我工作，难为他了。”

“我有一个想法，可以让赵甲坊光明正大地为党国效力。”罗亭将她的计划告诉万墨翰。

万墨翰听完罗亭的计划，竖起大拇指：“赵甲坊虽然会受点儿皮肉之苦，但能不动声色地打入警察局，值！”

罗亭淡然一笑：“可惜要毁掉万站长一个联络站。”

万墨翰摆摆手：“舍得，舍得，有舍才有得嘛。”

罗亭若有所思地慢慢吃饭，忽然问道：“你想好怎么除掉苏成方了吗？”

万墨翰不假思索地说：“杨枢能接近他，直接把他做了。”

罗亭摇摇头：“不妥！”

万墨翰解释：“苏成方是青帮二当家，现在长江沿岸的青帮都投靠了日本人，除掉苏成方能震慑青帮，对重庆方面只有好处，没有坏处。”

“杀人于无形，才是上策。”罗亭淡淡地说，“牵一发而动全身的事情，万一出现差错，你如何向重庆方面交代？”

“罗局有何良策？”

“李代桃僵。”

“栽赃嫁祸？”万墨翰不解。

“我欠你一个人，必须还你一个人。我有一个计划，能确保杨枢万全。”罗亭端起茶杯喝了一口，停顿一下，“李墨群生性多疑，如果苏成方是共党，就无须杨枢动手，李墨群就会要他的命。”

万墨翰追问：“能再具体一点吗？”

“伪造苏成方的共党身份。”

万墨翰点点头：“这个确实能要他命。”

“坐实沐承风的中共‘31号’身份，再把苏成方变成池鱼。上次审查沐承风时，他无意间说出有个人叫沐承雨。承风承雨，听上去就是兄弟嘛。把苏成方变成沐承雨，对你来说，应该不是难事。”

“小菜一碟！”万墨翰爽快地说，“罗局乃当世诸葛，在下佩服！”

罗亭讲完计划中的所有细节，万墨翰感觉自己的眼界和视角都变大了。他实在想不出，眼前这个柔弱的女人，能制订出如此复杂且稳妥的杀人计划。

这个计划里，涉及梅机关、特工总部、警察局、中共上海地下组织、军统上海站、红帮……若非胸中藏有三韬六略，绝不可能想出如此周密的计划。

万墨翰在心里反复推演几遍之后，面露难色：“这个计划虽然堪称完美，但是有一点我比较担心，中共上海地下组织能配合我们吗？”

“你应该知道门徒小组的‘军师’。”罗亭说。

“孙丙伦嘛，他找过我，并说明他的真实身份。”万墨翰说，“老共党，以身赴死，让人佩服。如果我们的兄弟能有如此大义，国家何以至此啊！”

“孙丙伦的尸体还在特工总部。”罗亭拿起毛巾擦擦嘴巴，“你设法把他的尸体交给他的妻子吴已楠，吴已楠应该能配合我们的。”

“吴已楠，吴已楠——”万墨翰默念。在方远声牺牲那天，他目睹吴已楠驾驶“大风号”货轮运走药品，“她怎么还敢留在上海？”

提到孙丙伦，罗亭内心无比痛苦，扭头望向窗外，轻声说：“应该是为了孙丙伦。如果你弄到孙丙伦的尸体，她就会主动求助于你。多年夫妻，感情深厚，为了孙丙伦，她应该不惜代价。”

~ 086 ~

时间：1941 年 12 月 8 日，星期一。

地点：上海，日占区，桃源里；公共租界，沙逊大厦。

星奔川骛，耕云钓月，一晃就是百天。

日落星稀，坠兔收光，夜幕笼罩大地。

桃源里是高档洋房区，坐落在虹口，是日本驻上海高级官员的府邸。它的四周是高大的围墙和参天大树，只有一道欧式塔楼大门，上面悬挂刻有“桃源里”三个字的匾额。

一栋洋房的院门上挂着一个木牌，上面漆有“11 号”字样。

此洋房二楼屋内，一面穿衣镜前，一个六十岁左右的男人正在穿衣服。

男人穿上熨得妥帖的衬衣，轻轻套上笔挺的西服，在镜子前照了又照，生怕存在一点瑕疵，看来他绝对是非常讲究的人。

他抬起头，注视镜子里自己的脸。

那张脸，与凌云洲的父亲凌国轩的脸，几乎一模一样。

桌上放着一张请柬，上面写着“敬请原宝轩先生莅临华懋饭店”字样，落款是日军第十三军司令官松井太久郎和上海日本宪兵司令部司令官德川长运。

他拉开抽屉，拿出带有“分规、曲尺和书本”[1] 图案的徽章，戴在胸前。

他叼着雪茄，从口袋里掏出一张纸条，上面写着“老 A，老龟已死，13 号”。他瞥了一眼纸条，随后抬起手，“啪”的一声，手中精致的 zippo 打火机

[1] 美生会的标志。美生会即共济会，共济会在中国称为美生会。

跳出蓝色火苗，点燃雪茄，烧掉纸条，然后潇洒地摇了摇打火机，“啪”的一声合上盖子。

他就是凌云洲的父亲凌国轩，现在化名原宝轩，担任岩井公馆大总管，真实身份是中共上海地下组织成员“老 A”。

他站在窗前，指间青烟袅袅，凝视着熟悉的窗外，眼前却变得一片恍惚，思绪渐渐被拉到三个月前的东京。

那天是 1941 年 10 月 10 日，中国的双十节。

在尾崎秀树家的小院子里，一阵疾飞吹过，黄叶纷飞落满园。

小院子里，凌国轩和尾崎秀树在石桌前下围棋。

尾崎秀树举棋不落，低声说：“凌先生高明，仅仅改写海森堡的一项数据，就让希特勒将研制原子弹的计划搁置。”

凌国轩淡淡一笑：“一个数据足以改变全世界。”

尾崎秀树落下一子：“这一点我要好好向您学习呀。”

凌国轩审视棋局：“我改写了海森堡的一项数据，结果呈给希特勒的报告是，要想通过核裂变原理生产核武器，至少需要五吨铀 235，制造原子弹的可能性极低，就算制造出来，至少也得二十年。”

“希特勒等不起，自然不愿意为二十年后的东西耗费巨资。急功近利、贪得无厌，乃纳粹本质。”尾崎秀树接着问，“凌先生在德国的使命已经完成，接下来准备做什么？”

凌国轩仰起头：“返回中国，与炎黄子孙一起驱逐外患。”

尾崎秀树摇摇头：“现在到处是战场，返回中国谈何容易？曾经的你已经为国捐躯。如果你突然出现，凌公子的身份必将暴露。”

凌国轩点点头：“我有一个计划，只是有些冒险，但可置我于死地而后生。”

“说说看。”

“天皇情报机构‘仁者’，有人说有，有人说无，就像清朝雍正皇帝的‘血滴子’一样。”凌国轩微微一笑，“我可以借助这一传闻，以‘仁者’身份返回中国。”

“的确有些冒险，不过可以试一试。”尾崎秀树举棋沉思，“‘仁者’身份无法查证，子虚乌有，虚虚实实，谁也无法证明你不是‘仁者’。”

“就给他们一个不得不信的理由嘛。”凌国轩落子，“这得仰仗尾崎君坐实此事。”

尾崎秀树迟疑：“你诈死之事，‘老龟’最清楚。你回到中国，很难绕过‘老龟’。”

“‘基督’赴死，‘老龟’岂能存活？”凌国轩说，“只要‘老龟’不在，我就可以安然出现在上海。”

尾崎秀树看看棋局，投子认输：“不得不佩服你的算力，这盘棋我又输了。走，去帝国大厦，我们把戏做足。”

日本东京帝国大厦包间内，尾崎秀树邀请日本外务省高官伊藤喝酒。尾崎秀树借故出去，他开门时，凌国轩恰好从门前经过。

尾崎秀树转身走到伊藤面前问：“您看到刚才过去的那个人了吗？”

伊藤起身走到门口，打量凌国轩的背影，好奇地问：“谁？”

“我在首相府邸见过他，据说他是天皇的‘仁者’。”

“他叫什么名字？”

尾崎秀树悄声说：“他善于装扮支那人，支那名字叫原宝轩。”

伊藤和陆军部军官唐泽一同视察东京湾日军训练基地。一排排日军正在列队练习拼刺刀，高喊“虎、虎、虎”。

尾崎秀树和凌国轩站在高处看日军训练。

伊藤指着凌国轩，低声对唐泽说：“看到尾崎身边那个人了吗？据说他是天皇的‘仁者’。”

唐泽打量凌国轩：“难道真有‘仁者’？”

“我亲眼看到他向天皇汇报工作。”伊藤煞有介事地说，“天皇还称他为

‘大元宝’，可见天皇对他宠爱至极。”

“多谢提醒，日后我们和这种人应该保持一定的距离。”

东京帝国大厦里正在举办高端沙龙酒会。凌国轩端着红酒杯，坐在角落里，静静地观察众人。

外务省官员坐在桌前喝酒。伊藤指指凌国轩，与同僚低语：“那个人是‘仁者’，以后你们要多加小心。”

唐泽也指着凌国轩，与同僚低语：“他是天皇的‘仁者’。这种人，酿酒不甜，做醋必酸。”

唐泽看到伊藤，起身走到伊藤面前，暗指凌国轩，低声说：“伊藤君，不能让这种人出现在我们左右，得想个法子把他弄到支那去。”

伊藤点点头：“好主意。他不是擅长装扮支那人嘛，我们就联手把这颗雷埋到支那。”

不出一个月，凌国轩就拿到了外务省调令，出任岩井公馆大总管。他到上海后，发现“老龟”未死，而且还在他身边，只好以熟悉业务为借口避而不见“老龟”。直到中共门徒小组除掉“老龟”，他才开始执行他的计划。

原宝轩[1]站在沙逊大厦对面的街道上，见一个犹太侍应生走出沙逊大厦，便将雪茄扔到地上踩灭，径直向沙逊大厦走去。

犹太侍应生看到原宝轩胸前的徽章，立刻鞠躬说：“沙逊先生在顶层恭候。”

原宝轩伸手向前一指，犹太侍应生带他走进沙逊大厦。他们乘坐电梯来到沙逊设在顶层的办公室。

这位被上海上流社会尊称为“沙逊先生”的犹太人，大约五十岁。他继承了沙逊家族从鸦片战争时期积累下来的财富，摇身成为世界巨富。

沙逊胸前也戴着一枚美生会徽章，站在门口笑迎原宝轩。他的一只脚有

[1] 作者按：为行文方便，下文中的“凌国轩”全部使用他的化名“原宝轩”。

点儿跛，显然受过伤。

“原先生，请坐。”沙逊待原宝轩进入办公室后，做出“请”的手势。

原宝轩坐在沙发上：“沙逊先生，打扰了。”

沙逊向原宝轩鞠躬：“原先生是我兄弟所罗门的恩人，去年若非原先生搭救，所罗门就死在纳粹手中了。”

“同为美生会会员，我怎能见死不救呢？”原宝轩摆摆手，“过去的事情，您无须再提。”他打量房间，赞叹道，“您的工匠精神，令原某佩服。工匠精神是美生会宗旨，您是集大成者。”

“我们都是手艺人，只是所属行业不同罢了。”

“沙逊先生，客套话我就不多说了。我们直入主题吧。”

“请讲。”

“您与拉乌尔先生见过面吧？”

沙逊点点头：“拉乌尔先生是犹太人的大恩人，上海一半以上的犹太人都接受过他的恩惠。”

“拉乌尔先生死在上海，也算如其所愿了。”原宝轩说，“有这么多人为他祈祷，他在九泉之下也能安息了。”

“拉乌尔先生来见我时，就坐在这里。”沙逊指着原宝轩所在位置，“他说，他遇难后，您会来找我，替他完成未竟使命。”

“拉乌尔先生向您提起过‘光计划’吗？”

“说过。”

“‘光计划’包含三个子计划。第一个子计划是‘原子计划’，已被拉乌尔先生破坏；第二个子计划为‘炼狱计划’，日德两国建立同盟的约定之一，就是彻底解决犹太人问题，幕后主使是土肥原；第三个子计划为‘B 计划’，目前我还没有弄清该计划内容，只知道由宫本正仁主导。”

“‘炼狱计划’事关犹太种族安危，我不能坐视不管。”沙逊拿起一支雪茄递给原宝轩。

原宝轩接过雪茄点燃：“‘炼狱计划’已经启动，我需要您的帮助。”

沙逊愤愤地说：“太平洋战争爆发，日本必然需要德国支持，而屠杀犹太人是日本献给德国的投名状。对此我们绝对不能心存侥幸。原先生如有需要，我必当肝脑涂地。”

原宝轩道：“日德两国虽是同盟，但彼此都有私心。据我了解，土肥原制订的‘炼狱计划’也有两个子计划，第一个子计划就是两年前制订的‘河豚计划’。”

沙逊说：“就是觊觎我们犹太人的财富。”

“一念天堂，一念地狱，即为炼狱。”原宝轩说，“土肥原为了获得不义之财，应该不会大肆屠杀犹太人。一旦他得不到犹太人的财富，便会执行德国提出的‘上海最终解决方案’。”

沙逊向窗外望去，默念道：“上海三万犹太人，已经是日德两国砧板上的肉啊！”

“日本人垂涎您的财富已久，此次岂能放过？”

“原先生可有应对良策？”

“财富转移，貌合神离。”

“如何转移？如何神离？”

“江仲阁名义上是上海首富，实则他的财富体量远不及您的家族。”原宝轩起身走到窗前，注视楼下的黄浦江，“您名义上支持南京政府就可以确保财富安全。”

沙逊也走到窗前：“我曾向重庆方面出售过军火，恐怕已经上了南京政府的黑名单了。”

“南京政府专门成立了一个经济委员会，其主要任务是通过各种渠道赚取外汇，搜集黄金、白银，利用证券市场赚取财富。”原宝轩吐了一口烟，“这个委员会由周佛麟主持，日军没有占领公共租界前，周佛麟的主要对手是英美金融机构、重庆方面设在公共租界的银行，还有日本华中振兴株式会社。日军进驻公共租界后，英美金融机构搬至香港，重庆方面也关闭了公共租界的银行，周佛麟不得不直接面对日本华中振兴株式会社，必然投鼠忌器。”

沙逊点点头：“日本华中振兴株式会社是日本政府通过金融市场套取外汇和金银，支持日军侵略的经济代理机构，周佛麟哪敢跟它抢食吃！”

“我在法租界创办江淮银行，收购飞马牌香烟公司，经东亚同文会[1]牵线搭桥，撮合南京政府经济委员会和日本华中振兴株式会社共同创办证券公司，取名为‘共生证券公司’，一起赚上海人的钱。”原宝轩转身望着沙逊，“上海江家和南京唐氏已同意入股，就等您点头了。”

沙逊点点头：“上海江家、南京唐氏，再加上沙逊家族，共生证券公司将成为上海最大的证券公司。”

“这只是明牌，还得有一副暗牌做定海神针。”

“暗牌？”

“共生证券公司的股东中，再加上日军第十三军司令官松井太久郎、上海日本宪兵司令部司令官德川长运、外务省的岩井英一，这样就能确保万无一失了。”

沙逊难以置信：“让豺狼看家护院，可行吗？”

原宝轩笑了笑：“如果您相信我，就让我去试试。豺狼用好了，也能看家护院的。”

“一切听从原先生安排。”

“好，有您鼎力支持，我就放心了。”原宝轩说，“我刚才提到的这些人中，岩井英一已被我说服，松井太久郎和德川长运已到华懋饭店，准备请我吃饭呢。”

沙逊笑道：“看来您是胸有成竹呀！”

原宝轩伸出手：“既然我们都是手艺人，就联手以匠人精神打造共生证券公司。”

沙逊握住原宝轩的手：“匠人之心，共生证券，有点儿意思。”

原宝轩辞别沙逊，乘坐电梯来到设在沙逊大厦四至九层的上海顶级豪华饭店——华懋饭店。华懋饭店在六至七层设有英、美、印度、德、法、日本、西班牙、中国等国风格的套房，卓别林、萧伯纳、泰戈尔等名人都曾入住过。

原宝轩来到华懋饭店日式套房，松井太久郎、德川长远起身相迎，对其

[1] 东亚同文会：1898—1946年存在的日本民间外交团体和亚细亚主义团体，是后来于上海成立的东亚同文书院的前身，也是当今霞山会的前身。

颇为恭敬。

原宝轩朗声笑道："二位是稳定上海经济的定海神针，鄙人受此礼遇，实在承受不起呀！"

三人坐下后，松井太久郎颔首说道："原先生是'仁者'，我等怠慢了。"

原宝轩摆摆手："那是我在国内的职务，现在我在上海，说我是岩井公馆大总管更合适。"

德川长运问："原先生就是岩井公馆新上任的大总管？"

原宝轩点点头："惭愧，惭愧。作为隐蔽战线工作者，我连真实身份都瞒不过同仁，所以天皇就把我发配到上海来了。"

德川长运说："您是天皇近臣，何谈发配？应该是委以重任更准确。"

原宝轩抱拳拱手："但愿托二位之福，让我早日返回国内。说实在的，别说适应不了这里的人，就连这里的天气我都适应不了。我作为岩井公馆大总管，在其位就得谋其政。对于我的提议，二位有何高见？"

松井太久郎说："您的提议基本上与'海豚计划'一致，我鼎力支持您。"

德川长运说："犹太人狡诈多端，只能使用您的办法。"

原宝轩说："共生证券公司的经营理念，与大东亚共荣圈一脉相承，都有共荣、共生之意。我做事讲究礼法，喜欢不战而屈人之兵。通过共生证券公司，榨干犹太人和支那人的财富，满足帝国所需，才是我此行的目的。"

松井太久郎说："我等都是军人，舞枪弄棒勉强凑合，对金融几乎一窍不通。此事就仰仗您全力运筹，我等在背后支持。"

原宝轩说："二位和岩井公馆总领事的股份，表面上由我持有，私下我再与诸位签署股份分配合约。"

松井太久郎点点头："今日之事，必须保密。"

原宝轩眨眨眼睛："二位，今天我们见面了吗？"

德川长运呵呵一笑："我从未见过原先生。"

第三章　取　证

~ 087 ~

时间：1941 年 12 月 9 日，星期二。

地点：上海，法租界，洋房区；日占区，梅机关。

望着镜中的自己，他不知道想哭还是想笑。

两天前的晚上，他“死”在风雨中，尸体被送到虹口陆军医院，然后就无人问津了。

他为大日本帝国的霸业潜伏中国十年，竟然落得这般下场，令他无比沮丧，欲哭无泪。

他看透了一切。人生短短数十年，不值得为别人活着，哪怕这个人是神一样存在的天皇。当他成为弃子时，就是随时可弃的蔽履。

幸亏，他足够机警，在狙击手扣动扳机时，立即做出一个向上跳跃的动作。

那个动作非常怪异，他似乎知道弹头向头部射来，便以胸口受弹。

他敢以胸口受弹，是因为他穿着一件用蚕丝制成的齐格林防弹衣。

狙击手那一枪的确射中他的胸口，幸运的是，齐格林防弹衣挡住了那颗弹头，可他仍承受了弹头的巨大能量，以至于狙击手和日本宪兵都确认他死了。

镜中的容颜似乎有些变化，至少发型变成寸头。他不喜欢这种发型，可是他不剃成寸头，就无法变成蒋文汉。

“凌岳州！”他苦笑着点指镜中的自己，喃喃自语，“凌岳州已经不复存在，你就是蒋文汉。”

他就是犬养中堂的私生子凌岳州。

在圣三一教堂，他被江澄子一枪击中胸口，当场窒息晕倒。江澄子检查过他的鼻息，确认他死亡后才离开。

他被送进虹口陆军医院太平间，由于日军忙于控制公共租界，没有时间处理他的“尸体”。

次日清晨他才醒过来，找医生治疗后，趁着清净的空当整理一下思绪。

犬养中堂不在安全屋，意味着他要遇到麻烦了。

如果犬养中堂做了逃兵，他也得做逃兵，不逃就是死，因为龟机关不会给他活下去的机会。

他经过多方打探得知，犬养中堂不是逃了，而是死了。犬养中堂死了，他的天就塌了。

他没有选择离开上海，而是相信“灯下黑”“大隐隐于市”，于是他杀掉上海市警察局的蒋文汉，并冒名顶替之。

上海市警察局成立时，李墨群派凌岳州对上海市警察局的人逐一摸底。凌岳州必然会注意到跟他长得很像的蒋文汉。

凌岳州对蒋文汉做过彻底调查，可以说事无巨细，甚至雇用柏林的盖世太保调查。一通调查后，他发现蒋文汉身上隐藏着很多不为人知的秘密。

蒋文汉在德国慕尼黑军校读书时，就已经加入盖世太保，回国后到重庆拜舒季衡为师。汪精卫叛国时，蒋文汉跟随舒季衡去了河内，并一路保护汪精卫回到上海，进而成为舒季衡的心腹。

令凌岳州大跌眼镜的是，蒋文汉喜欢的女人，竟然是舒季衡的情人师婉笛。凌岳州跟踪过师婉笛，发现她也不是普通人。

没等凌岳州摸清师婉笛的身份，就在圣三一教堂中枪了。

凌岳州理出和蒋文汉一样的寸头，摸进蒋文汉在法租界的家。从东京回来的蒋文汉，打开房门后，看到家里出现另一个自己，顿时愣住了。

就在蒋文汉惊诧之际，凌岳州用水果刀割断蒋文汉的喉咙，鲜血溅了一地。

凌岳州将蒋文汉埋在院子里，又在尸坑上面建了一个花坛。

凌岳州住进蒋文汉家后，在书房内看着照片中穿警服的蒋文汉，仔细揣摩、模仿蒋文汉的表情。

这时传来敲门声。

凌岳州猜出来人应该是师婉笛，便开门让她进来。

师婉笛性感妩媚，进屋后就搂住凌岳州的脖子索吻。凌岳州只好配合，并抱着师婉笛走入卧室。

一番云雨后，师婉笛捧着凌岳州的脸说："去了一趟日本，好像高了些，瘦了些，也生猛了些。"

凌岳州发觉师婉笛真的很特别，在那一刻就栽倒在她的石榴裙下，爱上了这个似乎已经识破他身份的女人。

男女之事，尺寸之间便有差别。师婉笛岂能察觉不出他是冒牌货？

师婉笛看破不说破，依旧陪凌岳州吃饭、喝酒，然后上床。她咬着他的耳朵，喃喃自语："不管你是谁，我喜欢的就是这张脸。"

凌岳州抚摸她的胴体："不管你是谁，你的一切我都喜欢。"

师婉笛走后，凌岳州查看蒋文汉的皮箱。皮箱里除了衣服，都是些零碎的东西。就是这些零碎的东西，揭开了蒋文汉的秘密。

蒋文汉一个月前去东京，会见德国驻日代表、有"华沙屠夫"之称的梅辛格。皮箱里，不仅有梅辛格写给蒋文汉的密信，还有竹机关发给蒋文汉的电报。

蒋文汉不仅是德国方面执行"上海最终解决方案"的盖世太保，还是日本特务。

竹机关通过电报命令蒋文汉，到虹口码头迎接中村宇都。

凌岳州拿起一支美国原装进口派克 14K 金花杆钢笔，看到笔帽上有一块凹痕，意识到这支派克笔，可以帮他重返龟机关。

按照电报中约定的时间，凌岳州驱车赶到虹口码头。中村宇都虽然和蒋文汉没有任何交集，但看过蒋文汉的所有资料，包括照片。中村宇都下船后，凌岳州便上前迎接。

中村宇都一眼认出凌岳州："你是蒋先生？"

凌岳州接过中村宇都的皮箱："是的，我就是蒋文汉。"

他们上车后，凌岳州问："中村先生是去会社，还是——"

中村宇都说："华懋饭店。"

凌岳州驱车前往华懋饭店。开始时，他们还说一些客套话，轿车驶过外白渡桥后，他们的谈话才进入正题。

"蒋先生，这次土肥原将军派我配合你。"中村宇都向黄浦江眺望，"你是'炼狱计划'负责人。"

"嗯。"凌岳州不知道"炼狱计划"的具体内容，不敢接话。

"你应该不知道具体内容吧？"

"嗯。"凌岳州貌似不在意，"我只是跑腿的，一切听从您的安排。"

中村宇都点点头："我把行李放到华懋饭店后，我们去一趟梅机关。德国方面的事，现在我也不好多说。"

凌岳州豁然明白，蒋文汉只是以盖世太保身份参与日本华中振兴株式会社行动，于是稍稍放心。他将中村宇都的行李送到华懋饭店，然后又和中村宇都赶往梅机关。

影佐圭吾见到凌岳州时，以为是凌岳州复活，非常惊讶。得知他是警察局的蒋文汉，才半信半疑地接受。

影佐圭吾请二人坐下："梅辛格上校本打算来上海的，只因东京事务繁忙，抽不开身，就致电梅机关照顾蒋先生。如需梅机关协助，蒋先生尽管开口。"

凌岳州说："梅辛格上校一直在敦促东京高层解决上海犹太人问题。"

影佐圭吾问："关于这个问题，我还没有接到陆军部的命令，我们需要从长计议。"

中村宇都从公文包里掏出一份文件递给影佐圭吾："学长，岩井公馆大总管要创办共生证券公司，日本华中振兴株式会社也入股了。”

影佐圭吾接过文件，大致看了一遍：“日本华中振兴株式会社与老师有关？”

中村宇都说：“确切地说，是竹机关的情报站。”

影佐圭吾问：“老师的意思是——”

“渡边淳不但是日本华中振兴株式会社副社长，还是日籍共党分子、中山功情报小组成员。”中村宇都从公文包里又掏出一份文件递给影佐圭吾，“渡边淳是帝国的败类，这些证据是从他家里搜到的。”

影佐圭吾问：“渡边淳在上海吗？”

中村宇都摇摇头：“不知所踪。”

影佐圭吾又问：“在上海失踪的？”

中村宇都点点头：“我会找到他的。两个月来，他多次向一个中国人贩卖情报。”

影佐圭吾放下文件：“谁？”

中村宇都从公文包里掏出一张照片递给影佐圭吾。

影佐圭吾看了看照片，脸色突变：“怎么是他？”

中村宇都问：“您认识岩井公馆大总管原宝轩？”

影佐圭吾说：“绰号‘大元宝’嘛。”

中村宇都说：“学长，老师派我秘密调查他，蒋先生协助。”

影佐圭吾说：“原宝轩身份特殊，请恕我不便表明。你可以调查他，但不能公开进行。没有确凿证据，绝不能抓捕他。”

中村宇都说：“明白。第二件事，老师让我协助梅机关调查‘圣杯’。”

影佐圭吾问：“‘圣杯’到底是谁？老师圈定范围了吗？”

中村宇都一字一顿地说：“原宝轩。”

影佐圭吾皱眉：“怎么又是原宝轩？”

中村宇都说：“原宝轩在德国逗留过一段时间，曾在‘铀俱乐部’工作过，老师怀疑他知道重水之事。经竹机关调查，他还去过莫斯科。我们有理由怀疑他是共产国际成员。”

影佐圭吾说："我还是那句话，找到确凿证据再下定论。"

凌岳州插话："第三件事，我们替梅辛格上校调查上海犹太人的情况。"

影佐圭吾对凌岳州说："我会把相关资料给你的。"

"我们需要第一手资料，必须亲自调查。这是梅辛格上校特意交代的。这些资料要为他制定最终解决方案提供依据。"凌岳州起身向影佐圭吾鞠躬，"我的盖世太保身份，还望机关长保密。"

~ 088 ~

时间：1941 年 12 月 9 日，星期二。

地点：上海，公共租界，黄浦江畔，大公制药厂。

离大公制药厂门口不远的法桐树下，停着一辆黑色轿车。

这辆轿车昨晚就停在那里，再也没有动过。刚成为特工总部特务的青帮弟子春子和板子一直坐在轿车里。

苏成方身穿便装，只身走到轿车旁，向大公制药厂瞟了一眼，轻轻拉开车门，钻进去坐到主驾位，从春子手里接过望远镜，向大公制药厂大门望去。他见大门上封条断了，问："春子，有什么情况？"

"上午没什么情况。"春子打了一个哈欠，"不过，最近半个小时内，进去三辆轿车，其中一辆是凌云洲的。"

"胆子真他妈的肥！"板子指着大门上的封条，"日本人贴的封条，姓凌的一把就给撕了。"

苏成方说："凌处长奉李主任之命调查大公制药厂，别说日本人的封条，就是如来佛的封印也能撕。"

"让他查老丈人的药厂，能查出来个屌！"春子嘟囔。

"秃子头上的虱子明摆着！"苏成方见春子埋怨，摆摆手说，"李主任就是想息事宁人，让凌处长走走过场而已。那两辆车是谁的？"

“有一辆车是警察局的。”春子回答。

“警察局也介入了？”苏成方将望远镜扔给春子，“看来我的猜测没错。第三辆车呢？”

“普乐天的。”春子回答，“我看到他下车开大门了。”

“普乐天？给我盯紧他！”苏成方掸掸手里的帽子，“咱们的活儿，讲究快、准、狠，脑子反应快、判断要精准、下手必须狠！这次你们做得漂亮点儿，让特工总部那群孙子瞧瞧，咱们青帮人也不是吃素的。”

板子从春子手里接过望远镜，观察大公制药厂，边看边说：“江公馆、大公制药厂、巡捕房，我都安排了咱们的人。”

“必须用自己的人。沐承风经营行动队时间不短，我摆弄不动他的人。这样也好，不服我的，都他妈的扫大街去。”苏成方冷笑着下车，看了大公制药厂一眼，转身离去。

普乐天通过冈本一策的关系，在上海日本宪兵司令部拿到批条，返回大公制药厂取他的个人物品。

日本军部强行低价购买大公制药厂后，计划将大公制药厂改建为华东战区制药基地，专门为华东日军生产药品。

“巧了！”普乐天心里的烦闷，见到罗亭便如雾霭遇见风，瞬间消失，“我就是想拾掇一下，没想到把你们给招来了。”

“来这里的路上，我看到苏成方了。”凌云洲见位于三楼的总经理办公室内异常凌乱，几乎没有落脚地方，就将椅子上的杂物扒拉到地上，“他在门口设了暗哨。”

“青帮的人，没受过专业训练。”罗亭见普乐天喜笑颜开，她心里却很酸楚。他们结婚多年，聚少离多，不知是她亏欠他，还是他亏欠她，或许这就是“国破山河在，城春草木深”的悲哀。

她不敢表露出任何情绪，见凌云洲坐下来，冲他淡淡一笑：“药厂大门被封，那辆车停在那里不动，暗哨也变成明哨了。”她从包里拿出相机，走到窗前，拉开窗帘，“估计苏成方一定想不到，他在为自己制造麻烦。”

“什么麻烦？”凌云洲好奇地问。

“那辆黑色轿车不是特工总部的，是苏成方自己的。他在药厂门口溜达，可以说是监视，也可以说是打探消息。”罗亭指了指相机，“我拍下来了，虽然不是直接的铁证，但可以作为一种佐证。”

“苏成方认定药品案跟大公制药厂有关。”凌云洲起身走到窗前拉下窗帘。

“拉开窗帘。现在是白天，外面的人看不到我们。”罗亭说道。

凌云洲一脸诧异地向罗亭望去，见她笑意盈盈，旋即明白她的想法。“刺啦”一声，他拉开窗帘，回到椅子前坐下。

“对于药品案，小鬼子干打雷不下雨，虽然叫嚷着深入调查，其实醉翁之意不在酒。”罗亭走到窗前，环视药厂大院，“这里很快就要变成日军的华东战区制药基地了。”

“这才是他们购买药厂的真实目的。”收拾东西的普乐天闻之愕然，“早知道是这个结果，当初还不如一把火烧掉。”

罗亭轻声说：“一旦这里变成日军的华东战区制药基地，成千上万吨的药品将从这里运到战场，无形中增强了日军的战力，对我军而言就是大灾难。我们必须设法阻止。”

“日本军部不会让中国人参与的。”凌云洲表情严肃。

罗亭转过身：“我会向组织反映的。日本人改造这里需要花一些时间，还需要一批专家。日本人从来就不相信中国人，必然从日本国内派人。我们应该有运作的时间。目前我们最重要的工作，还是嫁祸苏成方，夺回孙丙伦的尸体。”

“方案有了吗？”凌云洲问道，“让苏成方背锅，那个坑必须挖深点儿。”

“今天我看见吴己楠了，她还在上海。她的身份已经暴露，要利用这一点嫁祸苏成方、夺回孙丙伦的尸体，并在警察局建立一个交通站。”罗亭说完，详细说出她的方案。

凌云洲点头：“这个方案好。”

普乐天说：“无论付出什么代价，也要把孙丙伦的尸体弄出来。”

罗亭看了普乐天一眼：“宋小姐要挟你了吗？你答应跟她交往了？”

“假交往，工作需要而已。”普乐天瞥了罗亭一眼，立即把头转到一边。

罗亭微微一笑："宋小姐知道你不会答应，所以才使出缓兵之计。你认为是假交往，她认为是真恋爱。"

"什么？"凌云洲惊愕，"你还让大哥跟宋格谈恋爱？"

"工作需要嘛。"罗亭的眼角有些湿润了，喃喃自语，"假作真时真亦假，真作假时假亦真。"

她的语气轻到不能再轻。她认为普乐天和凌云洲即便听到，也未必听清。

忽然，她想起身边的两个人听力过人，便大声笑道："革命，信仰是真，活着是真，其他都不能较真。没有国，哪有家？牺牲流血在所难免嘛！"

凌云洲心里突然产生一种不祥之感，忍不住问："应该还有其他事吧？"

"中共南京地下组织负责人'笔仙'可能变节了！"罗亭摇摇头，叹口气。

~ 089 ~

时间：1941年12月9日，星期二。

地点：上海，极司菲尔路76号，爱琴海西餐厅，红磨坊素斋。

与极司菲尔路76号特工总部隔街相望的75号金公馆，是一座荒宅，门前零星摆着几个地摊。

正对特工总部大门的是一个擦鞋摊。女扮男装的吴已楠一边叮嘱擦鞋匠不要着急，一边向特工总部大院上空望去。

作为已经暴露身份的地下党员，她出现在这里，几乎是往枪口上撞。

她知道活着才有希望，可是她现在已经失去理智，认为让孙丙伦入土为安才是她必须要做的事情。

吴已楠将药品交给新四军后，没有按照组织安排去南京，而是返回了上海。潜伏在上海的十年里，她和孙丙伦虽然是假夫妻，但她早就准备与孙丙伦生死与共。

十年，就算是两块石头、两株青草，也会产生感情，何况是两个志同道合的同志。

吴已楠深爱着孙丙伦。虽然孙丙伦没有说过爱她，但有些事情是不需要表明的，一个眼神、一个细微的动作，都充满着浓浓的爱意。

吴已楠早已决定，待日本侵略者滚出中国后，她就向组织申请，和孙丙伦光明正大地结婚。可惜日本侵略者还在，孙丙伦却牺牲了。

下午 6 点，是特工总部特务注意力最松懈的时候。

吴已楠从包里掏出钱递给擦鞋匠，转身注视着特工总部的大门，深吸一口气，从包里掏出手枪，大步走过去。

突然，她感觉手麻，低头一看，手枪被人夺走。她刚要反击，就听身后的人说：“是我。”

吴已楠猛地转身，看见身后是一个黑白发相间的男人，低声问：“普先生？”

普乐天收好手枪：“兄弟，等久了吧？走，喝酒去！”说完，他把手搭在吴已楠肩上，带她向一条小巷走去。

吴已楠跟随普乐天走进小巷。她确定身后无人跟踪后，急促地问：“普先生，你不该阻止我。”

“我是‘野兔’。”普乐天压低嗓门说。

“你——”吴已楠突然从身后又拔出一把手枪，对准普乐天，“怎么证明？”

“‘军师’的真名叫柯泷。”

“‘野兔’同志！”吴已楠眼眶发热。

“‘白羊’同志，我奉组长之命来接你。”普乐天说。

“‘国师’还活着？”吴已楠先是兴奋，后是恍惚，摇摇头说，“不可能，我亲眼看见他牺牲了。”

“我说的是台风小组组长。”普乐天见吴已楠精神恍惚，收了她的手枪，“我带你去交通站。”

台风小组的交通站设在锦香茶室。在二楼雅间里，普乐天向吴已楠介绍了中共门徒小组更名为台风小组继续潜伏上海的过程后，又补充说："'笔仙'已经变节，'13 号'不去南京，同志们不日都返回上海。"

"我不用离开上海了？"吴已楠兴奋地问。

普乐天点点头，起身走到窗前，扫视霞飞路，观察周边的情况："我接替'军师'，担任你们的联络人。"

吴已楠听完普乐天的介绍，满脸愧疚："对于今天我的莽撞行为，我向组织检讨。"

"换作是我，也会那样做。"普乐天悄声说。

"今天上午，特工总部的特派员罗亭看到我了。"

"你的身份已经暴露，她看没看到无所谓。不管有多大的困难，我们都要安葬孙老。"普乐天坐下后，将一杯热茶推到吴已楠面前，"'13 号'已经制订好计划，过两天就能安葬孙老。"

"真的？"吴已楠眼睛一亮，"需要我做什么？"

"你要完成一项任务。"普乐天压低嗓门，"这个任务至关重要，只有你才能完成。"

"什么任务？"

"约见苏成方。"

"好！"已将生死置之度外的吴已楠爽快地答应。

苏成方接到吴已楠的电话时，被"同志"的称呼吓了一跳，有些迷糊，但瞬间便清醒了。

"同志"是特殊的称谓，是契机，还是陷阱？他一时无法判断，只是觉得有些恍惚和兴奋。

他没想到共产党员竟然能明目张胆地给他打电话。他不动声色地问："哪位？"

"我是孙丙伦的助手'白羊'。"吴已楠在一家杂货铺里打电话。

"孙丙伦的助手？"苏成方更纳闷了。

“明天上午 11 点，红磨坊素斋见。”

“你找我做什么？”苏成方谨慎地问。

“谈笔交易。”

“什么交易？”

“跟孙丙伦有关的交易。”

“他已经挂了，还交易什么？哦，要尸体吧？”苏成方终于明白对方的意图，不由得挺直上身。

“不，是药品。”

“药品？什么药品？”

“你一直寻找的药品。”

“成交。”

“我只见你一个人。原因嘛，你懂的。”

“好。”苏成方挂断电话，握紧拳头，仰视天花板。人要走运，老天爷都帮忙。他要是查清那批药品的出处，就是大功一件。

吴已楠挂断电话后，转身问普乐天：“录音效果好吗？”

普乐天笑道：“特工总部的设备，差不了。”

吴已楠会意地笑了：“‘31 号’提供的？”

普乐天嘿嘿一笑，没有言语。

“明天苏成方会不会带人？”吴已楠惴惴不安地问。

“他是青帮流氓，说话跟放屁差不多。”普乐天拆卸完录音设备，装进皮箱里。

他们走出杂货铺。吴已楠回头看了看：“这里安全吗？”

普乐天说：“我买的，作为安全房使用。房东急于出国，没有办手续。”

第二天，苏成方如约来到红磨坊素斋，从上衣口袋掏出一张照片看了看，扫视室内一周后，径直走到靠窗而坐的吴已楠对面坐下。

“胆子不小啊！”苏成方指着玻璃窗说，“我想要你的命，一枪就能崩了你。”

坐在街边轿车里的普乐天，举起相机，对准苏成方拍照。

“老孙走了，生死对我来说还重要吗？”吴已楠淡淡地说。

“生死看淡，啥事都干。”苏成方上身向前一探，“情报呢？”

“尸体呢？”吴已楠上身前倾，脸几乎贴到苏成方的脸上。

苏成方嘿嘿一笑：“吴小姐，你好像没有资格跟我谈条件。”

吴已楠从包里拿出一张纸条，递给苏成方说：“这就是条件。”

苏成方疑惑地看了看吴已楠，接过纸条，见上面写着“大公制药厂”五个字，心里激动，嘴上却骂道：“我他妈的早就知道那批药品跟大公制药厂有关。”

吴已楠盯着苏成方：“那批药品已经被我运到苏北了。”

苏成方冷笑：“说点儿有用的。”

“由于运力有限，还有一些药品没有运走。我回来，就是为了取走那些药品。”

“什么药品？”

“盘尼西林。”

苏成方见是盘尼西林，就不再怀疑，追问道：“在哪里？”

“大公制药厂。”

“具体点儿。”

“只有见到老孙的尸体，你才能知道。”

苏成方见吴已楠态度坚决，心里有些踌躇，靠在沙发上，点燃一支烟，但目光依旧没有离开吴已楠的脸。

他思索片刻，忽然站起身，将烟头狠狠地按在烟灰缸里：“今晚 8 点，静安寺。”

吴已楠起身，伸出手：“合作愉快。”

苏成方摇摇头：“我们是合作吗？是交易，有条件的交易！”

吴已楠嫣然一笑，用力握住苏成方的手十秒后才松开：“谢谢！”然后，她冷冷地盯着苏成方，“别忘了，我时刻准备去陪老孙。”说完，她径直离去。

苏成方彻底被吴已楠弄糊涂了，不知道她的葫芦里卖的是什么药。但想到市面上紧缺的盘尼西林，他又兴奋起来，哼着小曲走出红磨坊素斋。

他迎面碰到普乐天，觉得像吃了苍蝇，朝地上啐了一口痰。

“这不是苏队长嘛！”普乐天冲苏成方招手，“你也吃素啊？”

“你管得着吗？”苏成方愤愤地问。

“你吃屎我都不管。格格就喜欢吃红磨坊素斋的点心，没办法。”普乐天晃了晃手中的点心盒子，“我只能给那个小磨人精买喽。”

苏成方没有说话，踹了一脚面前的树，气呼呼地走了。

~ 090 ~

时间：1941 年 12 月 10 日，星期三。

地点：上海，日占区，极司菲尔路 76 号；公共租界，爱琴海西餐厅。

苏成方决定赌一把。

他的赌注不是孙丙伦的尸体，尸体只是诱饵，吴已楠肯定拿不走，这一点他确信无疑。

他的赌注是杨枢支持他的行动计划。

李墨群不在上海，只有获得杨枢支持，他的行动计划才能实行。好在特工总部的人，大多是好大喜功之辈。

苏成方见到杨枢，直截了当地汇报：“杨处长，我发现一个共党分子。”

“共党分子？”杨枢眼里闪出贼光。

苏成方见杨枢果然对共党分子感兴趣，接着说：“孙丙伦的助手。”

“吴已楠！”杨枢兴奋地问，“你怎么发现她的？”

“确切地说，是她主动找我。”苏成方诡异一笑。

“什么？”杨枢一愣，“她为什么主动找你？”

“交换孙丙伦的尸体。她是孙丙伦的媳妇，用药品来源交换，可以理解。”

“这是坑吧？”杨枢半信半疑，“共党分子绝对不会做这样的交易！”

“她的身份已经暴露，已经是共党弃子了，投靠我们也是可以理解的。我还获得一个消息。”苏成方压低嗓门说，“门徒小组成员全部撤到南京。这次主任去南京，应该与此事有关。”

“消息可靠吗？”杨枢低声问。

“来自警察局，应该可靠。”

“你在警察局有眼线？”杨枢盯着苏成方，“如果我猜得没错，你想用孙丙伦的尸体做饵吧？你不告诉我眼线是谁，我可不敢把孙丙伦的尸体交给你。”

苏成方见杨枢有点犹豫，补充道：“此人此事，天知地知，你知我知。”

杨枢撇嘴道：“我作为机要处处长，能稀罕行动队的仨瓜俩枣？”

“那倒是。”苏成方一脸谄媚，“警察局总务科科长陈起。”

“陈起？”杨枢不动声色地说，“我认识他。他怎么可能知道这么多呢，不能够啊！”

苏成方把嘴巴凑到杨枢耳边：“他是日本人。”

“什么？”杨枢瞪大眼睛，“你怎么知道的？”

苏成方低声说：“陈起好色，在青帮妓院里闹事，被兄弟们撅了。他开始挺横的，后来见我要切掉他裆下三寸不祥之物，他才老实交代。”

“女人就是祸水，日本人也喝啊？”杨枢摇摇头。

“拍了裸照。”苏成方掏出烟盒，抽出一支递给杨枢，并给他点燃，“听说吴已楠对孙丙伦非常痴情，她不想让孙丙伦曝尸荒野，说得通。”

杨枢吸了一口烟：“事太大，我得请示主任。”

“别啊！”苏成方正在点烟，听杨枢这么说，急忙晃动打火机，“一来一回肯定浪费时间，万一主任接不到电报，不就耽误事了嘛。吴已楠整天跟疯子似的在大街上溜达，没准儿转眼间就被共党分子做掉了。”

“苏队长，我只是代管特工总部，代管和真管是两回事儿。万一中间有个闪失，我的小身板还真填不了你挖的大坑。”杨枢想了想，“周部长在上海，我马上请示周部长。只要周部长同意，你就放手去干。”

苏成方催促道：“赶紧！”

杨枢拨通周公馆电话，向周佛麟汇报苏成方的行动计划。周佛麟对苏成方不感冒，只对抓共党分子感兴趣，立即同意苏成方的行动计划并叮嘱杨枢务必留活口。

杨枢挂断电话，对苏成方说："虽然周部长同意了，但是你还要签署一份行动请示报告。"

苏成方见此事成了七成，开心地问："什么报告？"

"主任回来之前，部里任何工作都不能出现差错。"杨枢拿起一张空白纸和钢笔递给苏成方，"你把你的行动请示报告简单写一遍，说明你借用孙丙伦尸体的具体原因，并已获得周部长批准，然后签字就行了。有一点你要记住，行动请示报告中千万不能提到我。"

苏成方知道杨枢不想担责任，又想捞好处，便一脸鄙夷地接过纸笔写了一份行动请示报告。写完后，他问杨枢："我可以运走尸体了吧？"

杨枢抱拳拱手："祝你凯旋！"

苏成方起身出去，命手下将孙丙伦的棺材抬到卡车上，等候他的命令。安排完毕，他见时间尚早，想起在红磨坊素斋遇到普乐天的事，顿时烦躁无比，觉得宋格给他戴绿帽子。作为特工总部行动队队长，他绝不能忍受此等奇耻大辱，便带着手下直奔爱琴海西餐厅。

"苏成方！"一个红帮弟子突然从爱琴海西餐厅里走出来。

苏成方看清那人时，笑道："靠，是雷子啊！"

雷子是苏成方在红帮时的好友，全名叫雷阳，在红帮任护剑大爷。

雷阳走到苏成方面前，打了苏成方一拳："你溜达啥呢？"

苏成方向爱琴海西餐厅里看了一眼："来看看格格。"

雷阳瞪着苏成方："你要敢给大小姐添乱，我第一个不答应。"

苏成方笑道："雷子，你能不能识趣点儿？现在这里归日本人管，灭掉红帮是分分钟的事儿。"

雷阳冷笑道："你要是有种的话，可以试试，师父就在里面呢。"

苏成方从骨子里就惧怕宋万堂，叛离红帮后他更不敢见宋万堂。他在门口踌躇着，不敢进去。

"长能耐了，是吧？"宋万堂背着双手走出来，眯缝着眼睛，上下打量苏成方，"就凭你，也敢灭掉红帮？"

苏成方赶紧向宋万堂鞠躬："师父——"

"我哪敢做你师父，日本人才是你师父！"宋万堂哼了一声，"哼，自你叛离红帮，就不再是我徒弟。从今日起，不准你踏入这里半步！"

苏成方见普乐天和宋格并肩走出来，不亚于往心中的怒火上浇了一桶汽油，愤愤地瞪着宋万堂。

宋万堂见苏成方的脸涨成紫色，心中暗暗喟叹自己养了一只白眼狼。他待普乐天走到身后，才对苏成方说："姓苏的，乐天已经是我姑爷，你若再提过去的陈谷子烂芝麻，我就劈了你！"

苏成方气得浑身哆嗦，狠狠地瞪了普乐天一眼，猛地挥手，带着手下扬长而去。

~ 091 ~

时间：1941 年 12 月 10 日，星期三。

地点：上海，公共租界，静安寺；法租界，宅院。

"螳螂捕蝉，黄雀在后。"

苏成方把自己比作螳螂，认为他出手就能要了蝉的命，却没想到他身后还有一只黄雀。

吴已楠站在静安寺门口。四下沉寂无声，她面前的静安寺宛如雕塑作品一般，与尘世断绝了联系。

卡车车轮与马路摩擦的声音很刺耳。她转过身，看到卡车灯光扑来，忍不住遮挡眼睛。

卡车停在万航渡路口，熄火，灭灯。

静安寺又退回夜幕中。

苏成方跳下车，命令手下看好棺材，他只身去见吴已楠。

吴已楠望着卡车上的棺材，顿时泪眼婆娑。

苏成方走到吴已楠身前，掏出一支烟，往身后一指："看见了吧？情报呢？"

"我怎么知道里面是不是老孙？"吴已楠问。

"你可以去看看。"苏成方说完转身走向卡车，命人打开棺材。

吴已楠登上卡车，借用特务的手电筒，看见棺材里果然是孙丙伦的尸体，便号啕着下车，跑向静安寺门口。

苏成方追上她："情报呢？"

吴已楠艰难地止住哭声："我自己怎么能把棺材运走？"

"我不提供上门服务。"苏成方冷笑。

"我真没有办法运走棺材。"吴已楠摇摇头，"这样吧，我们再做一笔交易。"

"那得看条件。"苏成方点燃烟，瞥着吴已楠。

"你应该能答应。"吴已楠向苏成方身后望去，看见万墨翰带领三名军统特工悄悄靠近卡车，"你找到盘尼西林后，我再给你提供一个分量足够大的情报。"

"具体点儿。"苏成方冷冷地说。

"中共南京地下组织负责人已经进入上海，我知道他的藏身地点。"

苏成方没想到吴已楠手里还有如此重要的情报，当即答应："成交。不过，我得知道那些盘尼西林在哪里。"

吴已楠说："大公制药厂质检科。"

苏成方愤愤地说："我就知道大公制药厂有问题。"

吴已楠一边看着军统特工做掉苏成方的手下，带着孙丙伦的尸体撤离，一边对苏成方说："你现在去找药，我凌晨 1 点在黄浦江码头等你。我在那里见到老孙的尸体后，就给你地址。我现在只能告诉你，中共南京地下组织负责人代号'笔仙'。"她说完转身向一条幽暗的小巷走去。

苏成方盯着吴已楠越来越模糊的背影，在心里推敲她的话。他原本打算，吴已楠说出药品的藏匿地点后，就立刻逮捕她，可"笔仙"分量太大，让他难以割舍。

在他犹豫间，吴已楠已不见踪影。

在静安寺的制高点上，普乐天通过狙击步枪目镜死死盯着苏成方。他不可能让吴已楠只身冒险。只要苏成方稍微不老实，他就会在第一时间开枪。

苏成方望着远处，突然觉得心里空落落的，一股凉气从脊背冒出来。他掏出手枪，慢慢转身走到卡车前，看到了令他震惊的场景。

跟随他来的手下全死了。

卡车车门夹着一个信封。他扯下信封，抽出信纸，看见上面只有一个血红的“杀”字，落款是军统上海站。

军统特工在他眼皮底下杀了他的手下，抢走了孙丙伦的尸体。

“军统要孙丙伦的尸体做什么？”苏成方想不出军统为什么要给自己裹乱。

忽然，他想起军统上海站站长的代号是“阎王”。他嘀咕着，又看一眼血红的“杀”字，感觉脊背上的凉气更盛。

苏成方恼羞成怒，扔下手下的尸体，飞快跑向百乐门，给陈起打电话。

陈起接听电话：“二爷，有事儿？”

“大公制药厂里驻扎多少宪兵？”苏成方低声问。

“你想做什么？”陈起感觉苏成方可能疯了。

“少管。”苏成方不耐烦地喝问，“你是不是想让照片见报？”

陈起擦擦额头的冷汗：“一个班，十三个人。”他还想补充，话筒里就传来忙音。

陈起愤怒地摔话筒，气呼呼地望着持枪坐在他对面的凌云洲：“凌处长，苏成方进笼子了。”

凌云洲从口袋里掏出一沓照片和底片，扔到陈起面前的茶几上：“瞧瞧这些照片和底片。我说过，我不会亏待你的。”

陈起赶紧拿起那沓照片和底片细看，全是他与妓女在一起时的裸照。他惊愕地抬起头：“你怎么有这些东西？”

凌云洲放下枪：“上面让我调查苏成方时，我在他的一个黑窝里找到的。我见照片里的人是你，就帮你收起来了。我真没想到，苏成方还有这种嗜好。”

“谢谢。”陈起整理好照片和底片，装进口袋，“你应该不会专程来给我送这些东西吧？”

“我确实有点儿小麻烦，想请你帮忙。”

“说吧。”

“通知驻扎大公制药厂的宪兵，抓捕苏成方。”

“为什么？”陈起一愣，“你刚才让我实话实说，不是在帮苏成方吗？”

“上面有人要苏成方死，我有什么办法？直接做掉他，我也下不了手啊！”凌云洲拿起茶几上的红酒杯，看见杯口上有红唇印，隐晦一笑，“汪先生对特工总部的人很不满意，尤其是苏成方。青帮混子做行动队队长，说出来都丢人！”

陈起咂摸凌云洲的话：“我好像有点儿明白了。”

凌云洲放下红酒杯：“唉，我就是这种烂人，净干些见不得人的破事儿。”

“那是上面信任你。”

“提拔苏成方是李主任的意思，除掉苏成方是汪先生的意思。这两尊大神，我得罪谁都会死得很难看。我琢磨来琢磨去，只有苏成方是共党分子，李主任才无法干涉，我才能把这件事做得圆满。”

“这个办法好。”陈起拿起电话话筒，“我这就通知宪兵队。”

凌云洲拱手：“多谢。告辞。”

陈起指着电话：“你就这么信任我？”

“我不信任你，你心里才舒服？”凌云洲拍了拍陈起的肩，拉开门走出去。

凌云洲知道，陈起比他更希望苏成方死。这个电话，他一定会打。

苏成方立功心切，借夜色掩护翻墙进入大公制药厂，直奔质检科，果然找到了大量盘尼西林。

他还没来得及高兴，便被日本宪兵抓住，连夜押到梅机关。

苏成方因此成为进入大公制药厂盗运药品的共党分子。

第四章　滑铁卢

～ 092 ～

时间：1941 年 12 月 10 日，星期三。

地点：上海，法租界，霞飞路。

霞飞路一个打烊的店铺前停着一辆轿车。凌岳州坐在轿车内，默默地吸烟。

盖世太保的身份太扎眼了。

蒋文汉为什么要公开自己的德国特工身份？

凌岳州知道，隐蔽战线工作者的身份一旦公开，就失去了存在价值。

作为特工，蒋文汉为何做此选择呢？

政治，一定与政治有关。

蒋文汉以盖世太保的身份接触梅机关，他便成为德国军界驻上海代表，从而走上权力巅峰。

凌岳州想到这里，心里释然了。大隐隐于朝才是大智。他一旦获得足够大的政治力量支持，回归龟机关后就不再是小角色。或许，他将成为犬养家族的骄傲。

凌岳州摸了摸寸头，感觉脖颈儿凉风不断，看来他还不太适应这种发型。

轿车右边是一座普通民居大院。大院门口挂着写有“铁记鞋铺”的招牌。

大院里堆放着制鞋工具和一口棺材。

鞋匠老铁头两天前在公共租界被日本宪兵打死，尸体放在棺材里，还没来得及安葬。北屋亮着灯，老铁头的儿子应该在家。

凌岳州向轿车左边的店铺望去，店铺里面隐藏着警务局特务科的便衣。今晚，老铁头家是他们的搜查目标。

凌岳州缓缓吐出一串烟圈，看看手表，眼皮子突然跳了一下。

他在等一个人。

那个告诉他铁记鞋铺是军统上海站交通站的人。

“罗亭！”凌岳州的眼睛眯成一条缝。

他等的人正是罗亭。不可思议的是，罗亭刚到警察局，就给他提供了这条信息。

罗亭的解释很简单：“我在特工总部时就盯上这个窝点，没来得及处理就被调到警察局。这个窝点里有部电台，一个月使用一次。今晚我又监听到了。如果现在不抓，要想人赃俱获起码等到下个月。”

“我去抓，我来审。”凌岳州嘴角挂着一抹冷笑，“我就看不惯特工总部那群人的做派。”

“我也看不惯。”罗亭莞尔一笑。

“罗局也看不惯特工总部那群人的做派？”凌岳州悄悄打量罗亭。

“我的第一份工作是担任圣约翰大学校长，负责教书育人，做特工总部特派员是汪先生的意思，我仅是客串一下而已。”罗亭将一张纸条递给凌岳州，“我很少去特工总部，这个军统窝点是我在特工总部的唯一收获。”

“唯一收获？”凌岳州接过纸条，感觉罗亭不太反感他，笑问，“接受如此大礼，我如何感谢您呢？”

“你真的太像凌岳州了。”罗亭所答非所问。

“我像凌岳州？他是做什么的？”凌岳州低头看纸条，“得空您介绍我们认识一下。”

“他是我见过的人中最聪明的。”罗亭还在打量凌岳州，见他脸上呈现出鄙夷神色，思索着他到底是不是凌岳州。

凌岳州掏出火机点燃纸条。

“凌岳州是优秀的特工。”罗亭淡然一笑，“他的英雄事迹，可以写成一本书。可惜我不是作家，写不出来。”

“您对他的评价很高啊！”凌岳州不动声色地说。

“他已为帝国大业玉碎了。”罗亭满脸遗憾地摇摇头，“难得的人才，太可惜了！”

“罗局，凌岳州能做的，我也能做，比如请您吃饭。”凌岳州岔开话题。

罗亭继续摇头：“凌岳州生前还真没有请我吃过饭。”

“您喜欢吃什么？我替他请您。”

“去问问你的老师。”

凌岳州顿时明白，罗亭和舒季衡之间肯定有故事。她让自己立功，是看舒季衡的面子，于是笑道：“今天抓住军统分子后，我就去问问老师。”

罗亭淡淡地说：“晚上 10 点半，让我也去见见世面。”

“您没见过抓人？”凌岳州摸摸寸头，忽觉不妥，尴尬一笑，“太不可思议了”。

“我任大学校长多年，教书育人才是主业。”罗亭指着凌岳州近似光头的脑袋，“大冬天的，留个寸头，不冷吗？”

“从今天起，蓄发！”凌岳州反问，“那样我是不是更像凌岳州了？”

罗亭淡淡地说：“他是日本人，你是中国人，你们长得这么像，看来中日两国人真是同宗同源。你是不是对凌岳州特像自己感兴趣？”

“能不感兴趣吗？但愿他别做什么违法的事儿，不然我真择不清。”凌岳州低声说，“不过，我不想做日本人。”

“吃不到葡萄说葡萄酸！”

凌岳州对罗亭莫名地产生好感，至少他认为自己应该尊重这位有素质、有品位的女人。所以，他等待罗亭时一点也不急。铁记鞋铺已被人盯死，那个军统特工肯定跑不掉。

罗亭的轿车到了。

凌岳州从轿车里钻出来，走到罗亭轿车旁，为她拉开车门："已经10点半了，动手吧。"

罗亭向铁记鞋铺北屋窗户看了一眼："此人10点半会发报。你们要留活口，截获情报。"

"您就瞧好吧！"凌岳州爽快地答应。

凌岳州带领警察局特务科便衣，迅速摸进铁记鞋铺，悄无声息间包围了北屋。

凌岳州把耳朵贴在门上，果然听到屋里传出发报的声音。

一个便衣没注意脚下，踩到一个花生壳，发出轻微的声响。

凌岳州意识到花生壳是屋里的人故意撒到地上的，便不再犹豫，果断踹门。

屋内，赵甲坊正将一个纸条塞进嘴里。

凌岳州扑倒赵甲坊，掐住他的下巴，从他嘴里抠出纸条。很快，那群便衣控制了现场。

"拿到情报了吗？"罗亭走进来问凌岳州。

"拿到了，差一点儿被他吞了。"凌岳州举起纸条。

"他要吞药！"罗亭没接纸条，一把抓住赵甲坊的衣领。

"氰化钾，军统专用。"凌岳州从赵甲坊衣领处搜出一粒药丸。他早就看清那人是赵甲坊，但不知道蒋文汉是否认识赵甲坊，不敢叫赵甲坊的名字。

罗亭说："看看是什么情报。"

凌岳州让人铐住赵甲坊，然后打开纸条，见上面写着"苏共药品杀"五个字，佯装不知其意，将纸条递给罗亭："这是什么意思？"

罗亭接过纸条看了又看："共匪要将一批药品运到苏北。这件事应该跟军统没有关系，军统要杀谁？"

凌岳州看了赵甲坊一眼："他会告诉我们的！"

"他会开口？"罗亭打量赵甲坊。

"应该会！"凌岳州冷冷地说，"我不会像特工总部那群傻蛋那样审问他。

我从德国带回一种药品，只要给他注射后，即便我不问，他自己都会主动交代，拦都拦不住。”

“不用那么麻烦，我交代。”赵甲坊对凌岳州的话好像很恐惧，“我听说过那种药品，正常人基本无法抵抗，我就不遭那茬儿罪了。不过，我有一个要求。”

“说。”凌岳州喝道。

“给我来个痛快的。”赵甲坊轻轻地说。

“你是聪明人！”凌岳州点指赵甲坊，“如果你的货比你的命值钱，或许我不会杀你。”

“这里只是一个交通站，一个月才发一次电报。”赵甲坊不假思索地说，“在法国领事馆附近，还有一个交通站。等你们核实之后，我们再谈。”

凌岳州没有说话，转身冲特务科小队长时磐挥挥手。

时磐待赵甲坊说出那个交通站的具体位置后，带领一批人赶往法国领事馆附近，顺利地找到了那个交通站，与躲在里面的军统特工发生枪战，击毙一人，打跑两人。

时磐返回铁记鞋铺，向凌岳州汇报。

凌岳州听罢，直接问赵甲坊：“姓名？”

“赵甲坊。”

“职务？”

“第一分局警察。”

“警察？”

“十年警龄。”赵甲坊微微一笑。

“好，很好！”凌岳州再次打量赵甲坊。

凌岳州意识到，面前这个人与杨枢、沐承风、陈起等人关系密切，身上肯定藏着很多秘密，说不定他就是座金矿，应该能卖个好价钱。

凌岳州拍了拍赵甲坊的肩膀：“一辈子只有一条命，卖给谁不是卖？我的特务科正好缺人手，你跟我干吧。”

凌岳州的要求，完全出乎赵甲坊和罗亭的意料。

罗亭不解地问："蒋科长，他是军统的人，你还敢用他？"

"吃饭的饭碗而已。"凌岳州胸有成竹地说，"明天他被捕的消息就会见报，当然包括他投诚警察局。我要树立一个新典型，让有志之士加入警察局。"

罗亭点指凌岳州："你啊，你啊，这是逼上梁山。"

赵甲坊说："我上山了！"

凌岳州很开心，示意手下给赵甲坊打开手铐："上山可以，投名状呢？"

赵甲坊说："特工总部的苏成方是老共匪，药品就是他运出上海的。重庆的戴老板，命令军统上海站做掉他。"

"不会吧？他不是青帮的人嘛，怎么可能是共匪呢？姓赵的，你应该知道乱咬人是什么后果！"罗亭大声呵斥。

凌岳州说："他咬人还是咬狗，我自有判断。"他说完，命令手下撤到外面，留下时磐守住门口。

赵甲坊低声说："苏成方身上还有一个连李墨群都不知道的秘密。"

"有话就说，有屁就放。"凌岳州低声喝道。

"苏成方原名沐承雨，是沐承风的亲兄弟。他们是重庆人，早年加入共党，后来在延安方面的安排下，秘密潜伏在军统。军统重庆站无意间发现了这个秘密，戴老板很生气，责令军统上海站不惜代价除掉苏成方。"

~ 093 ~

时间：1941 年 12 月 11 日，星期四。

地点：上海，日占区，极司菲尔路 76 号。

苏成方是共产党员。

苏成方到大公制药厂偷药，被梅机关特务当场抓捕。

周佛麟准备到特工总部调查苏成方案件。

一天三封密电，李墨群来不及享受摧毁中共南京地下组织的喜悦，将抓捕的人交给南京21号审讯，他乘坐日本军机赶回上海。

李墨群回到特工总部，发现周佛麟和舒季衡竟比他先到，让他心里惴惴不安。

李墨群与周佛麟寒暄过后，问舒季衡："什么风把你给吹来了？"

"当然是西风喽！"舒季衡虽然是上海市警察局局长，但骨子里还是学者做派，举止依然儒雅。

李墨群非常厌恶舒季衡的做派："老舒，每次喊你老舒，就像喊老鼠似的。你是老鼠，共匪是猫吗？世道变了，老鼠开始抓猫了！"

舒季衡面带微笑，丝毫没有生气的样子："依我看，李主任才是猫。"

周佛麟摆摆手："你们的口水官司，我都听烦了，在南京你们还没吵够呀？"见李墨群、舒季衡不再言语，他轻咳一声，"你们这档子烂事儿，我本不想管，可是老鼠——瞧瞧，被李主任这么一带，我的嘴也跑偏了。李主任，昨晚舒局给我打电话，让我必须到特工总部主持大局。没法子，我只好来了。"

李墨群听罢心里更别扭："让周部长打下手，老舒的脸可够大的！"

舒季衡依旧微笑："周部长不来不行啊，那个共匪可是特工总部行动队的苏队长，我们警察局哪敢处置！"

周佛麟沉下脸，对李墨群说："特工总部到底怎么了？前几天出来个沐承风，现在怎么又出来个苏——苏什么？"

舒季衡轻声说："苏成方。我怎么感觉特工总部已经变成马列主义传播学院了呢？"

李墨群的脸色很难看，看了看留着寸头的凌岳州，眉头一皱："犬养专员，你——"

"李主任，您在和我说话吗？"凌岳州反问，然后补充道，"我是警察局特务科科长蒋文汉，舒局的学生。"

李墨群上下打量凌岳州："蒋文汉？"

凌岳州躬身道："我只是警察局跑腿儿的，李主任不认识也是应该的。"

李墨群强装镇定："蒋文汉嘛，我晓得，我晓得。不过，你太像犬养专员了。遗憾的是，他已经为帝国大业玉碎了，太可惜了。"

凌岳州道："我时刻准备为帝国大业献身。"

李墨群耷拉着眼皮子："老鼠为不为帝国献身还是个问号呢。"

凌岳州一语双关地说："没想到，李主任来上海这么多年，浙江口音还是很重啊！"

李墨群没想到警察局的小科长竟然敢讽刺自己，怒喝："蒋科长，有时间你可以教教我怎么说话嘛！"

周佛麟喝道："我不是到这里听你们说清口的，有事说事！"

李墨群笑道："周部长，莫急嘛，怎么着也得让我了解一下情况嘛。我刚从南京过来，掌握的情况还没有你们多。这样吧，我把几个处长召集到一起，分析一下情况。周部长、舒局也帮忙参谋一下，我们群策群力。"

周佛麟说："赶紧的。"

十分钟后，周佛麟等人来到会议室，特工总部各处处长已经悉数到齐。

李墨群说了几句套话之后，问杨枢："这两天我不在，家里怎么这么乱？"

杨枢瞥了周佛麟一眼，周佛麟示意他说下去，他便说道："出了家贼内鬼，能不乱嘛！"

李墨群愤愤地说："家贼，内鬼，我看特工总部干脆改成马列主义培训总部算了！"

凌云洲笑道："主任莫生气，哪袋谷子没有几粒秕子？"

李墨群反问凌云洲："大公制药厂的调查有进展吗？"

凌云洲扫视众人一眼："大公制药厂没问题，但苏成方有问题，估计他十有八九是共匪。我手里有证据证明。"

"什么证据？"李墨群皱眉。

"主任去南京前，曾责令我调查苏成方。"凌云洲说，"我不敢懈怠，时刻留意苏成方的一举一动。"

"青帮的人就是流氓地痞，哪还有原则底线！"李墨群示意凌云洲继续说下去。

“我调查大公制药厂过程中，发现了一些线索。”凌云洲打开手边的档案袋，拿出几张照片递给李墨群，“您看，调查大公制药厂一事本是我的任务，苏成方却违抗您的命令，安排青帮混混监视我。”

李墨群拿起照片扫了一眼，然后将照片摔到桌上：“胡闹！”

“大家都是为了工作，起初我也没有在意，没想到苏成方竟然安排青帮混混监视江公馆。”凌云洲又拿出几张照片。

周佛麟哼了一声：“谁给他的胆子，还敢监视江公馆？”

杨枢回答：“都是青帮混混私自干的，跟特工总部没关系。”

“苏成方太不像话了！”李墨群真生气了。监视江公馆，就等于给他添乱。

凌云洲淡淡地说：“苏成方监视我，估计是怕我发现他那些见不得人的勾当，于是我就对他上心了。”

李墨群问：“有什么发现？”

“我在苏成方的办公室安装了窃听器，本来没指望有什么收成，没想到还真有意外收获。”凌云洲对身边的苏醒说，“麻烦苏处长把录音器搬进来。”

苏醒笑道：“凌处长不厚道啊，是不是欺负我人生地不熟？好吧，我们都是为了办好差，这次我就原谅你了。”

凌云洲笑道：“我哪敢欺负苏处长，我是怕你嗑瓜子嗑出臭虫被恶心到。”

不大一会儿，苏醒的手下搬来录音器。不等凌云洲将吴已楠与苏成方的通话录音播放完毕，周佛麟就猛拍桌子：“苏成方肯定是共匪！”

“按照他们的约定时间，我到红磨坊素斋拍下这组照片。”凌云洲从档案袋里拿出几张苏成方和吴已楠见面的照片，推到李墨群和周佛麟面前，“照片里的女人，就是门徒小组成员，代号‘白羊’。诸位应该能看出来，苏成方和吴已楠的亲密程度，他们绝对不是第一次见面。”

李墨群问：“知道他们想干什么吗？”

凌云洲说：“应该是偷走孙丙伦的尸体。”

李墨群问杨枢：“孙丙伦的尸体还在吗？”

杨枢将一张借据递给李墨群："昨天上午，苏成方要用孙丙伦的尸体做饵钓吴已楠，还以请示环节太多为由不让我请示您，我也担心错过抓捕吴已楠的机会，便向周部长做了汇报。周部长指示我配合苏成方行动。这就是苏成方借用孙丙伦尸体的借据。"

李墨群接过借据扫了一眼，又看了看周佛麟。

周佛麟冲李墨群点点头："这件事，昨天杨处长确实向我汇报过。"

"苏成方啊，苏成方！"李墨群将借据拍到桌上，"这些证据不够充分，也许苏成方真去抓共匪。对了，他晚上去大公制药厂做什么？"

"取药。"凌云洲说，"他到大公制药厂取药，有两种可能，一是私下贩卖，二是有不可言状的目的。"

"那批药是大公制药厂生产的？"李墨群不动声色地问。

"大公制药厂只生产了一批盘尼西林，由于技术不过关，制成残次品。"那批药是凌云洲、罗亭、普乐天在大公制药厂见面时放进去的，凌云洲自然了如指掌，"经梅机关鉴定，确认那批盘尼西林是残次品，所以应该是大公制药厂的那批产品。"

"这么说，苏成方真是共匪？"李墨群开始犹豫。他从未怀疑苏成方是共产党员，可眼前证据已经形成闭环证据链，令他无法反驳。他默默地自言自语，"他以前一直混迹青帮，怎么可能是共匪呢？"

"不论苏成方是私自贩卖，还是有其他目的，只要他染指盘尼西林，就是罪不可赦。"一直沉默的舒季衡说话了，而且直击要害，"警察局的特务科昨天端了军统两个交通站，获得一份重要情报。"他说完冲凌岳州努努嘴。

凌岳州从公文包里掏出一张纸条："军统上海站站长'阎王'接到重庆方面的锄奸令，锄奸令中只有'苏共药品杀'五个字。破译之后，就是苏成方是共产党员，那批药品由他运出上海，要'阎王'做掉他。"

李墨群接过纸条看了看："情报可靠吗？"

"根据投诚过来的军统特工提供的线索，我们在上海书店找到了这份文件。"凌岳州掏出一份文件放在桌上，"这是重庆罗家湾 19 号发给上海军统站的文件，他们通过图书交换情报。根据这份文件内容推断，苏成方的真名叫沐承雨，是原特工总部行动队队长沐承风的亲弟弟。”

“什么？”李墨群难以置信，拿起文件逐字审读。那份文件上的字迹散淡、模糊，像十年前写的。

文件中清楚地交代，沐承风与沐承雨是亲兄弟，有他们的合影照片为证。照片上的两个人很年轻，但从两个人眉宇间看，应该是沐承风和苏成方。

李墨群没有说话，将文件狠狠地摔在桌上。

“最令人吃惊的是，沐氏兄弟曾是共匪，不知道为什么突然加入军统。现在看来，他们的军统身份应该是掩护。”凌岳州望着愤怒的李墨群，心里竟有一丝窃喜。

苏醒忽然起身走到李墨群身边，附耳说了几句话。

李墨群对苏醒说：“你去档案室，把沐承风、苏成方的档案拿来。”

杨枢见李墨群要调阅沐承风、苏成方的档案，心里乐开花。

他实在没想到，苏成方就这么容易被定性为共党分子。沐承风和苏成方的档案和身份证明，都是他请人捉刀炮制，并将另外一份寄往重庆存档，以免潜伏在重庆的汪伪特务暗中调查。

苏醒将沐承风和苏成方的档案拿来，逐一向李墨群介绍：“在沐承风的档案里有条信息，他是重庆人，确实有个弟弟叫沐承雨。”

李墨群冲舒季衡笑道：“多谢舒局解开了我心头之惑。看来，沐氏兄弟内外勾结，才是特工总部一直陷入被动的根源。”他忽然停顿一下，捏了捏下巴，“青帮里确实没有人参与运送药品？”

“我这里还有一组照片，也许能解开您的疑惑。”凌云洲把档案袋剩余的照片倒在桌上，举起一张照片，指着上面的男人说，“此人叫雷阳，红帮护剑大爷。他与苏成方关系要好，苏成方利用红帮的渠道，将那批药品运出上海。”

李墨群喝道：“抓！”

凌云洲说：“他已经在我们的审讯室里了。”

李墨群起身：“去审讯室。”

审讯室里，雷阳已经被打得皮开肉绽，交代了他的“犯罪事实”。

李墨群拿起审讯笔录认真地看了又看，问雷阳："你说苏成方是通过红帮渠道运货，我问你，他是红帮叛徒，宋万堂还能配合他？"

雷阳有气无力地说："我们私下里做的，苏成方给的钱多。我真不知道是啥货。要是知道是禁运的药品，打死我也不敢做掉脑袋的事。"

凌云洲向李墨群和周佛麟使眼色，三人走到一个角落。

凌云洲低声说："他说的是事实。我已调查清楚，那批药品的确是红帮运送的。我家大哥是宋万堂的女婿，我向他核实过。"

李墨群问："我想知道数量如此巨大的药品，苏成方是怎么买到的。"

"苏成方手上有汪先生的手谕。"凌云洲从口袋里掏出一张纸递给周佛麟，"请周部长验证一下。"

周佛麟接过去反复看了几遍，点点头："确实是汪先生的手谕。凌处长，刚才你没将它公之于众是对的，这件事到此为止。如果日本人知道汪先生批这种条子，会非常麻烦的。这件事再挖下去，说不定还会挖出什么。苏成方是共匪，运送药品负责人，那个沐承风是中共'31 号'，就这么定性吧。"

李墨群点指雷阳的照片，对凌云洲说："这个人，不能留。"

"我建议留着。"凌云洲悄声说，"红帮出二十条小金鱼买他的命。"

李墨群和周佛麟相互看了一眼，没有说话。

在看似无懈可击的证据证明下，李墨群从梅机关要回苏成方后，在一天夜里将其秘密处决。

由于日本军部急于改建大公制药厂，但凡牵扯大公制药厂的事一律封存。特工总部处决苏成方之后，便封存了此案的卷宗。

～ 094 ～

时间：1941 年 12 月 14 日，星期日。

地点：上海，日占区，虹口，梅机关。

影佐圭吾觉得自己人生的“滑铁卢”不期而至。

一个只能看出一步棋的日本首相，怎能理解影佐圭吾筹建南京政府的宏观设计呢？

果不其然，一个月前，从大本营（原日本陆海军最高统帅机关）传出消息，东条英机在内阁会议上斥责影佐圭吾在筹建南京政府过程中，对汪精卫让步太多，有损大日本帝国的实际利益。有小道消息称，大本营高层极有可能将影佐圭吾调往北满，令影佐圭吾内心纠结不安。

作为军人，影佐圭吾只能服从命令，但不到最后一刻，他不会任人摆布，所以他给土肥原发了一封电报。

土肥原的回电耐人寻味，只有两个字：鸡肋。

土肥原所说的“鸡肋”，指的是影佐圭吾，还是汪精卫的南京政府，影佐圭吾不得而知。

这些天里，影佐圭吾一直在揣摩土肥原的电报内容，对于特工总部和警察局抓内鬼一事无心过问。最终平复他纠结心情的，却是一件更麻烦的事——犬养中堂死了。

龟机关创始人、原日本首相犬养毅的堂弟犬养中堂客死上海。

这才是制造影佐圭吾人生“滑铁卢”的引信。

李墨群去南京抓捕共党分子时，影佐圭吾就有一种不祥的预感，因为犬养中堂失踪了。

上海各方势力犬牙交错，世界各国间谍层出不穷，一个人失踪、死亡、遇害，都是分分钟的事情。

影佐圭吾不敢大张旗鼓地寻找犬养中堂。一旦犬养中堂被杀，他难辞其咎，所以他责令梅机关的特务暗中寻找犬养中堂。

三天后，梅机关的特务找到了犬养中堂的尸体。

犬养中堂眉心中弹，显然死于暗杀。根据弹道分析，和中共门徒小组“野兔”的作案手法如出一辙。

犬养中堂不愧是资深特工，他临死之前的请求，是在为梅机关寻找凶手提供线索。

这一发现，令影佐圭吾胆战心惊。在调令下达之前，他必须动用全部力量铲除中共门徒小组，给他的特工生涯画上圆满的句号。

影佐圭吾决定重用宋鸣谪。

宋鸣谪虽然已经投诚，但影佐圭吾无法完全信任他，毕竟他是从瑞金走到延安的共党分子，他的投诚里有多少水分不得而知。

宋鸣谪用一件事就彻底打消了影佐圭吾的疑虑。

“机关长知道我为何交出中共南京地下组织成员名单吗？”宋鸣谪弓着身子，看起来有些懦弱，但语气很肯定，“因为我的真实身份不只是共产党员。”

“宋先生还有别的身份？”影佐圭吾大吃一惊。

“南京 21 号缉凶名单上，头两位是谁？”宋鸣谪神秘地笑了笑。

“中共‘笔仙’，中统‘夜鹰’。”

“其实这两个人是一个人。”宋鸣谪挺直腰板，“也就是我。”

“你还是中统‘夜鹰’？”影佐圭吾满脸狐疑，“这才是你的真实身份？”

“我来自中统，上线是徐恩曾。”

“中统‘夜鹰’潜伏在中共南京地下组织内部，成为中共‘笔仙’，我这样说对吗？”

宋鸣谪点点头：“我以前在黄埔军校任电讯教官，后转入国民党党务调查科，也就是中统的前身。民国十八年，我奉命以交通大学教员的身份潜伏上海，后因在纪念五卅惨案五周年活动中表现突出，博得共党信任。再后来，中共中央机关撤出上海，我也随其撤出，从此与中统失去联系。”

影佐圭吾兴奋地说：“这么说，你也是资深特工了。”

“我是那次共党大溃败的幸存者。”宋鸣谪一脸骄傲，“后来，延安高层派我到南京从事隐蔽战线工作，我重新与中统取得联系。”

“为何要告诉我这些？”

“我是中统特工，不是共党分子。”宋鸣谪一字一顿地说，“我会用我的实际行动证明自己忠于大日本帝国，还望机关长成全。”

现在，影佐圭吾彻底相信宋鸣谪了。听宋鸣谪讲完他设计的计划，影佐圭吾认为这应该是自己进行绝地反击之策，便通知李墨群、舒季衡到梅机关开会，宋鸣谪列席。

李墨群见到宋鸣谪，眉开眼笑地拱手道："多谢宋先生识大体、顾大局！"

善于演戏的宋鸣谪，在三人面前表现得唯唯诺诺。

舒季衡见到宋鸣谪，一脸惊讶："老宋，你怎么在这里？"

宋鸣谪连声说："必然归宿，必然归宿。"

李墨群看看舒季衡和宋鸣谪："舒局，你们认识？"

舒季衡笑道："黄埔军校同事。"

宋鸣谪说："说来惭愧，我十年前放弃三民主义，十年后放弃共产主义，唉，我这辈子是一个选择叠着一个放弃，世事无常啊。"

影佐圭吾笑道："既然你们是老相识，那就好办了。"

舒季衡对影佐圭吾说："老宋在黄埔军校任电讯教官时突然失踪，以后我们再也未见面。"他与宋鸣谪撇清关系，想借此说明，无论宋鸣谪现在做什么都与他无关。

影佐圭吾一语双关地说："怎么能说你们再也未见面呢？舒局，你可是天天追踪宋先生的电台啊。"

宋鸣谪补充说："老舒，我就是你们苦苦寻找的'笔仙'。"

舒季衡一愣："你就是'笔仙'？怪不得我一直找不到。我还纳闷呢，共匪中怎么会有电讯反追踪技术如此老到的人！"

影佐圭吾示意三人坐下："今日把三位请来，是因为有件大事相商。犬养先生玉碎，凶手应该是门徒小组的'野兔'。此事我难辞其咎，诸位也一样。犬养先生的死讯，我已上报军部，并向军部立下军令状，一定清除门徒小组。"

李墨群心有戚戚焉："犬养先生智慧过人，怎么会折在门徒小组的手里呢？"

宋鸣谪说："我在南方局任职时，曾接触过有关门徒小组的文件，遗憾的是，只是一些零碎的信息。我把那些零碎的信息拼凑在一起，得到门徒小组的大体轮廓。所谓的十二个门徒，'龙头''国师'方远声、'虎王''军师’孙丙伦已经不是秘密。暴露的秦癸恩，代号‘剑猪’；国品茶楼的冯壬山、王辛梓，一个代号‘战马’，一个代号‘山鸡’，如今‘战马’已死，‘山鸡’失踪。据我分析，王辛梓现在应该在延安。曾被特工总部抓捕的郑庚同，代号‘铁猴’，现在苏北。潜伏在梅机关的周戊寅，代号‘土狗’，也不知所踪。孙丙伦的助手吴己楠，代号‘白羊’，现在上海。曾经无恶不作的门徒小组，现在只剩下‘野兔’、‘庖牛’、‘鼹鼠’和‘白羊’。我判断，‘野兔’‘庖牛’‘鼹鼠’当中，应该有一个人是中共‘13 号’。”

李墨群不动声色地问：“宋先生，你认为谁是中共‘13 号’？”

舒季衡看了看影佐圭吾：“这应该是机关长交给我们的课题吧？”

“我制订了一个计划，具体执行人就是宋先生，李主任和舒局全力配合他。”影佐圭吾说，“清除门徒小组的重任，之所以交给宋先生，是因为他比在座任何人都了解他们，熟悉他们的作案手法。”

“这样也好。”与中共门徒小组斗争多年的李墨群，自然不愿意蹚这趟浑水，于是谦卑地说，“知己知彼，方可百战百胜。由宋先生统领全局，才能万无一失。”

舒季衡冲李墨群诡秘一笑，问影佐圭吾：“机关长，我们如何配合宋先生，还请您明示。”

“交出权力。”影佐圭吾平静地说，“此事我已经和汪先生沟通过，他同意。”

舒季衡和李墨群见汪精卫都同意了，就不再说什么。

“当然不是全部权力，而是二位掌控的核心机构。”影佐圭吾语气低缓，但态度却很坚决，“宋先生要用李主任的人、舒局的‘炼狱’。”

李墨群听到“炼狱”二字，心中暗笑：“好，我的人随便征用。这段时间我在南京，特工总部就归宋先生指挥吧。”

“我不会用特工总部现有的人。”宋鸣谪摆摆手，“我要用李主任的密训特工。”

李墨群一怔：“你怎么知道我有密训特工？”

“我在南京时就已经掌握了。”宋鸣谪掏出烟点燃，不管不顾地吞云吐雾，

“李主任命陈恭如在杭州秘密训练三百名特工，不日就抵达上海和南京。你放心，我只用一百名。”

李墨群笑道：“我这点家底儿，被你们共产党摸得一清二楚啊！”他看了影佐圭吾一眼，“我答应宋先生。”

影佐圭吾向舒季衡看了一眼：“舒局，你呢？”

舒季衡沉默片刻，转身对宋鸣谪说：“烦请老同事爱护我的设备。”

“放心。”宋鸣谪吐出一口烟。

影佐圭吾起身，象征性地鞠躬：“这件事，就拜托三位了。”他忽然挺直腰板，“我宣布，‘梅花计划’正式启动，具体方案由宋鸣谪制定。梅机关、警察局、特工总部的资源任由宋鸣谪调配。”

宋鸣谪听到“梅花”二字，眼前似乎浮现出如雪的梅花。在梅花丛中，一个如梅花般美丽的女子，轻扭腰肢，把他引入无底深渊……

待李墨群、舒季衡离开梅花楼后，影佐圭吾拍了拍宋鸣谪的肩头：“宋先生，梅子在楼上等你。我还给你准备了三个人间极品，请你笑纳。”

第五章 “炼 狱”

~ 095 ~

时间：1942 年 1 月 14 日，星期三。

地点：上海，日占区，极司菲尔路 76 号，梅机关。

好消息和坏消息接踵而至。

自新年元旦《联合国家宣言》签署并发表声明后，二十六个国家组成同盟国，联袂抗击法西斯。国际时局发生巨变。这对中国上下来说，无疑是好消息。

凌云洲闻之欢呼雀跃，这种喜悦冲淡了江澄子不在身边的孤寂。

然而，好消息只是一个点，坏消息却是一个面，从四面八方呼啸而至。

一向暗流涌动的特工总部，这个月却静如止水。在这种诡异的平静下面，到底酝酿着什么样的风暴呢？

凌云洲内心颇不平静，有种“山雨欲来风满楼”的预感。

这个月，他和罗亭分别通过特工总部和警察局的渠道寻找“笔仙”的下落，却毫无消息。从南京传来密报，中共南京地下组织遭到毁灭性破坏，确认“笔仙”变节。按照常理，“笔仙”变节后，特工总部和梅机关不该迟迟不动，里面肯定暗藏玄机。

李墨群刚到南京便接到噩耗，汪伪政府改组警政部为调查统计部，隶属于军事委员会，预示着特工总部和警察局真正合并。

半个月前，昔日军统四哥、如今加入特工总部的陈恭如，携一纸任命书和一百名密训特工来到特工总部，出任特工总部副主任兼行动队队长，掌握实权，意味着将有大事发生。

共生证券公司开业，上海江家、南京唐氏、沙逊家族共同持股，给疲软的证券市场注入一针强心剂，然而共生证券公司背后的复杂性又令凌云洲瞠目结舌。

这一天，他似乎又虚度了一天。

事情往往在瞬间就会出现转机。

凌云洲正想提前下班回家，却接到影佐圭吾命他去梅机关的电话。

上海冬日里的湿冷，冷在骨髓里。这个月，凌云洲窝在江公馆，喝完吴妈煲的汤，天黑后就上床睡觉。除了特工总部，罗亭不允许他通过其他渠道调查“笔仙”。他知道，这是组织对他的保护。

自犬养中堂死后，他就没有去过梅机关。龟机关的上级是内阁，梅机关不能调动他，他再度进入休眠状态。

影佐圭吾知道他的身份，绝对不会轻易联络他。一旦联络他，必有大事发生。这一点，他非常清楚。

他的推测很快得到验证。

走进梅花楼，见到安坐在茶室里的宋鸣谪，他脑海里闪现出一个信息，此人就是他苦苦寻找的“笔仙”。

“这位是梅机关的朋友宋鸣谪。”影佐圭吾一边为凌云洲斟茶，一边向他介绍宋鸣谪。

“特工总部凌云洲，请多指教。”凌云洲伸出的手又停下来。他要试探宋鸣谪的态度。通过宋鸣谪对他的态度，可以看出宋鸣谪在影佐圭吾心中的分量。

宋鸣谪不卑不亢，只握着凌云洲的指尖摇了摇：“鄙人宋鸣谪，日后还望凌处长，不，森木君多多指教。”

凌云洲心里“咯噔”一下，抽回手，看看影佐圭吾：“机关长，这——”

影佐圭吾微微一笑："森木君，不要生气，你的日本名是我告诉宋先生的。当然，我事先征得了龟机关负责人'老猪'的同意。"

"'老猪'？"凌云洲惊诧，"'老猪'是谁？"

"'老猪'就是'老龟'的继任者，由天皇指定的。"影佐圭吾说，"自犬养先生玉碎后，外面的龟机关特工均进入休眠状态，等待'老猪'唤醒。若非任务紧急，我也不会请求大本营唤醒你。"

"'老猪'，'老猪'……"凌云洲默默地思索着。

"猪"与"龟"是日本人的图腾。对于猪，在日本人与中国人的传统习俗中，地位截然相反。在日本，能以"老龟""老猪"为代号的特工，军衔必定位于将军序列。

"有什么急事？"凌云洲平静地问。

"宋先生需要你。"影佐圭吾指着宋鸣谪，"宋先生原是中共南京地下组织负责人，代号'笔仙'"。

"现在是我们的人？"凌云洲上下打量宋鸣谪。

"我已经是帝国忠诚的朋友了。"宋鸣谪点点头。

"合作愉快！"凌云洲向宋鸣谪略略拱手。

"这个月，宋先生通过'炼狱'，搜索了全上海的电台频率。"影佐圭吾似乎有些兴奋，"锁定三十多部电台，包括共产国际、盟军、延安、重庆的电台。"

"'炼狱'？"凌云洲又是一脸惊诧，"高科技武器？"

"是舒局创建的秘密情报室。"宋鸣谪端起茶杯，两根手指将茶香向鼻孔扇了扇，深深地嗅着，然后抿了一小口。

"需要我做什么？"凌云洲不动声色地问。

"犬养先生被门徒小组暗杀，确实是我失职，这笔账必须清算。"影佐圭吾眯缝着两只小眼睛，"上海已经是大日本帝国的天下，那些冥顽不灵的人，是非常多余的。我和宋先生制订了'梅花计划'，对他们进行彻底清算。"

宋鸣谪说："实行这个计划，需要几个硬茬儿，因此机关长向我推荐你。"

凌云洲冲宋鸣谪笑了笑："宋先生了解我？"

宋鸣谪点点头：“凌处长少年学医，肄业辍学后随父赴日，就读于东京大学，专攻数学和物理学。之后去苏联，与蒋经国、师哲同窗。莫斯科大学的学生几乎都热衷政治，加入某个政党，宣扬自己的政治主张，以马克思、恩格斯、列宁、马基雅维利、俾斯麦等人为精神导师。你是异类，只和牛顿、笛卡尔、阿基米德神交，因此成为边缘人。你大学毕业后，被苏共第五局选中，参加核物理研究的外围数学组。你回到上海后，看似是特工总部的闲人，实际上却混迹上海金融圈。”

影佐圭吾补充道：“凌处长精通中、英、俄、日四国语言，接受过专业特工技能培训。诺门坎战役时，任苏军情报翻译，也算上过前线。”

凌云洲呵呵一笑：“看来，我这个龟机关特工，在二位面前已经是个透明人，太可怕了。”

宋鸣谪尬笑：“没办法，谁让我们是战友呢。凌处长，实行‘梅花计划’，缺你不可，还请你务必搭把手。”

凌云洲点点头：“我们都是为帝国效力，无须客气。”

影佐圭吾从茶案上拿起一个信封递给凌云洲：“盖世太保一直敦促犹太人的事，我无暇顾及，烦请凌处长配合。有关事宜，皆列于上面。”

凌云洲双手接过信封：“我——合适吗？”

“事关两国邦交，你隶属于内阁，身份自然合适。”影佐圭吾顿了一下，“犹太人的事，模糊化处理似乎更好。”

凌云洲将信封放入口袋：“明白。”

影佐圭吾转向宋鸣谪：“宋先生，你带凌处长去‘炼狱’熟悉一下环境。”

宋鸣谪点点头，带领凌云洲离开梅机关。

到了“炼狱”，凌云洲觉得自己大开眼界。

“炼狱”设在警察局后院，确切地说是在后院地下。后院花园中，假山、鱼池、绿植形成天然伪装。假山中有条秘道，从地面入口下行十米，秘道一分为二，一条通向“炼狱”，一条是隐藏杀人机关的死路。

进入“炼狱”，如同走进暴风雨中，连续不断的滴答声，如同厉鬼的哭声席卷而来，让人感觉置身地狱。

“炼狱”内，三十个房间拱卫着一个大厅，每个房间里设置一部电台。

“‘炼狱’秘密情报室，效仿美国黑室建造，是舒局的呕心之作。”宋鸣谪站在大厅里环视三十个房间，“三十部电台，外加三辆目前世界上最先进的无线电监测车，绝对是大手笔！”

凌云洲打量着充满厉鬼哭咽声的房间：“这得花多少钱啊，我想都不敢想。”

“凌处长不愧是总务处处长，大管家思维。”宋鸣谪低声说，“你现在知道我为什么放弃用肉体、精神对抗科技了吧？在‘炼狱’中，任何人都没有秘密。”

“上海是东北亚情报中心，各国间谍云集于此，要想控制上海情报，就必须控制上海隐蔽战线的眼睛和耳朵，看来舒局已经做到了。”凌云洲竖起大拇指，“高，实在是高！”

“凌处长一语中的，我就不解释了。跟聪明人共事就是轻松。”宋鸣谪一脸傲娇，“一个月内，我就锁定了三十多家可疑电台，只要他们发报，就等于发给我们，我们的无线电监测车即刻就能锁定他们的位置。”

凌云洲问：“舒局手握如此利器，还要我这个大闲人做什么？”

宋鸣谪说：“陈主任培训出来的特工，跟踪、盯梢、杀人放火还行。舒局虽然培养了一批报务员，但破译人员太少，更缺演算师。凌处长是演算、破译方面的大才，上海无出其右者，能者多劳吧。”

凌云洲低声笑道：“特工总部就是一片盐碱地，能种出什么庄稼，你比我清楚。说到演算师，别说汪先生身边，全中国都没有几个。”

宋鸣谪点点头：“我向机关长要人时，他也找不到合适的演算师，后来他才推荐你。”

凌云洲说：“那是机关长抬爱。我在特工总部只负责吃喝拉撒，都能闲出屁来。我能帮你做点事情，机关长和汪先生应该支持。”

这时，一个特务急匆匆地走到宋鸣谪身旁，兴高采烈地说：“宋先生，我们破译了一份电文。”

有资格进入“炼狱”的人，都不是一般人，那个特务也就没有在意凌云洲。

宋鸣谪阴沉着脸：“直接说结果。”

特务回答：“您锁定的军统‘变色龙’动了。”

宋鸣谪接过电报看了一眼，转手递给凌云洲，命令那个特务：“通知突击队！”

凌云洲看完电报内容，心立刻悬在嗓子眼儿。

~ 096 ~

时间：1942年1月14日，星期三。

地点：上海，日占区，虹口码头；公共租界，江公馆。

变色龙：

太太到沪，下午6点，虹口码头

余龙

这是“炼狱”截获的电报内容。

“变色龙”是军统上海站高级特工，“余龙”是军统局高层戴遇侬的化名。戴遇侬直接向“变色龙”下达任务，可见“变色龙”在军统中的分量之重。

凌云洲知道军统“变色龙”就是杨枢。杨枢是“钻石王老五”，一直在追求罗亭，怎么会有太太呢？

凌云洲虽然揣摩不透军统有什么行动，但他绝对不能眼看着杨枢被抓。

从警察局到虹口码头的路上，凌云洲一直想着如何把这条消息告知军统上海站的人。为了保护或者监视凌云洲，宋鸣谪与他几乎寸步不离，让他很难有其他动作。

凌云洲分身乏术，只能在心里默默地为杨枢祈祷。

凌云洲偷偷打量宋鸣谪，暗暗猜测，行事如此缜密的人，为何刚到上海就被梅机关抓捕了呢?

宋鸣谪的烟瘾很大，几乎一支接一支地抽。码头接待室内，充满辣眼睛的烟雾。即便是吸烟的凌云洲都无法忍受了。

宋鸣谪又点燃一支烟，顺手递给凌云洲一支。

凌云洲接过烟点燃：“你的烟瘾很大呀。”

“没办法，压力太大。”宋鸣谪摇摇头。

凌云洲透过玻璃窗向码头望去：“那艘轮船应该从澳门出发，船上的人鱼龙混杂，只凭一封模棱两可的电报就抓人，不好解释啊。”

“宁可错杀一千，绝不放过一个。”宋鸣谪的眼里闪烁着冷峻的光，“这是军统对付共产党的行动准则，他们应该认可的。凡是今天下午6点来接太太的人，一律送到特工总部过筛子。”

凌云洲心中悸动：“你的行事风格，可不太像共匪啊。”

宋鸣谪微微一笑：“我现在是梅机关的人，不像共匪就对了。”

凌云洲呵呵一笑：“我怎么觉得你更像‘变色龙’呢？有件事我一直想不明白，像你这样的资深特工怎么会暴露呢？”他说完，紧紧地盯着宋鸣谪的眼睛。

“我——”宋鸣谪的眼神飘忽，欲言又止。

“智者千虑，必有一失。”凌云洲说，“这是机密，我不该问的。”

“其实也没什么。我认为你对此事心知肚明，我没必要说废话。”宋鸣谪尬笑，“你是龟机关的人，怎么会不知道我因何暴露的呢？”

凌云洲见宋鸣谪提到龟机关，猛拍脑袋：“南京的‘雉鸡’？”

宋鸣谪低声道：“梅子小姐。”

凌云洲心头一紧：“是毕业于东京大学的黑川梅子吗？”

宋鸣谪声音更低：“嗯。”

凌云洲却大声说：“我和她是同班同学，她是帝国之花，上学时我还暗恋过她呢。”他脸上露出一抹坏笑，“你能摘下这朵花，了不起呀！”

“运气好吧。”宋鸣谪谦卑地说。

“她在南京？”凌云洲笑了笑，“下次我去南京，一定好好跟她叙叙旧。”

宋鸣谪纠正道：“她在上海，梅机关。”

凌云洲还要问下去，见客轮靠岸，低声命令道：“行动！”

宋鸣谪叮嘱特务：“凡是接太太的，一律抓起来！”

凌云洲举起望远镜察看客轮，看到杨枢叼着烟，一边观察四周，一边走向客轮。

江澄子突然出现在凌云洲的视野里。

江澄子穿一件墨绿色旗袍，脸上似乎褪去了少女的稚嫩，浑身散发着成熟女人的韵味。

一股莫名的恐惧，紧紧裹住凌云洲。

七天前，他接到江仲阁从美国发来的电报，称江澄子陪同宋美龄一道回国。短短七天内，她怎么可能出现在上海？一定是重庆方面采取了非常手段。

难道她就是电报中的“太太”？

凌云洲放下望远镜，疾步冲出接待室，快速向客轮走去。

由于接待室距离客轮较近，他赶在杨枢前面走到接客区，冲江澄子连连招手：“澄子，我在这儿！”

江澄子正是杨枢要接的人，“太太”是宋美龄为她取的代号。

他们这次接头，是侍六组与军统高层的安排。军统用飞机把江澄子送到杭州湾后，她再转乘从澳门驶往上海的客轮。

由于江澄子认识杨枢，只要杨枢出现在码头，江澄子自会与他联络。

江澄子准备向杨枢打招呼，却听到凌云洲喊她。她循声看见凌云洲，不由得喜极而泣，不停地向凌云洲挥手。

凌云洲疾步走到江澄子面前，大声说：“澄子，我没迟到吧？”

江澄子笑骂：“算你还有良心！”

宋鸣谪见凌云洲突然蹿出接待室，也紧随他跑出来。

凌云洲眼角余光看到宋鸣谪不停地打量江澄子，便接过江澄子手中的皮箱，然后指着宋鸣谪介绍道：“澄子，我给你介绍一位朋友，这位是梅机关的宋先生。”

江澄子还在纳闷凌云洲为何突然出现，看到宋鸣谪，她顿时明白了。她优雅地冲宋鸣谪点头："宋先生好。"

宋鸣谪问凌云洲："这位女士是——"

凌云洲大声说："我太太，从美国回来。宋先生，我也是来接太太的，也有可能是军统'变色龙'，要不也跟你去特工总部？"

江澄子见凌云洲提到军统"变色龙"，意识到她的行踪已经暴露，凌云洲是来救她的。

她看了看凌云洲："姓凌的，别不承认，你在女人面前就是变色龙。我离开这段时间，你变了几种颜色？"

凌云洲冲宋鸣谪尬笑："我太太的大小姐脾气改不了，让你见笑了。"

宋鸣谪调查过凌云洲，知道他的妻子是江仲阁之女，笑着说："你怎么可能是军统'变色龙'呢！"

"杨处长，你怎么在这里？"凌云洲冲杨枢招手，假装偶遇。

"臭小子，弟妹回来了，也不言语一声！"杨枢走过来，打了凌云洲一拳，"你是怕我告密吧？"

江澄子笑问："我不在的时候，你们又出去鬼混了吧？"

"怎么叫'又'？"杨枢笑道，"我这种洁身自好的人，怎么会有那种嗜好呢？"他指指凌云洲，"弟妹，你可得看住这个老小子，他已经学坏了。"

"他的坏是天生的，还用学啊？"江澄子不等杨枢回答，转身问凌云洲，"你在执行公务吧？你要是执行公务，我坐杨处长的车回去。"

凌云洲明白江澄子话里的意思，挠挠头说："这得问问宋先生。"他拍了一下脑门，"忘了给你们介绍了。"他指着杨枢，对宋鸣谪说，"杨枢，特工总部机要处处长。"他又指着宋鸣谪，"这位是梅机关的宋先生。"

杨枢连忙伸出手："宋先生，幸会！"

宋鸣谪握住杨枢的手："久闻杨处长大名。"

凌云洲问宋鸣谪："宋先生，你看——"

宋鸣谪摆摆手："小别胜新婚嘛，你先把夫人送回家吧。"

凌云洲拱手："宋先生受累了。我把澄子送回家就回来。"

宋鸣谪说："在家等我电话就好。"他突然问杨枢，"杨处长应该是来接客人的吧？”

杨枢摇头：“我在盯一个人，盯到这里就折了。”他向左右看了看，“你们有没有见到一个身高一米八、戴礼帽穿黑西装的人？”

凌云洲戴礼帽、穿黑西装，于是他走到杨枢面前：“你看我像不像？”

杨枢瞥了凌云洲一眼：“那个人可没有你这么丑！我办正事儿呢，你别捣乱。”

江澄子笑道：“好了，你俩能不能有点儿正形？你们斗嘴吧，我自己回去了。”

杨枢赶紧说：“我送弟妹！”他说完拎起江澄子的皮箱就走。

凌云洲挽起江澄子的手，悠闲地跟在杨枢后面。

路上，凌云洲问驾车的杨枢：“杨处长，今天你欠我一个人情。”

“先记账。宋先生到底是什么人，他在干什么？”杨枢问。

凌云洲说：“中共南京地下组织负责人，代号‘笔仙’，一个月前被梅机关抓捕，投降变节。今天他带人抓捕军统‘变色龙’。”

杨枢不动声色地说：“梅机关网到这么大的鱼，收成不错啊。我咋没有这么好的运气呢？”

凌云洲说：“收成确实丰厚。这个人破译了军统‘变色龙’的秘密电台，得知军统‘变色龙’今天到虹口码头接人，我配合他执行抓捕任务。”

“土包子里还有这样的高人？太可怕了。军统‘变色龙’和谁接头，你们抓住了吗？”杨枢问。

“应该是军统‘变色龙’的太太。”凌云洲指指后视镜，“你们看，所有接太太的人都倒霉了。”

江澄子这时才意识到自己在虎口边上走了一遭，于是深情地看了凌云洲一眼，不顾杨枢在身边，在凌云洲脸上轻轻吻了一下。

杨枢点指凌云洲、江澄子：“你们能不能背点儿人？算了，江公馆不缺我这个大灯泡。”他说完把车停下，边推开车门边对凌云洲说，“我下去凉快凉快，你自己开车吧。”

凌云洲坐到主驾位，驾车直奔江公馆。

吴妈见江澄子回来，激动得直流泪，赶紧去厨房做饭。

小别胜新婚。凌云洲和江澄子来到房内，便忘我地相拥。

激情过后，江澄子对凌云洲说："刚才你若不在，后果不堪设想。"

"上海已经变天了，你真不应该回来。"凌云洲低声说。

"我和父亲到美国后，司徒美堂为父亲接风，正好宋美龄也在场。宋美龄了解我的情况后，问我是否愿意回国效力，然后我就成了国民政府的人。"江澄子依偎在凌云洲怀里，"其实我是想和你在一起，于是我就和宋美龄一道回国。我刚下飞机，侍六组就启动了'无间计划'，安排飞机把我送到杭州湾，再转乘客轮回到上海。"

"你的代号是'太太'？"

"你怎么知道？"江澄子问，然后自答，"你们破译了余龙发给'变色龙'的电报。"

"你的身份安排好了吗？"

"安排好了，只是出了一个小插曲。"

"怎么了？"

"父亲给汪精卫发电报，托他为我安排一份工作，最好在上海市政府。不料，岩井公馆需要一个精通法律的中国人，就把我借调过去了。"

"岩井公馆是个大鱼塘，容易钓到大鱼，适合你这种手潮的人。对了，'无间计划'是什么？"

江澄子摇摇头："他们什么都不告诉我。不过，我早晚会知道的。"

~ 097 ~

时间：1942 年 1 月 15 日，星期四。

地点：上海，日占区，极司菲尔路 76 号。

没有接到"太太"，杨枢只能坐等"太太"与他联系。

他的秘密电台不能再用，无法向上级询问“太太”是否已经到达上海，是否落入梅机关特务手里。

如此机密的事情，凌云洲为什么不对他设防呢？

难道凌云洲知道他是军统“变色龙”？

这不可能。这点自信杨枢还是有的。他不仅是戴遇侬主持的临训班学员，还是黄埔六期学员。如果他不是奉命潜伏特工总部，军统上海站站长之位非他莫属。

但是，手眼通天的杨枢，却因为秘密电台无法使用，没有接到“太太”，似乎一夜之间就与重庆方面失去联系。

审讯室里传来一阵阵鬼哭狼嚎般的惨叫声。那些到虹口码头接太太的男人和被接的太太，都被押送到特工总部过筛子。

杨枢站在窗前，看见陈恭如从审讯室走出来，一股恨意陡然袭上心头。

陈恭如原是军统老四，刺杀汪精卫时被李墨群抓捕后变节，出卖了上海、南京两地军统机构。戴遇侬闻讯暴跳如雷，亲笔写下“必杀”二字，把陈恭如列在军统暗杀名单前列。

就在军统特工对陈恭如展开追杀之际，陈恭如忽然消失了，谁也不知道他去了哪里。一年后，他竟率一百名密训特工，出任特工总部副主任。

重庆方面命令军统上海站必须除掉陈恭如，可是谈何容易？刺杀李墨群的行动启动三年，付出几十条人命的代价，李墨群依旧活得好好的。

陈恭如比李墨群更难对付。陈恭如上任后，特工总部的原班人马一概不用，只用他的密训特工。军统上海站虽然增添了一些人手，但想杀掉他绝非易事。

杨枢走到院子里，向站在车边吸烟的陈恭如打招呼：“陈主任，一夜没睡？”

陈恭如警觉地瞥了杨枢一眼：“折腾一晚上，累屁了。”

“辛苦，辛苦！”杨枢给陈恭如续了一支烟，“那个宋先生啥背景啊，能劳驾您为他熬通宵？”

“李主任交办的事情。”

“收获不小吧？”杨枢指指审讯室。

“白忙活了。”陈恭如愤愤地骂道，“军统‘变色龙’压根儿就没去。”

“每网都能绰到鱼，还要我们这群人干吗？您消消气，我给您弄到一辆新款福特轿车，您试驾一下。”

陈恭如的态度立刻转变：“多谢杨处长关照！”

杨枢谄笑道：“我这个人没啥大出息，就是忠于各个主任！”

陈恭如更正：“应该忠于南京才对。”

杨枢呵呵一笑：“南京太远，主任才近呢！陈主任，这辆车是一个英商刚买的，还没来得及上牌照，就赶上帝国对美英宣战，老小子怕死，扔下置办的一切就跑了。警察局也看中了这辆车，为此凌处长差一点儿跟他们动家伙。”

“警察局那帮人就是土流氓，敢跟咱们抢东西，就是找不自在。”陈恭如以流氓的口气，说着义正词严的话，“以后你们碰到他们，该归置就归置，不惯他们的臭毛病。”

“有您这句话，爱多亚路上那套花园洋房就是我们的了。”杨枢笑了笑，低声说，“凌处长今天抢房子去了。我跟他说说，那套房子拾掇好后，您就住进去。”

陈恭如说：“这样不好吧？君子不夺人所爱。”

杨枢笑道：“您刚到上海，怎么着也得有个睡觉的地方。我们已经不缺车、房子。凌处长更是大户，他去抢房、抢车，就是闲得慌。”

陈恭如轻轻拍了拍杨枢的肩头：“别一口一个您的，生分了，咱们是兄弟，叫我老陈就行。”

“恭如兄！”杨枢抱拳拱手，“以后我们在一个锅里吃饭，有需要机要处办的事，您尽管言语。”

陈恭如笑道：“哪天约上凌处长，咱们喝顿大酒后就是自家兄弟。”他顿了顿，“你怎么不问问我为什么抓那些人？”

杨枢说：“不涉及机要处的事儿，我才懒得关心呢，呵呵！”

陈恭如点指杨枢：“你这是遵守纪律，好习惯。我现在可以告诉你，那群人是到码头接太太的。”

杨枢插科打诨：“不允许老百姓到虹口码头接太太？啥时候的规定？”

陈恭如说：“军统‘变色龙’到虹口码头接‘太太’。”

“哦？果然有大鱼，怪不得您亲自下厨。”他冲陈恭如竖起大拇指，“在您那里，任何人都不可能有秘密。”

陈恭如附在杨枢耳边说：“宋先生有个秘密情报室，监测设备比咱们这里的烂玩意儿，高出好几个等级。”

杨枢点点头：“好酒好菜，肯定先可着梅机关来啊。我不嫉妒，嫉妒不起。哈哈！”

陈恭如轻轻打了杨枢一拳：“心态真好！”

杨枢笑道：“您就说我缺心眼儿得了。特工总部本来就是后娘养的，姥姥不疼舅舅不爱的，我们必须得找准自己的位置。”

“车呢？”陈恭如问道。

“光顾着瞎聊了。”杨枢掏出钥匙递给陈恭如，指指墙边那辆新款福特轿车。

陈恭如上车在院子里试驾。

杨枢暗暗推敲陈恭如说的每句话。他判断，宋鸣谪掌控着一个秘密情报室，拥有先进的侦测设备，破译了余龙发给他的一封电报。

想到这里，他的心一下子凉到底。他刚想回办公室，扭头看见江澄子出现在大门口，便冲她招手：“弟妹，我在这里！”

门卫见杨枢和江澄子打招呼，就让江澄子进院。

江澄子拎着点心走到杨枢面前：“我在街上买些点心，给云洲送过来。”

杨枢笑道：“你这是赤裸裸地秀恩爱啊。”

江澄子将点心塞给杨枢：“拿去。”

杨枢不接，笑道：“弟妹就是大气，我可不夺人之爱。”

陈恭如把车停好，走到杨枢面前：“性能确实不错。”他打量江澄子，“这位是谁呀，部里来新人了？”

杨枢介绍道：“这位是凌处长的太太，刚从美国回来，给凌处长送点心。

弟妹，这位是陈主任，部里的二号人物。”

江澄子冲陈恭如微微点头：“陈主任，日后您得多多照顾云洲啊。”

陈恭如摆摆手：“都是自家兄弟，自当相互提携。”

江澄子指指办公楼，问杨枢：“你陪我上去，还是我自己上去？”

杨枢对陈恭如说：“陈主任，我陪凌太太上去。”

陈恭如说：“好的，我正好要出去一趟，咱们回聊。”他说完直奔那辆新款福特轿车。

杨枢目送陈恭如驾车驶出大门后，对江澄子说：“弟妹，这里阴气太重，以后你还是少来为妙。”

“你把太太接过来，杀一杀阴气就好了。”

“我可没有凌处长那么大的魅力，到哪里淘换正气十足的太太？”

“到虹口码头看看，没准儿就找到了呢。”江澄子嫣然一笑，“你家老爷子娶三房太太，大太太是你母亲，你却喜欢三太太，因为她与你同龄，你们有共同语言。”

“她确实是好女人。”杨枢盯着江澄子的眼睛，“可惜我家老爷子不珍惜。”

“可惜呀，三太太英年早逝。”江澄子若无其事地说，“很多人说，她和我长得很像，是不是真的？”

这些话，是杨枢与“太太”的接头暗语。

杨枢却大声说：“凌处长出去办差了。”他假装看表，“应该快回来了，你到我办公室等他？”

“好呀！”江澄子随杨枢来到机要处处长办公室，进屋就指指天花板、指指四壁。

杨枢低声说：“放心吧，没有窃听器。凌岳州在世时，在我这里装过窃听器，他头一天装，第二天我就拆了，我还到周佛麟那里告他和李墨群的状。周佛麟将他们臭骂一顿，他就不敢对我使绊子了。”

江澄子坐在沙发上：“我在重庆听过你的战绩，没想到你这么厉害。”

杨枢倒杯茶，端到江澄子面前：“打死我，我也不会想到你是军统的人。”

江澄子笑道：“确切地说，我属于侍六组。我没有经过密训，日后可能要拖你的后腿。”

“你隶属侍六组？”杨枢再次打量江澄子。

侍六组特工虽然单兵作战能力不如军统和中统的特工，但级别却不低，而且一般不外放。江澄子是侍六组外放特工，让杨枢难以置信。

杨枢作为职业特工，对此他虽然难以理解，但也没有深究，而是直接问道：“上面有什么交代？”

“命你执行‘无间计划’。”

“还有吗？”

江澄子平静地说：“唐先生交代，执行‘无间计划’前，启动‘清零行动’，除掉‘三刺’。”

“‘清零行动’？”杨枢心里“咯噔”一下。

“是。”江澄子点点头。

“还有其他任务吗？”

“没有了。”江澄子依然平静，“你有什么要求吗？”

杨枢思索片刻：“有件事情需要你配合。”

“说吧，别太难为我就行。”

“昨天在虹口码头，我们见到的那个宋先生，创办了一个秘密情报室，你向凌处长侧面打听一下它的有关情况。”

“我回去就问他。”

“你不能暴露身份，不能引起凌处长怀疑。”

江澄子面露难色：“这么机密的事情，只要我关心，就会引起他怀疑的。”

“办法总比困难多嘛。”

~ 098 ~

时间：1942 年 1 月 15 日，星期四。

地点：上海，日占区，舟山路商业街，提篮桥监狱。

青砖清水墙，红砖清水腰线，檐口天沟采用线条外挑，不设封檐板，铁皮瓦楞板屋顶，香味缭绕的面包店，五彩缤纷的小型服装铺，守在店铺门口穿着奇装异服的犹太男女，构成了这座叱咤之城一道风韵独特的风景线。

这里便是有“小维也纳”之称的舟山路商业街。

穿过舟山路商业街，经过摩西会堂，便是令人望而生畏的提篮桥监狱。在提篮桥监狱的另一侧，是一片新建的犹太人工厂区，但厂区里大多是日本人控制的棉服厂、弹药厂、搪瓷厂等工厂。

一辆福特轿车穿行在舟山路商业街上。

车内，原宝轩驾车，沙逊坐在副驾驶位上。他们一边吸雪茄，一边打量街道两边犹太人的商店。

“日本方面，松井、德川和岩井已经点头了。”原宝轩向车外望去，看到一个犹太少女穿着漂亮的裙子，眼角泛起笑意，“中国方面，安子铭算一个。粉碎‘炼狱计划’，保护犹太人，他不可或缺。”

沙逊对路边的一切熟视无睹，反问：“您和拉乌尔先生是一家人吧？”

“我是拉乌尔先生的追随者，仅此而已。”

“我代表所有犹太人，感谢您的照顾。”

原宝轩瞥向沙逊：“您不也是一直在拯救犹太人嘛。”

“我是犹太人，拯救自己的同胞理所应当。您是中国人，完全可以袖手旁观。”

原宝轩微微一笑：“卡尔·马克思是犹太人，也是共产主义先驱。我们对犹太人有一种特殊的感情，已经超越了种族。用中国话说，是道义。拉乌尔先生能为共产主义事业牺牲自己，我们帮助犹太人做些事情，必然不惜代价。”

“谢谢你们。”

“我之所以急于创办共生证券公司，是因为我们获得情报，盖世太保已经侵入上海金融界，负责人是约瑟夫·梅辛格，盖世太保驻日首席代表。”

沙逊听到“梅辛格”三个字，突然变得十分激动：“梅辛格就是魔鬼、屠夫，他在华沙屠杀了十万犹太人。”

“您放心，我们会竭尽全力保护上海所有犹太人。”

“所有费用由沙逊家族承担。”

“中国人从来不做雇佣军，哈哈。我们之所以这么做，只是因为中国人和犹太人的情谊。”原宝轩轻声说，“江仲阁和他女儿去美国了，江家只能由普乐天出面。”

“我跟普先生有生意往来。我非常了解他，他是精明能干之人。”

原宝轩从右后视镜中看到后面有辆轿车尾随，却不采取任何措施，任其跟踪。

尾随原宝轩的那辆车内，坐着中村宇都和凌岳州。凌岳州见原宝轩驾车突然转弯，意识到自己可能被原宝轩发现了，但原宝轩却无意摆脱他们，不由得倒吸一口凉气。

中村宇都不动声色，冷眼旁观，一副老子地盘老子做主的架势。

原宝轩驾车驶过舟山路商业街，在提篮桥监狱大门前停下。

五十多岁的提篮桥监狱监狱长安子铭，已站在大门口等候多时。待轿车停稳，他快速走到轿车前，为沙逊拉开车门。

沙逊下车，摘下礼帽，微微颔首：“安先生好！”

安子铭还礼：“沙逊先生好！”

沙逊待原宝轩下车，对安子铭说：“安先生，我给你介绍一下，这位是岩井公馆大总管原宝轩先生。”

安子铭向原宝轩伸出手：“原先生好！”

原宝轩与安子铭轻轻握手：“安先生好！”

安子铭向二人做出“请”的手势：“二位里面请。”

原宝轩打趣说：“进监狱可不是好兆头呀！”

沙逊摇摇头：“从另一个角度看，监狱也是最安全的地方。”

三人并肩向监狱里走去。

凌岳州驱车赶到，中村宇都拿起相机，对着三人的背影拍照。

安子铭察觉有人偷拍，却不回头看，低声说：“原先生，后面有两条尾巴。”

原宝轩微微一笑："这年头，有人惦记，尤其被盖世太保惦记，说明我还不是百无一用。"

沙逊一愣："德国的盖世太保？"

原宝轩说："希特勒的手，可不是一般的长。"

安子铭的办公室占用半层楼，接待室、办公室、居住室一应俱全，装修极尽奢华。站在大客厅的窗前，可以俯视整个监狱。

原宝轩参观完毕，冲安子铭竖起大拇指："你这里一点儿都不比沙逊先生的办公室差。"

安子铭哈哈大笑："这套房子就是沙逊先生赞助并负责装修的。"

沙逊摆摆手："过去的事，何足挂齿。"

原宝轩说："没想到，沙逊先生作为生意人，还能资助监狱。"

沙逊指着窗外说："这里有丰富的宝藏。"

提篮桥监狱，毗邻舟山路商业街、犹太人居住区、工厂区，有用之不尽的低廉劳动力，确实存在着巨大的商机。

原宝轩说："太平洋战争爆发后，英美两国呼吁世界各国缔结同盟国。以前中德两国关系还算不错，如果中国加入同盟国，中德两国便是敌对关系，上海两万犹太人就成了日德两国之间的政治筹码。"

沙逊说："梅辛格没来上海，就说明原先生的计划成功了。"

安子铭竖起大拇指："原先生能摆平梅辛格，大手笔啊。"

原宝轩说："我在东京时，就与梅辛格达成协议，梅辛格放上海犹太人一马，我便为他赚取巨额财富。"

安子铭说："随着战争推进，一心想赚钱的梅辛格，恐怕也顶不住德国国防军最高统帅部的压力。"

原宝轩点点头："没有人敢让希特勒不高兴。眼下我们只有一步棋了。"

安子铭说："在日德两国之间扔一根骨头。"

原宝轩补充说："日本需要大量资金，以支持旷日持久的战争消耗。对日本人来说，与其杀掉犹太人，不如利用犹太人的能力赚取战争经费。"

沙逊说："我在提篮桥片区建造军需厂、棉纺厂和医院，就是为了向日本人表明，犹太人能为他们创造财富。”

原宝轩说：“只有这样，日本才不会配合德国大肆屠杀上海的犹太人。”

安子铭看看原宝轩和沙逊：“你们在下一盘大棋啊。”

沙逊问原宝轩：“那些老弱病残的犹太人怎么办呢？”

原宝轩向窗外一指：“沙逊先生，您觉得安先生这里能收容多少人呢？”

沙逊皱眉：“原先生要将他们藏在监狱里？”

安子铭对沙逊说：“您刚才不是说，监狱也是最安全的地方嘛。”

原宝轩说：“这就是我让沙逊先生在监狱对面建造医院的目的。医院与监狱之间用地道连接，一旦日本人对老弱病残的犹太人动手，安先生的监狱可以为他们提供保护。”

沙逊笑道：“二位都是大智之人，我代表上海的两万同胞谢谢你们。”

安子铭说：“沙逊先生客气了。”

原宝轩问沙逊：“除了您，上海还有谁能在一月之内建起一座医院呢？”

沙逊说：“我经营房地产多年，这点事儿还是难不倒我的。”

原宝轩说：“现在医院可以营业了。我跟松井和德川沟通过，共生医院使用日本军方颁发的经营许可证，由日本宪兵负责安全，这样也能阻止德国人在那里兴风作浪。”

沙逊从公文包里掏出两张支票，放在茶几上：“这笔辛苦费，还望二位笑纳。”

安子铭摆手拒绝：“我在共生证券公司有股份。”

原宝轩对安子铭微微一笑：“沙逊先生的一点心意嘛，我们恭敬不如从命。我们为他冒这么大的风险，应该劳有所得。”

安子铭收起一张支票后，问原宝轩：“门口那两条尾巴，您打算怎么处理？”

原宝轩淡淡一笑：“一两个盖世太保在上海掀不起风浪，由他们去吧。”

安子铭说：“他们愿意住到我这里，我也欢迎。”

金融战也是一种战争，比谍战更残酷，更让人摸不着头脑。谍战是小范围内的斗智斗勇，金融战最少影响一座城，最大能影响全世界，没有纵横捭阖的手段，很难全身而退。

土肥原为了掠夺犹太人的财富，把“河豚计划”隐藏在“炼狱计划”之中，也需要高位统筹的眼光和全盘谋划的手段。

原宝轩创建共生证券公司，就是为了应对土肥原的“炼狱计划”。

共生证券公司背后隐藏着太多人，存在多条利益链，当然也包括见不得阳光的东西。它需要一个干净的人，挡住从各个角度射过来的阳光。

最合适的人选，当然是普乐天。

原宝轩经过长时间比较、衡量，认为在上海只有普乐天能担此重任。所以他以“老A”的名义约见罗亭，并提出同时面见“野兔”。

“‘老A’也要见我？”普乐天对这种不符合程序的见面疑惑不解。

“这个‘老A’确实有些奇怪，竟敢把初次见面搞得如此热闹。”罗亭接到原宝轩的通知后，也是一头雾水，“‘老A’约我们去华懋饭店。”

为了安全起见，罗亭和普乐天在华懋饭店订了一个套房，扮作偷情幽会的男女去见“老A”。即便华懋饭店是陷阱，他们可以以“走错房间”为由搪塞。

他们勾肩搭背地走到约定房间门前，普乐天拿出钥匙佯装笨手笨脚地开门。

“吱呀”一声，原宝轩打开房门，见他们鬼鬼祟祟的样子，低声说：“仰天大笑出门去。”

罗亭推开普乐天，接了一句：“扶摇直上九万里。”

原宝轩说：“千里不留行。”

罗亭说：“深藏身与名。”

原宝轩向左右看了看：“进屋。”

罗亭冲普乐天点点头，跟随原宝轩进屋。

罗亭打量一下房间，握住原宝轩的手：“‘老A’！”

原宝轩激动地说：“‘13号’，我们终于见面了。”他转向普乐天，“这位就是大名鼎鼎的‘野兔’？”

普乐天盯着原宝轩：“我们见过面吗？”

原宝轩微微一笑：“我的真名叫凌国轩。”

“凌国轩？”罗亭和普乐天难以置信。

原宝轩示意他们坐下：“说来话长，我们以后慢慢聊吧。”

普乐天坐下，忍不住问道：“云洲说，您在莫斯科牺牲了。”

“这是拉乌尔先生计划的一部分。”原宝轩说，“我到上海接替拉乌尔先生的工作，粉碎土肥原的‘炼狱计划’。”

普乐天精神依旧有些恍惚：“这个好消息应该告诉云洲啊。”

原宝轩拿起醒酒器：“暂时还不能让他知道。他知道越多越不安全。”

普乐天不明白：“为什么？”

罗亭暗中掐了普乐天一把，暗示他不要多问。

原宝轩一边倒红酒，一边解释：“第一，再巧妙的设计也会有破绽，不得不防；第二，‘炼狱计划’牵扯面太广，不知道有多少危险。为了云洲和澄子的安全，让他们少些牵挂才是上策。”

罗亭说：“您现在的身份是岩井公馆大总管，必然要和云洲经常见面。以他的敏锐性，肯定能猜到的。”

原宝轩把红酒杯分别递给罗亭和普乐天：“顺其自然，才显得真实。”

普乐天端起酒杯嗅了一下：“我能理解。”

原宝轩坐到二人对面：“你们的故事，我听‘1号’首长介绍过，真让人心疼心酸啊。不过，与那些已经牺牲的同志相比，我们还是幸运的。”

罗亭没有喝酒，默默地点头：“为了信仰，百隐千藏，值得。”

“粉碎‘炼狱计划’，必须成立共生证券公司。”原宝轩放下酒杯，向普乐天介绍，“共生证券公司是个圈子，一是为了保护犹太人的财产，二是为了渗透日本高层。有些股东身份特殊，不方便出面，你是总经理的不二人选。”

第六章 暴露

~ 099 ~

时间：1942 年 1 月 15 日，星期四。

地点：上海，公共租界，爱多亚路，爱琴海西餐厅。

关于“炼狱”的情报，凌云洲必须尽快通知罗亭。

“炼狱”无疑是暴风雨的“风眼”，一旦梅机关能截获中共上海地下组织的电报，中共上海地下组织随时都会遭到毁灭性打击。

任何战争，首先是信息的战争。

凌云洲必须找个恰当的理由，能隔三岔五见到罗亭，以便让特工总部与警察局狗咬狗的游戏上线。

他去爱多亚路抢洋房只是借口。他知道警察局的人也会抢，这样一来，他就有理由和罗亭见面。

他赶到爱多亚路时，卫铭笠带领警察也赶到了，双方争执不下。特工总部的人多是地痞流氓，在凌云洲的怂恿下，他们不仅打了警察，还把卫铭笠带到特工总部的审讯室。

舒季衡听说凌云洲扣押了卫铭笠，便命罗亭约见凌云洲。

罗亭猜到凌云洲制造事端的意图，就直接把电话打到特工总部总务处，请凌云洲赏脸吃顿饭。

凌云洲赶到爱琴海西餐厅时，罗亭身着便装在门口等候。

凌岳州让警察局特务科的人埋伏在爱琴海西餐厅周围，以防特工总部的地痞流氓再生事端。

凌岳州见凌云洲只身前来，哑然失笑，觉得自己有点草木皆兵，便躲进爱琴海西餐厅一个包间里。

罗亭见到凌云洲，笑道："凌处长赏脸，多谢多谢。"

凌云洲向四周看了看："吃顿饭，不至于这么多人围观吧？"

"没办法，我爱热闹。"罗亭伸出右手，微微躬身，"凌处长，请！"

凌云洲走进爱琴海西餐厅，一眼看见普乐天和宋格，便径直走到普乐天面前："大哥，你也在啊！"

普乐天看了凌云洲身后的罗亭一眼："澄子怎么不哼不哈地回来了？"

罗亭笑问："你还嫌弃澄子是累赘啊？"

普乐天不动声色地问罗亭："澄子给你打电话了？"

罗亭点点头："晚上她还要请我去江公馆吃饭呢。"

凌云洲笑道："她想给你们一个惊喜，在家里张罗晚饭呢。我真不知道她能张罗出啥。"

宋格注意到普乐天看罗亭的复杂眼神，觉得他们之间肯定有故事，也插话道："澄子也给我打电话了，晚上我也去。"

罗亭看了看宋格和普乐天，心里有些酸楚，但极力控制着。

宋格在外面负责望风，罗亭、凌云洲和普乐天进入最里面的包间。

罗亭听凌云洲描述完"炼狱"，一股寒意从心底陡然升起："'炼狱'太可怕了，现在我们的电台必须静默。若非巧合，杨枢和澄子全都暴露了。"

凌云洲问罗亭："台风小组有几部电台？"

"两部，一部在报务员吴已楠手里，另一部在我手里，我可以直接与'1号'首长联系。"罗亭向左右看了看，"你见到'笔仙'了？"

凌云洲低头切牛排："宋鸣谪，现在影佐圭吾尊称他宋先生。"

罗亭将酒杯放在桌上："掌握他的日常行动轨迹了吗？"

凌云洲说："他躲在梅花楼里几乎不出来。同志们都回来了？"

“回来了。宋鸣谪熟悉我们的工作模式，应该猜到同志们可能返回上海，所以他会派人对从南京来上海的人进行跟踪、监视、调查。”罗亭满脸忧虑，根本无心吃饭，向窗外望去，“虽然同志们的身份毫无破绽，但暂时不得不蛰伏起来。”

“这个‘炼狱’确实很棘手，目前我还没有对付它的办法。”凌云洲望着满脸忧虑的罗亭，无奈地说，“他们拥有了顺风耳，我们却成了聋人。”

罗亭转过头：“十年前，我过于理想化，用百家姓和天干地支设计门徒小组成员的代号，没想到让对手闻之不忘。现在看来，我还是太幼稚了。”

“我们不就是靠理想支撑嘛。”凌云洲说，“实现理想的过程，就是摸石头过河的过程。只要我们能安全过河，一切都值得。”

“即便我们能过河，代价也是越小越好。”罗亭的眼睛湿润了，“台风小组绝对不能走门徒小组的老路，绝对不能……或许，简单的、朴素的才是最好的。”

凌云洲的情绪没有任何波动：“你设计的模式，还是比较好的，虽然它过于理想化，虽然它不完美，但是，门徒小组毕竟战斗了十年。能战斗十年，就是一种胜利。”

罗亭端起酒杯一饮而尽：“宋鸣谪熟悉门徒小组的工作模式，了解报务员的发报手法，再加上无线电监测车协助，他识破我们的电台还是很容易的。”

凌云洲说：“这个情况务必尽快向上级组织汇报，寻找应对办法。”

罗亭说：“频率和密码能改，报务员的发报手法很难改。宋鸣谪是黄埔军校电讯教官，侦讯领域专家，很难对付的。另外，无线电监测车也是个大麻烦。”

凌云洲问：“我们怎么办？”

“所有电台暂时静默。”罗亭说，“只要我们的电台保持静默状态，‘炼狱’就无从下手。”

“但是，我们离开电台，就等于离开上级组织。”凌云洲说。

普乐天说：“我们可以借用红帮电台。”

凌云洲摇摇头：“这种玩笑，最好不要开。”

普乐天说：“愿意抗日的人，都是好同志。没有红帮，那批盘尼西林根本运不出上海。”

凌云洲转移话题，对罗亭说：“牛排挺好吃的，你尝尝。”

罗亭切了一块牛排，送入嘴里，慢慢咀嚼，点点头："上级指示，尽快除掉宋鸣谪，将剩余的盘尼西林运往苏北。"

"你制订计划，我执行。"凌云洲低头吃牛排，没有抬头。

罗亭问凌云洲："宋鸣谪到底是怎么暴露的？"

凌云洲说："与一个龟机关女特工有关。她叫黑川梅子，代号'雉鸡'。"

"宋鸣谪参加过长征，是老革命，他不可能因为女人诱惑就变节。"罗亭肯定地说。

凌云洲说："我会弄清楚的。"

"不要轻易采取行动。"罗亭也不抬头，说话声音极低，"宋鸣谪在南方局担任过重要职务，接触过门徒小组的档案。"

"怎么办？"凌云洲愣住。

"他多活一天，我们的风险就增加一分。"罗亭与凌云洲对视。

～100～

时间：1942年1月15日，星期四。

地点：上海，公共租界，苏州河畔，江公馆。

上海的冬夜，无比清冷。

下弦月，像镰刀。

冷清一个多月的江公馆突然热闹起来。今晚，太多人心中藏着心事儿，就连江公馆的每棵草似乎都裹挟着秘密。

在罗亭面前，宋格以普乐天女朋友的身份出现了；杨枢陪同罗亭前来，当着普乐天的面送给罗亭一瓶法国香水，罗亭开心地笑纳……

所有人都在演戏，演给自己，也演给别人。

最开心的人当属宋格，她给江澄子带来自己精心挑选的礼物。对此，最不擅长演戏的江澄子，还拉着宋格的手张罗着喝她的喜酒。

江澄子大大咧咧地说："宋小姐，我不愿意叫你嫂子，我们做姐妹如何？"

宋格说："好呀，我们就做好姐妹。我比你大，我是姐姐，你是妹妹。"

江澄子一本正经地邀请在场所有人作证。

普乐天不合时宜地对宋格说："我是澄子大哥，也是你大哥。"

这句话令宋格的心犹如一下子掉进冰窟窿，因顾及普乐天的面子没有发作，但她多了个心眼儿，在饭桌上不住地观察众人的神态、眼神。

她还真看出端倪，罗亭和杨枢之间，似乎有一道无形的鸿沟。她之所以能看出来，是因为她对此感同身受。

此刻，她觉得自己和普乐天之间也有一道无形的鸿沟。她想努力跨越，但普乐天极不配合。

她从普乐天和罗亭对视的眼神中，猜测他们肯定有不明不白的关系。

爱一个人，就能感知他的一切。

她确定，普乐天所有心思都放在罗亭身上。她，不过是一种可有可无的陪衬。

不只宋格，杨枢也觉察出罗亭不喜欢他，这在他的意料之中。罗亭就像一个精致的青花瓷瓷器摆放在他人的客厅里，他只能远观，却不能据为己有。可他仿佛中了邪，就是喜欢这个青花瓷瓷器，哪怕几天看一眼也好。

众人酒足饭饱，激情消减，见天色已晚，纷纷告辞。

普乐天对宋格、罗亭说："太晚了，你们甭回去了，在这里将就一晚上吧。"

罗亭和宋格竟然异口同声地回绝。

罗亭说："明天早上警察局有个会，我迟到不太好。"

宋格撇着嘴："我——我住在这里不合适！"

凌云洲帮普乐天解围："既然她们都有事，你就别勉强她们了。"

江澄子意识到自己好心可能办了坏事，拽着罗亭的手说："姐，我——"

罗亭知道她想说什么，在她手上拍了拍，笑着说："傻丫头，啥都别想了，好好陪陪云洲。"

普乐天直瞪瞪地目送罗亭驾车离去，突然发觉宋格在他身旁。他感觉自己有些失态，便拉起宋格的手："我送你。"

宋格的身心彻底麻木了，只好魂不守舍地跟着普乐天。直到他们走到繁华的南京路，看到街道两边的灯光，她的身心才渐渐有了知觉，挣开普乐天的手："你和罗亭到底是啥关系？"

"没——没关系。"普乐天支吾着说。

"你们之间肯定有关系。"宋格眼睛一酸，眼泪"唰"地流出来，"我看得出来，你们喜欢彼此，为何不在一起？"

"如果相爱就能在一起，还听什么《梁祝》？"普乐天为宋格擦眼泪。

宋格扭头拒绝："两情相悦为什么不能在一起？"她忽然瞪大眼睛，"难道她也是共产党员？"

普乐天没有肯定，也没有否定，扭头看昏黄的街灯。

宋格死死地盯着普乐天："她不仅是共产党员，还是你妻子，对不对？"

普乐天一怔，也直视宋格，冷冷地说："这种掉脑袋的猜测，最好不要讲，不但害人，而且害己。"

宋格不管不顾："你们都是共产党员，所以不能以夫妻名义相处。不然，你三十六岁，她三十三岁，为什么都单身？"

普乐天轻轻地说："想多了，累人，也连累人。"

宋格见普乐天话里有话，瞬间明白罗亭为什么允许普乐天和她在一起。

罗亭，是敢于牺牲敢于奉献的女人，为了她的终极理想，她甘愿牺牲自己的一切，包括无比自私的爱情。

突然，一阵枪声从他们身后传来，特别刺耳。

普乐天伸手将宋格拉到身后，掏出手枪察看。他一气呵成的动作，让宋格觉得无比温暖。身边这个男人，愿意用生命保护她，她不应该有任何幽怨。

普乐天判断出枪声来源："从第一分局方向传来的。"

宋格问："这里太不安全，我们去哪里？"

"江公馆！"普乐天不等宋格同意，便拽着她返回江公馆。

此起彼伏的枪声虽然很吓人，但宋格的心里却很踏实，甚至还有因祸得福的感觉。

凌云洲听到枪声，也提枪从小门跑出江公馆，迎面碰上普乐天和宋格，自问自答地说："哪里打枪？第一分局！"

普乐天几乎异口同声地低声喊道："万墨翰！"

凌云洲一把把宋格推进小门内，然后把普乐天拉到墙角："一定是万墨翰出事了。你知道'炼狱'吗？"

普乐天点点头："亭亭都告诉我了。难道是鬼子摸到第一分局了？"

他的话音刚落，一辆轿车停在江公馆门前。

杨枢把头伸出车窗："云洲，开门！"

凌云洲立即打开大门，杨枢把油门踩到底，轿车轰鸣着冲进江公馆，然后一个漂亮的甩尾，稳稳地停在停车场。杨枢匆匆下车，从后备厢里拖出万墨翰。

凌云洲跑过去，见万墨翰浑身是血，问："怎么了？"

杨枢骂道："别他妈的废话，赶紧救人。"

凌云洲将万墨翰扶到杨枢背上，他们一起跑向主楼。

普乐天掏出手枪，在大门口巡视一会儿，见无人跟踪，便在浇花井里提出一桶水，认真地擦拭地上的血迹。

江澄子从3号楼跑出来，见万墨翰伤势严重，转身喊老何帮忙。

在老何与江澄子救治万翰墨的空当，凌云洲与杨枢走到花园里。

凌云洲递给杨枢一支烟："你把这么大的一颗雷埋到我家，还不给一个说法吗？"

杨枢接过烟点燃，深吸一口，缓缓吐出一缕烟："万墨翰是军统上海站站长，代号'阎王'。今天军统上海站总部被陈恭如包了饺子。万墨翰拼死杀出来，我正好碰上。"

"你怎么知道他是军统上海站站长？"凌云洲直视杨枢，"你的职务应该不允许你这么做吧？"

杨枢毫不在意："你去年不也放过军统特工嘛。常在河边站，做事留一线，人之常情嘛。"

"知道太多绝对不是什么好事儿！"凌云洲点指杨枢。

杨枢一本正经地说："这年头，谁求不着谁啊？救个军统特工，比杀个军统特工要好。日本与英美两国开战，就像小舢板硬磕大轮船，结果很明显。日本的国力、财力、兵力都不如美国，发动太平洋战争是日本走得最臭的一步棋。你我虽然追随汪先生，我还跟周部长沾亲带故，但求人不如求己，给自己多留一条后路肯定是没错的。何况，我救万墨翰也是捎带脚儿的事，你碰上也和我一样。我们可不能学沐承风、苏成方，还有那个军统四哥陈恭如。这年头，不懂事、不会做人，早晚得横尸街头。”

“人生如棋嘛，多看一步肯定没错。”凌云洲说，“不过我得提醒你，现在的上海还由日本人掌控，你把屁股擦干净点儿，一点异味儿都不能有。”

“必需的！”杨枢说，“我还能把狗引到你家里来啊？”

凌云洲笑道：“你这次欠我一个大人情，记得及时还上。”

“你咋越活越抽抽儿呢？跟抠门的土财主似的。”杨枢打了凌云洲一拳，“知道我为什么把你抢来的房子和车子送给陈恭如了吧？”

凌云洲点指杨枢：“就你这种打土豪分田地的行为，给你定一个通共的罪名，你都不屈！”

~ 101 ~

时间：1942 年 1 月 16 日，星期五。

地点：上海，公共租界，江公馆；日占区，极司菲尔路 76 号。

睡梦中的凌云洲，被急促的电话铃声惊醒。

他看看表，正值凌晨 3 点。谁打来的电话？难道宋鸣谪又“立功”了？

他迅速抓起话筒，低声问：“哪位？”

“我，陈恭如。”话筒里传出陈恭如沉稳、冷静的声音，“不好意思，打扰凌处长了。我有件急事，您能不能来一趟部里？”

“明天行不？困死了！”凌云洲假装打哈欠。

“请您务必现在过来！”陈恭如加重语气，“非常紧急的事情。”

凌云洲无奈地答应。他放下话筒，一片阴云瞬间笼罩在他的心头。

陈恭如为什么要自己这时候去特工总部？难道他怀疑万墨翰藏在自己家

里？还是自己哪里露出马脚？

凌云洲见江澄子也醒了，问："把万墨翰安排好了吗？"

江澄子揉揉惺忪的睡眼："做完手术后，杨枢就把他弄走了。"

凌云洲示意她继续睡："部里有急事，我过去一趟。"

江澄子看看表："半夜三更的，你去干吗？"她一下子变得无比警醒，"出事了？"

凌云洲笑道："瞎折腾呗，不折腾人还叫特工总部？你放心，如果真有事，就不是我过去，而是他们过来。"

凌云洲驱车赶到特工总部。他刚把轿车停好，陈恭如便从办公楼里跑出来。

凌云洲见院里没有特务，暗暗松了一口气，下车走向陈恭如。

陈恭如见凌云洲行走缓慢，催促道："凌处长，快点儿，火烧眉毛了！"

凌云洲慢悠悠地点燃一支烟，吸了一口："怎么了，陈主任？"

陈恭如上前拉住凌云洲的胳膊，低声问："有一个叫杨毓香的女人，你认识吗？"

"哪个杨毓香？"凌云洲递给陈恭如一支烟，"是不是住在周公馆那个杨毓香？"

陈恭如伸手接过烟："就是她。"

"她怎么了？"凌云洲不知道陈恭如有何用意，不敢轻易说话。

"今天晚上我们执行抓捕任务，抓到一个女人，她说她叫杨毓香，住在周公馆。"陈恭如点燃烟，吸了一口，"事关周公馆，我怕出纰漏，不得不半夜叨扰您。"

"你们在第一分局开枪了？"凌云洲指指黄浦江方向。

"你都听到动静了？"

"第一分局与江公馆只隔两条街，我想听不到都难。"

"宋鸣谪追踪到一部藏在第一分局的隐蔽电台，实际控制人就是'阎王'。"

"抓住'阎王'了？"凌云洲假装兴奋。

"唉，只差那么一点点！"陈恭如比画道，语气里充满懊恼，"让'阎王'从我眼皮底下溜掉了。"

“‘阎王’是第一分局的人吧？”

“万墨翰！”陈恭如愤愤地说，“他熟悉地形，否则他根本跑不掉。”

“杨毓香也是在第一分局抓到的？”

陈恭如点点头：“她对弟兄们开枪。”

“杨毓香是杨处长的姐姐。”凌云洲向四周瞥了几眼，“你能证明她是军统的人吗？”

“她肯定是！不然她怎么会掩护万墨翰逃走？”

“这只是你的推测。我们必须掌握直接证据。”

“直接证据暂时没有，不过审一次，什么都会有的。”

“你是顾忌杨处长吧？”凌云洲知道杨毓香是军统特工，盘算着如何巧妙救她，“杨毓香若是军统的人，你就不用顾忌杨处长。不过，有个人你得好好掂量一下。”

“谁？周部长？她跟周部长是什么关系？”

“相好！”凌云洲压低嗓门说，“沐承风是个狠角色吧？他就是动了杨毓香才暴露身份的。这么说吧，不管她是什么身份，我们都动不了她。”

“这年头，哪还有什么真相啊！”陈恭如叹了口气。

“对于杨毓香，你敢上家伙吗？肯定不敢，聊天能聊出个屁！”凌云洲继续说，“杨毓香就是烫手的山芋，你赶紧扔了吧！”

“感谢你及时提醒！”陈恭如冲凌云洲拱手，“不然我真得掉坑里。”

“坑？谁挖的坑？”凌云洲啐了一口唾沫，“姓宋的是老共匪，岂能不知道杨毓香是周部长相好的？是他让你去抓的吧？”

“妈的！”陈恭如愤愤地把烟蒂扔到地上，用脚尖狠狠蹍着，“这个老赤匪，敢给老子挖坑，老子剥他的皮！”

“消消气，姓宋的现在是梅机关的座上宾，我们现在动不了他。你还是想想怎么扔掉那个烂山芋吧！”凌云洲想了想，“这样，你弄份假口供，就说她去江公馆找杨处长，路过第一分局时被误抓。昨晚杨处长在我家吃饭，有人证。我和杨处长再给你提供一份书面证明，不就抹平了嘛！”

陈恭如拍了拍凌云洲的肩：“哪天有空，我摆一桌，咱们兄弟好好聊聊！”

“自家兄弟就别客气了。”凌云洲从口袋里掏出一把钥匙扔给陈恭如，“爱多亚路105号。”

陈恭如接过钥匙，没有说话，连连拱手。

凌云洲好像不放心似的，补充道：“陈主任，你安排人把杨毓香送到总务处，再给杨处长打个电话，说明是一场误会，让他过来接人。”

走到鬼门关关口又回来的杨毓香，并没有庆幸，而是更加担心万墨翰的安危，毕竟万墨翰是她的真爱。昨晚，她去第一分局找万墨翰，目的就是给重庆方面发一封秘密电报。

他发的电报只有八个字：佛欲西归，圣母安好。

“佛欲西归”暗指周佛麟有意为重庆方面做事，希望重庆方面主动派人做他的工作；“圣母安好”暗指周佛麟父母在国统区，可软禁当作人质，以此胁迫周佛麟。

没想到她刚发完电报，陈恭如便到了。她见万墨翰中弹，顿感心肝欲碎，大脑一片空白，才被陈恭如抓住。

杨毓香心里很清楚，一旦她到了特工总部，就是生不如死，有去无回。

为了完成上级布置的任务，她委身做了周佛麟的情妇，过着生不如死的日子。她参军的目的，是为了抗日救国，绝非做这些为人不齿的勾当，更何况她还深爱着万墨翰。

在做周佛麟情妇之前，她还是黄花大闺女。接到上级安排的任务，她顿觉当头挨了一棒，宛如置身刀山上。

作为军人，作为军统特工，违抗上级命令的下场，只有死路一条。她别无选择，只能服从。

执行任务之前，她找到万墨翰，主动把纯洁的自己献给他。

色胆包天的周佛麟，根本不用她上手段。她一个暧昧的眼神，他便乖乖就范。

杨毓香被带到特工总部，早把生死置之度外，准备迎接难以忍受的酷刑。可是，陈恭如把她带到审讯室后，半天都没有人审她，更让她感到毛骨悚然。后半夜她却被带到总务处，凌云洲还用上等香茶招待她，她立刻明白敌人用的是怀柔政策。

凌云洲见她还戴着脚链手铐，将特务骂了一顿后，亲自给她解开。

她看着笑容可掬的凌云洲，不知道他的葫芦里卖什么药。她不卑不亢地站在那里，仿佛置身事外。

凌云洲把杨毓香扶到沙发前坐下，笑着说："从杨处长那里论，我应该叫您姐姐；从周部长那里论，我应该叫您——"

杨毓香打量凌云洲："拐弯抹角的，你不嫌费事吗？"

凌云洲嘿嘿一笑："姐姐，您要是这个态度，我们就没法聊了啊。"

"你们找人聊天，都是不问青红皂白、披枷带锁地绑架啊？"杨毓香愤愤地质问。

"那就等杨处长来了，我们三个人一起聊吧。"凌云洲看看表，"也差不多了。"

他的话音刚落，杨枢就风风火火地推门进来，扑到杨毓香面前，问："姐姐，他们没把你怎么样吧？"

杨毓香说："特工总部的人能干什么，你不是不知道。"

"姐姐，说什么呢！"杨枢见杨毓香并未受刑才放心，嗔怪道，"你这不是好好的嘛！特工总部确实不是什么好地方，但凌处长是好人。"

凌云洲一语双关地说："我可不是什么好人，不然也不会救'阎王'。"

杨毓香诧异地看着杨枢，见他点头，得知万墨翰还活着，忍不住流下激动的泪水。

杨毓香端起茶杯，对凌云洲说："凌处长，我什么都不说了，以后我们事儿上见。"

～ 102 ～

时间：1942 年 1 月 16 日，星期五。

地点：上海，日占区，极司菲尔路 76 号。

“都是自新者，待遇却是云泥之别，差别就在于跟对主子。”

“日本人才是真主子，南京政府的人就是狗奴才。”

“帮宋鸣谪立功，就是把自己摁下去。”

陈恭如看问题一针见血，他早把宋鸣谪当成了对立面，深夜请凌云洲过来，无非就是演场戏。

只有放了杨毓香，才能破坏宋鸣谪的大事，才能让宋鸣谪在日本人面前丢脸。

陈恭如坐在沙发上，边吸烟边盘算着，忽听“咣当”一声，房门被踹开了，宋鸣谪黑着脸站在门口。

陈恭如眼皮子都不抬：“真是喂不饱的狗！我教的学生，跟你吃了几天肉，就背叛师门，做了你的眼线。”

宋鸣谪走到陈恭如对面，一屁股坐在沙发上，掏出香烟，自顾自地点燃。

陈恭如瞥了宋鸣谪一眼：“特工总部有特工总部的规矩，进来要敲门。”

“不好意思，我没有那种臭毛病，梅机关的门我都不敲。”宋鸣谪不拿正眼看陈恭如。

陈恭如跷起二郎腿：“陈某眼拙，没看出你还是硬骨头。”

宋鸣谪冷笑：“陈主任，我半斤，你八两，谁也别讥讽谁。识时务者为俊杰，既然老天爷管不了那么多，我们草民就别想那么多。”

陈恭如不动声色地问：“你是来兴师问罪的吧？”

宋鸣谪摘下帽子，指指自己和陈恭如的脑袋：“说句你不爱听的话，你我的脑袋，都是暂时寄存在自己的脖子上，能不能保得住，就看我们能不能为主子立大功。”

陈恭如眼睛微闭：“宋先生，我就直说了吧。这趟活儿，立功的人是你，掉坑里的人却是我。”

宋鸣谪淡淡一笑：“周佛麟曾经是我的暗杀目标，杨毓香的身份我自然一清二楚。”

“你为何坑我？”

“我不是坑你，而是拉你进坑！”

“拉我进坑——”陈恭如一时不解。

“同是天涯沦落人，相互抬轿子好走路。你不便出面的事，我做；我不便出面的事，你做。你看如何？”

陈恭如一脸不解：“你能不能说得具体些？比如——”

“坐在你的位子，肯定不能动杨毓香，但是我敢动她，因为日本人能替我向周部长解释。”

“你准备怎么动她？”

“派梅花小组出面。”

“梅花小组？”

宋鸣谪伸出手：“陈主任，欢迎你加入梅花小组。特工总部只有你和凌云洲入选。”

陈恭如纳闷：“为什么把李主任排除在外，而选择凌云洲呢？”

宋鸣谪微微一笑：“在上海，凌云洲的活动能量远在李墨群之上。这句话，我只能点到为止。”

“明白。”陈恭如起身握住宋鸣谪的手，“我愿听你差遣。”

宋鸣谪从帽子里取出一张纸：“这是那只‘白羊’的资料。我已经锁定她的电台，圈定她的大概位置。你先派人监控那里。记住，一定要用你的密训特工，不能用特工总部的老人。”

陈恭如接过那张纸：“你打算怎么处置杨毓香？”

宋鸣谪戴上帽子：“放心，没有铁证我不会动她。万墨翰跑了，但他绝对不会离开上海。他们迟早会见面的，到时候我要一起抓！”

第七章 捕 杀

~ 103 ~

时间：1942年1月17日，星期六。

地点：上海，日占区，圣心教堂；法租界。

夜幕下的圣心教堂，与黄浦江默默相望。

圣心教堂的部分建筑被日军炸毁后，只有一个六七十岁的犹太人看门。许久没有打开过的铁门，发出一阵“咣当”的声响后，缓慢打开。

铁门前，原宝轩从轿车内探出头，冲犹太人招手：“辛格先生，辛苦了！”

辛格走到轿车前，拉起原宝轩的手，亲吻一下：“感谢原先生为犹太人所做的一切。”

“客人到了吗？”

“到了。”

原宝轩驾车向圣心教堂内一座平房驶去。

平房的窗台上，摆放着三盆佛手。

一个穿黑色风衣、脸上戴着面罩的中年男子，坐在窗前的椅子上，低头看了看三盆佛手，然后起身拿起地上的水壶，逐一给三盆佛手浇水。

“‘圣杯’！”原宝轩推门进来。

“‘佛手’！”中年男子放下水壶，转身看着原宝轩，“对不起，我只能以这样的方式约见你。”

“跟踪我的中国人是谁？”

“蒋文汉，德国盖世太保，现任警察局特务科科长。”

原宝轩走到沙发前坐下：“还让我蒙对了，他果然是盖世太保。”

“圣杯”在原宝轩对面坐下：“盖世太保不是他的真实身份。”

“那是——”

“圣杯”说：“如果他是盖世太保，就不可能代表日本华中振兴株式会社入股共生证券公司。”

原宝轩想了想，点点头：“我与安倍会长讨论过，本想推选安倍会长做股东代表，不料最后却是蒋文汉当选。”

“我怀疑蒋文汉是龟机关特工。”

“龟机关特工？”

“应该是土肥原安排的。”“圣杯”向三盆佛手瞥了一眼，“我调查过蒋文汉，土肥原却突然发电报让我回长春。‘炼狱计划’由土肥原领导，由龟机关落实。”

“你怀疑蒋文汉是龟机关特工？”

“嗯。”

“我会留意他的。”

“圣杯”凝视原宝轩，转移话题：“你为何要保护我？”

原宝轩没有正面回答：“受人之托，忠人之事。”

“拉乌尔先生将我托付给你了？”

原宝轩点点头：“拉乌尔先生牺牲前，只拜托我做一件事，就是保护你的安全。”

“圣杯”扭头望着窗外残破的教堂：“如果不是你设置疑阵，土肥原应该猜出我是‘圣杯’了。”

原宝轩笑道：“我不设置疑阵，土肥原也会怀疑我的。”

“他至少不会怀疑你是‘圣杯’。”

原宝轩说："重水这出戏，你和拉乌尔先生唱得非常精彩。遗憾的是，戏中没有我的角色。"

"拉乌尔先生告诉我，他的工作由'佛手'接替时，我就知道他把我托付给你了。""圣杯"泪眼婆娑，"红组已经解散，我以后听从你安排。"

"现任龟机关负责人的代号叫'老猪'，我暂时还没有查出来这个人是谁。"

"是机关长藤田也夫吗？"

原宝轩摇摇头："藤田也夫只是一个傀儡，从来没有真正掌管龟机关。"

"'老猪'会是土肥原或宫本正仁吗？"

原宝轩思索片刻："说不好，但愿不是他们。"

"龟机关中国局现在由'神木'掌管。"

"'神鸟''神木'都是犬养中堂倚重的特工，'神木'不好对付。"

"你有何打算？"

"还没有想好。"原宝轩抬起头，微微蹙眉，"不过，我已经查出，'炼狱计划'的核心是'炼狱'。"

"舒季衡的秘密情报室？"

"嗯。土肥原监控了所有犹太人的商业电台。"原宝轩站起身，拿起水壶走到阳台上浇花，"我还查出一件事，舒季衡的情人是日本特工，从长春来到上海，代号'青蛙'。"

"'青蛙'？难道是她？""圣杯"微微一愣。

"你认识她？"

"'青蛙'曾是竹机关的线人，我们曾经合作过。一年前她突然失踪，没想到她在上海。"

"有可能是土肥原安排的。"原宝轩放下水壶，看看漆黑的窗外，"我要到'炼狱'走一趟了。"

"你有办法接触'炼狱'？"

"办法总比困难多。"原宝轩嘿嘿一笑，"岩井公馆查到一个消息，上海有条秘密运输线。"

"什么秘密运输线？"

原宝轩面露难色："这两年，沙逊一直对外声称，他不做军火生意，专注于房地产开发，其实暗地里他一直将德国武器卖给重庆方面，中间人应该是安子铭。安子铭手里，一定有一条从上海到重庆的秘密运输线。"

"圣杯"沉吟道："安子铭，应该是名不见经传的小人物，在黑白两道，似乎很少有人知道他。"

"一旦梅辛格实施'上海最终解决方案'，我希望上海的两万犹太人能从这条秘密运输线撤离上海。"

"我负责调查这条秘密运输线。""圣杯"向原宝轩颔首，"你务必留意那个蒋文汉，我感觉他应该是狠角色。"

一个月中，凌岳州通过各种渠道打探，基本掌握了蒋文汉的信息。他和师婉笛经常幽会偷情，彼此日久生情，竟然爱上了对方。

半个月前，一道密令抵达日本华中振兴株式会社，命他出任该会社代表入主共生证券公司。

凌岳州知道，他正在一步步回归龟机关。

他得知中村宇都要返回长春，便在梅陇镇酒家为中村宇都饯行。中村宇都辞别老朋友，耽搁了一些时间，酒家打烊前才到，二人便打包些酒菜直奔蒋文汉家里。

来到蒋文汉家，凌岳州刚打开门，便看到凌云洲已把枪口对准他。他乘放下酒菜的间隙想掏枪。

"别动！"凌云洲从沙发上起身，向二人靠近。

中村宇都看清凌云洲后松了一口气："怎么是你？"

凌岳州问凌云洲："你到我家里做什么？"

凌云洲嘿嘿一笑："叙旧。"

凌岳州指指自己的脸："我们很熟吗？"

中村宇都迎着枪口靠近凌云洲："有你这样拜会学长的吗？"

凌云洲哈哈大笑，收起枪，拥抱中村宇都："学长，别来无恙啊！"

中村宇都抱紧凌云洲："没想到我还能活着见到你！"

凌岳州一边把酒菜摆在桌上，一边问凌云洲："你来做什么？"

"凌大处是我的好哥们儿，可惜他已经不在了。你和他长得非常像，简直一模一样。"凌云洲上下打量凌岳州，"影佐机关长派我来的。我还真没想到，你竟然是盖世太保。"

凌岳州眉头紧皱："我已经拜托影佐机关长保守秘密，他为何还把我的身份告诉你？"他不等凌云洲解释，马上问道，"中村君返回长春后，你接替他的工作？"

凌云洲冲凌岳州竖起大拇指："蒋科长，你和凌岳州一样聪明！"

中村宇都拿起酒瓶，打开盖子，倒了两杯酒，递给凌云洲一杯。

"一路顺风！"凌云洲与中村宇都碰杯后，一饮而尽。

"我还会回来的。"中村宇都似笑非笑。

凌云洲盯着凌岳州问："你一直跟踪原宝轩？"

"嗯。"凌岳州坐下，夹起一块卤肉放入嘴里。

"放弃吧，不要跟踪他了。"凌云洲缓声说。

凌岳州盯着凌云洲："理由呢？"

"我到陆军部调查原宝轩的资料，你们猜是什么结果？"凌云洲怅然道，"陆军部禁止查阅任何关于原宝轩的资料，说是松井司令官的命令。后来我又去了上海日本宪兵司令部，结果还是一样，无德川将军手谕禁止查阅。凭我们手里这点儿权限，想在上海调查原宝轩，恐怕不太可能。"

中村宇都将酒杯往桌上一蹾："如果他是'圣杯'呢？"

凌云洲摇摇头："就算他是'圣杯'，也轮不到我们过问。"

"中村君，你马上回长春了，调查'圣杯'的事，我建议暂时放一放。"凌岳州拿过中村宇都的酒杯斟满酒，"我现在最关心的人是渡边淳。我查过日本华中振兴株式会社的财务报表，渡边淳贪污了一大笔钱。这笔钱是他自己享受了，还是资助中山功情报小组了，我必须得搞明白。我要给共生证券公司一个合理的说法。"

中村宇都接过酒杯，一饮而尽："明天我就要离开上海了，调查'圣杯'

的事只能暂时搁置，渡边淳的事就拜托蒋科长了。”

凌岳州说：“一个多月了，渡边淳活不见人死不见尸，八成应该是被人做掉了。”

“渡边淳有那么容易被人做掉吗？”凌云洲从口袋里掏出一张照片放在桌上。

照片上是共生证券公司开业大典的场景，许多人站在沙逊大厦前，记者们在拍照。

凌云洲指着照片说：“二位看这张照片，共生证券公司开业典礼轰动上海滩，当时各家报社的记者都来采访。这张照片是《沪报》记者拍摄的，上面就有渡边淳。”

凌岳州拿起照片认真查看。这张照片是从报纸上的图片翻拍下来的，上面果真有渡边淳，于是说道：“渡边淳还活着！”

凌云洲点点头：“我和他都混金融圈，他绝对不是共党分子。”

凌岳州将照片递给中村宇都：“你也认为他不是共党分子？”

“渡边淳公开包养情人，这是违反共党纪律的行为。”凌云洲从口袋里又掏出一张照片，“渡边淳贪污的钱，基本都花在这个女人身上了。”

凌岳州拿起照片端详，眉毛拧成疙瘩，因为照片里的女人正是师婉笛。

中村宇都接过照片，一眼认出上面的女人：“这不是师婉笛嘛。”

凌岳州问：“中村君认识她？”

中村宇都介绍道：“她是帝国优秀特工，之前是竹机关的线人，我们见过面。”

凌岳州问凌云洲：“你是怎么发现他们之间有苟且之事的？”

凌云洲耸耸肩：“我和渡边淳是老相识，这种事还能瞒得过我？还别说，师婉笛确实是大美人，颇有些手段。我估计，她接触渡边淳，应该是想得到他的钱。她真正的情人是舒季衡，渡边淳跟舒季衡差好几个段位呢。”

中村宇都对凌岳州说：“我们之所以怀疑原宝轩是‘圣杯’，就是依据渡边淳日记里的内容，渡边淳给原宝轩提供过有关满铁的情报。土肥原将军怀疑满铁购买重水的情报，就是渡边淳出卖的。难道渡边淳不仅给原宝轩提供情报，还经由师婉笛的手给舒季衡提供情报？”

凌岳州点点头：“有这种可能。”他扭头对凌云洲说，“凌处长，中村君留下的工作，我们分一下工。”

“我负责渡边淳，我只对赚钱感兴趣。”凌云洲笑了笑，“你负责师婉笛，还有你的老师舒季衡。”

凌云洲辞别二人，径直来到霞飞路，然后驾车前行。看到一个电话亭，他下车走入电话亭打电话。

电话接通，话筒里先是传出杂音，应该是对方对自己的声音做过处理，“假《沪报》拿到了吧？”

“拿到了，蒋文汉和中村宇都已经相信渡边淳还活着。”

“渡边淳是我的同学，但是我不得不杀他。”

“你不用自责，杀了渡边淳，拯救两万犹太人，值得。”凌云洲若有所思地问，“《沪报》上的照片是真的还是假的？”

“翻拍两张照片，再合成处理。”

“装扮渡边淳的人，化妆水平不低。”凌云洲挂断电话，走出电话亭，抬头望向空中的下弦月，只觉得明月皎皎，星河迢迢。

~ 104 ~

时间：1942 年 1 月 18 日，星期日。

地点：上海，法租界，霞飞路，红磨坊素斋。

红磨坊素斋里燃着香，留声机播放着梅兰芳的《贵妃醉酒》唱片。

香烟四下弥漫，优美的唱腔浸淫着女人的心。

宋格听着听着，伤痕累累的心碎了一地，如同杨贵妃手中倾洒的酒，滴落在地上。那滴酒，如同她的心，在冷硬的地上滚来滚去，最后不知滚向何方。

上海的女人，哪怕练过武，哪怕留过洋，在感情上都是非常认真的，接受不了任何瑕疵或者挫败。

宋格低下头，泪珠便落到桌面上滚动，形成一道水痕。

她不知道客人爱吃什么，也猜不出客人口味如何，索性点了一桌子上等素菜。

什么样的客人，能让这个红帮大小姐如此费尽心思呢？

她坐在那里，也这样想。这位客人究竟是什么人？是她想象中的人吗？她扫视一眼满桌的菜肴和高级红酒，暗自问自己："你这么做，真的值得吗？"

客人如约而至。

客人穿一件高档旗袍，浑身充满上流社会女人的风韵，仿佛她所到之处，总有一种难以言表的风情。

宋格不愿意接受这种事实，可是事实就摆在她面前，甚至客人坐到她对面时，她还在抗拒。

宋格看了对面的女人一眼，突然问道："像罗小姐这样优雅的女人，这么大年纪，按理说不可能不结婚。你——为什么不结婚呢？"

宋格对面的人正是罗亭。

宋格多年习武和留洋经历，让她在另外一个女人面前，必然有极度的自信和清高。

"你怎么知道我没结婚呢？"罗亭微微一笑，扭头看向留声机，"梅兰芳大师的《贵妃醉酒》，听多了会醉的。"她扭头打量宋格，"你好像已经醉了。"

"一眼就看穿一个女人，似乎不太好。"宋格冷冷地说。

"女人心，海底针，我怎么能轻易看穿呢？"罗亭摇摇头，对身旁的侍应生说，"把留声机关了吧，我想静一静。"

宋格冲侍应生摆摆手："出去，我不叫你，你别进来。"

侍应生点头，退出包房。

宋格边倒酒边说："现在这里只有我们两个人，你有话尽管说。"

罗亭摘下手套放进包里，笑道："我是来倾听的，你有什么话，直说吧。"

宋格轻轻摇晃酒杯，闻着酒香："你真的结婚了？和谁结婚？"

"他已经不在了。"罗亭指着手指上的戒指说，"戴着它，只是为了怀念那段感情。"

罗亭的话，出乎宋格的意料。她从普乐天和罗亭对视的眼神中，读出他们之间肯定有故事——跟爱情有关的故事。她也确信那些故事是真的，不然他们的眼神不会那么真挚。

宋格问："你和乐天一起留学多年，他认识你丈夫吗？"

"认识，他们是兄弟。"罗亭喝了一口酒，淡淡地说，"他在淞沪会战时走的。"

"他是国军将领？"宋格直瞪瞪地盯着罗亭。

罗亭摇摇头："他是为四万万同胞请命的人。"

"你和他一样，也为四万万同胞请命？"

罗亭轻轻地说："我希望自己是，但我还不够格。这是掉脑袋的事，不说了，还是说他吧。淞沪会战中，他为国捐躯。乐天作为他的好兄弟，留在上海照顾我，仅此而已。"

"你和乐天朝夕相处，应该能产生感情吧？"宋格试探着问。

罗亭违心地说："乐天是真男人、大丈夫，他只履行对兄弟的承诺。"

~ 105 ~

时间：1942 年 1 月 19 日，星期一。

地点：上海，法租界，朱保三街，平安旅社。

平安旅社顶层东南角房间里的灯熄灭了，从窗口伸出一根细细的天线。

夜色甚浓，在外面很难发现那根天线。

平安旅社对面的饭馆里，坐满特工总部特务。陈恭如站在门口，举着望远镜观察平安旅社顶层的房间。

他在等吴已楠发电报。只要宋鸣谪截获电报，他就去抓捕吴已楠。

陈恭如在这里蹲守三天了。他在宋鸣谪圈定的范围内，逐一排除可疑目标，最后锁定平安旅社。

其间，吴已楠使用中共门徒小组的频率发过一次电报，被“炼狱”的无线电监测车测出电台的大概位置。

破译那封电报后，宋鸣谪断定该电报是吴已楠发给新四军的。

新四军高层急需中共上海地下组织提供李墨群的清乡计划，但自中共门徒小组解散之后，吴已楠根本无法获得完整情报，请求新四军高层再给她两天时间。

今晚，吴已楠要与新四军高层联系。

晚上 9 点钟，宋鸣谪打来电话，称电报已截获，命陈恭如赶紧收网。陈恭如立即带领密训特工控制了平安旅社。

站在窗前的吴已楠看到楼下的情况，设置好房间里的机关后，跑到走廊里高喊：“快跑，有炸弹！”

旅客们听到喊声，不管不顾地跑出房间。身穿男装的吴已楠夹杂在人群中，双手抱头，佯装逃命。

陈恭如朝天花板连开三枪，喝道：“蹲下，都蹲下，不然打死你们！”

旅客们抱头蹲下。陈恭如带领密训特工直奔顶层。

接连三声巨响，整栋楼都在摇晃，玻璃碴儿四溅，到处是硝烟。几个先冲上去硬闯吴已楠房间的特务被炸得血肉模糊。

快要冲到顶层楼梯口的陈恭如立即停下，待走廊内硝烟散尽之后，才慢慢地走过去。

房间内一片狼藉，“吴已楠”被炸得面目全非。电台虽然被炸毁，但是能找到残破的零件。

吴已楠待特务上楼后，淡定地站起来，走出平安旅社，一头钻进停在马路边的轿车。

驾车之人正是普乐天。他驾车穿过法租界，驶入公共租界，抵达苏州河附近后才安慰吴已楠：“别难过，那是无人认领的死尸。”

“嗯。”吴已楠点点头，“三颗炸弹全部爆炸，一点线索都不会留下的。”

“暴露电台，诈死重生，这样你才能留在上海继续工作。”普乐天递给吴已楠一个身份证件，“这是你的新身份，经得起任何调查。”

吴已楠看看身份证件：“酒井美惠，日本人？”

“组织安排你配合江苏省委‘老A’工作，他需要一个日本妻子。”

“可我日语不好啊。”吴已楠见自己下一份工作又是与他人做假夫妻，心里不禁悲恸万分。

普乐天说：“不用担心，‘老A’的妻子是哑巴。最重要的是，你有这方面的经验。”

~ 106 ~

时间：1942年1月19日，星期一。

地点：上海，日占区，警察局，“炼狱”。

“梅花计划”是宋鸣谪制订的，更是影佐圭吾升官晋衔的政治资本。“梅花计划”一旦成功，影佐圭吾的仕途一路顺畅；一旦失败，影佐圭吾必将败走上海，政治生命随之结束。

此时的影佐圭吾，就像一个政治赌徒，把全部筹码押在“炼狱”上。

岩井公馆的财务调查，也是影佐圭吾的心病。岩井公馆是梅机关的财神爷，梅机关和特工总部的活动经费，都由岩井公馆审批支付。

最麻烦的是，岩井公馆隶属外务省，梅机关隶属军部，它们之间的矛盾由来已久。

岩井公馆由岩井英一创建，主要职责是搜取延安方面的、重庆方面的情报，因此对日本军部掌控的电台和无线电监测车早已垂涎三尺。岩井英一利用犬养中堂之死做文章，顺理成章地成为调查“炼狱”设备使用情况的特派员。

影佐圭吾得知原宝轩深夜调查“炼狱”的设备使用情况，不敢怠慢，立即赶到警察局。

原宝轩乘坐的轿车还未停稳，等待多时的影佐圭吾就跑过去拉开车门。待原宝轩下车后，影佐圭吾皮笑肉不笑地问：“大总管晚上还办公啊？”

“黑灯瞎火的，你以为我愿意来这种破地方啊？拿人钱财替人办差，没法子的事情。”原宝轩不紧不慢地说，“机关长不是也没休息嘛。”

影佐圭吾低声说：“您是岩井总领事的股肱之臣，这次还望您高抬贵手。”

“高抬贵手？几个意思？”原宝轩打量影佐圭吾，“在中国，高抬贵手的言外之意，一是言者心中有鬼，二是言者必有所求。您作为帝国军人，不应该说这种话吧？”

影佐圭吾立正颔首：“您教训得对！”

此刻，“炼狱”内正在监听吴已楠的电台。

凌云洲也在“炼狱”里。他见宋鸣谪锁定吴已楠的电台频率，心忽然悬在嗓子眼儿。

现在中共门徒小组的所有电台已经进入静默状态，吴已楠为何还要发报？

罗亭和苏醒一前一后来到“炼狱”。特工总部、警察局都不信任宋鸣谪，她们以配合工作的名义到此监视宋鸣谪的一举一动。

对此，宋鸣谪心知肚明，但他没有理由拒绝。自从他叛变后，一直后悔自己当初的选择。如果那时他选择坚守信仰，结果也就是一死；现在他放弃信仰，结果是生不如死，或者每天都在等死。

宋鸣谪已经成为拴在日本人膝下的一条狗。太平洋战争爆发后，他就意识到，早晚有一天，日本人会把他这条狗弃之荒野。

除了影佐圭吾，没有人知道他曾经的信仰是三民主义，并不是共产主义，因此有些人对他疯狂抓捕共产党员的行为感到不齿。

影佐圭吾信任宋鸣谪，因为他有控制宋鸣谪的工具。

工具很简单——女人和鸦片。

正是利用女人和鸦片，影佐圭吾才抓捕了宋鸣谪。

黑川梅子是久经考验的高级特工，十年前她加入龟机关，一直潜伏在南京，三年前结识宋鸣谪。

黑川梅子结识宋鸣谪时，并不知道他是共产党员，只是看中他国立中央大学（南京大学前身）教授的身份，所以她成为宋鸣谪的学生，然后发展成他的情人。

后来，黑川梅子发现宋鸣谪是共产党员，就想用鸦片控制他。为了控制宋鸣谪，她不惜吸食鸦片并上瘾。

宋鸣谪发现她吸毒后，便想尽办法帮她戒毒。为了向她证明能够戒毒，他选择吸毒。只是他没想到毒品是魔鬼，一旦接触就无法摆脱。

黑川梅子也曾想过放弃特工身份，与宋鸣谪一起终老，没想到犬养中堂来到中国，并派人找到她。为了立功，她只能出卖宋鸣谪。

这就是宋鸣谪刚到上海就被抓捕、二十四小时就变节的原因。

宋鸣谪见影佐圭吾和原宝轩一同来到“炼狱”，就向他们汇报抓捕吴已楠的方案。

影佐圭吾听罢连连点头：“很好，很好，‘炼狱’交到宋先生手里，一个月就锁定了三十多部敌台，一个星期摧毁军统上海站，今晚又要抓捕共党分子，真是收获颇丰啊！”

影佐圭吾这些话，自然是说给原宝轩听的。

原宝轩淡定地扫视屋内，看到凌云洲时也没有任何反应。他向众人抱拳拱手，非常客气地说：“诸位辛苦了，我代表岩井公馆感谢诸位！”

凌云洲当然看到了原宝轩，强忍着激动的情绪。

影佐圭吾介绍道：“诸位，这位就是岩井公馆大总管原宝轩，我们的财神爷。”

原宝轩指着凌云洲说：“我认识凌处长，他常去岩井公馆报销费用。”

凌云洲假装客气：“以后还请您多多关照。”

原宝轩说：“我们都是为天皇办差，何谈关照不关照的。听说你太太要到我那里工作？”

凌云洲笑道：“我太太刚从美国回来，本来安排在市政府上班。我真不知道为什么，她却被借调到岩井公馆了。”

原宝轩解释道：“岩井公馆缺少法律方面的专业人才，我向市政府寻求帮助，他们就推荐了哈佛大学法学院的高才生。”

影佐圭吾笑道：“择日我做东，欢迎凌太太到岩井公馆任职。”

“机关长真会卖人情。你做东请客，然后找我报销。”原宝轩点指影佐圭吾，“好吧，我愿意吃这种闷亏，就算是搞一次中日亲善活动，怎么样？”他见影佐圭吾点头，继续说道，“既然要搞中日亲善活动，就要办到位。岩井公馆倡导‘兴亚建国运动’，举办这种中日亲善、共荣共存的活动，岩井总领事一定是愿意看到的。”

罗亭附和道：“警察局也要派人参加。”

原宝轩指着罗亭，问影佐圭吾：“这位是——”

罗亭自我介绍：“警察局副局长罗亭，负责电侦方面工作。”

原宝轩赞许道：“巾帼不让须眉！”他说完指着苏醒，“这位女士——”

苏醒立正敬礼：“特工总部情报处处长苏醒。”

原宝轩说：“女士心细，有耐心，适合做电侦工作。”他点指影佐圭吾，“人才都被你揽过去了，还让别人怎么干活？”

宋鸣谲走到原宝轩面前，主动介绍道：“鄙人宋鸣谲，全权负责这个情报室工作。”

原宝轩拍了拍宋鸣谲的肩膀：“人才，人才，一看就是高人。”

“丁零零”，电话铃声响起。

宋鸣谲抓起话筒问：“抓到了吗？”

陈恭如叹口气：“自杀了，炸得稀碎。”

宋鸣谲怔了怔：“知道了！”

凌云洲暗自观察宋鸣谲的表情，猜测吴已楠应该牺牲了，一股莫名的悲伤陡然席卷心头。

罗亭问宋鸣谲：“吴已楠自杀了？”

宋鸣谲不动声色地问：“罗局怎么知道？”

罗亭拿起桌上破译的电报：“吴已楠只发出一个‘无’字，说明她已经知道被你们咬住了。没有消息，可以不发。她发一个字，应该是向她的同伙告别。”

凌云洲见罗亭异常淡定，判断她对吴己楠早有安排，便插话道：“罗局言之有理。门徒小组成员都是亡命之徒，即便抓住，他们也会死扛到底的。”

第八章　命悬一线

～ 107 ～

时间：1942 年 1 月 21 日，星期三。

地点：上海，日占区，梅机关，梅花楼。

梅机关影佐圭吾办公室内，影佐圭吾与凌云洲隔着办公桌对坐。

凌云洲说："土肥原将军出任东京航空总监，常与梅辛格上校一起喝咖啡。这时候蒋文汉以盖世太保的身份出现，机关长应该能看出一些端倪吧？"

"难道蒋文汉与龟机关有关系？"凌云洲的善意提醒，令影佐圭吾感到不安。他一时之间揣摩不透凌云洲的意图。

"机关长就是有双慧眼！"凌云洲竖起大拇指，"蒋文汉是双重间谍，他是盖世太保，也是龟机关特工，除此之外就解释不通。"

"这些都是你的猜测吧？"影佐圭吾不动声色地问。

"确实是我的猜测。"凌云洲知道影佐圭吾不会相信他苍白无力的分析，因为这些事情都是他杜撰出来的。影佐圭吾的手还伸不到龟机关，所以他才敢编故事，"运输电台，创建'炼狱'，蒋文汉从头到尾参与了'炼狱计划'。无风不起浪，我的猜测肯定不是无中生有。"

影佐圭吾摇摇头："凌处长，凭我现在的权限，绝对不能染指'炼狱计划'。"

凌云洲不理会影佐圭吾，继续说道："宋鸣谪大肆使用'炼狱'的先进设备对付反日分子，我担心会影响'炼狱计划'。"

"能吗？"

"沙逊家族的财富，才是实现大东亚共荣伟大目标的根本保证。"凌云洲盯着影佐圭吾，"蒋文汉对我说，他为此也深感担忧。"

"创建'炼狱'，就是为了监控犹太人的商业电台，尤其是沙逊家族的电台。"影佐圭吾纠正道，"要消灭他们，就必须知道他们想干什么、能干什么。"

凌云洲说："中国有个成语叫'过犹不及'，为了对大局毫无影响的反日分子，就把'炼狱'摆出来，成为众矢之的，真的划算吗？"

"犬养先生在上海殉国，如果抓不住凶手，我只能切腹谢罪。"

"如果'炼狱'被毁，'炼狱计划'便无法落实，您如何向土肥原将军交代？"

影佐圭吾一拳砸在办公桌上："杀尽反日分子，才能确保'炼狱'安全。"

凌云洲摇摇头："机关长，反日分子就像韭菜一样，割一茬长出一茬，是杀不尽的。'炼狱计划'的核心是打赢上海这场金融战。蒋文汉说，沙逊家族是上海犹太人投资的风向标，只要沙逊家族在上海发行股票，犹太人就会买进，上海市民也会买进。"

对于凌云洲的分析，影佐圭吾没有否定。他思索片刻，说道："看来，只有控制住跛脚沙逊，才能得到犹太人的财富和上海人的财富。"

凌云洲低声说："沙逊家族靠贩卖军火和鸦片起家，后来才改做房地产生意。那个跛脚沙逊手眼通天，不好对付。"

"我们的军队已经占领公共租界，沙逊家族能量再大，还能大过我们的枪炮？世界上，就不存在枪炮摆不平的人。"影佐圭吾轻轻揉着砸疼的手，"'炼狱计划'是帝国'光计划'的核心，我的老师和犬养先生、宫本先生为其谋划多年，绝对不容有失！"

"待我找到合适机会，和蒋文汉去见见跛脚沙逊。"

"你不要贸然行事，要学会借力。"

"借力？"凌云洲好像恍然大悟，"借德国之力？"

“希特勒要清除犹太人，我们总不能看热闹吧？”影佐圭吾摇摇头，“没办法，跛脚沙逊不发行股票的下场只有一个，那就是从地球上彻底消失！”

“就把这只股票叫‘优生股票’吧，跛脚沙逊应该理解我们取这个名字的目的。”

“优生，犹生，犹太人唯一的生路。”影佐圭吾点头赞叹，“这个名字好！”

凌云洲这么做，是破坏“炼狱计划”的关键一步。在上海能影响“炼狱计划”落实的人只有影佐圭吾，凌云洲要做的就是“背后一推”。

这一推既要不留痕迹，又能搔到痒处，火候必须精准到位，否则他就会陷入万劫不复之地。

凌云洲一边咂摸自己和影佐圭吾说过的话，一边走到梅花楼的会议室，参加宋鸣谪组织的小组会议。

宋鸣谪、罗亭和苏醒已经等候多时。宋鸣谪待凌云洲落座后，才走到写着十二生肖、门徒小组成员信息的黑板前，说：“曾经无比猖獗的门徒小组，共有十二人，以十二生肖为代号，其中‘龙’‘虎’‘蛇’‘猪’‘羊’‘马’已死，‘鸡’‘猴’逃往赤区，目前只剩下‘兔’‘牛’‘狗’、‘鼠’四个人。门徒小组成员剩下三分之一，已不足为惧。根据可靠消息，门徒小组暗杀了犬养先生，所以影佐机关长命令我们，不论想什么办法，必须将门徒小组余孽缉拿归案。”

凌云洲面露难色：“听说他们都是亡命徒，将其缉拿归案，太难了吧？”

宋鸣谪说：“机关长说，活要见人，死要见尸。他们生死的选择权应该在我们手里。”

凌云洲点点头：“那就好办多了。”

苏醒问：“门徒小组剩下的四个人，谁是头儿？”

宋鸣谪说：“‘13 号’。”

“‘13 号’？”苏醒不解地问，“听说‘13 号’已经离开上海了。”

“由于鄙人的原因，‘13号’还在上海。”宋鸣谪在“兔”字上画了个圈，“‘野兔’应该就是‘13号’。”

苏醒问：“应该是，还是肯定是？”

宋鸣谪没有正面回答苏醒的问题，而是将“十个天干”按照顺序写出来：“门徒小组有一个致命的弱点。”

“致命弱点？”罗亭不动声色地问。

宋鸣谪将“甲、乙、丙、丁、戊、己、庚、辛、壬、癸”圈起来，又将已经暴露之人的姓氏“孙、李、周、吴、郑、王、冯、秦”圈起来，然后说：“他们的名字以《百家姓》姓氏顺序定姓，以‘十个天干’定名。”

苏醒默默念道：“孙丙伦、李丁纯、周戊寅、吴己楠、郑庚同、王辛梓、冯壬山、秦癸恩……”她冲宋鸣谪竖起大拇指，“宋先生，高！”

宋鸣谪假装谦卑：“运气而已，运气而已！”

凌云洲扭头看了罗亭一眼，见她沉默不语，他也不作声。

苏醒说：“宋先生，请您继续分析。”

宋鸣谪在方远声的名字上画圈：“这个人的代号叫‘国师’，他既不按《百家姓》姓氏顺序定姓，名字也不在‘十个天干’之列。”

“为什么？”苏醒点燃一支烟。

“这个问题，我一会儿再解释。”宋鸣谪写下“赵甲”“钱乙”四个字，继续说，“‘兔’‘牛’‘狗’‘鼠’四个人，是我们重点研究对象。‘土狗’已经暴露，他一定会更改身份，但我们有他的画像，抓住他并不难。根据可靠消息，‘野兔’、‘庖牛’和‘鼹鼠’已经逃回南京，但因‘13号’没走，他们又返回上海。他们到上海的时间，应该在去年12月7日以后。所以，我严密排查这个时间段从南京到上海的乘客，发现了一个可疑的人，名字叫钱乙然。”

“钱乙然？”凌云洲的眼睛猛地眨了眨，“跟上面那些人的名字类似，我怎么感觉那么熟悉呢？”

“凌处长肯定熟悉啊！”宋鸣谪笑着说，“他就是法租界老钱肉铺的掌柜，杀牛一绝，绰号‘赛庖丁’。”

凌云洲猛拍脑袋：“对，对，他是特工总部常客，帮我们摆平好多硬骨头。当然，他的收费也是一流的，我们都叫他‘捞钱肉铺掌柜’。”

宋鸣谪说：“‘铁猴’被共匪救走，跟他有直接关系。”

苏醒自言自语：“钱乙然——‘赛庖丁’，难道他就是‘牛’？”

宋鸣谪点点头：“没错。这个赵甲坊，也是门徒小组成员。”

罗亭故意问：“是以前巡捕房的赵甲坊吗？”

“就是他。”宋鸣谪肯定地说，“他还是军统特工，被蒋科长抓捕后，警察局以他为样板，在报纸上大肆宣扬军统特工投诚之事，呼吁自新者加入警察局。我在报纸上看到他的名字，就怀疑他是门徒小组成员。”

“就因为他的名字中有个‘甲’字？”罗亭掏出风油精，抹在太阳穴上，“赵甲坊投诚，在上海引起巨大反响，为此汪先生还嘉奖舒局。我们没有铁证，只靠推测，绝对不能动他。”

宋鸣谪拿出一张名单放在桌上：“罗局，不知这张名单能不能作为证据。你先看看，上面有没有你认识的人。”

罗亭接过名单，见抬头是“南京政府（上海市）升迁人员名单”。

苏醒凑过去看了一眼：“宋先生竟然拿到了南京政府的内部资料！”

罗亭看到名单上有赵甲坊的名字。

宋鸣谪说：“赵甲坊的名字就在上面。他被捕前，也是新政府的人，这次他也升官了，调任南京政府警政部。”

苏醒推断：“那个‘13 号’从上海调往南京，赵甲坊也从上海调往南京，应该不是巧合吧？他是‘13 号’？”

宋鸣谪摇摇头：“这是你说的，不是我说的。”

罗亭将名单还给宋鸣谪：“这些都是您的推测，从上海调往南京的官员很多，不足以证明赵甲坊就是‘13 号’，甚至指证他是门徒小组成员都难。仅凭一张名单，根本没有说服力。”

宋鸣谪接过名单放在桌上：“起码这是一条线索，证据需要搜集的。”

苏醒建议：“反正我们闲着也是闲着，先派人监视赵甲坊一段时间。只要他是‘13 号’，他就不可能做到天衣无缝。”

罗亭说：“这个人不能轻易动，等我与舒局通个气儿再说。等我们找到确凿的证据，即刻抓捕他。”

宋鸣谪指着黑板上的“钱乙然”三个字说：“他是共党分子无疑，我们假设他是那头‘牛’。如果赵甲坊也是共党分子，他应该是双重间谍，因为他一直在第一分局工作，归军统上海站站长万墨翰领导，主要工作是配合万墨翰锄奸，他不太可能刺杀松下将军、秀鸾将军，也就不可能是那个神秘的狙击手，更不可能是‘13号’。”

苏醒问：“那个狙击手才是‘13号’？”

宋鸣谪说：“是的。我接着分析，方远声的名字不符合门徒小组成员的起名规律，如果他不主动承认自已是门徒小组的‘国师’，我们很难利用这个规律推测他的身份。这也说明一点，门徒小组在设计代号时，已经考虑到会有人发现这个规律，为了保护这个重要负责人，故意违反了这个规律。”

苏醒恍然大悟：“我明白了。门徒小组的十二个人，名字里含有‘天干’字样的人是组员，名字中没有遵循《百家姓》姓氏排序和没有‘天干’字样的人，就是重要负责人。方远声是其中一个，另外一个必然是‘13号’。”

宋鸣谪说：“这个‘13号’才是真正的负责人，他的代号不是‘野兔’就是‘鼹鼠’。我倾向于‘野兔’。”

“我也觉得应该是‘野兔’。”苏醒抿嘴笑了笑，“‘鼹鼠’这个代号，有损领导人的形象。”

罗亭问宋鸣谪：“控制住钱乙然了吗？”

宋鸣谪看看手表：“陈主任应该安排好了。”

~ 108 ~

时间：1942年1月21日，星期三。

地点：上海，日占区，梅机关；法租界，老钱肉铺。

大部分中共门徒小组成员暴露身份，敌人发现该小组架构规律是早晚的事。

方远声牺牲后，罗亭就发现了这个纰漏，上级对此也做了应急处理，把中共门徒小组更名为台风小组。

麻烦还是出在时间上。

钱乙然、周戊寅刚从南京返回上海，他们的新身份还没来得及更换，导致钱乙然被查出。

赵甲坊在警察局任职，无法掩盖，只能另想办法。

罗亭既担心钱乙然、赵甲坊的安全，又不知道如何运走剩余的盘尼西林。更糟糕的是，她除了普乐天，几乎无人可用。

这还不是最糟糕的。

最糟糕的是，宋鸣谪安排陈恭如抓捕钱乙然的同时，梅机关也派人围捕中共江苏省委留沪小组。

宋鸣谪分析完中共门徒小组的架构规律后，就讲述“梅花计划”的第二步围剿行动。

宋鸣谪说：“一个月以来，‘炼狱’已经完成‘梅花计划’的第一步，锁定三十多部敌台，收获颇丰；第二步是围剿行动。昨晚，‘炼狱’监听到中共江苏省委留沪小组于今日上午11点在公共租界的爱尔兰小学开会。此刻，梅机关的人已经包围了爱尔兰小学。”

这条消息，让罗亭无法淡定，且懊恼不已。

她暗暗责备自己。第一次见到宋鸣谪时，她就应该不惜代价除掉他。

现在说什么都晚了，她必须将这条情报传递出去，否则钱乙然和中共江苏省委留沪小组必遭到毁灭性打击。

这还不是最可怕的。

最可怕的是，原宝轩要参加中共江苏省委留沪小组会议。只要有人认出原宝轩，无论他是死是活，岩井公馆这条重要隐蔽线就暴露了。

这是一次覆灭性突袭行动，钱乙然命悬一线，岩井公馆的隐蔽线暴露，江澄子受到牵连，中共“31号”也有暴露危险，可怕的多米诺骨牌效应将要出现。

罗亭除了把这条情报传递出去，已经别无选择，哪怕是牺牲自己。

罗亭无法推敲这条情报的合理性和逻辑性。她强装镇定，笑着说："看来今天的收成不错，我们就在梅花楼敬候好消息。我安排中午饭，提前庆祝一下。"她见宋鸣谪要说话，立即伸手制止，"宋先生，我知道，我们不能离开梅花楼。我点几个菜，让他们送过来就是。"

不等宋鸣谪说话，她扭头问凌云洲："上次凌处长在爱琴海西餐厅吃饭，有几道菜你喜欢得不得了，我们还订那几道菜如何？"

凌云洲也在苦思如何把情报传递出去，便大声附和道："那几道菜确实不错，再加上红酒，绝配啊！"

"就这么定了。"罗亭立即拨通爱琴海西餐厅的电话。

宋鸣谪盯着罗亭："让他们送瓶老白干吧，我不喜欢红酒。"

罗亭轻轻点头，对着话筒，熟练地订完菜。她刚想放下话筒，停顿三秒钟又说道："等一下，今天我请重要客人吃饭。听老板说，店里新增两道菜，好像一道是炖牛腩，一道是红烧肉，麻烦您跟老板说一声，这两道菜必须用心做。如果我不满意，以后你们的店就准备关门吧。"

接电话的人是普乐天。他听到罗亭这句话，就意识到有危险了。

在众目睽睽之下，在梅机关执行重要任务的当口，罗亭打出这种电话，一旦梅机关的任务失败，她是无法解释清楚的。

炖牛腩，跟"庖牛"钱乙然有关。

红烧肉，跟"老A"原宝轩有关。

中共门徒小组和中共江苏省委留沪小组同时面临危险，普乐天必须立即采取行动。他放下电话，安排宋格准备饭菜后，向两条街外的安全屋跑去。

陈恭如带人赶到老钱肉铺附近，将轿车停在另一条街上，然后步行到达监控点。他一边翻看监控记录单，一边向值守特务贾三询问。

贾三说："一切正常，三个小时卖出三十斤肉。"

"生意真不错。"陈恭如冷笑道，"好好的日子不过，这不是傻 × 嘛！"

贾三附和道："老家伙的脑子肯定进水了，跟我们斗，不是扯淡嘛。"

陈恭如拿起望远镜，向老钱肉铺看了看，潇洒地挥手："行动！"

他的话音刚落，忽然看见一个男子提着一个木箱子走到老钱肉铺门口的肉摊前，连忙改口："等等！"他将望远镜扔给贾三，"那个人，熟悉不？"

贾三拿起望远镜细看。那个人转身望向贾三。贾三兴奋地低声喊道："周戊寅！我看过他的画像，就是他，没错！"

陈恭如夺过望远镜，看见周戊寅低头和钱乙然说几句话后便进入店内。

陈恭如笑道："猪头自己送到庙门了。"

钱乙然挥刀割下一块肉后，拎着肉走进店内关上门。

"行动！"陈恭如收起望远镜，吩咐贾三，"让老人先上。"他说的老人，是指沐承风手下的队员。

一群特务呈扇形向老钱肉铺包抄过去。

三个特务走到老钱肉铺门前，侧耳细听，见店里没有动静，不敢贸然往里冲。

等了半分钟，里面还没有动静。一个特务掏出小刀，轻轻地撬开门闩，陡然看到两扇门之间出现一道细线，顿时吓得魂飞魄散，连忙后退："有炸弹！"

其他特务抱着脑袋跑到陈恭如身边。

陈恭如骂道："傻×，慌什么，拽住细线，剪断！"

三个特务战战兢兢地走到门前，两个特务拽住细线，第三个特务剪断细线。

三个特务慢慢地推开门，从门楣上突然掉下一根棍子，砸到另一条暗线上。

三个特务反应迅速，立即扑倒在地。不等他们落地，两颗手雷炸响，巨大的冲击波把他们推出几米，然后变成血葫芦。

陈恭如举枪向老钱肉铺的门窗开火。一阵乱枪之后，门窗纷纷掉落，破碎不堪。

硝烟散尽，陈恭如带领特务冲进老钱肉铺，却看不到钱乙然和周戊寅的身影。

陈恭如一直搜查到后门，发现虚掩的后门外是一条小胡同，小胡同里空无一人。

陈恭如和贾三在小胡同里追出五十米，发现这里的胡同纵横交错，低矮的平房到处都是，犹如迷宫一般。不熟悉地形的人，别说找一个人，不把自己走丢就不错了。

正当他们不知所措时，“轰隆”一声巨响传来，老钱肉铺里喷出一股浓浓的烟雾，随后塌陷。在里面搜查的特务，不是被炸死，就是被砸伤。

陈恭如跑到废墟前，问负责警戒的特务：“怎么回事儿？怎么回事儿？”

那个特务惊魂未定：“应该是有人踩到地雷了。”

“地雷？哪来的地雷？”陈恭如气得朝天上连开三枪，“把里面的人都给我挖出来！”

陈恭如安排人把受伤的特务送到医院，把炸死的特务尸体运往特工总部，然后赶到梅机关，向宋鸣谪如实汇报。

“手雷？地雷？”宋鸣谪冷冷地问，“周戊寅为什么会突然出现？”

“暂时还不清楚。”陈恭如愤怒地说，“我的人盯了三天三夜，中间没有发生任何异常情况。周戊寅在我们行动前一分钟出现，一定是他收到消息赶来通报，一定是有人走漏了消息！”

一个日本特务进来报告，中共江苏省委留沪小组成员已被梅机关特务全歼，共匪尸体全部运回梅机关，放在停尸房。

这条消息，一扫宋鸣谪满脸的阴郁与沮丧。

这条消息，令罗亭和凌云洲难以置信。

中共江苏省委留沪小组成员全部罹难，意味着中共上海地下组织彻底瘫痪，剩余药品已经无法利用中共上海地下组织的渠道运出去。

不对劲儿，他们为何没有通报原宝轩的消息？

是故意隐瞒，还是原宝轩已经脱险？

罗亭陷入沉思。一个声音在她耳畔轰响：必须去停尸房查验！必须绕过认识原宝轩的宋鸣谪和苏醒！

罗亭灵机一动，对陈恭如说："陈主任，我们都是老上海，接触的人比较多，我们应该去一趟停尸房，看看里面有没有熟人。我们不能错过破案黄金时间。"

陈恭如支吾着说："这里是梅机关，我们插手不太好吧？"他看了宋鸣谪一眼，"宋先生有何建议？"

"罗局考虑得周到，凡事在于一个'快'字。"宋鸣谪立即给机要室打电话，说了几句日文，然后对罗亭说，"交代好了。"

陈恭如说："凌处长，苏处长，我们一起过去吧。"

凌云洲摇摇头："血糊糊的，看完还能吃饭吗？我可不去。"

苏醒捂住鼻子："想想都恶心，我才不去呢！"

罗亭和陈恭如来到停尸房，眼前的场景让他们感到胃里不断地翻滚。那些尸体，像垃圾一样堆在地上，没有一个完整的。看样子，梅机关的特务根本就没想留活口。

罗亭强忍着悲恸，蹲在地上认真辨识。她瞧见地上有一块铁片，悄悄地拿在手里。一旦找到原宝轩的尸体，她就立刻做掉陈恭如，烧毁停尸房。

她查看完所有尸体，却没有发现原宝轩，一片不祥的阴云蒙在她的心头。

是影佐圭吾抓捕了原宝轩，还是原宝轩根本没去开会？

这是她在上海战斗的十年中，第一次面临无法掌控的局面。

~ 109 ~

时间：1942 年 1 月 21 日，星期三。

地点：上海，日占区，虹口，梅机关，梅花楼。

根据梅花小组工作管理条例，未经影佐圭吾许可，执行重要任务过程中，组员不得离开梅花楼半步。

罗亭返回梅花楼，一副不高兴的样子，挥着手绢说："唉，白跑一趟。不应该呀，怎么一个熟人都没有？我本以为认识的人多，却忘记了上海是个大城市。”

凌云洲咂摸着罗亭的话，听出她的言外之意。她一直强调的“熟人”，应该是有所指。他眼前闪现出原宝轩的脸，顿时明白原宝轩是中共江苏省委的领导，也到爱尔兰小学开会，此刻生死不明。

影佐圭吾迟迟不归，难道他正在密审原宝轩？

多年的特工生涯，让凌云洲遇险不惊。他知道，此刻他最需要做的事情，是尽快查明真相。

他想到了一个办法——查账。

岩井公馆准备调查上海特务机构活动经费的使用情况，他可以以此为由，直接往岩井公馆打电话找大总管询问。

凌云洲见罗亭和宋鸣谪低声聊天，便凑过去问：“二位聊什么呢？”

罗亭说：“我向宋先生表达敬佩之情呢。‘炼狱’创建三个月，都没有什么收成。在宋先生的领导下，一个月就发生了翻天覆地的变化，取得了如此喜人的好战绩。”

宋鸣谪连连摆手：“罗局谬赞。如果舒局没有遇刺，他会打理得更好。”

凌云洲问：“舒局现在怎么样？不碍事儿吧？”

罗亭说：“舒局一直在抱病工作，前些日子淋雨了，旧伤复发，还得做手术。”

凌云洲惊诧：“还要做手术？舒局要遭二茬罪了。”

罗亭笑道：“在刀尖上行走的人，受伤在所难免。你们出去也要多加小心。”她盯着凌云洲，“凌处长，你是不是有话想说？”

凌云洲说：“罗局，我确实想向您汇报一件事。岩井公馆不是要查账了嘛，警察局的账务情况怎么样？我们两家的账千万别太悬殊，不然不好交代。”

“账务情况？”罗亭瞬间明白凌云洲想做什么，便冲宋鸣谪努努嘴，“警察局的开销，你还是问宋先生吧。做我们这一行，哪家账务情况能说得清楚？一些见不得光的开销，根本无法入账。唉，现在就是干的不如看的，看的不如捣乱的。岩井公馆屁本事没有，捣乱找碴儿却是一流。”

宋鸣谪脸上硬挤出一丝笑容：“大日本帝国应该不缺这点儿经费，但是科学管理还是必要的，避免某些人中饱私囊嘛。”

凌云洲说：“宋先生，罗局，我们闲着也是闲着，我能不能打电话问问岩井公馆，特工总部的账差多少，我好赶紧想办法堵上。”

罗亭双手抱肩，笑道：“我这里没问题，你看着办吧。”

宋鸣谪本想制止，见罗亭不反对，觉得自己没必要无故拉仇恨，于是指着电话对凌云洲说：“你若不放心，现在就打电话问问。反正是当着大家的面打电话，上面追究下来，我们都可以作证的。”

凌云洲冲宋鸣谪抱拳拱手：“还是宋先生体恤人！说实话，就这点儿烂账，弄得我心里七上八下的，闹心死了。”

凌云洲翻开桌上的通信簿，佯装寻找已经熟记于心的电话号码，然后叫通：“岩井公馆吗？”

“云洲？”话筒里传来凌云洲熟悉的声音，“我是澄子。”

凌云洲捂住话筒，扭头对宋鸣谪说：“是我太太。”

宋鸣谪盯着凌云洲：“你太太已经到岩井公馆上班了？”

凌云洲笑了笑：“刚去。我估计她充其量就是话务员。”

宋鸣谪打趣说：“你们聊吧，用不用我和罗局回避一下？”

凌云洲摆摆手，松开话筒说：“澄子，我在梅机关呢，想问问特工总部的账目有没有差错，不知道原先生是否方便接电话。”

江澄子说：“原先生出去刚回来，你直接问他吧。”

“原先生回来了？”凌云洲故意大声说，“好，好，你把电话交给原先生。”

罗亭听到原宝轩安然无恙，端起面前的红酒杯，把半杯红酒一饮而尽。

原宝轩接过电话：“是凌处长呀，对账的事儿改天再说吧，这几天我很忙的。”他说完就挂断电话。

凌云洲放下电话，悻悻地说：“权大一级压死人，原大总管根本不屌我。”

宋鸣谪笑道：“凌处长，你得慢慢适应岩井公馆的办事风格。”

凌云洲气呼呼地说："我真没办法适应。原宝轩一句很忙就把我打发了。既然大家都很忙，还查个屁账啊！"

罗亭起身轻轻拍了拍凌云洲的肩头："注意言辞，你太太在那里上班呢。别担心，你很快就会适应的。"

第九章　反　击

～110～

时间：1942年1月21日，星期三。

地点：上海，日占区，岩井公馆；公共租界，江公馆。

对江澄子来说，需要保守的秘密和无时不在的危险，都超出了她的承受能力。

这些天，她总感觉莫名的压力让她喘不过气来。

现在，她不但是共产党员，还是侍六组特工，以她的年龄、出身和经历，还厘不清共产党和国民党的本质区别。她认为，共产党和国民党都在抗日救国，只是采用的方式不一样，因此她接受共产主义，也不排斥三民主义。

她之所以能成为共产党员，源于她接受了共产主义思想。这是她受罗亭影响的结果，罗亭是引领她迈入共产主义思想大门的导师。

两年前，她是一块璞玉，共产主义思想雕琢了她，于是她有了信仰。两年中，她所经历的和见证的，让她更加坚定自己的选择。

有一点她怎么都想不明白，国民党也在抗日，国共两党也在合作，为什么彼此还不能完全信任呢？

当她得知中共江苏省委留沪小组因国民党特务出卖导致全军覆没时，她似乎发现了共产党和国民党的差异性。

令她无法接受的是，国民党特务出卖中共江苏省委留沪小组的目的，竟然是为了帮助周佛麟。

国民党特务这么做，让江澄子觉得很荒诞。周佛麟是民族败类，国家罪人，人人得而诛之，国民党的人怎么还能帮助他呢？

十六名共产党员牺牲了，她不得不接受此事的真实性和残酷性。

根据工作需要，中共江苏省委大部分成员都已撤离上海，仅留下十七名同志。这十七名同志，除了原宝轩以外，全部牺牲。

半个小时前，江澄子与原宝轩秘密见面。

见面地点就在原宝轩办公室。

江澄子没想到岩井公馆里还有自己的同志，更没想到这位同志还是岩井公馆的大总管。

“凌太太，请坐。”原宝轩非常客气。

江澄子浅坐在沙发上，微微躬身：“原先生，我是来工作的，请您吩咐。”

原宝轩坐在江澄子对面：“你是大家闺秀，为何还要出来工作呢？”

江澄子反问：“您应该不反对年轻人自食其力吧？”

“我可不是封建社会的遗老遗少。”原宝轩笑着倒了两杯茶，递给江澄子一杯。

“谢谢。”江澄子接过茶杯，放在茶几上。

“你刚从美国回来，应该更喜欢咖啡吧？”原宝轩端详江澄子。

“还行吧，也不是特别喜欢。”江澄子忍受不了原宝轩关切的目光，赶紧低下头。

原宝轩喝了一口茶，慢悠悠地说：“唐家梨，彭家杏，你喜欢哪个？”

江澄子抬起头，惊讶地盯着原宝轩几秒钟，然后反问：“苏家苹果，又红又甜，您不喜欢吗？”

“当然喜欢了。”原宝轩伸出手，“‘老A’。”

江澄子瞪大眼睛，激动地握住原宝轩的手：“‘教母’。”

原宝轩松开手，低沉地说：“出事了！”

“出了什么事？”

“中共江苏省委留沪小组的同志今日开会，遭到梅机关特务突然袭击，全部牺牲。”

江澄子惊愕："全部牺牲？"

原宝轩愤愤地说："十六条人命的血债，不仅要记在日本人头上，还要记在国民党反动派头上。"

"此事还跟国民党有关？"江澄子诧异。

"这次会议，一个月前就定下了，不料我们当中已经混入军统特务，他叫老曹，是中共江苏省委的老人。老曹前天晚上向重庆方面发的电报被'炼狱'截获，梅机关破译了电文。"

"'炼狱'？'炼狱'在什么地方？重庆方面一直再找呢。"

"杨枢是老军统，他都找不到'炼狱'，你就更找不到了。"

"我知道组织一直照顾我。"江澄子拿起茶杯又放下，"这桩血案真是老曹造成的吗？现在国共两党不是联合抗日吗？"

原宝轩看了江澄子一眼，语气平和地说："两个小时前，我和影佐圭吾去了一趟'炼狱'，见到了老曹发的电报内容。"

"这封电报就导致十六名同志牺牲了？"江澄子难以置信。

"敌我斗争中，一个不合适的肢体语言，就可能牺牲很多人。所以，我们在敌人面前，不能有任何侥幸心理。"原宝轩强调。

江澄子意识到自己有时确实很幼稚，对一些人会做出一些不恰当的善良之举。她立即保证："以后我一定会注意的，一定做一名合格的隐蔽战线工作者。"

原宝轩点点头："我相信你一定能做到。"

"我们打算怎么处理老曹？"江澄子问。

原宝轩缓声说："他已经死了。"

"死了？"江澄子瞪大眼睛，"他死有余辜！"

"他不是主凶。"原宝轩掏出烟点燃，深深地吸了一口，"戴遇侬的忠义救国军被皇协军围困，为了搭救忠义救国军，戴遇侬与周佛麟互换情报。"

"戴遇侬跟周佛麟还能做交易？"江澄子想不通。

"戴遇侬一直在策反周佛麟，负责人就是杨毓香。"

"我认识杨毓香，她是杨枢的姐姐，和罗亭住在一个弄堂里。"

"这笔血债我们一定会讨回来的。"原宝轩愤愤地说。

“您是怎么脱险的？”江澄子忽然想到这个问题，不假思索地问。

“我知道你是怎么想的。”原宝轩说，“我命大，被普乐天拦下，否则我也完蛋了。”

“大哥拦住你？”江澄子瞪大眼睛。

“是的。”原宝轩说，“当时我距离开会地点只有一条街，眼睁睁地看着同志们牺牲了，包括老曹。”

“军统没有通知老曹？”

“没有。这是见不得人的勾当，恐怕老曹也想不到会是这个结果。”原宝轩站起身，走到窗前注视着院子，强忍悲伤与愤怒，然后转身说，“按照规定，我不能向你表明身份。可是，中共江苏省委留沪小组的同志全部牺牲，我这条线上无人可用，只能启用你。”

“谢谢您的信任，我保证完成任务。”

原宝轩走回办公桌前，从抽屉里取出两张照片递给江澄子：“这个重要任务交给你。”

江澄子接过照片，见照片中的人一个是苏醒，一个是法租界鼎盛行商贸公司老板师婉笛，说：“我认识她们，她们有问题？”

原宝轩指指师婉笛：“她是日本特务。”

“我还真没看出来。”江澄子指着苏醒，“她也是日本特务？”

原宝轩说：“目前，我还没有弄清楚她的真实身份。你现在的任务，就是设法与她们成为好友，最好是闺蜜那种。”

江澄子点点头：“这个不难。”

原宝轩补充说：“你只需接近她们就行，把她们的一言一行记录下来，我会找人分析、调查。”

“这也太简单了吧？”江澄子不敢相信。

“做好并不简单。她们身后隐藏着一个人呢。”原宝轩耐心地解释，“那个人是我们必须尽快除掉的。”

“谁？”

“舒季衡。”

“警察局局长？”

原宝轩点点头：“铁杆汉奸！苏醒、师婉笛和他关系不一般。从今往后，你与我单线联系，一切听从我的安排。”

“我保证完成任务。”江澄子将照片还给原宝轩。

整个下午，江澄子一直心绪不宁。那些牺牲的同志，她一个都没见过，也不知道他们的名字，可她仍有锥心之痛。这时候她才明白什么是筋骨相连的革命情谊。

回家后，她还处于悲痛中，食不甘味。凌晨时也不见凌云洲回来，她明知他安然无事，心还是怦怦直跳，担心他遇到什么麻烦。

江澄子等到后半夜，凌云洲、罗亭、普乐天才回来。他们四人在院子里祭奠牺牲的同志。凌云洲抽闷烟，江澄子抽噎，普乐天喝闷酒，一时间江公馆内的气氛压抑至极。

罗亭劝慰道：“革命嘛，牺牲在所难免。我们现在要做的，是完成牺牲同志未竟的事业，直至实现我们追求的理想。”她说完举起酒碗，“用我们的实际行动，告慰他们的在天英灵！”

四人共同举碗，把酒慢慢地洒在地上。

普乐天瞪着血红的眼睛：“是时候摧毁那个该死的‘炼狱’了！”

凌云洲问：“我们没有人手，怎么摧毁‘炼狱’？”

“借力！”罗亭掷地有声地说，“要想摧毁‘炼狱’，必须联合军统。”

“我同意这个方案。‘鼹鼠’什么时候撤离？”凌云洲注视着罗亭，“姓宋的已经盯上他了。”

“他不能撤。”罗亭说，“摧毁‘炼狱’还得仰仗他呢。”

～ 111 ～

时间：1942 年 1 月 23 日，星期五。

地点：上海，日占区，虹口，重光堂。

重光堂，因那份卖国求荣的《重光堂密约》而闻名。

重光堂原是土肥原的私宅，现在改为宋鸣谪的住所。院门口有一棵大树，树下有两个日本宪兵值守。

现在的宋鸣谪异常谨慎，生怕出门被冷枪暗箭要了小命，所以他对外声称住在梅机关小红楼。

实际上，每天晚上 8 点钟，他就沿着周戊寅“设计”的地道离开梅机关。以前地道出口的窨井设在街中心，现在改到街边新设的岗亭内。走出地道后，他再驾驶岗亭边的专车赶往重光堂。

也就是说，除了影佐圭吾，没有人知道他住在重光堂。

昨天晚上，疲惫不堪的宋鸣谪回到重光堂。黑川梅子就像他的小媳妇似的精心照顾他。

黑川梅子给木桶里注满热水，用手试试水温，然后她就像一条老练的蛇一样缠住宋鸣谪。宋鸣谪本想自己简单冲洗一下，不料黑川梅子也脱衣服，脱一件叠一件。她虔诚的样子，就像举行神秘的祭祀仪式。

宋鸣谪如同看戏子演戏，只是他面前这场戏太生动、太刺激了。待黑川梅子坐入木桶，他就急不可耐地抱住赤裸的黑川梅子。

黑川梅子没有迎合他，而是拒绝了他的拥抱，然后移到他身后为他擦拭身体，并告诉他，给丈夫洗澡是日本媳妇的必修课。

宋鸣谪太喜欢这门必修课了，但觉得这节课时太漫长，就强行把他想办的事情办了。

临睡前，黑川梅子为宋鸣谪准备好鸦片。

二人掌灯，支起躺椅，摆上烟枪等器具，然后进入迷雾似的世界里，沦陷在飘飘欲仙的泥潭中。

宋鸣谪满足地睡去。

“该起床了！”

阳光从老虎窗照进来，刺痛宋鸣谪的眼睛。他用手遮住阳光，揉着惺忪的眼睛，突然觉得胸口一阵揪心般疼痛，仿佛一颗弹头穿透心脏。

他知道，早晚有一天，他的心脏会被来自不明方向的弹头射穿。或许，那颗弹头还可能是他自己射进去的。

直到现在，他想起当时做出投降的选择，内心还有丝丝内疚。若不是该死的鸦片，他也许会舍生取义，他的名字将镌刻在中国革命历史的功勋碑上。

然而，很多事情都不能重新来过。

他明白这些。也正因为明白，他才觉得可怕。

他苟活于世，只是贪恋人世间的那点儿“食色，性也”。

宋鸣谪与过去的战友为敌，并不是为了日本人，而是为了他自己，为了能固守一片领地。他只有那样做才能活着，才能拥有黑川梅子，才能拿到已经无法脱离的鸦片。

他明白，中共上海地下组织和军统上海站的人，都恨不得活剐了他，他不能让“老朋友”一直为他操心，所以凡事必须小心谨慎。

黑川梅子准备好小米粥和精致的点心。

宋鸣谪对此赞不绝口：“梅子，你越来越像中国女人了。”

“中国女人不好吗？”黑川梅子跪在榻榻米上，为他夹菜。

宋鸣谪心里悸动，放下筷子，将手放在黑川梅子的腿上。黑川梅子很配合地将脸贴在他肩上。

宋鸣谪说：“梅子，不要这样，我从未怪过你。”

黑川梅子抬起头，泪眼婆娑：“是我笨拙，连累了您，不然您还是民族英雄。”

宋鸣谪为她擦拭眼泪：“那是我自己的选择，怎么能怪你呢？人之命，天注定，这就是我的命。其实我更担心你。你脱离龟机关追随我，可能要辜负了你的青春年华。”

黑川梅子摇摇头：“您不要这么说，我是心甘情愿追随您的。我在最好的年华遇到最好的您，这辈子值了。”

宋鸣谪轻轻叹了一口气：“等我掌控‘炼狱’，会亲自与‘老猪’谈一谈的。”

黑川梅子问：“我能帮您做些什么呢？”

宋鸣谪思索片刻：“有件事我一直想查清楚，以前时机不成熟，现在你可以调查了。有一个人，身份和你一样，也是龟机关的。我怀疑‘老龟’的死与他有关。”

“凌云洲？”黑川梅子一怔，“按理说，他没有杀‘老龟’的动机。我们是东京大学同学，同一年加入龟机关，我对他有一定的了解。”

宋鸣谪盯着黑川梅子的眼睛：“你是不是喜欢过他？”

黑川梅子默默地点点头：“他确实很优秀，长得又帅，哪个女生不喜欢？但是他只喜欢宫本芳子，我根本入不了他的法眼。”

“宫本芳子？是那个失踪的皇亲国戚吗？我记得当时是你对她的婚车开的第一枪。你们都是日本人，不应该啊。”

“可能——可能是——是——唉，我也说不清楚了。”黑川梅子支支吾吾地说。

宫本芳子和凌云洲举行婚礼那天，黑川梅子在军统特务围击婚车时，确实躲在马路边的大树后面，开枪射杀宫本芳子。

“看来，你的内心深处还藏着凌云洲。”宋鸣谪把目光移开，“他是你的初恋吧？”

黑川梅子默默地点点头。

“初恋最是难忘。”宋鸣谪有些失落，“在这种情况下，也许更有利于你查明真相。放弃那段感情吧，记住，现在他是江澄子的丈夫。”

“您为什么怀疑他呢？有证据吗？”黑川梅子问。

“暂时还没有证据，但是他身上有些东西让我无法理解。”宋鸣谪喝了一口粥，“他是日本人，为何在特工总部任职？又是怎么成为汪精卫心腹的？”

“这都是‘老龟’的安排。”黑川梅子说，“龟机关特工的公开身份都是精心设计的。去哪里潜伏，具体做什么工作，我们个人无法决定，只能无条件服从。”

“凭你的感觉，凌云洲会不会杀‘老龟’？”宋鸣谪问。

黑川梅子仰起头，严肃地说：“如果‘老龟’让我离开您，我可能会杀了‘老龟’！”

“凌云洲也有类似的理由？‘老龟’也想让凌云洲离开江澄子？”宋鸣谪

意味深长地问。

黑川梅子摇摇头："应该不是。待我调查之后再下结论吧。"

"你和凌云洲先叙叙旧、聊聊天，不要涉及敏感问题。"宋鸣谪叮嘱道，"你们是老同学，又隶属同一组织，在异国他乡互诉衷肠也是合理的。如果你还有情，他还有意，你们进一步发展，我也不会介意。"

"我现在只属于您。"黑川梅子轻轻地说。

听黑川梅子这么说，宋鸣谪有些得意。

电话铃声骤然响起，他疾步走进书房抓起话筒。

话筒里传出影佐圭吾的声音："一辆无线电监测车被炸了！"

"什么？！"宋鸣谪惊愕地问，"在哪里？"

"法租界，八仙桥。"

～112～

时间：1942年1月23日，星期五。

地点：上海，法租界，八仙桥，法国总会。

无线电监测车被炸，出乎宋鸣谪的意料。

在他设计的"梅花计划"中，利用无线电监测车诱捕中共门徒小组成员和军统"阎王"是核心任务。这本是天罗地网式的诱捕，没想到对手却瞄准了无线电监测车。

"看来，梅花小组中有奸细。"宋鸣谪对影佐圭吾说。

宋鸣谪不是无端猜测。

一辆无线电监测车上有六个人，一人测算数据，两人操作监控器，剩余三人是训练有素的特务。如果没有内鬼，在大街上炸毁无线电监测车绝非易事。

谁是内鬼呢？宋鸣谪认为，凡是接触过"炼狱"的人都有可能是内鬼。

能接触“炼狱”，并了解“炼狱”的人并不多，底层员工什么都不知道，知道核心机密的只有梅花小组成员。

所以，宋鸣谪把梅花小组成员列为重点怀疑对象。

影佐圭吾同意宋鸣谪的推断，让他马上到案发现场调查，并责令梅机关的特务对梅花小组成员全天候监控。

去八仙桥的路上，宋鸣谪觉得他的推断有些草率。接触过“炼狱”的人中，还有日本陆军部以及岩井公馆的人，能走漏消息的可疑人太多了。

尽管如此，他还是相信自己的直觉，梅花小组里肯定有内鬼。

他赶到八仙桥时，罗亭、凌云洲、苏醒、陈恭如已经在场，让他更加坚定，那个内鬼应该在这四个人之中。

是谁呢？

轿车停了，他并没有下车，而是静静观察四个人的肢体语言。

是罗亭吗？

他忽然想起抓捕钱乙然那天，罗亭打的那个电话。

她有疑点。

当天晚上，他派人到爱琴海西餐厅调查，结果没有发现任何问题。

难道是巧合吗？他从来不相信巧合。

能取得汪精卫信任的人，都具有巨大的能量。罗亭的能量是什么？是才学还是美貌？她是美貌与才学兼备的女人，这样的女人太可怕了。

“她不可能是共产党员！”宋鸣谪加入共产党多年，并负责领导江苏地区的地下工作，从未听说南方局有这号人物。

她是军统特工吗？宋鸣谪没有军统方面的信息渠道，不敢确定。

是凌云洲吗？

宋鸣谪坐直身子，直瞪瞪地盯着凌云洲。

他是日本人、龟机关特工。如果他是内鬼，那就太可怕了，估计连电影编剧都不敢这么写。

但他总觉得就是凌云洲杀了“老龟”。

想杀“老龟”的人，不一定是共产党员，也可能是龟机关内部人。如果是龟机关内部人作案，这个人一定了解中共门徒小组的架构，否则不会伪装成中共门徒小组的“野兔”。

这个假设成立，那么内鬼必是凌云洲无疑，这就是他让黑川梅子接近凌云洲的原因。当然，他并不急于验证他的推断。他只是想钓条大鱼，为以后保命创造条件。

宋鸣谪把目光转向苏醒。

苏醒正在笑。她在这种场合还能笑出来，确实丢南京政府的脸。

苏醒为什么从警察局调到特工总部？这种调动，绝对不是毫无缘由的。这种原因，只有她的主子知道。

陈恭如呢？

这个和他一样背叛信仰的人，会是内鬼吗？

背叛一次的人，就会背叛多次。

陈恭如有可能是假投诚。此事共产党员做不了，共产党员不可能以牺牲南京军统站为代价搞假投诚，宋鸣谪确信这一点，因为这是共产党员无法突破的底线。国民党员能这么做，因为戴遇依能这么做。戴遇依做事向来不择手段，所以陈恭如的投诚和宋鸣谪的投诚含金量不一样。

这四个人身上肯定都有说不清的故事，所以都有可能是内鬼。

到底谁是内鬼呢？

宋鸣谪从轿车里钻出来，倚靠着车门，不断地打量、审视四个人。他知道，那个内鬼肯定是行动缜密、城府极深的角色。让那个内鬼曝光，必然要花费他大量的心力和精力。

宋鸣谪起身走到四个人面前，见他们聊得正欢，便冷冷地问：“你们在这种场合还能聊得如此开心？”

苏醒根本不把宋鸣谪当回事儿：“哎哟，宋先生一个人来的呀？这是啥场合，您可得注意安全。”

凌云洲根本不看宋鸣谪：“我们过的就是刀尖舔血的日子，明天躺在这里的人不是我就是你，我们悲伤得过来吗？”

罗亭说：“我们接下来的任务，就是找到作案人，为牺牲的人报仇。不管我们是哭着做，还是笑着做，只要达到这个目的，让逝者安息，就是已经做好自己的本职工作了。”

凌云洲和罗亭说的都是实话，宋鸣谪无法反驳，转而问陈恭如：“现场勘查过了吗？有没有收获？”

陈恭如说：“这件事有点儿蹊跷，我感觉这里不是第一作案现场。”

宋鸣谪问：“你确定？”

“有很多目击证人。”陈恭如指向法国总会，“案发时，正值法国总会最热闹的时候，有人看见无线电监测车追赶一辆黑色轿车，追到法国总会门口时，从法国总会里面跑出两个人。那两个人应该是喝醉了，不管不顾地拦住无线电监测车，将一枚手雷扔进车里。”

“你是什么时候赶到这里的？”宋鸣谪围绕炸烂、烧焦的无线电监测车走了一圈。

“爆炸时间是凌晨2点，我是3点赶到的。”陈恭如补充道，“上海是不夜城，那时街上还有不少人呢。”

“确实是手雷所致。凶手不是共党就是军统的人。”宋鸣谪说。

“也可能是中统的人。”陈恭如说。

“绝对不是中统的人！”宋鸣谪肯定地说，“中统上海站里有我的人。”他盯着陈恭如，“你为什么不在第一时间通知我？”

“我把电话打到梅机关，您不在。”

宋鸣谪说：“那时我确实不在梅机关。”他向远处看了看，“无线电监测车监测到门徒小组的电台，并且锁定。现在看来，那个电台应该是个诱饵，故意让无线电监测车进入他们设置的陷阱。”

“有了这条线索就好办了。”陈恭如说，“我回去查看监听记录，看看是什么电台，就能知道是什么人作案。”

宋鸣谪点点头，叮嘱道：“树欲静而风不止。另外两辆无线电监测车要增派人手，杜绝类似事情发生。”

陈恭如建议道：“无线电监测车应该放在上海日本宪兵司令部，才能确保它们安全无虞！”

“上海就没有绝对安全的地方！”宋鸣谪摇摇头，“走访目击者了吗？画像画了吗？”

“已经走访过了，并做了笔录，我拿给你看。”

“不急。”

“画像正在画，需要一天时间。”

“那辆黑色轿车的车主是谁？”

“没挂号牌，类似的轿车有很多，根本无法查证。”

“能确定黑色轿车从哪里开始出现的吗？”

“应该在法租界。”陈恭如习惯性地挠挠头，“这一点要得到日本人确认，巡捕房不让我们详查。”

“我跟影佐机关长研究一下再说。”宋鸣谪打量一遍现场，“清理现场吧，留下一些人继续走访调查。”

宋鸣谪说完，走到凌、罗、苏三人面前：“我和陈主任到‘炼狱’查看一下监听记录，你们各忙各的吧。”他说完和陈恭如钻进轿车，直奔警察局。

路上，宋鸣谪貌似自言自语：“梅花小组有内鬼。”

“什么？”陈恭如心里一怔，“不会吧？梅花小组怎么可能有内鬼呢？”

宋鸣谪一直在暗中观察陈恭如。陈恭如的吃惊和难以置信的表情很自然，应该不像装出来的。

宋鸣谪说：“影佐机关长也认为，凌、罗、苏三人之中，必有一个是内鬼。”

“我觉得不可能。他们要是内鬼，我们的活儿就没法干了。”陈恭如摇摇头，“再者说，他们做内鬼，图什么呢？”

“你怎么这么肯定呢？”宋鸣谪不动声色地问。

“他们都是汪先生的人。我认为，假如有内鬼，肯定潜伏在南京行政院，那里的情报才够分量。”陈恭如肯定地说。

“你说的有几分道理。”宋鸣谪揉着太阳穴，“照你这么说，他们仨都不是内鬼了。”

陈恭如说：“如果我是他们，打死我都不会做掉脑袋的事，不划算嘛！”

“你可没有他们的背景啊。”宋鸣谪端详着陈恭如。

“你怀疑我？靠，共党和军统都恨不得把我剁碎了包饺子。”陈恭如忍不住说粗话。他想了想又问，“宋先生，应该不会挂一漏万吧？”

宋鸣谪点点头：“原宝轩。”

陈恭如呸了一口：“你还是怀疑影佐机关长吧！你敢怀疑原宝轩，是活腻歪了吧？你没看出来吗，连影佐机关长都敬他三分呢！”

宋鸣谪笑了笑：“我就是随口一说，你别当真。不过，你不能当甩手掌柜的，凌、罗、苏三人，该怎么办还得怎么办。”

“好，我派人暗地里调查他们。”

“一定要谨慎，千万别让他们察觉！”

～ 113 ～

时间：1942 年 1 月 24 日，星期六。

地点：上海，法租界，鼎盛行商贸公司，十六铺码头。

新出之犊，而无求其故。

白色恐怖下的血腥惨状并没有吓倒江澄子，反而让她内心充满力量。

她站在院子里，抬头注视着东方，张开双臂，奋力地吮吸几口新鲜空气，大踏步向院外走去。

昨天晚上，她约了鼎盛行商贸公司老板师婉笛见面。

鼎盛行商贸公司坐落在法租界霞飞路，主要经营红酒、肥皂、香烟等日杂商品。由于师婉笛经营不善，该公司已濒临倒闭。

江澄子在鼎盛行商贸公司附近泊好车，从包里掏出两张照片。照片中的两个男子都是警察局特务科的警察，一高一矮，矮的真矮，竟是侏儒，绰号叫点心；另外一个警察是特务科小队长时磐。

江澄子察看四周，看见马路对面也停着一辆轿车。时磐和点心倚靠在车门上抽烟。

一辆轿车驶到鼎盛行商贸公司门前停下，师婉笛从轿车里钻出来。

江澄子看到师婉笛，立刻启动轿车，一边按响喇叭，一边撞向时磐的轿车。

江澄子假装慌张地钻出轿车，走到时磐面前，从包里掏出一张名片："先生，对不起，我驾驶技术不好。这是我的名片，我负全责，修车费用我承担。"

时磐见师婉笛站下看他们，顾不上搭理江澄子，急忙驾车离去。

师婉笛看见时磐和点心，佯装不认识，走到江澄子面前，指着慌忙离去的轿车问："怎么回事儿？你撞到他们的车，他们怎么还跑了？"

江澄子开玩笑："他们是不是欠你钱啊？"

师婉笛摇摇头："我现在只有一屁股债，不遇到讨债鬼就不错了。这里不是说话的地方，我们到屋里谈吧。"

师婉笛把江澄子带到董事长办公室。

江澄子婉拒师婉笛递过来的香烟："今天我嗓子不舒服。"

师婉笛自顾自地点燃一支烟："江小姐无事不登三宝殿，有话直说吧。"

江澄子也不绕弯子："听说你的公司资金链出现问题，我想参股，与你一起经营。"

"明知道我的公司效益不好，你还想参股？"师婉笛难以置信。

江澄子莞尔一笑："做生意嘛，肯定不能做赔本买卖。你的公司主要经营百姓生活必需品，根本不愁销量。公司所在地段也不错，人流量不低，按理说效益应该不差，肯定是公司的经营方式出了问题。"

"江小姐做生意，肯定有一套。"师婉笛弹弹烟灰，"如果你有诚意，我把公司以一百万元法币的价格转让给你，我退出，如何？"

江澄子二话不说，从坤包里拿出一张支票推到师婉笛面前："这是一百二十万元法币，我给你百分之十的干股，我们合伙做如何？"

师婉笛拿起支票瞧了瞧："这年头还有此等好事？"

"江家经商的原则是不让合伙人吃亏。"

师婉笛将支票收下，爽快答应："好，就这么定了。"

江澄子从坤包里拿出两张照片推到师婉笛面前："刚才那两个人好像在监视你。"

"不会吧？"师婉笛拿起照片看了看，"我不认识他们。"

"我只是猜测而已。如果你不忙，我们出去喝杯酒庆祝一下如何？"

"一年多了，今天才有一件好事，我必须喝一杯。"

江澄子和师婉笛驱车向黄浦江畔驶去。她们刚走不远，时磐和点心便驾车跟上来。

江澄子指着后视镜："师小姐，后面那辆车里，就是那两个人。"

师婉笛扭头看向后车窗，发现果然有一辆黑色轿车尾随："你怎么确定他们在跟踪我们？"

江澄子没有说话，突然猛打方向盘，在马路上强行掉头，疾速向前逆行。

那辆黑色轿车也立即掉头，继续跟踪江澄子的轿车。

江澄子指指后视镜："师小姐，看到了吧？"

师婉笛却毫不介意，嘻嘻笑道："有人追美女，很正常。不管他们了，聊聊我们的事。我一直想不明白，你为什么要接我手里的烂山芋呢？"

"你我一见如故，我就实话实说了。"江澄子目视前方，"我哥要结婚了，我必须送他一份像样的礼物。"

"鼎盛行商贸公司可不是玩具，你哥能玩得好吗？"师婉笛盯着江澄子。

"我哥肯定玩不好，但我大嫂是爱琴海西餐厅的老板娘，应该可以的。"

"红帮的宋格？"

"是呀，超级好的一个人，要长相有长相，要品位有品位。以后你和她共事，什么都了解了。"

师婉笛点点头："有红帮这个后台，鼎盛行一定能火起来。"

"红帮未必有警察局好使吧？我选择投资鼎盛行之前，对公司的背景和合作伙伴进行过调查。"江澄子瞥了师婉笛一眼，"警察局的舒局是你的大靠山，他为什么不拉你一把呢？以他的人脉，鼎盛行不应该是现在这个样子啊！"

"江小姐查得够细的呀！"

"这是江家投资的原则，知己知彼，知根知底。"江澄子淡淡地说，"你别介意。”

“确实应该这样做，贸然投资风险太大。”师婉笛凄然一笑，“我也有自知之明。我在舒季衡心目中，只不过是件玩物罢了。”

“舒局不是单身嘛，只要他想娶你，分分钟的事情。”

“他的心已有所属了，一直惦记那个罗亭呢。”

“罗亭？”江澄子假装镇定，“不会吧？”她看了看后视镜，后面的轿车依旧紧紧跟随。她淡然一笑，“我和罗亭的关系，大于等于闺蜜，怎么没听她说过这事呢？”

“不说不等于没有啊。”师婉笛神情幽怨。

“舒局竟然喜欢罗亭，有点儿意思了。”江澄子一脸坏笑，“不过，我觉得罗亭应该看不上舒局。舒局年龄太大，她又没有喜欢大叔的嗜好。不过，我倒是听说，有一个人真的喜欢罗亭。”

“还有人喜欢她？谁？”

“特工总部的杨枢。”

师婉笛摇摇头：“不认识。”

“杨枢风流倜傥，一表人才，舒局和他比，根本不是一个段位的。”江澄子一脸鄙夷神色。

“无所谓了。”师婉笛无力地感慨，“一个女人，一旦死心塌地地爱上一个男人，九头牛都拉不回来；一旦她另有所爱，也会转身离去，连说句再见都觉得是浪费。”

江澄子打量几眼师婉笛：“你——另有意中人？”

师婉笛微微点头：“女人心中总会出现两个人，一个是能嫁的，一个是深爱的。一旦两者只能取其一，心就会乱。如果两者兼得，才是好命的女人。遗憾的是，我的命并不好。”

江澄子说：“你说话很有哲理嘛。”

轿车行驶到十六铺码头，对面就是江家造船厂。

“到了。”江澄子停车。

江澄子和师婉笛下车，也不看后面停下的轿车，径直走到十六铺码头。

雷阳正在和红帮弟子打牌，他见到江澄子，立即站起来，微微躬身："江小姐今天怎么这么闲啊？"他见师婉笛站在江澄子身后，继续问道，"这位小姐是——"

江澄子闪身，指着师婉笛："我的合伙人，师婉笛。"

"师小姐真漂亮。"雷阳说完，转身指着江边的游艇，"江小姐，游艇在那里，请你们过去吧。"

江澄子把嘴附在雷阳耳边："看到我身后两个鬼东西了吧？他们一直跟踪我。"

雷阳瞥了那两个人一眼："我马上帮您切掉。"

江澄子和师婉笛并肩走向"凤初"号小型游艇。

江澄子进入游艇，介绍道："这是我自己的游艇，又快又稳。你放心，我的驾驶技术是德国人教的。"

师婉笛竖起大拇指。

江澄子驾驶游艇向江心驶去。

码头上，时磐和点心见江澄子和师婉笛驾驶游艇驶向江心，无奈地耸耸肩，慢慢地向轿车走去。

雷阳拎着砍刀，带领红帮弟子疾速包抄过来，围住时磐和点心。

时磐立即掏出手枪对准雷阳的额头，骂道："找死呀！"

雷阳的头快速向左移动，砍刀同时立起，向左一带，"啪"的一声磕掉时磐的手枪。

时磐感觉手腕剧痛，手枪落地。

雷阳将手枪踢到红帮弟子脚下，把刀横在时磐脖子上："孙子，是不是觉得自己的脑袋没啥用了啊？"

点心赶紧赔笑："兄弟，误会，误会！"

雷阳嘿嘿一笑："误会？你们不是来砸码头的，那就好办了。来的都是客，我请你们喝碗红酒吧。"他不回头，只是向后挥挥手。

两个红帮弟子从码头端来两碗辣椒水。

雷阳指着辣椒水说："这是红帮的红酒，口感还凑合。二位，请吧！"

时磐和点心面面相觑。

点心对雷阳说："兄弟，你的好意我们心领了。改日我做东，还望各位兄弟赏脸。我们还有急事要办，告辞！"他说完转身就走。

雷阳把脸一沉："不识抬举的玩意儿！兄弟们，把他们扔到江里去！"

红帮弟子一拥而上，围住时磐和点心。

时磐和点心连忙跪下："大哥，大哥，我们喝还不行吗？"

雷阳冲红帮弟子挥挥手。红帮弟子再次把辣椒水端到时磐和点心面前。他俩把心一横，把牙一咬，闭上眼睛，一口气喝下一碗辣椒水，被呛得连声咳嗽。

雷阳捡起手枪，卸下弹夹，抠出子弹后把弹夹装回，把手枪扔给时磐，大喝一声："滚！"

时磐和点心捂着红肿的嘴，踉跄着走向轿车。

第十章　旧事新局

～ 114 ～

时间：1942 年 1 月 24 日，星期六。

地点：上海，公共租界，沙逊大厦。

结合多方面信息，凌云洲可以想象出“炼狱计划”的大体轮廓。

土肥原与梅辛格联手，可以视为日德两国亲密合作。梅辛格放弃屠杀上海的犹太人，除了想掠夺上海犹太人的财富之外，一定还有不可告人的政治目的。

凌云洲估计，“炼狱计划”的核心内容，应该是掠夺上海的财富。

凌云洲为了验证他的推断，他陪同凌岳州来到沙逊大厦拜访沙逊。见到他们，沙逊并不慌乱。凌云洲因此意识到，“炼狱计划”极有可能是原宝轩主导的。

凌岳州不想给沙逊留下思考空间，进门后便直奔主题：“沙逊先生……”

沙逊摆摆手说：“蒋先生，来到这里的人都是客，你们先喝杯茶，然后再说也不迟。”

“沙逊先生，除了服从我们的命令，你没有任何选择。”凌岳州盯着沙逊冷冷地说，“日本与德国是同盟国，你应该知道德国元首对待犹太人的态度。梅辛格上校是德国驻日代表，他在华沙的壮举世人皆知。难道你想看到华沙的场面在上海重现？”

“蒋先生，你确定你的判断很准确？”沙逊不动声色地瞥了凌岳州一眼，“犹太人虽然曾经创造了巨大财富，但他们现在万里迁徙、四处流浪，手上还能有财富吗？据我所知，上海幸存的两万犹太人，只有五六个称得上是富人，其余的都是穷人。”

“犹太人拥有世界上最聪明的大脑和最勤劳的双手，舟山路商业街的繁华就证明了这一点。”凌云洲指指窗外，“你们没到上海之前，那里只是一片废墟。几年之间，你们就把那里变成了中国的维也纳。”

凌岳州嘿嘿一笑：“沙逊先生，在股市上与我们合作，才是你的不二选择。”

沙逊盯着凌岳州：“让我成为贵国的赚钱机器？”

凌云洲双手拄在沙逊的办公桌上，上身前倾：“你的价值就体现在这里。如果你不能体现出这样的价值，和街头浪费宝贵粮食的流浪汉有什么区别呢？”

沙逊点指凌云洲：“这是赤裸裸的威胁！”

凌岳州微微一笑：“威胁，有时也是一种善意。”

沙逊想了想，双手一摊：“我好像没有选择了。”

“不，你还有一种选择。”凌岳州起身走到办公桌前站下，无形中给沙逊增加了压力，“你把沙逊家族所有财产捐给我们，可能更省心省事。”

沙逊无奈地点点头：“这确实是一个不错的选项，能不能容我考虑一下？”

“当然。我们就不打扰了，回去等你的消息。”凌岳州哈哈大笑，“我相信，你一定能让我们满意的。”

“不送。”沙逊没有起身。

凌云洲和凌岳州走后，原宝轩从隔壁房间走出来，进入沙逊的办公室。

沙逊看了原宝轩一眼：“想必你都听到了吧？”

“与我的判断基本一致，日本与德国虽是同盟国，但在利益上却存在着无法弥合的分歧。”原宝轩边说边坐到办公桌上，“太平洋战争爆发后，日军军费更加紧张，他们到处掠夺财富，以此维持高昂的战场消耗。上海犹太人无疑是日本人最佳的掠夺对象。”

沙逊一脸愁容：“一旦以沙逊家族的名义发行股票，我的同胞都会购买的。”

“有了这只股票，日本人暂时不会屠杀犹太人，这也是你没有选择的选择，毕竟生命最重要。”

“这样做，我同胞创造的财富，就被日本人变相占有了，我也成了一个吸血鬼。”

“历史会记住你的。”原宝轩说，“这些财富，日本可以暂时占有，但是拿不走。”

沙逊惊讶地看着原宝轩：“你的意思是——”

“一个月前，我拜会江仲阁先生，他表示愿意出手相助。”

“江老愿意帮助我？到底怎么回事儿，你能说得详细一些吗？”

日军进驻公共租界当天，英美两国人仓皇撤退，工部局内部一片混乱。李德尔看了一眼办公室门上的木牌，无奈地摇摇头，转身离去。

江仲阁站在办公室窗前，面无表情地看着大街上嚣张的日军。

原宝轩推门进来，脸上带着久违的笑容。

江仲阁转身看见原宝轩，十分激动，双手战抖着，几步走到原宝轩面前，紧紧抱住他：“二弟！”

原宝轩热泪盈眶：“大哥！”

江仲阁轻轻拍打原宝轩的后背：“活着就好，活着就好！”

“大哥，谢谢你为云洲做的一切。”

“他是你儿子，也是我女婿，我为云洲和澄子做什么都是应该的。”

原宝轩松开双手，问道：“大哥，你看到信了吧？”

“嗯，我已着手准备了。二弟，坐下说话。”江仲阁指指沙发，“喝茶还是咖啡？”

原宝轩坐下：“咖啡吧，我需要提提神。大哥，形势所迫，我不得不把你推到风口浪尖上，还望你理解！”

江仲阁把一杯咖啡放到原宝轩面前："二弟说此话就见外了，抗日救国，匹夫有责。"

"日军战略物资匮乏，且消耗巨大，提出以战养战的策略，便盯上了上海犹太人手里的财富。"原宝轩说完，喝了一口咖啡，满意地点点头，"大哥，我发现了一些蛛丝马迹，从中推断日本人将在上海发动金融战。他们不仅想攫取上海犹太人的财富，还要攫取上海人的财富。阻止他们掠夺财富，也是一种抗日。"

"他们不会得逞的！"江仲阁愤愤地说，"我今晚就去美国。"

原宝轩眼圈发红："大哥年事已高，辛苦你了。"

江仲阁摩挲着手中的佛珠："二弟，我年纪虽大，但心却年轻。我的信仰、理想还在呢。我能在有生之年，扶大厦之将倾，备感荣幸。"

原宝轩低头思索一会儿，抬起头望着江仲阁："这是一场金融战，一场没有硝烟却惨烈无比的战争。稍有闪失，大哥一生的积蓄就可能付诸东流。"

江仲阁哈哈大笑："二弟，带兵打仗我不如你，若论做生意，我可要走在你前面了。我已经和美国的意大利黑手党取得联系，在墨索里尼的首相府里开设一家金融机构，只要沙逊先生配合好，一次就能彻底解决所有问题。"

原宝轩点点头："我相信你有这样的能力。"

江仲阁说："这次我带澄子去美国，那里有些产业需要她接手。我此行把生命作为赌注押上了，以后江家就靠澄子了。二弟，你以后一定要替我好好照顾她。"

原宝轩眼睛湿润："大哥放心吧，澄子不仅是我的儿媳妇，还是我的好女儿。"

想到兄弟俩离别的一幕，想到兄弟俩今生可能再也无法见面，原宝轩心头隐隐作痛。他点燃一支雪茄，狠狠地吸了一口，缓缓吐出。

他从口袋里掏出一张纸条，放在茶几上："沙逊先生，这是江老在意大利开设的公司，大股东就是墨索里尼的管家。"

沙逊看看纸条，点点头："江仲阁做什么都是大手笔！"

“他是生意人，赚大钱的机会他岂能错过？墨索里尼打击意大利黑手党的力度，不亚于希特勒打击犹太人，这也是意大利黑手党鼎力助他的原因。”原宝轩表情坚毅，“日本和意大利是同盟国，意大利的公司入驻上海，日本人应该不会排斥的。”

“生意上的事，我自有章法。”沙逊拍拍原宝轩的肩膀，“有江仲阁在海外运作，日本人肯定拿不走上海犹太人的财富。”

～ 115 ～

时间：1942 年 1 月 24 日，星期六。

地点：上海，日占区，警察局，“炼狱”，梅机关。

宋鸣谪预感上海国共双方特工已经联手。

在这场抗日战争中，国共两党关系虽然扑朔迷离，分分合合，但在抗击日本侵略者和消灭汪伪汉奸的层面上却是空前一致的。

太平洋战争爆发后，日军所向披靡，占领了大部分东南亚国家，在太平洋上也是节节胜利。他们一直认为是头大象的美国，在太平洋上却变成了小绵羊，根本无力抵抗日军的坚船利炮，导致变态的东条内阁更加狂妄。

宋鸣谪面对所向披靡的日军，已看不清未来之路。

按照国际局势的现状，英美两国对日宣战，按理说应该能阻止日军的进攻步伐，然而日军却是节节胜利。

去警察局的路上，坐在轿车里闭目养神的宋鸣谪想到这些，顿时觉得心中曾经无比坚固的信仰堡垒，像沙滩上受到潮水冲击的沙雕缓缓倾塌，进而对自己选择投降变节有些庆幸。

他知道，他的人生已经彻底迷失方向了。

他觉得他像在大海里驾船，一股巨浪过后，船翻了，溺水的他想要活命，就必须抓住一根救命的木头。

有了这根木头，时局的海风才会把他吹向生命的彼岸。

可惜，他生命的彼岸没有自由和光明，只有卑微和隐忍。

他掌控“炼狱”后，掌握了很多秘密。有些秘密，他并没有向影佐圭吾汇报。他不是不信任影佐圭吾，而是想利用这些秘密作为他的护身符。

一个月前，他截获一封共产国际的电报。这封电报用俄文发送，让“炼狱”里几个破译员束手无策。

幸运的是，他精通俄文；更幸运的是，他精读过的1923年俄文版《普希金诗集》就是密码本。

当然，这是巧合。他当时只是想碰碰运气，试着用《普希金诗集》作为密码本破译，没想到竟然成功了。

他完全掌握了这部共产国际电台的发报时间和发报规律，发现这部电台最近一周内一直在呼叫红组成员“教母”。

“教母”没有回复。他猜测，“教母”应该知道“炼狱”的存在，才让自己的电台保持静默状态。

最重要的一点，这部电台发出的几封电报中提到了一个熟悉的代号“佛手”。

这个消失已久的中共传奇特工又出现了。

宋鸣谪知道，如果抓到“佛手”，他就能把“炼狱”据为己有。他思索再三，决定将这个秘密告诉影佐圭吾。

晚上宋鸣谪和陈恭如在华懋饭店住下。次日早上，他们去法租界察看了一番，然后返回警察局。

轿车刚驶入警察局，没等陈恭如停好车，一个特务飞奔过来，气喘吁吁地喊道：“宋先生，大事不好了！”

宋鸣谪下车喝道：“慌什么！好好说，到底怎么了？”

“无线电监测车被炸了！”特务说。

宋鸣谪瞪了特务一眼：“昨天发生的事情，上海人都知道了，还值得你大呼小叫吗？”

“不是昨天，是今天早上。”特务支支吾吾地说。

“今天早上？”陈恭如一把抓住特务的衣领，喝问：“他妈的到底咋回事儿？”

“主任，我——我喘——喘不上气——”特务脸色殷红，结结巴巴地说。

陈恭如松开手：“说！”

特务连喘几口粗气：“早上6点，负责巡夜的无线电监测车返回上海日本宪兵司令部，途经虹口时被炸了。”

陈恭如看了宋鸣谪一眼：“难道又报废一辆？”

宋鸣谪问特务：“日本人查了吗？”

“查了。”特务说，“具体情况我不太清楚，我在现场发现了这个——”他从口袋里掏出一块麻将牌递给宋鸣谪。

宋鸣谪接过麻将牌，见上面刻着阎王脸，低声说：“军统做的！”

“军统？”陈恭如一愣。

宋鸣谪将麻将牌递给陈恭如：“万墨翰做的。”

陈恭如看看麻将牌：“八仙桥爆炸那趟活儿，难道也是他做的？”

宋鸣谪向“炼狱”方向望去，低声说：“查查那辆无线电监测车锁定过什么电台。”

他们调查的结果是，那辆被炸的无线电监测车锁定的电台中，还有中共门徒小组的电台。

宋鸣谪点指记录表中中共门徒小组那栏，摇摇头：“这应该是‘13号’联系延安高层的专用电台，咋就没引起我们注意呢？”

宋鸣谪将记录表递给陈恭如：“门徒小组有两部电台，一部在吴已楠手里，已经炸毁了；另一部在这个‘13号’手里。”

陈恭如盯着记录表，自言自语：“我估计，这个发报人发报时被无线电监测车锁定，同时发报人也发现了无线电监测车，马上携带电台转移。他在发报前就设计好退路。法国总会潜伏的共匪，帮他处理突发情况。这样看来，用手雷炸监测车的人，就是钱、周二贼。”

“你的分析有道理，等画像出来后就能确定了。”宋鸣谪掏出怀表看了看，“画像应该出来了，你派人将画像送往梅机关。”

宋鸣谪、陈恭如赶到梅机关时，作案嫌疑人的画像已经送到。陈恭如接过画像看了看，然后递给宋鸣谪："就是那两个二货。"

宋鸣谪仔细端详画像中的人："门徒小组成员都是亡命徒，别指望从他们嘴里获得有价值的信息，当场击毙吧。"他摇摇头，向小红楼走去。

陈恭如默默地跟在宋鸣谪后面。

影佐圭吾脸色铁青，站在办公桌后盯着门口。

宋鸣谪、陈恭如的脚刚踏入办公室，影佐圭吾就咆哮道："不到二十四小时，两辆无线电监测车被炸毁，你们的脑袋只是用来吃饭的吗？炼狱，炼狱，都快成为自己的地狱了！"

宋鸣谪笔直地站在办公桌前，颔首低语："机关长，我们现在最需要做的，不是追究责任，而是抓住作案之人。"

影佐圭吾将一沓材料摔到宋鸣谪脸上："我怎么做事，还不用你们教吧？"

那沓材料是梅机关的调查报告。宋鸣谪看罢，得知梅机关已经查证作案人事先在无线电监测车去上海日本宪兵司令部的路上安装了炸弹。

宋鸣谪拿起一张照片反复端详："把炸弹安装在窨井盖下，手控操作。"说着他将那块麻将放在桌上，"现场发现了这个东西，说明军统和此案脱不掉干系，极有可能是他们所为。"

影佐圭吾拿起麻将牌，瞥一眼就扔到办公桌上："该死！"

宋鸣谪问："无线电监测车每次返回上海宪兵司令部的路径都不一样，他们怎么知道它要经过那里呢？"

影佐圭吾说："无线电监测车每日行程由上海宪兵司令部制定，然后分别呈报梅机关和岩井公馆的主要负责人。能够掌握其行走路径的，除了上海宪兵司令部司令官，一个是我，一个是原宝轩，我们都不可能泄露机密。"

"原宝轩？"宋鸣谪盯着影佐圭吾。

影佐圭吾解释道："外务省的人，不是我们能过问的。不过，我相信他是非常可靠的人。"

"八仙桥爆炸案应该是门徒小组所为。"宋鸣谪不再多问，将画像递给影佐圭吾，"无线电监测车应该是钱乙然和周戊寅所炸。我和陈恭如分析，他们的真正目的不是炸毁无线电监测车，而是掩护'13号'和延安方面联系。昨天，无线电监测车发现‘13 号’的电台在法租界东新桥附近。那里是贫民窟，人多且杂乱，交通便利，适宜隐藏。‘13 号’的活动轨迹，应该在东新桥一带，而且距老钱肉铺不远，门徒小组成员随时可以相互策应。”

影佐圭吾叹口气：“看来我只能这样向岩井公馆解释了。”

宋鸣谪继续说：“门徒小组炸毁无线电监测车是偶然行为，但军统炸毁无线电监测车绝对是精心设计的。这说明我们当中存在内鬼。”

影佐圭吾点点头：“宋先生当下的主要任务，就是不惜代价挖出这个内鬼。”他把目光转向陈恭如，“陈主任必须盯死门徒小组成员，不管他们是什么身份，见一个消灭一个。”

陈恭如立正、颔首：“是！”

宋鸣谪说：“机关长，军统电台的频率已经锁定，只要他们敢再次露头，我就可以收网抓捕。但是，我们还得注意军统会不会启用新频率，或者更换新电台。”

影佐圭吾说：“特工总部行动队、警察局特务科全天候监控港口、码头、车站，沿路设卡，仔细盘查过往行人，凡是携带电台或者电台零件者，一律拘捕。另外，必须尽快抓捕万墨翰、钱乙然、周戊寅，不然我无法向岩井公馆交代。”

宋鸣谪立正、颔首之后，瞟了陈恭如一眼：“机关长，我——有件事要向您单独汇报，您看——”

陈恭如知趣地主动告退。

宋鸣谪关上房门，凑到影佐圭吾的办公桌前，低声说：“我破译了一封共产国际的电报。”

“什么内容？”

“新四军一个重要人物要途经上海，并要短暂停留。”

“谁？”

“范仲。”

影佐圭吾瞪大眼睛：“哪个范仲？”

“新四军 3 号人物。”宋鸣谪说，“他是黄埔四期学生，两年前负伤到苏联治疗期间，一直协助共产国际做事。这次他从苏联回来去苏北，途经上海，应该要见一个人。”

“谁？”

“‘佛手’。”尽管房门关着，宋鸣谪还是扭头向门口看了一眼，“十年前，‘佛手’就在上海、南京、香港等地活动，是幽灵一样的存在。”

影佐圭吾貌似不太兴奋，不冷不热地问：“范仲在上海吗？”

宋鸣谪摇摇头：“从截获的电报内容看，一个月前他已经从莫斯科出发，到上海的时间未定。他是新四军3号人物，极有可能先去延安。”

影佐圭吾还是那副不冷不热的态度：“你准备怎么做？”

宋鸣谪说：“范仲认识我，我不便露面。我投诚的事情，他应该知道了，只要他看见我，就不会见‘佛手’。所以，抓捕范仲和‘佛手’的任务，要交给一个人执行。”

影佐圭吾问：“谁？”

“我推荐警察局的罗亭。”宋鸣谪犹豫着说，“一来我在警察局，可以随时掌握她的情况，或者给她提供建议；二来警察局特务科的人，大部分是生面孔，对方难以防备。”

影佐圭吾沉思半晌：“把抓捕范仲和‘佛手’的行动并入‘梅花计划’。”

宋鸣谪并没有向影佐圭吾亮出“教母”那张底牌。

通过八仙桥爆炸案的种种迹象来看，“教母”应该不是潜伏特工，只是具体执行人。只要“教母”不是潜伏特工，对他来说就不足为惧。

最重要的是，他想让“教母”成为他的护身符。只要“教母”存在，他活着就有价值，日本人就不会卸磨杀驴。

～ 116 ～

时间：1942年1月24日，星期六。

地点：上海，日占区，“炼狱”；法租界，红磨坊素斋。

“佛手”是谁，谁是“佛手”？

在警察局豪华办公室里，宋鸣谪向罗亭传达影佐圭吾的命令。罗亭得知“佛手”也在上海，内心深处微微泛起波澜。

“佛手”是具有浓重传奇色彩的中共特工。“佛手”退隐时，罗亭刚到上海，尚未组建中共门徒小组。

“‘佛手’？”罗亭假装惊诧，“‘佛手’是谁？‘炼狱’监听过三十多部电台，怎么没有一封电报提及‘佛手’？”

“我也不清楚。”宋鸣谪轻轻地说，“应该是休眠者。”

罗亭故作思索：“新四军3号人物要见‘佛手’，看来‘佛手’的身份不一般，是不是中共江苏省委的人？”

“有这种可能。”宋鸣谪暗自打量罗亭，“中共江苏省委留沪小组已被我们清剿，假如‘佛手’是中共江苏省委的人，按理说已经死了。”

罗亭说：“这未必是坏事，我们可以再设计一个‘佛手’嘛。”

宋鸣谪摆摆手：“范仲若认识‘佛手’，那么做就是此地无银三百两的愚蠢之举。”

“我估计这种情况不太可能出现。”罗亭分析道，“按常理来说，范仲密见‘佛手’应该是共产国际安排的。如果范仲认识‘佛手’，就没有必要经过共产国际，否则就是没事找事。”

宋鸣谪点点头：“罗局所言极是。”

“我怀疑‘佛手’是共产国际成员。”罗亭捋了一下刘海儿，“上海是苏北共匪的情报供给地，如果‘佛手’是共党分子，他和范仲之间应该有一条隐蔽的联络线。”

宋鸣谪摇头：“许多共党分子为共产国际提供过服务，他们蛇鼠一窝，狼狈为奸。”

宋鸣谪如此评价曾经一起战斗过的同事，让罗亭恨得牙痒痒。她强忍心头怒火，依旧一脸平静地说：“也许是女人的直觉吧，我认为‘佛手’肯定不认识范仲，我们可以移花接木。”

“你有合适人选？”宋鸣谪盯着罗亭。

罗亭摇摇头："我以前是教书匠，承蒙汪先生错爱，才到警察局混口饭吃。说实话，我在这里没有尺寸之功，很难服众。如果要移花接木，我愿意充当'佛手'。"

宋鸣谪脸上露出难以察觉的诡异神色："我们都一样，确实有很多人不服我们。罗局巾帼不让须眉，宋某人佩服并支持。"

"我们锁定共产国际的电台了吧？"

"早就锁定了，大概藏在圣约翰大学。"宋鸣谪不动声色地说。

罗亭假装惊喜："难道'佛手'是圣约翰大学的老师？说不定我还认识呢。"

宋鸣谪摇摇头："圣约翰大学里有那么多老师呢，具体是谁，还需进一步排查。"

罗亭判断不出宋鸣谪此话的真假，就顺着他的话茬儿说："我熟悉圣约翰大学，甄别工作就交给我吧。"

宋鸣谪既不赞同也不否定，转而说道："抓捕范仲和'佛手'的行动，我们对外暂称为'A 计划'吧。"

罗亭点头："同意。不过，为确保'A 计划'万无一失，你还得答应我一个条件。"

"说说看。"宋鸣谪慢条斯理地说。

罗亭思索片刻："我只用警察局特务科的人。"

"应该的。"宋鸣谪说完起身告辞。

罗亭走到窗前望着后花园的假山，猜测宋鸣谪之所以能如此轻易地答应她，应该另有所图。

宋鸣谪走到假山前，猛地回头望向罗亭的办公室。

罗亭向他轻轻挥手，然后回到办公桌后坐下，心里不停地琢磨。

"佛手"究竟是谁？

她必须尽快见到原宝轩，确认"佛手"是否牺牲。

可是，她以什么理由去见原宝轩呢？

她明白，两辆无线电监测车被炸，梅花小组成员已经被监控。她现在的任何举动，一步都不能出错。

她想到了陈起。

她想好应对办法，在心里推演一遍，认为没有疏漏之后，以副局长的名义约谈陈起，询问警察局的财务状况。

陈起立即来见罗亭。他试探性地问："罗局，总务科的台账，我都给舒局看过且得到批复，应该没有任何纰漏的。"

罗亭盯着陈起半晌，没有说话，突然提高嗓门："以前的账目我懒得关心，有舒局在，我放心。我只想了解近两个月的情况。"

"这——近两个月的账目确实比较乱——"陈起支吾着说，"局里增添了一百多号人，吃喝拉撒，开销太大。梅机关也没说这笔费用由哪家承担。我估计啊，差不多要落在我们头上。"

"一百多号人的开销，可不是小数目。"罗亭皱起眉头，"这笔钱都摊在我们头上，我们就要吃哑巴亏了。那些人，都是为宋鸣谪办差的，宋鸣谪一脚踏三家，把花钱的手全拍在我们头顶上，应该不合适吧？"

"不——不合适！"陈起无奈地摇摇头，"您知道，特工总部——我得罪不起。梅机关——我有屁都得夹到没人的地方放。"

"特工总部的凌云洲负责总务处，他还是比较好说话的，你去跟他商量一下，特工总部必须替我们承担一部分。"

陈起面露难色："我跟凌处长不熟，更别提私交了，他能给我面子？罗局，我跟您说实话吧，特工总部那群人，就是升级版的流氓地痞，根本没有道理可讲。"

"这次岩井公馆查账，就是你接触凌云洲的好机会。"罗亭想了想，"我与凌处长以前是同事，在一起吃过几顿饭。我们虽然没有私交，但出来吃顿饭的面子他还是能给的。这样，改天我做东，你们好好聊聊。"

"有您出面，这事儿就好办了。"陈起一脸谄笑，"不过，宋鸣谪的账目从不让我经手，我根本不知道他把钱花在哪里，更不知道他是怎么花的。没有具体数目，我们怎么跟凌处长沟通？这次岩井公馆查账，目的就是查宋鸣谪的账，才要三家总务处对账的。"

罗亭点点头："这样吧，舒局不在，我必须处理好这件事，不然舒局回来，我也无法向他交代。这件事我可以直接找原宝轩商量。你替我约原宝轩，就说今天晚上我请他吃饭，你作陪。"

"你们大领导商量事情，我在场不合适。"明白事理的陈起立即连连摆手，"我还要和凌处长、苍井少尉到下面查账呢。"

罗亭皱起眉头："唉，我不是也怕有人说闲话嘛。不过你的话也在理，那就麻烦你帮我找一个安静的地方。"

陈起回去安排妥当，并以罗亭的名义邀请原宝轩去红磨坊素斋吃饭。

罗亭比约定时间早到半小时，仔细检查包间，确定安全后才坐下等待。

原宝轩准时来到包间，进门便说："罗局好有雅兴呀！不过，我把丑话说到前面，我们谈什么都行，就是不能谈'炼狱'的事。"

"原先生想多了。"罗亭指指包间墙壁上的警示语，"莫谈国事嘛，只要跟国事相关，今天我们都不谈。"

原宝轩拉出椅子坐下，低声问："计划制订好了？"

"昨天启动了。"

"炸毁无线电监测车是你们做的吧？"原宝轩拿起茶壶给罗亭倒水，一副泰然自若的样子。

"欲斩其头，先毁其眼。"罗亭接过茶杯，"无线电监测车是'炼狱'的眼睛，不得不除。影佐圭吾对此有何想法？"

"影佐圭吾判断，一辆车是门徒小组炸的，一辆车是军统炸的。"

"其实都是我安排的。"罗亭笑了笑，"组织已经批准，我的另一个身份可以告诉您了。"

"跟重庆方面有关系？"原宝轩瞥了罗亭一眼。

"我被重庆方面策反过。"

"你不会就是'三刺'之一吧？"

"你应该知道'军机处计划'。"罗亭继续说道，"太平洋战争爆发后，'姜太公'下令唤醒'三刺'，并指出'三刺'中有内鬼。"她说到这里顿了一下，"'佛手'还在省委吗？"

原宝轩看了看罗亭："你怎么突然关心他了？"

"宋鸣谪锁定一部共产国际的电台，并破译电文，发现新四军3号人物范仲从苏联归来，要到上海见他。"

"范仲，范仲——"原宝轩默念着，"他是难得的将才，善于领兵打仗，绝对不能让他落入敌手。"他略做思索，"不能通知他们取消这次见面吗？我们不能明知有坑，还让他们往里跳啊。"

"范仲已在路上，根本无法联系。"罗亭说，"说说'佛手'吧，我们只能从'佛手'这里做工作了。"

原宝轩微微一笑："我就是'佛手'。"

"你就是'佛手'？"罗亭一怔。

原宝轩说："范仲利用共产国际的渠道与我接头，根本不用接头暗号。我离开苏共第五局时，专门设置了共产国际联络专线接头暗号，除了巴维尔，无人知晓。"

"范仲到上海的目的是——"

"我也不知道。"原宝轩喝了一口茶，摇摇头，"我觉得有多种可能。范仲在苏联疗伤期间，曾经协助过共产国际，他很有可能得到延安高层的指示，利用共产国际联络专线与我取得联系。"

罗亭问："是不是因为'炼狱'？"

"我觉得应该是。所以，无论我们付出多大代价，也要摧毁'炼狱'。"原宝轩指指饭菜，"我们还是边吃边聊吧。"

~ 117 ~

时间：1942年1月24日，星期六。

地点：上海，极司菲尔路76号；公共租界，华懋饭店；法租界。

凌云洲觉得自己被边缘化了。

无论和“蒋文汉”一同执行任务，还是为宋鸣谪做电报评估，他只是协助别人做一些无关紧要的事情。

那些事情，很多人都能做，有他无他两可。

直到宋鸣谪派人将监听到的犹太人商业电台所发的电报送到特工总部，凌云洲才意识到，宋鸣谪一直关注着上海犹太人手中的资金流向。

凌云洲还意识到，让他混迹上海金融圈的人，不是“老龟”，而是“老猪”。

掌握上海犹太人的资金流向，才是“炼狱计划”的核心任务，而他就是完成核心任务的核心人员，“蒋文汉”和影佐圭吾只是配合他。

犬养中堂不会把他列为执行“炼狱计划”核心任务的核心人员，只有“老猪”才会。

看样子，“老猪”一定认识他，且非常信任他。

“老猪”到底是谁呢?

他在东京读了四年大学，接触过很多人，每个人都可能是“老猪”。

他也明白，他现在的主要任务是利用他的金融圈人脉资源，掌控上海犹太人的资金流向，然后做出分析报告，交给“蒋文汉”。

具体行动由“蒋文汉”负责。分析师与执行人必须严格分离，这是龟机关的规矩。

事实证明，“蒋文汉”很可能是潜伏在上海的龟机关高级特工。

凌云洲看了一下午电报，对一些电报做了评估，觉得头昏脑涨，便玩起纸牌。他一人分饰两角，玩得不亦乐乎。

“凌处长，玩牌呢。”苏醒端着两杯咖啡走进来，“门没关，别怪我不敲门。”

“有事吗？”凌云洲慢慢地收拾纸牌。

“你应该不忙吧？”苏醒将一杯咖啡递给凌云洲。

凌云洲接过咖啡杯，指指纸牌：“啥叫忙，啥叫不忙，忙不忙都一样。我他妈的就是属驴的，拉不完的磨，驾不完的车。”

苏醒看看手表：“马上下班了，你咋还不回家？”

“我怕没走到大门口就被薅回来。”他看了看苏醒，“你这时候来，应该不是为了请我喝咖啡吧？请坐，你站在我面前，我头晕。”

苏醒坐在办公桌前的椅子上：“我想跟你聊点儿事。”

“有活儿你吩咐就行了，干吗这么客气呢？”

“对于调到部里的事，我现在还是稀里糊涂的。”苏醒说，“按理说，罗局是特工总部的特派员，干吗要去警察局呢？”

凌云洲打量苏醒：“你是真不知道还是装不知道？”

“我要是真知道，还能搭杯咖啡问这个？”苏醒指指咖啡杯，“正宗的蓝山咖啡，贵着呢。”

凌云洲喝了一口咖啡，品了品，点点头：“确实是好咖啡，不过给我这种糙老爷们儿喝，有点儿浪费。”他上身往前凑了凑，压低嗓门，“据说，罗亭像舒局的一个情人，你不知道？”

“还有这种事？我真不知道。”

“真会装！你是从警察局出来的，这点儿破事还能瞒得过你？”

“以我对舒局的了解，他是有原则有底线的人。他把工作和生活分得很清楚。就算他喜欢罗局，也不可能以公谋私。”

凌云洲呵呵一笑，摆摆手：“感情上的事情，尤其中年人感情上的事情，鬼都说不清楚。怎么着，你对罗局也有想法？”

“我哪敢对罗局有想法啊，我只是总觉得罗局身上有种神秘的东西，说不清楚。”

“美女应该了解美女才对啊。我还觉得你很神秘呢。”

苏醒捂嘴笑问：“你这是夸我呢，还是损我呢？”

“你借我十个胆子，也不敢损你啊。”凌云洲低声说，“你不觉得舒局也很神秘吗？‘炼狱’如此重要，他竟然敢大撒把。”

苏醒压低嗓门问：“你还看不出来？舒局在躲事儿呢！”

“上海还有舒局怕的事儿？”凌云洲假装糊涂。

“你是真糊涂还是假糊涂？”苏醒点指凌云洲，“照宋鸣谪的搞法，‘炼狱’迟早要出事儿的。延安方面和重庆方面的人，能让他踏实折腾？尤其那个戴遇侬，就是一个阎王嘛。”

凌云洲没有说话，直瞪瞪地看着苏醒。

苏醒再次压低嗓门：“这些日子，我们必须小心再小心。军统那帮人，肯定得折腾。我们不能往他们枪口上撞。”

凌云洲点点头：“看来舒局活得最通透了。”

“舒局要是活得不通透，能保护汪先生从重庆到河内，再从河内到上海？”苏醒一本正经地说，“一路上，戴遇侬派出十八罗汉刺杀汪先生，结果呢，汪先生毫发未损，这都是舒局的功劳。”

电话铃声响起。

凌云洲抓起话筒：“澄子啊，我和苏处长聊天呢，吃饭，好的，我一定请苏处长过去。”他放下话筒笑道，“我太太想请你吃饭。对了，还有一位师小姐，我太太说你认识她。”

“师小姐？师婉笛吧？”苏醒点点头，“我认识。”

“既然都是熟人，那就走吧。”

苏醒提醒道：“师小姐是舒局的情人，你说话可得正经点儿。”

凌云洲微微一笑：“我们孤男寡女同处一室，我不正经了吗？”他赶紧补充道，“你别瞎想啊，我指的是办公室。”

苏醒笑得花枝乱颤：“你说卧室，我也不在乎。”

凌云洲和苏醒赶到华懋饭店，才知道江澄子此次请客的目的是邀请苏醒入股鼎盛行商贸公司，而且给苏醒干股。躺着就能赚钱的好事，苏醒自然不会推脱。

苏醒端杯一饮而尽：“感谢江小姐的豪爽！”

师婉笛赞叹道：“江小姐就是有排面儿。苏处长，鼎盛行百分之五的干股可不瘦啊。”

“啥肥瘦的，钱就不是一个人赚的。你们齐心协力，利用好各自的资源，好好经营。赚钱才是硬道理嘛。”凌云洲举起酒杯，“为鼎盛行越办越红火干杯。”

江澄子冲凌云洲微微一笑：“云洲，我还没来得及告诉你，鼎盛行是我送给大哥结婚的礼物。”

凌云洲撇嘴：“大哥哪有时间经营那玩意儿？”

江澄子说：“格格经营啊。”

凌云洲点点头：“那还靠点儿谱。”

师婉笛问凌云洲：“凌处长不反对？”

凌云洲说：“大不了就是赔钱嘛，再差还能赔到哪里去！”

苏醒冲凌云洲竖起大拇指：“敞亮！”

江澄子对凌云洲说：“云洲，我想带两位姐姐到酒庄玩，你先回家吧。”

江家的波尔多酒庄在北京路，与华懋饭店隔一条街，她们三人走了一会儿便到了。三人进入酒窖，看见一半酒架有橡木桶，一半酒架空着。

苏醒问：“建造这么高级的酒窖，应该投资不菲，怎么有一半酒架空着呢？”

江澄子解释道：“日军进驻公共租界前，酒架上全是装满葡萄酒的橡木桶，现在卖一桶少一桶了。”

师婉笛看看橡木桶上的标牌：“1892 年，这酒应该不错吧？”

“尝尝不就知道了嘛，那边有瓶装的，和桶里的一样。”江澄子走到摆放葡萄酒瓶子的酒架前，取下一瓶打开，倒入醒酒器中。

三人坐在圆桌前。苏醒问师婉笛：“你家老舒回来了？”

江澄子假装惊讶：“师小姐的事，你都知道？”

苏醒抿嘴笑道：“她和舒局的事，还是我撮合的呢。”

江澄子瞪大眼睛：“苏姐姐还能做月老？不会吧，你自己怎么还单身呢？”

师婉笛说：“苏姐姐早把自己免费送人了。”

江澄子好奇地问：“送给谁了？咋还能免费呢？”

师婉笛拿起醒酒器倒了三杯酒，拿起一杯嗅了嗅：“澄子，这你就不懂了吧，免费才是最昂贵的。至于她把自己送给谁，还是让她自己说吧。”她说完看看苏醒，“苏姐姐的脸色如此嫩润，肯定是男人滋养的。”

苏醒白了师婉笛一眼：“去你的，狗嘴里吐不出象牙！”

江澄子拉住苏醒的手撒娇卖萌：“苏姐姐，告诉我呗！”

苏醒摇头：“不能说。”

师婉笛端起酒杯，抿了一小口：“老舒这次回来，容光焕发，看来遂了他的心愿。”

江澄子“啧啧”几声：“啧啧，得到师姐姐才是舒局最大的心愿吧？”

苏醒叹息：“他的心思从不在女人身上。”

师婉笛喝一口酒，由于用力过猛，酒从杯口溢出，滴在袖口上。她将酒杯放下，掏出手帕轻轻擦拭。

苏醒盯着手帕：“这个手帕怎么瞅着眼熟呢？”

江澄子追问：“师姐姐，谁送的？”

师婉笛脸色绯红：“你们不要乱讲好不好？这种手帕满大街都是。”

苏醒一把抢过手帕端详：“如果我没猜错的话，是蒋科长送的吧？”

江澄子望着师婉笛：“师姐姐跟蒋科长还有故事？”

师婉笛没有承认，也没有否认，接连喝下几口酒后，眼圈发红：“若不被人负，谁做负心人！”

苏醒点指师婉笛：“师小姐也是重情之人啊。”

三个女人一连喝了两个小时，最后师婉笛不胜酒力，几乎瘫倒。她强撑着走出酒庄，乘坐黄包车前往法租界凌岳州家。

进入凌岳州家，她呕吐之后，便昏睡过去。

不知道睡了多久，窸窣的开门声将她惊醒。她睁眼一看，原来是凌岳州下班回来了。

凌岳州嗅了嗅刺鼻的酒味儿，走到床前，望着衣冠不整的师婉笛：“喝酒了？”

师婉笛坐起，张开双臂抱住凌岳州，闭上眼睛，把猩红的嘴唇送过去。

凌岳州的嘴迎上去，两个人慢慢倒在床上。一番云雨后，师婉笛似乎得到了极大满足，小猫一样蜷缩在凌岳州的怀里。

“你怎么了？”凌岳州亲吻师婉笛的额头。

“想你了，无比地想。”师婉笛像个粘人的小妖精。

“我不是来了嘛。以后有事你就给我打电话，千万别用酒精折磨自己。”凌岳州起身拿烟，点燃一支插到师婉笛嘴里，自己又点燃一支。

师婉笛默默地吸了几口烟：“你的猜测很准，舒季衡就是‘毒刺’。”

“你怎么发现的？”

师婉笛没有解释，而是说：“你也不是蒋文汉。”

“我也知道你是日本特工。”凌岳州说，“你让我调查舒季衡时，我就猜到你的身份了。你说得对，谢谢你能把心里话告诉我，我确实不是蒋文汉。现在我们不能以真实身份示人，都有难言的苦衷。”

师婉笛将烟蒂放在烟灰缸里，转身狠狠地拥抱凌岳州，疯狂地亲吻着。

凌岳州再次把师婉笛压在身下，疯狂地攫取。灵与肉撞击之后，得到满足的两个人瘫在床上，慵懒地望着天花板。

“舒季衡的‘毒刺’身份是蒋文汉发现的。”凌岳州轻轻地说，“我还发现了一些线索，跟两年前的‘军机处计划’有关。”

师婉笛用手抚摸着凌岳州坚实的胸肌：“我——我是竹机关的人，归土肥原直接领导，但我现在不想干了。”

“为什么？”凌岳州依旧盯着天花板。

“我想做个在家相夫教子的女人。”师婉笛把脸贴在凌岳州的胸肌上。

凌岳州捧起师婉笛的脸，足足注视三秒钟才说道：“我会帮你找出‘三刺’，让你给土肥原一个交代。”

“你会娶我吗？”师婉笛娇滴滴地问。

“明媒正娶！”凌岳州说，“舒季衡是‘毒刺’，我断定，‘血刺’和‘断刺’，一定是舒季衡喜欢的女人。我经过对比分析，发现罗亭、苏醒、舒季衡都有一个相同的身份，他们都是汪精卫的亲信。”

师婉笛说：“舒季衡是汪精卫的贴身侍卫，罗亭是汪精卫的机要速记员，苏醒是汪精卫的私人医生，必然是重庆方面策反的对象。”

“罗亭和苏醒投靠重庆方面，我能理解。她们作为汪精卫的机要速记员和私人医生，虽然能接近汪精卫，但无足轻重，反水不足为奇。”凌岳州思索着，“舒季衡为什么要投靠重庆方面呢？”

“难道舒季衡是假投诚？”

“只有这一种可能了。”

～118～

时间：1942年1月25日，星期日。

地点：上海，日占区，极司菲尔路76号；公共租界，爱琴海西餐厅。

在中国待久了，黑川梅子似乎忘记自己是日本人了。

黑川梅子来到中国后，一直潜伏在南京，不知不觉中喜欢上南京。妩媚风流的她穿着旗袍，漫步在缱绻诗情画意的秦淮河边，俨然就是一个江南大家闺秀。

她走到特工总部大门口，伸出纤纤玉指，露出雪白的手腕，冲门卫打了一个响指：“我找凌云洲处长，麻烦您通报一声。”

门卫被妖娆的黑川梅子摄走魂魄，乖乖地问清她的姓名职务之后，打电话联系凌云洲，然后像哈巴狗似的告诉她，可以直接去总务处。

黑川梅子刚走进大门，就看见凌云洲远远地迎出来。

凌云洲紧走几步，来到黑川梅子面前：“梅子，你什么时候到上海的？我怎么一点儿消息都不知道啊？”

黑川梅子向左右看了看：“凌大处长，我们不会站在院子里说话吧？”

“请，请！”凌云洲躬身做出“请”的手势。

黑川梅子和凌云洲走到二楼走廊，迎面碰到苏醒。黑川梅子看过特工总部的人事档案，一眼认出苏醒，媚笑着问：“这位应该是苏处长吧？”

苏醒上下打量黑川梅子，问凌云洲：“这位是——”

“黑川梅子。”黑川梅子不等凌云洲说话，主动向苏醒伸出手，“在梅机关跑腿儿。”

苏醒自然不敢怠慢梅机关的人，赶紧赔笑道："我是苏醒，黑川小姐需要帮忙吗？"

"等需要苏处长帮忙的时候，我一定不会客气。"黑川梅子莞尔一笑，然后对凌云洲说，"凌处长，走吧。"

二人来到总务处。凌云洲让黑川梅子坐到沙发上，一边泡茶一边问："老同学，你还认识苏处长？"

"特工总部的人都是大神，我和她只是神交而已。"

"这里啊，不但有神，还有鬼、魔、妖呢。你一旦交友不慎，到时候吃亏了，别说老同学没提醒你。"凌云洲把茶杯放到黑川梅子面前，也坐在沙发上，"梅子，我们好像六年没见了吧？"

黑川梅子没接凌云洲的话茬儿，而是说："我听说芳子走了，你和芳子有缘无分啊。"

凌云洲点点头："芳子为帝国大业玉碎，是我们的榜样。"

"她是被中国人害死的。"黑川梅子愤愤地说。

"军统分子在我们的婚礼上，对她下了黑手。他们太卑鄙无耻了。不报此仇，我誓不为人！"

"我现在没有任务，可以帮你。"黑川梅子真诚地望着凌云洲。

"这事还需要等待时机，还是说说你吧。听说你已经和宋鸣谪在一起了？"凌云洲装作若无其事的样子。

"不愧是特工总部的人，上海滩有人放个屁，你们都知道香臭。"黑川梅子打趣道。

"唉，特工总部就是一个屁，不论是谁，早晚都得被人当屁给放了，哈哈！"凌云洲摆出一副痞子样，"对了，你今天来找我，不会是专程来看望我的吧？"

"我今天来，就是想请你吃饭。"黑川梅子摆出不容拒绝的姿态，"爱琴海西餐厅怎么样？"

凌云洲不想去爱琴海西餐厅，但又找不出合适的理由拒绝，只好硬着头皮答应。

宋格是江澄子的好姐妹，见凌云洲和一个风骚的女人走进包厢，忍不住给江澄子打电话。

江澄子刚接到原宝轩密令，正想找凌云洲商量，听说他和一个来路不明的女人幽会，顿时醋意盎然，驾车冲向爱琴海西餐厅。

她来到爱琴海西餐厅，宋格让她扮作侍应生，端着茶水走到包厢门前。她敲敲门，不等里面的人回应，就推门进去了。

黑川梅子见江澄子贸然闯进来，呵斥道："我让你进来了吗？"

江澄子根本不在乎："大白天的，你们还能做见不得人的事儿？"

"你怎么说话呢？"黑川梅子提高嗓门。

凌云洲赶紧对黑川梅子说："她是我太太。"

黑川梅子依旧不客气，阴阳怪气地问："江家大小姐端茶倒水，我可消受不起啊！"

江澄子也阴阳怪气地说："不好意思，我好像看到一只狐狸跑进来了，担心它咬到我先生。我先生肾虚脾弱，我不得不防啊。"

凌云洲赶紧解释："澄子，她是我东京大学的同班同学黑川梅子。来，你们认识一下。"

江澄子看了看黑川梅子："日本人？我没看出来，也看不出来！"

黑川梅子嫣然一笑："可能我在中国待久了吧。"

凌云洲说："澄子，我同学在上海没事做，想投资西餐厅。她觉得爱琴海西餐厅不错，能不能让她参股？"

江澄子摇摇头："爱琴海西餐厅不是江家的店，我做不了主，这事你得问问大哥。"

"改天你帮我引荐一下。"黑川梅子笑道，"只要他答应，我立刻注资。"

第十一章 对 弈

～119～

时间：1942年1月26日，星期一。

地点：上海，日占区，极司菲尔路76号。

特工总部特务科全方位监控圣约翰大学，凌云洲需要一个理由待在特工总部，就近监视特务科的一举一动。

黑川梅子来访究竟有没有目的，都成了这场戏的开场锣。当晚回到家中，凌云洲和江澄子就吵得不亦乐乎，然后凌云洲摔门出去。

一个吃醋撒泼，一个翻脸离家，看似鸡飞狗跳的吵架，不过是按照剧本演的一场戏。

杨枢看到狼狈的凌云洲，有点儿幸灾乐祸，以陪伴凌云洲的名义，倾听凌云洲水深火热的故事。

杨枢这么做也是有目的的。他想趁凌云洲心情烦乱，从凌云洲嘴里套出“炼狱”的秘密。

杨枢听完凌云洲讲完苦大仇深的故事后弄来二斤熟牛肉、一瓶白酒、一瓶红酒。凌云洲也不客气，连喝三杯白酒。他仿佛想用酒水浇灭心中难以抑制的怒火。

凌云洲放下酒杯，骂道：“杨处长，我太太就是山西老醋坛子，在她眼里，我就像大种马似的。你说，我整天忙得像个犊子似的，哪有那种闲心啊？这几天，看到那些烂账，我都恨不得把自己阉了。对了，我每次去警察局，看到那个蒋文汉，就像看到鬼一样。”

提到“蒋文汉”，杨枢也是一肚子气，跟着凌云洲骂娘：“蒋文汉搞特务科，不是跟我们叫板嘛，上海滩是特工总部的天下，哪轮到他指手画脚！”

“你不懂！”凌云洲红着脸，僵硬地摇着右手食指，“兄弟，你别小看蒋文汉，那小子是舒季衡的得意门生，德国慕尼黑军校毕业，前年还到美国考察过。”

“就算他是希特勒，又能怎么样？”杨枢喝茶不喝酒，“一个小小的警察局特务科，总共不足二十人，还能掀起什么风浪？”

“一头狮子带领一群绵羊，战斗力不能低估啊。”凌云洲压低嗓门，“你知道主任为何去江苏吗？”

“清乡，剿灭新四军啊。”

“好，就算主任去清乡，他去了有多大意义？”凌云洲又喝下一杯酒，“我们是配合日军行动，主任是搞情报的，在前线能发挥什么作用？我看啊，他就是不想蹚上海这摊浑水。”

“啥浑水？”杨枢盯着凌云洲，“上海还有主任不敢蹚的浑水？”

“有！”凌云洲把端起的酒杯又放下，“蒋文汉从美国带回来的机密。”

“什么机密？”

“美国黑室。”

“美国黑室？”杨枢皱眉道，“那是美国最早的密码破译机关，我听说1929年就关门了。”

“美国黑室是美国政府的密码局，在黑室里能听到全世界各个国家的窃窃私语。美国黑室由美国陆军部和国务院提供资助，其规模虽小却极度严密。它的创始人赫伯特·雅德利曾说过，‘我一向认为，某个人能办到的事情，别人也能办到’。这句话已经成为密码学领域的箴言。”

“看来你很了解美国黑室啊。”

“我比蒋文汉差得太多了。”凌云洲摇摇头，“日本人也了解，所以蒋文汉从美国回来后，就在警察局创建上海版的美国黑室，监控上海所有电台。”

“真的假的？”杨枢瞪大眼睛，“如果警察局真有这样的机构，我们特工总部还他妈的设什么情报处？苏处长可以回家抱孩子了。”

“苏醒要是知道你这么说，非挠死你不可。”凌云洲点指杨枢，“你和苏醒都单着呢，你们就不想往一块凑一凑？”

“我缺媳妇，不等于缺女人啊。想喝牛奶，就置办一头奶牛？”杨枢笑骂，“你啊，还是说说‘炼狱’吧，我对它可比对苏醒有兴趣。”

“‘炼狱’——”凌云洲伸个懒腰，“就是类似美国黑室的破玩意儿，也没啥新鲜的。”

“‘炼狱’这个名字比黑室到位。”杨枢竖起大拇指，“中国人就是比美国人有诗意，哪个天才取的名？”

“舒季衡。”

“我一直以为他就是不学无术的流氓呢。”杨枢呵呵笑道，“警察局有这么个玩意儿，我怎么一点儿都不知道？”

凌云洲见白酒瓶见底，端起醒酒器，往杯子里倒红酒：“那是舒季衡和蒋文汉的心肝宝贝，他俩想靠它升官发财呢，还能满大街吵吵？”说完，他喝了一大口红酒。

杨枢给凌云洲倒红酒：“我常去警察局，屁股大的地方，我怎么没见到那玩意儿呢？”

“里面都是值钱的玩意儿，能摆在大门口让你参观？想啥呢？”凌云洲瞥了一眼杨枢。

“难道在地下？”杨枢打破砂锅问到底。

“‘炼狱’就是我们对手的地狱，肯定在地下。”凌云洲揉着太阳穴，“有点儿喝大了，我得眯会儿。”

杨枢看看表，喝了一口白酒：“这才哪儿到哪儿？咱们哥俩儿好不容易得空喝两杯，怎么着也得尽兴啊。来，再走一个。”

凌云洲看了杨枢一眼，与他碰杯后，问：“杨处长，蒋文汉在圣约翰大学搞什么呢？听说特务科的人在那里蹲守一天两夜了。”

“等活儿呗，还能干啥！”杨枢看看窗外，“不过他们今天晚上没戏。蹲坑蹲不好，自己容易掉坑里。”

“掉坑里才好呢！”凌云洲幸灾乐祸地笑了笑，“我怎么觉得他们像蹲我们呢。你看啊，圣约翰大学在特工总部隔壁，共匪得有多缺心眼儿才能在那里活动？”

“‘灯下黑’也是有可能的。”杨枢觉得从凌云洲嘴里套出了有价值的信息，就不再喝酒。他用手捂着嘴巴，“喝大了，我得躺一会儿。”他说完靠在沙发上，闭着眼睛说，“别说圣约翰大学，特工总部有共匪我都不奇怪。”

凌云洲顺着杨枢的话说：“一前一后进来俩，还他妈的是亲兄弟。”

“若论洗脑，我还真佩服那帮共匪，一洗一家人。一个人被洗完脑之后，脑壳还贼硬——”杨枢一歪头，睡着了。

~ 120 ~

时间：1942 年 1 月 26 日，星期一。

地点：上海，日占区，极司菲尔路 76 号，圣约翰大学。

演戏，就应该把戏演到位。

江澄子将轿车直接停在特工总部大门口，一脸怒气地让门卫联系凌云洲。

门卫认识她，把电话打到总务处。凌云洲不在，刚睡醒的杨枢接到电话，赶紧下楼迎接。

杨枢似乎在楼门口就闻到醋意，远远地打招呼：“弟妹，我劝云洲一晚上，他总算知道错了。”

江澄子不领情：“哼，他还有知错的时候？”

杨枢走到江澄子身前，绅士地伸出手：“弟妹，请！”

江澄子绷着脸，扔下杨枢气鼓鼓地往里走。

“弟妹，登记啊！”杨枢冲门卫摆摆手，“她是凌处长的太太，回头我补上。”他说完，屁颠屁颠地跟在江澄子后面，“弟妹能不能自信点儿啊？你看你，要脸蛋儿有脸蛋儿，要身材有身材，跟那个日本傻娘们儿较哪门子劲啊？”

江澄子站住，转身瞪着杨枢：“你说什么呢？她喜欢我家云洲，说明我家云洲优秀，我生什么气？”

“就是，就是。”杨枢随声附和。

“问出来了吗？”江澄子突然低声问。

“警察局，地下。”杨枢低声说。

“地下？”江澄子不解地问。

杨枢做出“请”的手势，然后与江澄子并肩而行，说话的声音只有他们两个人能听见：“上海滩要上演一出‘阎王大闹地狱’的大戏了！”

“凌太太怎么来了？”陈恭如从审讯室里走出来，看见江澄子，紧走几步追上来，打了杨枢一拳，“笑得跟朵花似的，没看过美女吗？”他转身对江澄子说，“凌太太，你可得离他远点儿，这货跟曹操似的，专门惦记别人媳妇。”

“我要是曹操，你就是西门庆，不但惦记别人媳妇，还惦记别人财产。”杨枢打趣道，“陈主任，这次抓住谁了？”

“几个中毒的老百姓。”陈恭如粗俗地吐口痰，“聚众谈论抗日，被我撞见了，带回来问问，让他们长点儿心。”

江澄子瞥了陈恭如一眼：“唠嗑聊天你们也抓呀？”

陈恭如一本正经地说：“必须抓啊。谈抗日就等于想抗日，就等于跟日本人作对，那怎么能行？”

江澄子说：“陈主任真敬业，还有进步空间。”

“还能有啥空间，我可没有凌处长那么硬的后台，最起码他有在岩井公馆办差的太太，我比不了的！凌太太，本来我应该请你吃顿饭，怎奈我就是跑腿的命，这不又来活儿了，改天，改天。”陈恭如客气地说。

江澄子说：“陈主任，你忙你的，改天我做东，说好了，你必须赏脸啊。”

“好，好，还不能带凌处长。”陈恭如说完转身离去。

江澄子走到总务处门口站下，昂着头，噘着嘴，抱着肩。

杨枢推开门，见凌云洲坐在办公桌后，喊道："凌处长接驾！"

凌云洲知道江澄子要来，故意装出惊诧的样子，板着脸走到门口："澄子，有什么事回家再说。"

江澄子一把推开凌云洲，气呼呼地坐到沙发上："你还知道你有家啊？"

杨枢冲凌云洲努努嘴，把他推进屋，带上门。

凌云洲站在门口，假装大声说："我不就是和老同学吃顿饭嘛，你至于这么闹吗？怎么还没完没了了，有意思吗？"

江澄子吼道："你们只是吃顿饭？鬼才信呢！在八里地外就能闻到骚味儿的女人，你能免疫？"

凌云洲再次提高嗓门："我怎么做你才能相信？"

江澄子吼道："去教堂忏悔两小时，我就信！"

凌云洲喊道："如果你能消停，我去教堂忏悔一天，行不？"

江澄子说："这可是你说的，去教堂忏悔一天。"

凌云洲猛地拉开门，与在门口偷听的杨枢撞个满怀。他瞪着杨枢："我去教堂忏悔，你去不去？"

杨枢赶紧闪到一边："我又没勾引女人，忏悔个屁！"他伸长脖子望着江澄子，"弟妹，你得给他找个大教堂，小教堂装不下他的罪孽。"

凌云洲和江澄子骂骂咧咧地走到圣约翰大学门口，看到对面街边停着两辆轿车，便衣特务分散各处。

没等他们走到轿车前，两辆轿车的门几乎同时打开，罗亭和凌岳州从车里钻出来。

江澄子上前拽住罗亭的手："姐姐——"

罗亭看了看江澄子和凌云洲："你俩怎么回事儿？"

江澄子瞪了凌云洲一眼："干仗了，你死我活那种！"

"我已经臣服了，她还逼我去教堂忏悔。"凌云洲看了看凌岳州，"呦，蒋科长也在啊，这是有大活儿啊。"

"唉，瞎忙活。"凌岳州用眼角的余光打量江澄子。

江澄子也打量凌岳州："这不是——凌岳州凌处长吗？你没死啊？"

凌云洲拉了拉江澄子的衣角："别瞎说，这是警察局的蒋科长。"

江澄子"啧啧"两声："啧啧，吓我一跳，我以为大白天见到那啥了呢！"

凌岳州嘿嘿一笑："凌太太，心里没鬼，就不会看到鬼的。"

凌云洲把凌岳州拉到一边："蒋科长，我太太跟我闹别扭呢，一肚子邪火无处安放，你别介意啊。对了，你在这里干吗呢？兴师动众的，有大鱼？"

凌岳州笑道："舒局不是喜欢做面子工程嘛，每天看不到手下人出来溜达，他心里就别扭。我也是有枣没枣打一竿子，能不能打到枣不重要，重要的是我抡竿子了。"

凌岳州没有说实话，他心里那颗枣，就是伊万·莫罗斯。

"炼狱"是蒋文汉和舒季衡创建的，为了便于监视"炼狱"里的人，他们的办公室与"炼狱"分别设置了一条秘密地道。

每天晚上，凌岳州确定宋鸣谪走后，就会从地道进入"炼狱"检查。宋鸣谪那点儿秘密，自然无法瞒过他。

凌云洲和江澄子走进空荡荡的教堂，看见神父伊万·莫罗斯在默默地祷告。

江澄子此行的任务，就是把十字架交给伊万·莫罗斯。她走在凌云洲身后，在心里把接头行动的每个步骤、每句暗语复习一遍。

凌云洲将一个锋利的刀片夹在指间。

待伊万·莫罗斯转身时，江澄子猛推凌云洲："磨蹭什么，快走！"

凌云洲假装身体失衡撞向伊万·莫罗斯时，划断伊万·莫罗斯脖子里的十字架。

伊万·莫罗斯见十字架落地，瞟了凌云洲一眼，弯腰去捡。

江澄子立即上前，将准备好的一模一样的十字架互换之后，递给伊万·莫罗斯，连声道歉后悄声说："欠你的钱放在5号院。"

伊万·莫罗斯接过十字架："5号院有五个柜子呢。"

江澄子把两根食指搭成“A”字形，转身把凌云洲拽到第一排长椅上，命令道：“忏悔！”

~ 121 ~

时间：1942 年 1 月 26 日，星期一。

地点：上海，日占区，警察局，“炼狱”。

自从实行“A 计划”后，宋鸣谪就没有离开过“炼狱”。一旦他抓住范仲、揪出“佛手”，便可以凭此战绩，真正掌控“炼狱”。

他知道，在影佐圭吾面前玩“口活儿”是没有用的，只有真正的战绩才能博得影佐圭吾的信任和重用，才能让他独掌“炼狱”。

他设在“炼狱”里的办公室门口，不但比“炼狱”的一层大厅高出九级台阶，还在门楣上挂着镌刻“天堂”字样的木匾。

“炼狱”大厅下面有十几间秘密监狱，入口处写着“地狱”字样。以大厅为分界线，“炼狱”处在“天堂”和“地狱”中间。

黑川梅子对“炼狱”的设计感到好奇，饶有兴致地问宋鸣谪：“为什么要这样设计呢，挺瘆人的。”

宋鸣谪坐在宽大的实木办公桌后面，得意地说：“‘炼狱’一词出自意大利著名诗人但丁之手，在他描述的世界里，在天堂和地狱之间有一个空间叫‘炼狱’，其拉丁文之意是洗涤，或者应该称之为救赎。身负罪孽之人在那里为自己生前犯下的罪行进行救赎或洗涤心灵后，才可以到达理想的国度。”

“理想的国度？”黑川梅子若有所思地问，“是不是我们要创建的国度？”

“是。所以我必须控制这里。”宋鸣谪说，“我投靠日本人，没有投名状，便会成为弃子。在战场上，弃子的命运只有一个，就是死亡。”

“舒季衡能同意？”黑川梅子站在宋鸣谪身后，按摩他的肩头，“舒季衡可是汪精卫的心腹。”

“汪精卫也要看日本人的脸色嘛。”宋鸣谪说，“舒季衡不重要，影佐圭吾才是关键。”

“你不能把赌注都押在影佐圭吾身上。我听小道消息说，他有可能调往长春。”

“为什么？”

“犬养中堂是日本前首相犬养毅的堂弟，在日本高层中颇有威望。现在犬养中堂死在上海，影佐圭吾负有不可推卸的责任。”

“原来如此。”宋鸣谪木然地回应，“当初我帮影佐圭吾拟订‘梅花计划’时，就想到他很难同意，因为‘梅花计划’牵扯面太广，不但涉及舒季衡的‘炼狱’，还要动用李墨群的密训特工。这两个人都不是善茬儿，他必然有所顾忌。不料他竟然爽快答应，看来他也是孤注一掷了。”

“‘梅花计划’若能成功，影佐圭吾将功折罪，就不用离开上海了。”黑川梅子说，“他在上海经营多年，岂能甘心离开？一旦他离开上海，就意味着他的政治生涯到头了。”

“这对我来说也是一个机会。”宋鸣谪说，“只要我能帮助影佐圭吾完成‘梅花计划’，影佐圭吾自然就能把‘炼狱’交给我。”他说完扭头盯着黑川梅子，“昨天你见到凌云洲了？有何收获？”

“没什么收获。江澄子去了，打碎了醋坛子。”

“江澄子就是任性的大小姐，你不要往心里去。”宋鸣谪拿起毛笔，蘸饱墨汁，起身挥毫写下“天下为公”四字后，边打量边说，“昨天晚上，江澄子把凌云洲扫地出门了。”

“醋劲儿这么大吗？”黑川梅子微微一笑，“中国女人啊，活得就是悲哀。她的醋劲儿那么大，我入股爱琴海西餐厅的事还是算了吧。”

宋鸣谪纠正道：“爱琴海西餐厅不是江家的产业，是红帮的。”他抬起手腕看看表，“罗亭快到了，你先回去吧。”

黑川梅子离开不久，罗亭就进来向宋鸣谪汇报“A 计划”的相关情况。

罗亭在宋鸣谪办公桌前坐下：“其实，‘A 计划’由蒋科长负责落实，由他来汇报会更详尽。”

宋鸣谪轻轻摇头："我呢，毛病多，不熟悉的人不敢信，不信任的人不想用。"

"蒋科长是难得的人才，您不用就太可惜了。"

宋鸣谪摆摆手，转移话题："圣约翰大学没有动静，在我的意料之中。这几天共产国际的电台也静默了，正常，谁都不是傻子。"

"学校里人多眼杂，不好办啊！"

"我锁定了五个人。"宋鸣谪从抽屉里拿出一张纸递给罗亭，"嫌疑人应该满足两个条件，一是精通俄语，二是苏联人或者去过苏联的中国人。我查过圣约翰大学的师生资料，同时满足两个条件的只有五个人。"

罗亭接过纸，看见第一个名字就是伊万·莫罗斯，淡然地说："范围缩小就好办了，我马上通知蒋科长。"

报务员打电话报告："共产国际的电台发报了。"

"何时？"宋鸣谪问。

"刚才。"报务员将截获的数字清晰地复述一遍。

宋鸣谪记下一串数字，从抽屉中取出密码本，边破译边说："这部电台的密码本我已经掌握，很快就能破译出来 。"

罗亭竖起大拇指："能发现一个电台的密码本绝非易事，您不愧是黄埔军校的电讯教官。"

宋鸣谪嘿嘿一笑，低头破译电文。几分钟之后，他便破译出来：

教母：

佛手已死，请以 13 号身份与 3 号见面，明日 10 时 S31。

北极熊

宋鸣谪将译电念给罗亭听，但省略了"教母"二字。他念完之后便将译电烧毁。

他补充道："电报的落款是'北极熊'，应该是共产国际特工的代号。"

"'佛手'已死——看来'佛手'应该是中共江苏省委的人。"罗亭瞥了一眼大烟灰缸里的灰烬，“发给谁的？”

宋鸣谪说：“文中没有交代，但是发报人使用的是‘13号’常用频率。”

“那个‘13号’这时还敢出来活动？”罗亭问。

宋鸣谪盯着罗亭的眼睛：“人嘛，总会存在侥幸心理的。”

“只要‘3号’收不到这封电报，我们就能抓到他。”

“从现在开始，罗局就是‘佛手’了。”宋鸣谪起身走到罗亭身边，“电报中提到，‘13号’与‘3号’见面，‘3号’应该是范仲，他是新四军3号人物嘛。”

“没错。哈哈，他们以为做得天衣无缝，其实是漏洞百出。”罗亭的目光没有离开烟灰缸。

“‘佛手’死了，范仲级别高，上海能与他接触的人，应该只有中共‘13号’，也就是门徒小组的负责人。”

“宋先生高明！”

“你说S31指什么呢？”宋鸣谪问。

“我觉得应该是地址，整篇电报没有提到地址嘛。”

“那应该是指哪里呢？”

罗亭思索片刻：“我在上海生活十几年了，就大胆猜测一下，不一定准确，仅供你参考。S，应该是‘圣’字汉语拼音的首字母，31应该是三一，也就是圣三一教堂。他们要在圣三一教堂见面。”

“S31，圣三一。”宋鸣谪轻声嘀咕着，然后起身走到地图面前，注视良久后转身说道，“我同意你的推测。”

“这是难得的机会，明日多派一些手脚利索的兄弟，必须把‘北极熊’和那个‘13号’缉拿归案。”罗亭兴奋地说。

宋鸣谪点点头：“我们必须小心再小心，中间不能出现任何闪失。”

罗亭问：“对赵甲坊的监视有结果吗？”

“没什么结果。”宋鸣谪摇摇头，“他自新后，几乎不出警察局大门。”他指指天花板，“整天猫在上面写材料呢，估计都能出一本书了。”

罗亭瞅瞅天花板：“他真是门徒小组成员？”

“一定是。”宋鸣谪肯定地说，“我确信他就是门徒小组成员。”

“我相信你的判断。这群该死的共匪，把上海折腾够呛，让我们没有睡过一个安稳觉，必须斩草除根。”罗亭假装愤愤地说。

~ 122 ~

时间：1942 年 1 月 27 日，星期二。

地点：上海，日占区，虹口，梅机关。

陈起决定铤而走险。

他的身份隐蔽，上海知道他真实身份的只有两个人。然而，这两个人却一死一失踪。

这两个人就是犬养中堂和宫本芳子。

陈起的真实身份是龟机关特工，与宫本芳子单线联系，犬养中堂到达上海后，与他见过一面。

如今犬养中堂死了，宫本芳子失踪，他孤悬上海，成为无人知晓的“弃子”。

为了潜伏下来，他将自己变成中国人——猥琐、胆小怕事的中国人。直到犬养中堂来到上海，他才被秘密启用。他的任务只有一个——调查凌云洲。

犬养中堂死了，他的任务就变得毫无意义。可是，他相信犬养中堂不会随意给他安排任务，一定是犬养中堂发现凌云洲有问题。

大日本帝国构建的千秋大厦上，绝对不能存在一块有问题的砖头。然而，作为“弃子”，就算他查出凌云洲有问题，他也没有办法上报，所以他决定给自己找个新主子——影佐圭吾。

早上，他按照昨晚约定的时间来到梅机关，直截了当地告诉影佐圭吾：“我是龟机关特工。”

“如何证明？”影佐圭吾不动声色地问。

“犬养中堂是‘老龟’。”陈起谨慎地说，“宫本芳子是‘菊花’，凌云洲是

‘武士’。”

陈起说出三个人的代号，影佐圭吾便相信陈起是龟机关特工。这些人的代号是龟机关的绝密级信息，若不是上下线关系，绝不可能知道。

“谁是你的上线？”

“宫本芳子。”陈起谨慎地说，“在外人眼里，我是宫本芳子的外线，实际上我是她的下线。”

“你不应该知道凌云洲的真实身份。”

“是的。按照龟机关管理条例，我不可能知道凌云洲是‘武士’。”陈起的口气明显轻松许多，“‘老龟’安排我调查凌云洲，就把凌云洲的真实身份告诉我了。”

“犬养先生不是宣布终止调查凌云洲了吗？他为何还安排你调查凌云洲？”影佐圭吾的目光像钉子一样钉在陈起的眼睛里，“你来见我有什么目的？”

陈起有些慌乱：“投靠机关长。”

“你想死呀？”影佐圭吾呵斥，“横向跳槽，是大忌！”

“‘老龟’玉碎，上线失踪，我就是一个弃子。可是，帝国培养我的目的是为了圣战，所以我来投靠机关长！”陈起立正，行军礼，“机关长，您就给我派任务吧，我保证不辱使命。”

“这——警察局高层中没有我信任的人，你继续在警察局潜伏吧。”影佐圭吾借坡下驴，答应收陈起做外线，“有重要消息，你直接向我汇报。呃，警察局的几个科长都忙什么呢？”

“岩井公馆要求核对账目，他们都在应付这件事。”陈起趋步上前，低声说，“机关长，凌云洲还需要再甄别。犬养先生宣布终止对他的调查，不过是掩人耳目，甄别他的工作只是从公开转入地下。”

影佐圭吾想了想：“你有什么可行的办法？”

陈起说：“我有一个不成熟的想法——”

不等陈起说完，影佐圭吾便说道：“无论结果如何，这都是最后一次甄别。我们不能做无用的内耗，也耗不起了。如果凌云洲有疑点，秘密处决；

如果凌云洲清白，就不再调查。”

陈起顺从地点点头：“我的计划花不了多大精力，但能达到目的。”

“说。”

“在账目里隐藏一条情报。”

“什么情报？”

“犬养先生绝对不会无故来到上海的。”陈起压低嗓门，“我们可以给他假设一个目的隐藏在账目里。凌云洲精通数学，对数字非常敏感，一定能看得出来。如果他采取有针对性的行动，就说明他有问题。”

“如果他把这条情报汇报给我，就证明他心在帝国，心向天皇。”影佐圭吾连连点头，“《孙子兵法》有云，‘不战而屈人之兵，善之善者也’。不费一兵一卒，只用几组数字就能达到目的，也是上策。”

陈起补充道：“凌云洲是非常聪明的，这条情报要有根有据有所指，虚虚实实，才能引起他注意。毕竟他了解龟机关，也熟悉梅机关，想让他咬钩，我们必须下点儿饵料才行。”

“他能咬什么样的饵料？”

“机关长常去南京，应该了解南京荣字 1644 部队吧？”陈起提到这个部队番号时，偷偷地观察影佐圭吾的表情。

“你怎么知道这些？”影佐圭吾脸上没有任何表情。

“南京荣字 1644 部队，是细菌作战部队，部长是来自 731 部队的石井四郎。”陈起见影佐圭吾没有制止他，继续说道，“这是陆军部最高机密，是犬养先生告诉我的。”

影佐圭吾反问：“让犬养先生接管南京荣字 1644 部队？”

“不是接管，是在上海组建一支同样规模的细菌作战部队。”

“这个饵确实有诱惑力！”影佐圭吾点点头，“你得选好地址才行。”

“十六铺造船厂如何？那里是凌云洲老丈人的地盘，凌云洲不能不关心。”

影佐圭吾起身，来回踱了几步，最后站在陈起面前：“十六铺造船厂确实适合组建秘密部队。记住，我们不能低估凌云洲的智商和耐心。既然是做戏，就要把戏份做足，让他不能不信，不得不信！”

~ 123 ~

时间：1942 年 1 月 27 日，星期二。

地点：上海，公共租界，圣三一教堂。

公共租界虽然被日军占领，但它的使命还没有彻底结束。

工部局还在，只不过总董换成了冈本一策。这个隶属于日本外务省的官员，在上海各国的军政商三界，关系盘根错节，且活动能量巨大，所以他被委以重任，负责管理公共租界。

冈本一策与影佐圭吾是老熟人，虽然他们分别隶属外务省和陆军部，但只要影佐圭吾有所求，冈本一策向来有求必应。

在影佐圭吾的安排下，宋鸣谪顺利进入工部局。宋鸣谪进入一间窗户正对着圣三一教堂的办公室，站在窗前秘密观察。

他根本不信任罗亭。他对她转调警察局一事，总感觉有些蹊跷。从大学校长突然变成警察局副局长，跨度大得让他难以接受。

宋鸣谪如同一头敏锐、凶残的草原狼，生来就怀疑一切。这种性格，让他早就怀疑罗亭是共党分子。

他还知道，罗亭在汪伪政府里，拥有常人无法想象的活动能量。

这种能量，在他看来，有时候是阻力，有时候是助力。只要他理顺她的各种社会关系，或许就能发现她身上各种疑点的根源。

宋鸣谪查阅过罗亭的档案，发现她曾做过汪精卫的机要速记员。这一点，让他想起在中共南方局流传的一个传奇故事——中共“13 号”窃取了《日汪密约》草案。

汪精卫的机要速记员，肯定能轻松获得如此绝密的文件。

这更让他坚信罗亭有问题，就算她不姓共，也一定姓蒋。

宋鸣谪连夜拜见影佐圭吾，要求进入工部局，在暗中指挥圣三一教堂的抓捕工作。当然，他不能说他去监视罗亭。

宋鸣谪站在工部局大楼内，圣三一教堂全貌尽收眼底。在他的视野中，警察局特务科的两辆轿车和两辆卡车缓缓驶来，停在工部局大门口附近。

几十个乔装成信徒的特务分成两组，一组进入圣三一教堂，一组进入已经征用的民房、店铺中。

那两辆轿车，一辆是罗亭的，一辆是凌岳州的。两辆卡车待特务下车后就向前驶去。

宋鸣谪举着望远镜，仔细清点人数，判断特务科的特务应该来了三分之二，余下的应该守在圣约翰大学各个门口。

罗亭如此尽力地抓捕共党分子，她还能姓共吗?

宋鸣谪将视线投向大街的尽头。在九江路与河南路交会处，他看到一个熟悉的身影——赵甲坊。

赵甲坊怎么会出现在这里？他已经接到了不得离开警察局半步的命令。

赵甲坊似乎很小心，站在路口四下张望，似乎在想什么，似乎在等什么。他看看手表，欲走还留，看来心里非常纠结。

宋鸣谪脑海中闪现出一个念头——赵甲坊就是中共门徒小组成员“野兔”，就是中共“13号”。他转念一想，又觉得这个判断违背常理。中共“13号”是中共门徒小组负责人，怎么可能是臭名昭著的军统特工?

赵甲坊向圣三一教堂方向走来。

宋鸣谪看看表，判断赵甲坊10点钟正好走到圣三一教堂门口。

这与“北极熊”发给“教母”的电报内容吻合。如此看来，赵甲坊是中共“13号”无疑，他如此容易被捕肯定是中共上海地下组织精心设计的大阴谋。

9点55分，凌岳州已经下车，特务科的特务开始向圣三一教堂靠拢。

宋鸣谪在望远镜中看到，身穿神父袍的伊万·莫罗斯，腰板挺得笔直，不紧不慢地向圣三一教堂门口走去。

10点整，赵甲坊和伊万·莫罗斯几乎同时走到圣三一教堂门口。

按照约定，他们只在对视过程中眨三下眼睛，不打招呼也不说话，然后沿原路返回。

这一切都是中共江苏省委精心设计的破局计划。

赵甲坊的任务就是混淆视听，让宋鸣谪认为他就是中共“13 号”。赵甲坊冲伊万·莫罗斯眨了三下眼睛，转身往回走，一直走到河南路，乘坐黄包车离去。

伊万·莫罗斯似是忘带了什么东西。他在背包里翻找一通后，无奈地摇头苦笑，转身往回走。

凌岳州将烟蒂往地上一扔，挥手示意特务跟上伊万·莫罗斯。

“怎么回事儿？”罗亭下车问。

“那个人可能是‘北极熊’！”凌岳州指着伊万·莫罗斯低声说。

“赶紧抓呀！”罗亭焦急地说。

“还不能抓。”凌岳州微微一笑，“他的身份已经暴露，抓他还不容易？我们的目标是那个‘13 号’，不是熊瞎子。”

“他们是不是觉察到什么了？”

“不好说。”凌岳州摸着下巴，“应该不会。这应该是他们的接头程序。”

“跟他接头那个人，我怎么觉得那么眼熟呢？”

“赵甲坊嘛，你当然熟悉了。”

“他怎么来了？”

“他确实不应该来。”

军统特工会是中共“13 号”吗？

宋鸣谪的答案是肯定的。中统的“夜鹰”，不也是中共“笔仙”、日本人的座上宾嘛。

在这个荒诞的战争年代，在这个人心不古的时代，什么事情都有可能发生。

真是荒谬，中共“13 号”竟然成了南京政府的自新楷模，还受到汪精卫的亲笔嘉奖。

宋鸣谪想赶在别人之前除掉中共“13 号”，还要获得中共“13 号”手里的电台。

宋鸣谪要制造一个假象，中共“13号”常用电台的电波在上海不能消逝，那个中共“13号”将永远存在。

只有这样，他才能最安全。

～ 124 ～

时间：1942年1月27日，星期二。

地点：上海，日占区，桃源里，岩井公馆。

因冈本一策从中斡旋，影佐圭吾和原宝轩在查账问题上已经达成共识——查账只是一种形式。

两辆无线电监测车被炸毁，“炼狱”的触角受到重创，陆军部高层大为恼火。上海日本宪兵司令部司令官德川长运拜会岩井公馆总领事岩井英一，传达东条内阁的命令，要求岩井英一停止调查“炼狱”。

岩井英一得知土肥原是“炼狱”幕后老板后，便极尽政客之能事，表面上顺从，私下却让原宝轩使绊子。

影佐圭吾知道岩井英一绝对不会善罢甘休，就和冈本一策一起拜会原宝轩。

家里来了重要客人，吴己楠必然要露面。这些天，她学会了日本礼仪，从穿戴举止上已经看不出她是中国人。

影佐圭吾觉得吴己楠有些面熟，便问原宝轩：“嫂夫人是中国人？”

“我怎么可能娶支那女人呢！”原宝轩一边展示茶道一边说，“惠子与我青梅竹马，两情相悦。遗憾的是，她不会说话。”

影佐圭吾一边为自己的冒失致歉，一边打量吴己楠。

吴己楠向影佐圭吾鞠躬后，退出茶室。

原宝轩用日语说道：“机关长的来意，我是明白的，冈本君在电话里已经交代得很清楚了。”

冈本一策笑道：“我们先喝杯清酒，回忆一下北海道的味道。”

三人举杯饮尽杯中酒。

影佐圭吾道：“原先生，中国人之所以不堪一击，就是因为他们不团结，尤其在政府内部，内斗内耗非常严重。内战内行外战外行的人，岂能不败？”

原宝轩颔首：“人性是自私的，满足了私心，剩下的不就是公心了嘛，哈哈！”

“你们别打哑谜了，我说句公道话。”冈本一策把头转向影佐圭吾，“你不要难为原先生，他上面有岩井英一，岩井英一上面有外务省。如你一样，你上面有陆军部。你们之间的矛盾，其实是外务省和陆军部的矛盾。有些事情凭你们个人的力量是无法解决的，这是两个利益集团的事情。”

影佐圭吾问：“冈本君有何良策？”

冈本一策双手一摊：“各退一步，万事大吉。”

原宝轩笑道：“冈本君的话，说得非常中肯，这样一来大家都能对上级交代了。其实，岩井总领事就是想要几部电台，因为岩井公馆的电台太落后了。机关长肯定知道，按分配原则，新电台、新设备要先满足陆军部。岩井总领事整天看着那堆破烂儿，心里不舒服啊！”

影佐圭吾伸出一只手：“我给岩井公馆五部电台，查账的事情就到此为止吧。”

原宝轩为二人倒酒：“机关长一句话，一切问题便迎刃而解。岩井总领事高兴了，还查什么账！”

影佐圭吾颔首：“多谢原先生。不过，查账之事必须进行，毕竟涉及钱款。把账查清楚之后，我们都能把自己择出来了。”

凌云洲、陈起、苍井巷看得很清楚，三家查账已经成为走过场的戏码。

上午10点钟，他们各带几名助手，到岩井公馆查账。没想到，配合他们查账的人，竟然是刚入职不久的江澄子，他们便对查账的要求心知肚明了。

十几人摊开账本开始查账。江澄子算得很仔细，想从账本中找出一些有价值的信息。

凌云洲和陈起知道，查账就是走过场，能查的账肯定没问题，有问题的账又不能查，于是他们到院子里抽烟、闲聊。

凌云洲潇洒地吸着烟："瞧这架势，上面肯定谈妥了。"

陈起撇着嘴："如果岩井公馆想动真格的，还能安排凌太太主持查账？她的手可不是一般的生吧？"

凌云洲压低嗓门："她给我零花钱的账都算不清，哈哈！"

陈起也跟着笑："看来凌处长在家里的地位也不行啊，哈哈！你别说她，你们特工总部的账，肯定也是一笔糊涂账。"

"好像警察局和梅机关的账不是屎坨子！"

"还真未必。日本人凡事都较真。警察局刚刚成立，想贪的人还没有想清楚怎么贪呢，肯定比你们那里好。"

凌云洲附在陈起耳边悄声说："陈科长，不瞒你说，特工总部花一块钱，都能做出两块钱的账。账面上那些钱，你懂的。"

陈起立即闪到一边："那还查个屁！"

凌云洲冲陈起招招手，陈起又凑过来。

"我们一个月的收成，就够你们警察局吃一年的。账嘛，就是无聊的数字游戏。"凌云洲大大咧咧地说。

陈起点指凌云洲："我算领教了。凌处长以后一定要好好教教我，怎么玩这种数字游戏。"

凌云洲向屋内瞥了一眼："那个苍井巷不是梅机关的狙击手嘛，他怎么管起财务了？"

"说不好，苍井巷参军之前就是会计师。"陈起心知肚明，苍井巷是替影佐圭吾监视凌云洲的，一旦发现凌云洲有问题，苍井巷就会立刻要了凌云洲的命。

凌云洲扔下烟蒂："走，进去看两眼，没啥事儿的话，我们出去喝点儿。"

陈起说："反正特工总部的钱花不完，我就帮你们花点儿。我建议带上凌太太和苍井巷。酒盅一端，政策放宽嘛。”

他们走进屋内，凌云洲顺便拽出梅机关的一个账本，翻看几页后，上面的几组数字引起他的注意。

那个账本中，所有采购物品的价格，都高出市场行情几十倍甚至上百倍，采购那些物品的钱款加在一起，就是常人难以想象的巨款。梅机关把这些钱花到哪里去了呢？

这绝对是一本编造的假账。

编造假账的目的只能有一个——隐瞒事实。

隐瞒的事实是什么？难道梅机关和特工总部一样，大部分钱款进入了私人腰包？

凌云洲想到陈恭如密训三百名特工的费用，虽然也在账面上，但绝对不全注明真实用途。李墨群交给他几张费用清单，他就造出一本假账，把那笔巨款以虚假的生活开支冲销了。

梅机关这么做，想掩盖什么呢？

凌云洲暗中观察陈起，见他正在翻看登记陈恭如密训特工开销的账本，便拿着梅机关的账本坐下细看。凭借他对数字的敏感和超强的记忆力，想从明细中找出蛛丝马迹。

这笔款项数目巨大，几乎是陈恭如密训特工花费的两倍，标注的时间是昭和十六年十二月八日至十二日。

他注意到，这笔钱都是经犬养中堂的手花出去的，而且用途只注明“NR1644”。

昭和十六年十二月八日，也就是太平洋战争爆发后次日，犬养中堂已经死了，难道这是犬养中堂暗地里策划的其他大项目？那时候，梅机关还不知道犬养中堂已死，所以这个大项目还在秘密推行。

然而，“NR1644”代表什么？

1644——南京荣字1644部队——突然闪现在凌云洲的脑海中。

这是什么部队？具体负责什么呢？

凌云洲放下账本，负手走到院子里，苦苦思索着。忽然，他想到他去年春节拜会汪精卫时，听到汪精卫与周佛麟谈起过这支部队。

这是一支研制生化武器的部队，由石井四郎负责。

难道犬养中堂要在上海某个地方组建一支生化部队？

难道这才是犬养中堂来上海的终极目的？

想着想着，凌云洲惊了一身冷汗。他又回去看那个账本，想从中找到那支秘密部队在哪里。

他接连翻看梅机关的其他账本，都没有发现关于“NR1644”的信息。

他拿起算盘，把那个账本上的所有支出快速核对两遍，发现登记的总额比实际支出总额多出三分之一。

以细致严谨著称的日本人，训练有素的梅机关特务，绝对不可能犯下如此明显的错误。

如果梅机关没有算错，那么还有三分之一的费用花在其他地方，而且见得不人。

那笔钱摊在哪里呢？他认为除特工总部外，警察局、上海日本宪兵司令部、岩井公馆都有可能。

凌云洲偷偷地瞄了陈起和苍井巷几眼，见陈起慢条斯理地翻看账本；苍井巷心无旁骛地核对，好像真想从账本中找出什么——日本人连走过场都那么认真。

凌云洲拿过警察局的账本，直接翻到标注“民国三十年十二月八日”那页，果然看到了和梅机关那本账本同样的费用明细。

在警察局的账本里，采购的物品全部来自十六铺造船厂。

民国三十年十二月八日至十二日，十六铺造船厂已被日军强行接管。

“NR1644”，十六铺造船厂，犬养中堂的大项目，梅机关联合警察局秘密推行……凌云洲的脑海里立刻浮现出“炼狱”。

难道十六铺造船厂还有一个“炼狱”？

难道真正的“炼狱”是研制生化武器？

难道犬养中堂想在十六铺造船厂组建生化部队？

十六铺造船厂确实具备组建这种特殊部队的条件。如果他的推断成立，犬养中堂虽死，但日本人绝对不会让这么一大笔投入打水漂，必然还会秘密筹建生化部队。

凌云洲心如惊涛拍岸，无法平静下来，便放下账本，冲江澄子挤挤眼睛：“澄子，我跟陈科长、苍井少尉出去吃口饭，你去不去？”

江澄子会意地笑了笑：“三个臭男人聚在一起，喝起酒来没完没了，还胡说八道，我遭不起那种罪，到食堂对付一口得了。”

凌云洲把梅机关和警察局的两个账本扔给江澄子：“我算了两遍，感觉总额不对，你再算算。”

陈起见凌云洲关注那两个账本，暗自庆幸：“大鱼就要咬钩了！”

第十二章　突袭“炼狱”

～ 125 ～

时间：1942 年 1 月 27 日，星期二。

地点：上海，日占区，黄浦江畔，十六铺造船厂。

今天宋万堂心情大好，与朱子刑一道去查看十六铺码头，中途还拐到爱琴海西餐厅接上宋格。

三人刚到码头，便看到对面十六铺造船厂大门口站着两列日本宪兵。

宋万堂问朱子刑：“这是怎么回事儿？哪来的小鬼子？”

朱子刑挠挠头：“昨天造船厂还空落落的，一个人影都没有。他们是啥时候冒出来的？”

宋万堂打量日本宪兵：“难道小鬼子另有所图？”

宋格说：“他们图的东西多了，图什么我都不感到意外。”

宋万堂蹴了蹴拐杖，对朱子刑说：“阿刑，这几天你上点儿心，看看他们要做啥。如果他们欺负红帮，我们也别客气。上海滩，毕竟是我们的家门口。”

朱子刑点头：“好的。我这就吩咐下去，让兄弟们加几个班。”

宋格摇着宋万堂的胳膊：“爹，您还敢抗日呀？”

“我还没老糊涂呢。”宋万堂微微一笑，“我们那点儿家底，还不够小鬼子塞牙缝的呢。”

宋格问：“您还敢对小鬼子不客气？”

“我虽然不敢与小鬼子列阵对砍，但也不想做汉奸。”宋万堂手指天空，“离地三尺有神明，师祖们在天上看着我们呢。自满洲人入主中原起，红帮与他们打了三百年，就是不投降。这就是我们红帮精神——忠！”

宋格撇嘴道：“爹，您把明哲保身说得如此清新脱俗，您做红帮帮主是不是有点儿可惜啊？”

“死丫头，不管我做什么，我都是你爹！”宋万堂嗔怪道。

“明哲保身恐怕不行了。”朱子刑看了宋万堂一眼，“从国外传来消息，红帮那些前辈、兄弟成立的美洲洪门致公堂，以各种方式号召中华儿女抗日救国。听说马来西亚、菲律宾、新加坡的红帮兄弟许志猛、官文森、陈演生，一直在秘密组织华侨青年回国抗战。司徒老爷子虽已古稀之年，也在美国、加拿大、古巴、秘鲁、巴西、巴拿马等国奔走呼号，宣传抗日救国。”

宋格瞥了宋万堂一眼：“爹，您听见了吗？”

宋万堂摇摇头：“逞匹夫之勇最简单了。小鬼子的军事实力强于红帮百倍，与他们硬抗，充其量浪费他们几颗子弹而已。对付他们的前提是，我们必须活着，好好地活着！”

朱子刑说：“恶鬼上门，不打肯定不会走的。现在全民抗日，红帮人岂能当缩头乌龟？当年陈近南远在台湾，还屡次仗剑入京，那是何等气魄！”

宋格说：“朱叔叔，我附议。”她说完扭头冲宋万堂做鬼脸，“爹，您是不是真的老了？”

朱子刑点指宋格：“格格，是你太年轻了。你以为帮主不知道你私下干什么？不知道普乐天的真实身份？抗日嘛，是一趟大活儿，就像做顿大餐，没有种菜买菜砍柴烧炭的，仅靠厨师掌勺是做不出来的。”

宋万堂掰着手指：“上海红帮老少加在一起，不足三千人。让他们拿着砍刀斧头对抗鬼子的飞机大炮，无异于送人头。前些日子，阿刑送我一本书，我认真地看了，启发很大。”

宋格笑了：“爹，您还看书呢？看完书您还能受启发？什么书，谁写的？”

“毛泽东的《论持久战》。我们都应该好好读一读这本书，把它读懂、悟透才行。”宋万堂一脸崇拜地说，“毛泽东高屋建瓴、高瞻远瞩，他认为中国抗战是一场持久战。我们必须正视自己与日军的差距，然后发挥自己的长处。”

宋格说：“爹，您从来没有这么崇拜过一个人啊！”

宋万堂说：“我向来尊重事实。”

宋格压低嗓门说：“爹，既然您尊重事实，那么就应该做点儿实事，譬如——譬如联系新四军，让帮内兄弟加入新四军的部队。”

宋万堂向码头走去：“我只愿做黄浦江畔的姜太公！”

宋格望着宋万堂的背影，悄声问朱子刑：“朱叔叔，那本书你从哪里淘换来的？”

朱子刑神秘一笑：“肯定不是书店。”

宋格问：“你觉得我刚才的提议可行不？”

朱子刑指指宋万堂：“我觉得可行也没用。”

“好事多磨嘛，我去磨他。”

一阵急刹车的声音响起，一辆轿车在他们身旁停下，凌云洲从车里钻出来。

宋格扭头看到凌云洲：“凌处长，哪阵风把你刮到这里来了？”

凌云洲与陈起、苍井巷吃完饭，没有和他们去岩井公馆，驾车七拐八转，确定没有人跟踪后，才到十六铺造船厂查看。

他本想晚上来，又担心十六铺造船厂是个陷阱，一旦掉进去，他连句说辞都没有。

朱子刑冷眼打量凌云洲，出于礼节，不情愿地向凌云洲抱了一下拳。

凌云洲走到朱子刑身边，指指十六铺造船厂门口的日本宪兵：“什么时候来的？”

朱子刑说：“刚来的。”

“刚来？”凌云洲一怔。

“难道真有陷阱？”凌云洲心里泛起无数疑问，“自己刚在账本上找到这个地址，日本宪兵就来了，这绝对不是巧合。”

老练的特工，从不相信世上有巧合之事，偶然背后肯定存在必然。

“如果日本宪兵也是刚刚得知犬养中堂的行动计划呢？”他在心里又问自己。

他实在无法找出自己能接受的答案，便装作若无其事的样子问朱子刑：“最近造船厂接什么活儿？”

“哪还有活儿啊。”朱子刑指着十六铺造船厂，“日本人在大门上贴封条了，靠近五十米都难。”

现在，凌云洲确定账本上的数字是试探他的陷阱，但他不能排除日本宪兵刚刚得知犬养中堂的行动计划。

凌云洲心里暗自庆幸他在江边碰到朱子刑，否则他一旦接近十六铺造船厂，恐怕就没有转圜的余地了。

～ 126 ～

时间：1942 年 1 月 27 日，星期二。

地点：上海，日占区，虹口，梅机关。

危机也是转机。

如果能转危为安，就能跨越“边缘”，走到“内部”，洞悉“炼狱计划”的核心机密。

十六铺造船厂是不是生化部队基地，只有把锅端出来，才知道日本人做的是什么饭。凌云洲认为，只有把问题摆到桌面上，公开调查，才能把危机变为转机。

凌云洲准备将他的发现上报梅机关，于是他急匆匆地闯进影佐圭吾的办公室，喘着粗气说：“机关长，出大事了。”

影佐圭吾难掩脸上的失望神色，缓声问道：“你不是在岩井公馆查账吗？”

凌云洲没有立即回答，拿起桌上的茶杯猛喝一口，还假装呛水了，咳嗽几声后才说道：“犬养先生还有一个未完成的大项目，跟南京荣字1644部队有关。”

影佐圭吾不愧是老特工，当即把脸一沉，起身喝道：“南京小林司令官醉酒妄谈这支部队，第二天他就从南京消失了，你也想在上海消失？”

凌云洲连连摆手：“不，不，我只是在梅机关和警察局的账本上，发现了‘NR1644’特殊标注。”

影佐圭吾坐下，望着窗外：“那又能说明什么？‘NR’是编号的缩写，1644是梅机关的一个项目编号，仅此而已。”

凌云洲拍拍脑袋：“哎呀，这事闹的，丢人了！”

影佐圭吾对凌云洲此举表现感到满意，打电话通知机要处让晴气武夫过来。

“晴气大佐在上海？”凌云洲笑道，“他晋升大佐，我都没有到南京祝贺。”

“最好的祝贺是协助他把工作做好。”影佐圭吾扭头望着身后墙上的天皇像，“我要回东京述职，能否再回上海，全系于‘梅花计划’。”

“‘梅花计划’一定会成功的！”凌云洲说完，一脸不解地望着影佐圭吾，“机关长，现在是落实‘梅花计划’的关键时期，您怎么能回东京呢？”

“犬养先生在上海不幸玉碎，我必须给东京高层一个交代。”影佐圭吾一脸落寞，“我离开上海期间，由晴气大佐代理机关长，他刚接手‘梅花计划’，需要你的支持。”

影佐圭吾的话音刚落，晴气武夫就推门进来：“机关长，军部来电，命您下午6点出发。”

影佐圭吾不耐烦地看看手表：“还有半个小时呢，急什么？军部怎么说？”

晴气武夫说：“东条首相大发雷霆，责怪中国战事推进缓慢，六十万皇协军缺乏战斗力，机关长作为最高级军事顾问失职渎职。”

影佐圭吾靠在椅子上，闭上眼睛，嘀咕道：“欲加之罪，何患无辞！”他突然起身，“事已至此，多说无益。晴气大佐，我给你介绍一个人。”他指指面前的凌云洲。

晴气武夫瞥了凌云洲一眼：“凌处长，我认识。”

影佐圭吾纠正道：“凌云洲，原名森木玉树，来自北海道的帝国优秀军人。”

晴气武夫一怔：“凌处长——森木玉树？”

凌云洲面向晴气武夫，躬身颔首：“卑职出生于北海道，毕业于东京大学，龟机关特工。”

晴气武夫拍拍凌云洲的肩膀：“我们一起为天皇效忠，为帝国圣战努力。”

凌云洲再次颔首：“卑职尽全力协助大佐阁下。”

影佐圭吾对晴气武夫说：“你们就别客套了。‘梅花计划’就拜托晴气君了。”

晴气武夫问：“支那人见利忘义，宋鸣谪能否换下来？”

凌云洲补充道：“宋鸣谪作为老共匪，扛不住我们一天的审讯，确实不可思议。难道他是假投诚，旨在破坏‘炼狱计划’？”

影佐圭吾说：“事到如今，我就向你们交个实底。第一，宋鸣谪来自中统，代号‘夜鹰’；第二，他有一个致命的弱点——”

凌云洲没想到宋鸣谪是中统安插在我党内部的特务，懵懂地望着影佐圭吾。

影佐圭吾低声说：“他吸毒。”

凌云洲佯装恍然大悟：“难怪！”

影佐圭吾点点头：“他不是向梅机关妥协，而是屈服于鸦片。你们不能小看他，他刚刚协助我们抓捕了钱乙然和周戊寅。只要再抓住中共‘13号’，门徒小组就会被支那人后代遗忘的。”他看看手表，“走吧。”

凌云洲和晴气武夫把影佐圭吾送到梅机关楼下。

凌云洲望着远去的轿车，摇摇头，用流利的日语问道：“晴气机关长，我的任务是什么？”

“等待。”晴气武夫冷冷地说。

～127～

时间：1942年1月27日，星期二。

地点：上海，日占区，警察局，“炼狱”。

钱乙然和周戊寅逃过一劫后，就在老城厢藏起来。由于特工总部和上海日本宪兵司令部派人采取拉网式搜捕，他们暂时无法更新身份，最终被熟悉中共上海地下组织活动规律的宋鸣谪抓获。

立下大功的宋鸣谪，自然喜出望外。

只要他再抓住中共门徒小组中的“鼹鼠”和“野兔”，中共门徒小组就会成为中国谍战史中的历史名词，他就能理直气壮地接管“炼狱”。

宋鸣谪立刻编排“敲山震虎”的戏码，邀请赵甲坊和罗亭观摩审讯，想通过二人的肢体语言验证他的推断。

赵甲坊来到审讯室，看到钱乙然和周戊寅已经被绑在刑架上。他只看了他们一眼，就坐下拿出香烟，自顾自地抽起来，连基本的客套都忘了。

由此，宋鸣谪更加确信赵甲坊是中共“13号”。

赵甲坊故意呈现出紧张状态，就是为了让宋鸣谪相信他是中共“13号”。他几口就把一支烟吸完，然后对宋鸣谪说：“借宋先生的光，我才知道警察局还有这么好的地方。”

宋鸣谪指指屋顶：“与重庆方面的黑室相比，一点儿都不差吧？”

“重庆方面的黑室？”赵甲坊摇摇头，“谁家的作坊？”

宋鸣谪盯着赵甲坊：“赵先生混过军统，应该知道它是哪家的作坊吧？”

“军统？”赵甲坊摆摆手，“往事不堪回首。我跟你一样，混到这种地步，必须学会忽略学会忘记。”

"我倒是想忽略呢，共匪却总是提醒，太难了！"宋鸣谪看看刑架上的钱乙然和周戊寅，又看看赵甲坊，"赵先生应该上了军统的黑名单吧？'阎王'是不是非常想见你？我们到哪个山头唱哪家的歌，不能跟自己过不去，当下没有比活着更重要的事情了。"

赵甲坊环视"炼狱"："宋先生有这个宝贝，活得肯定踏实；我光膀子露腚，能保住小命就不错了。"他指指审讯室里面，"你让我来这里，不是来谈人生的吧？"

宋鸣谪指指审讯室里面："我请你来，是想让你跟他们谈谈人生。"

"我去跟他们谈谈吧！"罗亭出现在审讯室门口。

"罗局！"宋鸣谪立即起身。

罗亭走到宋鸣谪面前，指着刑架上的钱乙然和周戊寅说："我还以为他们是三头六臂的哪吒呢，俗人一个嘛！他们撂了没有？"

宋鸣谪笑道："我相信他们马上就撂了。罗局是文化人，这种粗活儿还是让赵先生来吧。"

赵甲坊摆手："我是奉命观摩的。"

宋鸣谪盯着赵甲坊："你是下不了手，还是张不开嘴？"他走到门口，冲特务努努嘴。

两个特务挥起沾水的皮鞭，几下就把钱乙然和周戊寅打得血肉模糊。

钱乙然和周戊寅连吭都不吭一声。

宋鸣谪对赵甲坊说："你看到了吧？共匪喝迷魂汤喝多了，骨头很硬的。"

赵甲坊微微一笑："那种汤，你也没少喝吧？"

宋鸣谪说："宋某喝迷魂汤，走肾不走心。既然他们还惦记迷魂汤，那宋某不送他们花生米怎么能行？"他走到门口，对着周戊寅的眉心开了一枪。

赵甲坊见宋鸣谪杀了周戊寅，起身怒喝："你是杀人灭口吧？"

宋鸣谪冷冷地说："他们是不会开口的！"

赵甲坊指着宋鸣谪的鼻子："连起码的功课都没做，你怎么知道他们不会改变主意？"

宋鸣谪吼道：“他们喝的不是迷魂汤，是迷魂药，爹娘不分，六亲不认！”

罗亭走到赵甲坊和宋鸣谪中间：“你们都是警察局的客人，不管喝汤还是喝药，也应该问问我这个主人吧？”她看了看耷拉脑袋的周戊寅，“顽固分子，死不足惜，值得你们大吼大叫吗？舒局明天回来，影佐机关长今天回东京，这时候你们打口舌官司，真的好吗？”

“影佐机关长今天回东京？舒局明天回来？”宋鸣谪立即向罗亭确认。

影佐圭吾前脚刚走，舒季衡后脚就回来，绝对不是巧合。恐怕南京汪伪高层已经知道东京政坛发生突变，影佐圭吾必然有去无回。

宋鸣谪意识到，失去影佐圭吾这座靠山，他就彻头彻尾地成为一枚弃子。对此，他曾经想过，只是没想到会来得这么快。

~ 128 ~

时间：1942 年 1 月 27 日，星期二。

地点：上海，日占区，警察局，“炼狱”。

宛如地震一般，位于地下十米的“炼狱”陡然晃动，众人头顶上隐隐有雷声乍响。

接着，房屋晃动幅度变大，“轰轰”的声音接连传来。

“炼狱”中的人面面相觑，不知道外面发生了什么。

罗亭高喊：“有人袭击！”

这四个字出口后，不亚于四颗炸弹在“炼狱”中爆炸，众人立刻慌作一团。

“这是日军控制的上海，袭击警察局，是不是疯了？”有人叫骂。

宋鸣谪做出判断：“先炸无线电监测车，后炸警察局，除军统特工，不会有别人。”

赵甲坊惊骇："是'阎王'来杀我！"

罗亭摇头："他们要炸毁'炼狱'。"

一个特务跑进来报告："敌人有重武器，已经攻入警察局。"

宋鸣谪问："多少人？"

特务回答："看不清，估计五六十人。"

宋鸣谪看看罗亭："上去看看？"

罗亭猛地挥手："所有人都上去，不惜代价保护'炼狱'！"

赵甲坊往后连连退缩。

宋鸣谪无暇顾及赵甲坊，大声召集特务上去迎战。

此刻，警察局后院已经打成一片，硝烟四起，分不出谁是谁。

警察局大楼楼顶上，万墨翰扛着火箭筒瞄准假山，杨毓香在他身旁持枪护卫。

宋鸣谪从特务手里夺过步枪，冲万墨翰开了一枪。

万墨翰正想发射火箭弹，忽觉眉心一凉，仰面摔倒。

罗亭见宋鸣谪击毙万墨翰，愤愤地捶了一下假山，想伺机除掉宋鸣谪。这次行动，是她与万墨翰共同策划的。戴遇侬已经下达死令，借调宁杭两地五十名军统特工潜入上海，不惜代价摧毁"炼狱"。

宋鸣谪一直在暗中观察罗亭。他见她一直盯着自己，便悄然转身向花坛奔去。

杨毓香强忍悲痛，扛起火箭筒，不管不顾地瞄准假山。

躲在花坛后面的宋鸣谪，举枪射向杨毓香。

杨毓香胸口中弹，身体猛烈晃动，鲜血喷射而出。她强行稳住身子，用尽最后一丝气力，扣动火箭筒扳机。火箭弹巨大的后坐力将她推到万墨翰身旁。

她摇摇头，眨眨眼，转身抱住万墨翰，喃喃地说："等等我——"然后她微笑着闭上眼睛。

火箭弹射出火箭筒的一刹那，罗亭举枪瞄准宋鸣谪后背。可惜，她还没来得及扣动扳机，火箭弹就钻入假山中爆炸，巨大的冲击波扫掉她的手枪。

在巨大的爆炸声中，假山化作碎石块四处飞溅，“炼狱”缓缓坍塌。

宋鸣谪意识到大势已去，不敢恋战，如丧家之犬般逃窜。

硝烟弥漫，尘土飞扬。赵甲坊搀扶着钱乙然走到停车场。

赵甲坊边走边咬破手指，扯断衬衣袖子，在上面写下一行字，然后扔到宋鸣谪的轿车下面，又从他自己的轿车车胎上摸出一把钥匙。

罗亭目送赵甲坊和钱乙然驾车驶离警察局后，悄悄地走到宋鸣谪的轿车前，摸出赵甲坊的断袖。

断袖上写着八个血字：蒋有地道，电台转移。

罗亭将断袖扔进火中后，呆呆地坐在地上，目睹军统特工带着万墨翰和杨毓香的尸体撤离警察局。

枪声由密集变成稀疏，片刻后硝烟散尽，遍地狼藉的警察局恢复沉寂。

罗亭走进警察局大楼，迎面碰上凌岳州：“蒋科长，情况怎么样？”

凌岳州满脸血污，阴森森地说：“军统疯了，半个连兵力，还他娘的用上火箭筒，弟兄们顶不住呀！”

“宋先生呢？”

“龟孙子跑了！”凌岳州骂骂咧咧，“特工总部的密训特工平时挺横的，他妈的到动真格的时候不管用，死了七八十个。”

“我们损失多少人？”

“二十多。”

“这笔血债必须记在宋鸣谪头上。”

“明天舒局就回来了，我们怎么向他交代？”

“这不是你的错。”罗亭摇摇头，“军统损失更大，万墨翰死了，我亲眼看见的。”

“万墨翰挂了？”凌岳州兴奋地说，“值了！”

“你整理出一份书面报告，就说是你射杀了万墨翰。”罗亭低声说，“万墨翰是宋鸣谪杀的，但功劳不能算他的。”

“明白。”凌岳州点点头，“罗局，我去后面看看。”

罗亭目送凌岳州离去，转身走到楼梯口，忽然听到楼梯后面有动静，俯身查看。

楼梯后面，卫铭笠正在血泊中挣扎，鲜血已经洇湿他的衣襟。

卫铭笠艰难地指着罗亭，用尽最后一丝气力吐出四个字："杀……我……蒋……文……"

那双血手，"啪"地一下摔到地上，再也不动了。

～ 129 ～

时间：1942 年 1 月 28 日，星期三。

地点：上海，法租界，锦香茶室。

罗亭迟迟不到，让普乐天感觉自己的心好像被罗亭放进滚烫的油锅中。

警察局里的枪炮声传到很远，在法租界都能隐约听到。枪炮声平息三个小时了，罗亭为何还不来？

别说普乐天等得闹心，凌云洲也觉得事有蹊跷。

罗亭姗姗来迟，落座后就向凌云洲要烟。凌云洲一脸迟疑地掏出烟递给罗亭，又掏出火柴帮她点燃。

罗亭猛吸一口烟，被呛得连声咳嗽。

普乐天递给罗亭一杯水，心疼地看着她，不知道如何安慰。

罗亭一口气喝下半杯水，连吸三口烟，眼望窗外，默默地说："老周牺牲了——"

普乐天惊愕："老周——"

凌云洲眼圈泛红："老周被叛徒抓了。"

罗亭拿烟的手抖了又抖："宋鸣谪在我面前枪杀了老周，我却放走了他。"

凌云洲说："宋鸣谪之所以变节，是因为他吸食鸦片。"

罗亭一愣："他吸食鸦片？"

普乐天难以置信："他怎么能吸食鸦片呢？"

凌云洲说：“黑川梅子搞的鬼。”

罗亭说：“他因鸦片变节，也会因鸦片暴露行踪。我们就顺着这条线索挖出他。”

普乐天从罗亭手里接过烟，按在烟灰缸里：“上海滩哪里有鸦片，瞒不过青红两帮，明天我打听一下。”

凌云洲说：“宋鸣谪很狡猾，也知道我们会找他。若不是影佐圭吾回东京，我们很难知道他有吸食鸦片的嗜好。”

凌云洲将账簿陷阱的事情告诉了罗亭和普乐天。

“太悬了！”普乐天狠拍额头，“没想到宋鸣谪还是中统特工，他娘的我们还得感谢梅机关抓住他，不然真不知道这只蛀虫会嗑坏多少木头！”

“他应该就是中统的‘夜鹰’。”罗亭说，“我一直无法查出‘三刺’中的内鬼，他就是突破口。”

凌云洲会意地点点头：“可以利用特工总部的资源查‘三刺’中的内鬼。”

罗亭盯着凌云洲和普乐天：“我有两个疑问，你俩帮我想一想。一、侍六组为何要除掉‘三刺’；二、侍六组为何让杨枢执行‘无间计划’。”

凌云洲摇摇头：“我也想不通，澄子又说不清楚。侍六组是蒋介石侍从室的特务组织，人不多权力大，相当于宋朝的皇城司、明朝的锦衣卫，主要职责是督导军统和中统。他们怎么会如此用心良苦地除掉没有启用的‘三刺’呢？”

普乐天猜测：“用心良苦之人，或许就藏在上海。”

罗亭和凌云洲异口同声地说：“‘姜太公’！”

普乐天点点头，随后又摇摇头：“解释不通的。‘三刺’是‘姜太公’的心血，他为何要除掉？”

凌云洲想了想：“如果‘姜太公’不得不除掉‘三刺’呢？”

罗亭一拍桌子：“‘三刺’就在‘姜太公’卧榻之侧，换句话说，‘三刺’都认识‘姜太公’。”

凌云洲对罗亭说：“你列个名单，把你认识的人都列上，好好捋一捋。假设，我说假设啊，‘姜太公’要想除掉‘三刺’，暗中直接做掉就行，为何安排军统特工来做？”

普乐天说：“难道‘姜太公’不忍心除掉‘三刺’？”

罗亭摆摆手：“不，‘姜太公’要利用‘变色龙’。”

凌云洲一时反应不过来：“为什么？”

罗亭说：“这只是我的直觉。杨枢被‘姜太公’看中，除掉‘三刺’只是借口，他要杨枢执行一个更重要的任务、一个必须绕过侍六组的任务。”

凌云洲问：“什么任务？‘无间计划’到底是什么？”

罗亭说：“猎人打猎，找不到猎物，就会循着猎物的脚印寻找。我们的猎物是‘姜太公’，‘姜太公’的脚印就是杨枢。”

凌云洲明白了：“利用宋鸣谪把杨枢装进去。我只要盯紧杨枢，就能找到‘姜太公’。”

“大体是这个意思，你再琢磨一下。”罗亭从包里掏出风油精，一边往太阳穴上涂抹一边说，“我们可以利用账簿做文章，反过来设计影佐圭吾，让他回不了上海。”

“我们想到一块了。影佐圭吾挖的坑，埋他自己最合适。”凌云洲嘴角微微上翘。

罗亭点点头：“梅机关和警察局各有一本假账，说明陈起也参与做假账了。或许，账簿陷阱的主意就是陈起出的。”

凌云洲点点头。

罗亭沉思片刻：“我有个想法：一、利用外务省与陆军部之间的矛盾，将假账簿交给岩井英一。”

普乐天补充说：“岩井英一是投机政客，一定会借机大做文章。”

罗亭继续说：“二、做掉陈起，形成死无对证之势。”

凌云洲说：“今晚我们就做掉陈起，将他的尸体扔到警察局，算军统的功劳。”

罗亭提醒道：“宋鸣谪应该躲进梅机关。这次他侥幸逃脱，已成惊弓之鸟，杀他恐怕更难。我们与他，比的是耐心，你们千万不能贸然行动。”

凌云洲说：“他知道自己做了什么，也知道我们不会放过他，他应该不会亲自去购买鸦片。”

普乐天说：“盯住黑川梅子就行。”

罗亭盯着普乐天：“黑川梅子不是想入股爱琴海西餐厅嘛，你答应她。拉到眼前，看得更清楚，打得更准。”

普乐天点点头：“好，她想在我们池子里钓鱼，我们就拿她做鱼饵。”

三人商量完毕，分别带着自己的任务离去。

凌晨3点，刚从妓院出来的陈起身乏体倦，回到家倒头就睡。

懵懂间，他听到急促的敲门声，咒骂着爬起来，走到院门前，扒着门缝瞧见凌云洲，不耐烦地打开门：“这个点儿，凌处长怎么——”

“半个连的军统特工，把警察局端了。”凌云洲站在陈起面前，指着他的鼻子说，“你他娘的走狗屎运了，睡女人还能保命。”

陈起狠狠地眨眨眼睛：“你说啥——”

“扑”的一声，凌云洲反手持刀，割断陈起的气管和颈动脉，一脚将他踹出去。

第十三章　无间斗

～ 130 ～

时间：1942 年 1 月 28 日，星期三。

地点：上海，日占区，愚园路 1136 弄。

站在周公馆露台上俯瞰愚园路 1136 弄，杨枢无法形容他的心酸。

在这条闻名上海滩的汉奸弄堂里，左边的李公馆，对面的汪公馆，与他脚下的周公馆形成钝角三角形。

凌晨 4 点，是黎明前的至暗时刻，也是他人生中的至暗时刻。

半个连的军统特工袭击警察局，一定会轰动上海滩。他虽然无法亲临现场，但那支火箭筒是杨毓香花高价从日本人手里购买的，指望它能给予“炼狱”致命一击。

火箭弹的爆炸声，远在愚园路 1136 弄的他都能听得很清楚。此刻，爆炸声已经消逝六个小时了，可是他姐姐杨毓香还没有回家。

他明白姐姐迟迟不归意味着什么，可是他依然期待奇迹出现。

他望着寂冷的夜空，无暇回忆他与姐姐的过往，决定去见罗亭——她一定知道六个小时前警察局发生的一切。

罗亭已经从锦香茶室回到汪公馆，此刻她的房间还亮着灯。

她没有睡下，也无法入睡，便泡了两杯养胃暖心的茶，等待杨枢。

她相信，杨枢见不到杨毓香，必然会来找她。

敲门声响起。她起身开门，木然的杨枢出现在她面前。

“进来吧，外面风寒，喝一杯暖茶。”罗亭轻声说。

“你在等我？”杨枢走进客厅，一屁股坐在沙发上。

“你姐姐，她——”罗亭端起茶杯递给杨枢。

杨枢嚅动着嘴唇，把头埋得很深。

“你姐姐炸毁了‘炼狱’。”罗亭站在杨枢面前，轻声说，“她是英雄！”

“都死了？”杨枢抬起头。

“逃出去五六个。”

“军统上海站打没了！”杨枢抱着头，无法控制在眼眶里打转的眼泪。

“你还活着！”罗亭掏出手帕递给杨枢，“只要有一个人活着，军统上海站就在。太平洋战场上盟军节节败退，中国战场更是令人无比沮丧。这时候，前线更需要大量情报支持。杨枢，我们都要牢记自己的使命。”

杨枢用手帕狠狠地擦了擦脸，然后问道：“你知道军统和侍六组联合策划了一个行动吗？”

罗亭摇摇头：“我还在休眠。”

杨枢盯着罗亭：“至少三个人才能组站，你愿意加入军统上海站吗？”

罗亭点点头。

杨枢苦笑：“如你所言，军统上海站还在。”

“还差一个人。”

“还有一个人，代号‘变色龙’。”

“你认识‘变色龙’？”罗亭佯装不知道杨枢就是军统“变色龙”。

“我是他的联络人。”

“你，我，再加上‘变色龙’，三个人就能成为一个党小组。”罗亭似乎很无奈，“我们都是军统上海站的种子。”

杨枢这时才喝了一口茶：“既然你是军统上海站的人，我就知无不言了。军统和侍六组联合策划了一个行动，代号‘无间计划’。”

“‘无间计划’？”罗亭假装一怔，“到底干什么？”随后她叹了一口气，“我最烦上面制订这计划那计划，最后还得我们这些身处一线的人拿命去做。”

“‘无间计划’的任务是——”杨枢将手中的杯子放在茶几上，紧紧地盯着罗亭。

罗亭说：“如果涉密，你最好别说。”

“第一个任务，甄别‘三刺’，执行‘清零行动’。”

“甄别？清零？”罗亭苦笑，“谁去甄别，把谁清零？难道‘姜太公’要除掉‘三刺’？”

杨枢点点头。

“由你执行？”

“我是军统的，跟侍六组的‘姜太公’井水不犯河水，我不会无条件地执行他的命令。”

罗亭说：“这是上峰批准的联合行动，违令者斩。”

“反正我不会对你下手。”

“我要是内鬼呢？”罗亭瞥了杨枢一眼。

杨枢盯着罗亭：“我相信我的直觉。我的直觉告诉我，我喜欢的女人不可能是汉奸！”

“谢谢你的直觉。”罗亭凝视着杨枢。

杨枢被罗亭盯得发慌，便起身踱步：“做我们这一行，相信一个人，就等于把命交给他。”杨枢转身看着罗亭，“你明白我的意思吗？”

罗亭迎接杨枢的目光：“靖康耻，犹未雪。臣子恨，何时灭。如今国破家亡，谁有资格想个人的事？只盼着踏破贺兰山缺时，你我还能活着。”

杨枢走到罗亭面前，低声说：“上峰之所以启动‘无间计划’，是因为‘血刺’突然指证‘毒刺’是内鬼。”

罗亭露出一副难以置信的表情：“‘血刺’怎么联络上侍六组的？”

“不知道。”杨枢摇摇头，“我的电台无法启用，无法向重庆方面查证这件事。将在外，君命有所不受，我就按照我的理解执行任务。”

“你意已决？”

杨枢重重地点头：“几天前，‘姜太公’通过报纸传递信息，发布启动‘无间计划’的命令。”

“‘血刺’到底是谁？”

“‘血刺’和‘毒刺’你都认识。”杨枢说，“‘血刺’是苏醒，‘毒刺’是舒季衡。”

“是他们啊！”罗亭沉默许久才问道，“苏醒指证舒季衡是内鬼，她有什么证据？”

“她有人证。”

“谁？”

“她自己。”杨枢说，“她说她在南京听到汪精卫和舒季衡的谈话。”

“这就无法甄别了。”罗亭摇摇头，“她自圆其说，既无法证明是真的，也无法怀疑是假的，我们总不能向汪精卫核实吧？说说第二个任务。”

杨枢说：“第二个任务，也是‘姜太公’最看重的。这个任务，我昨天才接到。”

“如果你为难，就当我没问。”

“策反凌云洲。”

杨枢的回答令罗亭大跌眼镜，“姜太公”要策反凌云洲，还要绕过侍六组，太令人匪夷所思了。

杨枢见罗亭蒙圈了，轻声问道：“策反他，有戏吗？”

罗亭缓过神来：“有戏没戏，一要看你的手段，二要看重庆方面提供的筹码。”

“我的手段？我能有什么手段？”杨枢问。

“警察局和特工总部也有一个联合行动。”罗亭缓声说道，“昨天，我和凌云洲商量，计划安排一个人冒充中统‘夜鹰’。凌云洲想钓鱼，我想找出‘三刺’中的内鬼，各取所需，相互利用。”

“这个主意不错。”杨枢想了想，“我去假扮‘夜鹰’吧，借机找出‘三刺’中的内鬼，顺便策反凌云洲，一举两得。”

“一石二鸟，好主意。”罗亭说，“策反凌云洲，可不是搂草打兔子的事，我们得走心，毕竟我们所有动作，都在‘姜太公’的视线之内。”

~ 131 ~

时间：1942年1月30日，星期五。

地点：上海，日占区，重光堂，梅花楼，极司菲尔路76号。

晴气武夫原是土肥原的助手，参与过土肥原肢解中国的“白皮书计划”。无论拉拢“南唐”唐绍仪，还是策反“北吴”吴佩孚，他都立下了汗马功劳。他本以为仕途因此一路飘红，不料影佐圭吾策反了汪精卫，盖过他的锋芒（作者按：以上内容详见拙作民国谍战系列小说《枪与玫瑰》)。

多年来，他对影佐圭吾都是阳奉阴违。“炼狱”被炸后，他立刻撤销了梅花小组，并向汪精卫提出两个建议：一、撤销警察局特务科；二、擢升凌云洲为特工总部副主任。

“炼狱”被炸，晴气武夫不但没有责怪宋鸣谪，反而让他走到台前，全力缉拿范仲。

宋鸣谪猜不透晴气武夫的真实动机，惶惶不可终日，靠吸食鸦片麻痹自己。这日醒来，他望着如美女蛇般蜷在身边的黑川梅子，把手轻轻放在她的腰上，轻声问：“醒了吧？”

黑川梅子慢腾腾地坐起来，伸个懒腰，睡衣的吊带从肩上滑落。

“多情应笑我，早生华发。”宋鸣谪色眯眯地打量黑川梅子，“普乐天同意你入股了？”

“今天签合同。”黑川梅子俯身抚摸宋鸣谪的脸，“影佐圭吾凶多吉少，你要早做打算。”

“范仲已到上海。”宋鸣谪握住黑川梅子的手，亲吻手背，“还有货吗？”

黑川梅子下床，从床下拽出一个铁盒子，在宋鸣谪面前打开，指着唯一一块鸦片说："我想办法再补点儿。"

"千万小心，不能让任何人看到。"宋鸣谪把黑川梅子拥入怀中，在她耳边叮嘱。

一朝被蛇咬，十年怕井绳。自从被影佐圭吾抓捕后，宋鸣谪就一再告诫自己，凡事谨慎再谨慎、小心再小心，绝不能出现任何纰漏。

即便如此，他随后就出现了一次口误。

他在小红楼门口偶遇罗亭。罗亭冲他点点头："您出去？"

这只是中国人见面打招呼的常用语，所以他脱口而出："刚来。"

话刚出口，他就意识到自己出现口误，赶紧往回找补："我刚才出去了，出去了。"

宋鸣谪那句"刚来"，如同惊雷在罗亭耳畔乍响。什么叫"刚来"，难道他不住在小红楼？

宋鸣谪立即转移话题："'3号'昨天抵达上海。"

"就这些？"

"赵甲坊就是中共'13号'。"

"你确定？"

宋鸣谪点点头："我一直监控'北极熊'和中共'13号'的电台，可以确定。"

"这是'炼狱'最后一次发挥作用吧？唉，太可惜了，它可是你的心肝宝贝啊。"

宋鸣谪看看左右："这里不是说话的地方，我们到屋里说话。"

二人走进屋里，宋鸣谪冲了两杯咖啡，递给罗亭一杯："提提神吧。"

罗亭接过咖啡杯："这两天我也是靠它硬撑着呢。"

宋鸣谪喝了一口咖啡，愤然说道："军统为了毁掉'炼狱'，不惜购置火箭筒。可笑的是，根据调查，火箭筒竟然来自上海日本宪兵司令部。"他摇摇头，"晴气机关长正在调查此事。舒局忙什么呢？"

"后花园是舒局的心头肉，也被炸得稀巴烂。他还能忙什么，收拾呗。"罗亭苦笑。

"'炼狱'被炸因我而起，都怪我。"

"怪不得你，军统想做的事，谁都拦不住的。"

"只怕舒局不这么想呀！"

"事已发生，他怎么想，由不得我们。对了，所有尸体已清点完毕，为什么没有发现赵甲坊呢？"罗亭向天花板望去，"活不见人，死不见尸。"

宋鸣谪愤愤地说："这也间接证明，军统特工袭击警察局，是万墨翰和赵甲坊内外勾结所致。"

"不是不报，时候未到。不说他了，说说'北极熊'的电报内容吧。"

"今日下午 4 点，范仲与'佛手'在跑马场碰头。"

"跑马场？"罗亭想了想，"范仲真会选地方，跑马场人多眼杂，不利于我们抓捕。"

"你不用担心，只要他敢去，就跑不掉。"

"范仲要是不去呢？"

"他有什么理由不去？他还以为自己做得神不知鬼不觉呢。不过，如果他不去，麻烦就大了。"宋鸣谪嘬了一口咖啡，"梅花小组已被裁撤，成员各回各家，我们怎么办？"他指着自己的鼻子，"投诚分子，有问题就是死。"他盯着罗亭，"你呢？"

罗亭摇摇头："恐怕我也走不出跑马场。"

宋鸣谪无奈地说："'炼狱'被毁，你我难辞其咎。此次抓捕是否成功，日本人赌运气，你我赌命，我们输不起啊。"

罗亭将咖啡杯放在桌上："你这是拉我下水啊。说实话，我可不稀罕立功受赏，只求保命。"

"罗局，不是我拉你下水，你早就在水里了。"宋鸣谪点燃一支烟，"冒充'佛手'可是你的提议呀。"

罗亭把脸一沉："你威胁我？我现在就给汪先生打电话，实话实说！"她说着起身走向电话机。

宋鸣谪拦住她："是我失言，是我失言，上海的事情就在上海解决嘛。"

"宋先生，看来你我还需要加深了解，不然以后无法合作！"罗亭冷冷地说，“明说吧，我不会冒充‘佛手’，如有意见，你向晴气机关长反映！”

罗亭所言，出乎宋鸣谪的意料。他这时才意识到，这场赌局，筹码只有他的生死。

杨枢也在赌，他赌的是能找到“三刺”中的内鬼，赌的是他不会变成甄别“三刺”过程中的炮灰。

由于舒季衡、罗亭和苏醒是汪精卫的心腹，“三刺”对重庆方面价值很大，他们传递的每份情报都价值连城。如果不能确定他们的忠诚度，那些情报就是致命毒药，将无数前线将士置于死无葬身之地。

因此，侍六组和军统联手制订了“无间计划”。这是近年来重庆方面在隐蔽战线进行的规格最高的甄别计划，甚至不惜把杨枢这张军统王牌“变色龙”作为筹码。

在上海甄别，不同于在重庆甄别，不仅要神不知鬼不觉地进行，还不能暴露任何人的真实身份。

杨枢不想成为炮灰，只能主动出击。

特工总部和警察局的联合行动为他提供了机会。

罗亭已经命他执行“钓鱼计划”，他就可以正大光明地接触凌云洲。

其实，凌云洲也一直在等杨枢上门。代号“钓鱼计划”的联合行动，是他和罗亭一手炮制的，目的就是暗中协助杨枢完成甄别任务。

在此过程中，凌云洲还不能让杨枢发现破绽。表面上，凌云洲要给杨枢一个明确目标，否则凭杨枢的辨识能力，一定能看出其中的问题。

唯一的办法，就是把杨枢变成计划的一枚棋子——鱼饵——中统神秘特工“夜鹰”。

杨枢变成“夜鹰”，不但能以重庆方面特工身份参与甄别“三刺”工作，还能隐藏他的军统“变色龙”身份。

鱼饵有了，“鱼”呢?

安子铭——凌云洲从罗亭列出的熟人名单中，圈定了提篮桥监狱监狱长安子铭。安子铭不但与罗亭很熟，还与舒季衡、苏醒乃至日本人都保持着特殊的关系。

“三刺”就藏在“姜太公”卧榻之侧，必然认识“姜太公”。安子铭是不是“姜太公”，就需要杨枢这条“鱼”去验证。

“为什么钓安子铭？”杨枢见凌云洲把“钓鱼计划”的目标定为安子铭，不解地问。

“罗局没有告诉你吗？”凌云洲反问杨枢。

“你觉得她能告诉我吗？”杨枢也反问，然后慨叹道，“我本将心照明月，奈何明月照沟渠。”

“醋意盎然！”凌云洲点指杨枢，然后指着纸上的“安子铭”三个字说，“他在上海金融圈异常活跃，‘炼狱’曾经监听到沙逊要发行一只股票，这只股票的操盘人就是他。”

杨枢取笑道：“特工总部的副主任沉迷于炒股，太他妈的不务正业了。”

凌云洲撇嘴：“我的正业是好好活着。延安方面的人要活着，重庆方面的人也要活着，日本人也要活着，对不对？这些人要想活得更好，是不是都需要钱？”凌云洲拍拍椅子，“我是特工总部副主任，罗局是警察局副局长，如果我们手里没有钱，屁活儿都干不了，你信不信？”

杨枢点点头：“我信。你们想把安子铭变成自己人，通过他从股市搞钱？”

凌云洲点指杨枢：“做人不能太聪明！”

杨枢说：“傻子都能看得出来，不止特工总部和警察局想在股市上捞一笔吧？”

凌云洲点点头：“‘钓鱼计划’已经上报市政府和梅机关，周部长和晴气机关长均大力支持，我现在代表四家钓鱼。”

“这么说，我是非常安全的。”

“有周部长和晴气机关长关照，你还担心个屁！”

“我具体做什么？”

“从此刻起，你就是中统‘夜鹰’，身份暴露潜逃。至于你怎么钓鱼，有招想去，没招死去。”凌云洲将一张现金支票递给杨枢，“一个小时后，我就签署你的通缉令，特工总部会全力抓捕你。”

杨枢接过现金支票，轻轻一弹，心满意足地离去。

凌云洲签署抓捕中统“夜鹰”的通缉令后，责令苏醒全权负责。

苏醒得知杨枢就是中统“夜鹰”时，难以置信。

凌云洲问她：“你知道杨枢的姐姐吧？”

“知道，杨毓香。”

“她是军统上海站站长万墨翰的手下，就是她用火箭筒炸毁了‘炼狱’。罗局当时就在现场。”

“她从哪里弄到的火箭筒？”

“据查，杨毓香通过陈起购买的。”凌云洲说，“陈起与日本人关系很好，通过日本商人，买通了上海日本宪兵司令部炮兵少尉井边田二。井边田二被捕后供出陈起，目前陈起在逃。你现在带人封锁车站、码头等所有出口，必须在上海将杨枢、陈起抓获。”

～ 132 ～

时间：1942 年 1 月 30 日，星期五。

地点：上海，公共租界，跑马场；日占区，红堂。

抓住范仲，是宋鸣谪在梅机关能否立足的最后机会。

一旦失去这个机会，就算日本人不杀他，他也无法支付高昂的鸦片费用，他就会成为一堆瘫在床上的烂泥，或者倒在街头的僵尸。

国共两党特工都不会放过他，失去日本人庇护，他每天都可能以无法想象的方式死掉。

走投无路的他，只能孤注一掷。

宋鸣谪望着跑马场，打量他设置的天罗地网，眼中闪烁着贪婪的蓝光。

制高点上埋伏着狙击手，看台上隐藏着梅机关特务。只要范仲和中共“13 号”在此露面，就逃不出他的魔掌。

跑马场枪声一响，埋伏在圣约翰大学的苍井巷小队，就会立即抓捕“北极熊”。

军统特工能炸毁“炼狱”，再次验证梅花小组存在内鬼。当晚，赵甲坊和罗亭都在“炼狱”，如果赵甲坊是中共“13号”，罗亭一定是军统潜伏在警察局的特工。

所以，宋鸣谪撇开罗亭，自己冒充“佛手”来到跑马场与范仲接头。至于范仲认不认识“佛手”都无所谓，只要范仲走进跑马场，他就达到目的了。

宋鸣谪站在曾经是洋人专用的吸烟室窗前，一边吸着雪茄，一边等待范仲到来。

时间过得真慢，简直度日如年。

毒瘾要犯了，他强忍着蚂蚁噬骨般的疼痒。

范仲为何还没有现身？

他向看台望去，觉得每个人都像范仲，不由自主地把手伸向腰间的手枪。

突然，赵甲坊像幽灵一样出现在落地窗前，隔着玻璃与他对视。

他狠狠地眨眨眼睛，极力控制住身子。

可以确定，赵甲坊就是中共“13号”。赵甲坊接到“北极熊”的密电，来到跑马场掩护范仲。

赵甲坊走进吸烟室，见里面只有宋鸣谪一人，低声说：“佛在心中坐。”

宋鸣谪缓缓地说：“手摘天上星。”

赵甲坊走到窗前观察四周，见无异样，转身低声问：“佛手？”

“我被叛徒出卖了，只能假投诚，否则任务无法完成。”宋鸣谪顺着赵甲坊的意思说，“我此行任务是把药品运出上海。”

“既然你是假投诚，为何杀老周？”赵甲坊掏出手枪抵在宋鸣谪前胸。

“做给罗亭看的。”宋鸣谪不动声色地说，“她一直怀疑我，牺牲——是老周同志自己的选择。”他把头扭到一边，“老周是为了掩护我才主动站出来的。”

赵甲坊点点头：“我跑得快，不然也跟老周一起去了。”他向看台望去，“‘3号’不会来了。”

宋鸣谪抬腕看表："会面时间过了。"

"那就等他们第二次会面吧。"赵甲坊向赛道望去，见3号马遥遥领先，笑道，"我买了3号马，运气不错。"他突然低声问，"'炼狱'没有截获电报吗？"

"截获了。"宋鸣谪不耐烦地说，"没有密码本，就是垃圾。"

"'北极熊'暴露了吧？"

"暴露了。"

"能不能营救'北极熊'？"

宋鸣谪见3号马不负众望地夺冠，猛拍大腿笑道："我也买了3号马。买马能赢，救熊能胜。"

"怎么营救？"

"今晚我召回部署在圣约翰大学的特务，按惯例会留下两个人。你把人救走后，到法兰西码头找我。"

赵甲坊离开吸烟室后，担心宋鸣谪派人跟踪，在人群中转了两圈，确认无人跟踪后才绕道奔向红堂。

他来到红堂，见宋万堂、普乐天和宋格正陪同一个四五十岁年纪、一脸正气的人说话，便高声喊道："范书记！"

范书记就是新四军"3号"范仲。范仲站起身问："成了？"

赵甲坊点点头。

宋万堂哈哈大笑："'13号'的计划高明，老赵跟宋鸣谪玩这场攻心计，很精彩嘛。"

范仲笑道："智救'北极熊'，运走药品，全靠'13号'运筹帷幄。"

宋万堂问："'13号'到底是谁？能不能让我见识一下？"

宋格拽了拽宋万堂的胳膊："爹，我们是有纪律的。"

"我和宋帮主三年前就接触过，我们本打算长期合作，没想到我被小鬼子咬了一口，组织不得不送我去莫斯科疗伤。"范仲向大家解释，"那段时间，'老A'代我与宋帮主接触。宋帮主是香饽饽，各方面都惦记。延安高层指示我们一定争取宋帮主。我放心不下，伤好后就从莫斯科马不停蹄地回到上海。”

宋万堂拱手道：“承蒙贵党看得起老朽，老朽愿为中国革命事业肝脑涂地。老朽已经安排一批弟子到苏北，还望贵军不弃，好好培养他们。”

范仲拱手道：“宋帮主高义！”

“老朽还要送给乐天一份礼物。”宋万堂从怀里掏出一个信封递给普乐天，“老朽虽然不玩军统那套，但掺沙子的活儿还是会玩的。这五个人底子干净，如果能用你就用，不能用你就替我清理门户。”

范仲笑道：“这可是一份大礼呀！”

“这是我的家底儿。”宋万堂将拐杖往地上一蹾，“三百年红帮，一代代传下来的法宝不能丢。这个法宝就是人，没有人的江湖还叫什么江湖？说实话，我能在上海滩立足多年，这五个人功不可没。”

第十四章 收 网

～133～

时间：1942年1月30日，星期五。

地点：上海，日占区，虹口，梅机关。

杨枢就是中统“夜鹰”的消息，很快就传到宋鸣谪耳朵里，让他感觉如坠云雾之中。

他才是如假包换的中统“夜鹰”，杨枢怎么可能是中统“夜鹰”？特工总部为何要以此栽赃杨枢呢，他实在想不通。

若在“炼狱”被炸之前，他一定会大声质问晴气武夫，现在他只能小心翼翼地说：“杨枢不是中统‘夜鹰’，我才是。”

晴气武夫瞥了他一眼：“我知道。”

宋鸣谪一怔：“我还以为是特工总部栽赃杨枢呢，难道——”

晴气武夫安慰道：“你不要多虑，这是梅机关的一项特殊行动。在上海，知道你是中统‘夜鹰’的人，只有我和凌主任。”

宋鸣谪点点头：“那我就放心了。”

晴气武夫走到宋鸣谪面前：“范仲是新四军高级将领，他到上海只见‘佛手’于理不通。为了见一个人，他没有必要冒如此大的风险。”

“那就是奔那批药品来的。”宋鸣谪想了想，赶紧摇头，“不对，我在南京时，听说新四军要派人收编红帮，范仲不是为了此事吧？”

“收编红帮？”晴气武夫瞪大眼睛，“如果此事当真，这条信息价值很大。”

宋鸣谪受到鼓励，来了精神：“这两年，南京、重庆、延安三方面都相继派人到上海收编红帮，据说宋万堂对他们一概不理，只想保持中立。”

“红帮会一直保持中立吗？”

“说不好。”宋鸣谪小心翼翼地说，“不过，宋万堂有个师兄，就是美洲洪门致公堂创始人司徒美堂。”

“司徒美堂一直在美国协助宋美龄筹集钱款。”晴气武夫负手踱步，“如果宋万堂油盐不进，范仲还会冒险来上海吗？”

“共匪本来就是异类嘛，您不能用正常人思维理解他们。”宋鸣谪纠正道。

凌云洲敲门，打断了他们的谈话。

凌云洲进屋后，拍了拍宋鸣谪的肩膀：“宋先生，抱歉，特工总部不该以你的名义采取行动。”

宋鸣谪尬笑：“中共‘笔仙’、中统‘夜鹰’已经成为历史名词了，凌主任化腐朽为神奇的大手笔，令宋某佩服！”

凌云洲问：“宋先生今天在赛马场有收获吗？”

宋鸣谪摇摇头，又点点头：“可以确定，赵甲坊就是中共‘13 号’。”

凌云洲故作惊讶：“赵甲坊是中共‘13 号’？我还救过他的命呢，这事闹的！”

晴气武夫问凌云洲：“你和赵甲坊打过交道？”

凌云洲点点头：“他以前是公共租界的巡捕，在黑市上倒卖军火被我撞见。当时我手头紧，收了他的钱，就睁一只眼闭一只眼了。唉，那种贪财好色的家伙，怎么可能是中共‘13’号呢？”

宋鸣谪说：“他不但是中共‘13 号’，还是门徒小组的狙击手‘野兔’。今晚我送给他一份大礼，让他去营救共产国际‘北极熊’。现在他应该潜入圣约翰大学了，五分钟后就会救走‘北极熊’。”

凌云洲好奇地问宋鸣谪：“你这是什么路数？”

宋鸣谪递给凌云洲一支烟：“赵甲坊相信我是假变节，我要利用他截获那批药品。”

凌云洲接过烟点燃：“赵甲坊要把药品运出上海，必须用到船。你就为他提供船只，只要药品上船，运到哪里就由不得他了。”

宋鸣谪点点头：“英雄所见略同。”

晴气武夫这时才插话：“凌主任，红帮最近有异常举动吗？”

凌云洲想了想：“红帮似乎要扩张码头势力，造了一批新船，不过都是小船，吨位小，但是速度快。”

晴气武夫问：“他们想干什么？”

宋鸣谪说：“船小速度快，不图载货量，不涉深海区，说明宋万堂不是用它们做远航生意，只做近郊物流。宋万堂的意图很明显，不帮延安方面和重庆方面，只想立足上海。”

凌云洲看看手表：“赵甲坊应该救出‘北极熊’了吧？”

他的话音刚落，电话铃声骤然响起。晴气武夫抓起话筒，“嗯嗯”两句就挂了。他瞥了宋鸣谪一眼：“成了，不过，人和药品我都要！”

～ 134 ～

时间：1942 年 1 月 30 日，星期五。

地点：上海，日占区，梅机关；法租界，宋公馆。

鸦片。女人。

信仰。变节。

叛徒。三窟。

罗亭站在梅机关后面的巷子里，注视着亮灯的小红楼。

她确信，宋鸣谪住在梅机关就是一个幌子。

宋鸣谪没有住在梅机关，会住在哪里呢？他是怎么神不知鬼不觉地离开梅机关的？难道他能上天入地？

上天入地？罗亭眼前忽然浮现出一个人——中共门徒小组成员“土狗”周戊寅。

宋鸣谪枪杀周戊寅是随性而为，还是蓄谋已久？他为何要杀掉周戊寅，而不是钱乙然？

潜意识！

这就是他的潜意识在作怪！

他的潜意识里，有一个巨大的秘密与周戊寅有关。

周戊寅通过下水道，在众目睽睽之下，从梅机关盗走楼兰女尸。

宋鸣谪是不是也从下水道出入梅机关呢？

想到此，罗亭直奔连接梅机关下水道的窨井。令她不解的是，那个窨井上面出现一个新岗亭。

岗亭旁边，停着一辆挂着窗帘的黑色轿车。

罗亭顿时明白，宋鸣谪就是从那个岗亭出入梅机关的。

宋鸣谪知道很多人想要他的命，他的住处一定离梅机关不远。

重光堂——罗亭脑海里闪现出这个地方。

重光堂曾是竹机关所在地，比其他地方更安全。

罗亭径直走出巷子，来到巷口的虹口酒吧，在靠窗的桌前坐下，点了一瓶清酒。

虹口酒吧是梅机关到重光堂的必经之地，只要看到那辆黑色轿车驶向重光堂方向，她就能确定宋鸣谪住在重光堂。

没过多久，那辆黑色轿车果然从梅机关方向驶来，在虹口酒吧门前拐向重光堂方向。

罗亭连夜赶到法租界宋公馆。

宋公馆在霞飞路洋房区，如今是台风小组联络点。宋公馆亮着灯，普乐天和宋格还没有入睡。

罗亭凝视着宋公馆大门，感觉脚下重逾千斤。

她内心虽痛，表情却很坚毅。中共门徒小组共有十三名成员，现在牺牲八名，暴露三名，只剩下她和普乐天还在工作。

他们暴露只是时间早晚的事情。当她得知苏醒指证舒季衡是汪逆内鬼，她便意识到自己随时都可能被日本、汪伪、重庆三股势力的旋涡吞噬。

罗亭举起手，在空中悬停十秒后，才以约定的节奏按响门铃。

普乐天以最快的速度出来开门。

两个人，一个站在门内，一个站在门外，中间隔着铁栅栏门，静静地对视，如同两尊唐诗里“化为石，不回头”痴痴相望的望夫石。

站在洋房门口的宋格，也如望夫石般看着他们。

时间、空间，在那一刻凝固。

宋格转身回到卧室，默默地坐在床头，呆呆地看着床上比她还孤寂的一个枕头。

普乐天打开门，把罗亭让进一楼客厅，缓声问道：“发生什么事了？”

罗亭说：“我找到了宋鸣谪的住处。”

普乐天问：“梅机关？”

罗亭摇摇头：“不，他住在重光堂。”

普乐天坐在沙发上：“怎么干？”

“锄奸嘛，自然要弄出点儿动静。”罗亭说，“日占区狙杀、公共租界戏耍梅机关、法租界运走药品，三件事同时进行。”

普乐天将宋万堂送给他的名单递向罗亭：“宋帮主送给我们一份大礼——五个靠得住的帮手。”

罗亭没有接名单：“这份大礼是你和宋格的，不应该让外人知道。”

“外人？”普乐天诧异地看着罗亭，扭头看看楼梯，然后收起名单，指指沙发一端的被褥，苦笑一下，摇摇头，起身道，“我送送你吧。”

~ 135 ~

时间：1942 年 1 月 31 日，星期六。

地点：上海，法租界，法兰西码头；日占区，梅机关，重光堂。

宋鸣谪一直在苦苦思索一个问题：

中共南京地下组织遭到严重破坏，怎么解释？

赵甲坊一定了解南京方面的情况，如果他不说服赵甲坊，赵甲坊就不会放松警惕，很难把药品交给他。

最后，他想到，把一切问题都推到在上海到处乱飞的中统“夜鹰”头上。

赵甲坊是一只单飞的鸟，一定不知道杨枢假扮中统“夜鹰”的事。

他又是如何拿到中共南京地下组织成员名单的？这需要一个非常合理的解释。

一个人的名字渐渐浮出他的脑海。

宋鸣谪看到赵甲坊出现在法兰西码头，紧走几步，假装激动地握住赵甲坊的手：“终于见到自家人了！”

赵甲坊沉着脸，挣开宋鸣谪的手：“南京的事儿，你怎么解释？”

“都是舒季衡搞的，他就是中统‘夜鹰’。”宋鸣谪脱口而出。

赵甲坊要把戏份做足，不能对南京方面的事情闭口不谈，否则就会引起宋鸣谪怀疑，但他又不能深谈，毕竟他并不了解南京方面的事情，言多必失。

于是，赵甲坊顺着宋鸣谪的话往下问：“名单是舒季衡提供的？”

宋鸣谪点点头：“我打入警察局，就是想伺机做掉舒季衡，只可惜他躲在南京不回来。”

“这笔血债，一定和他们清算。”赵甲坊拉过一把椅子坐下，“南京是这样，上海也是这样，我们的同志都牺牲了，只剩下我——”

“应该还有一个人。”宋鸣谪在另一把椅子上坐下，不动声色地说，“日本人认为门徒小组中的‘野兔’和‘鼹鼠’还在。”

赵甲坊低声说：“日本人的情报工作做得确实出色。不瞒你说，我就是‘野兔’。”

“‘鼹鼠’呢？”宋鸣谪追问。

“牺牲了。”赵甲坊的声音聊胜于无。

“牺牲了？”宋鸣谪一怔。

“万墨翰。”

“万墨翰就是‘鼹鼠’？”宋鸣谪难以置信。

“他不是‘鼹鼠’，我岂能在巡捕房来去自如？”赵甲坊满脸哀伤，“我们是好搭档。”

“这笔血债必须清算！”宋鸣谪咬咬牙，“说正事儿吧，药品在哪儿？”

“你觉得呢？”赵甲坊盯着宋鸣谪。

宋鸣谪猛拍额头：“公共租界巡捕房，现在是第一分局。”

“还有比藏在那里更稳妥的地方吗？”

宋鸣谪点点头。

“我们商量一下如何把药品运出去吧。”赵甲坊说，“现在最愁人的事，是人手不够。”

“这个问题你不用担心。”宋鸣谪说，“我来上海之前，已经安排几个同志秘密潜入上海。”

“多少人？”赵甲坊问。

“七个。”

“悬。”

“多少药品，七个人还不够？”宋鸣谪不动声色地问。

“半卡车。”

“这么多？大批前线将士的命有救了！”宋鸣谪激动地说，“我去准备通行证。何时起运合适？”

“你先找到一辆卡车，今晚装车，明天上午 10 点运到仓库。”

“为什么不在晚上运？”

“卡车目标太大，白天反而更安全。”

“好，今天晚上 10 点，卡车准时到第一分局。”

“跟同志们说一声，晚上装完车后就地休息，明天上午 10 点出发。”

宋鸣谪起身：“好的。我让一个同志把通行证带过去，我现在就去安排货船。”

赵甲坊起身与宋鸣谪握手："药品运出上海，我在上海的使命就完成了。老宋同志，我们革命胜利后见！"

宋鸣谪回到重光堂时，黑川梅子刚从黑市买来一包鸦片，二人便一起贪婪地吸食。

晚上，宋鸣谪来到梅机关，在梅花楼等消息。

下半夜，一个叫小原田野的特务前来报告，经他查证，那批货物果然是盘尼西林。

听到这个消息，宋鸣谪似乎没有什么反应，起身走进地下室，一边打开下水道口，一边低声哼唱《定军山》选段：

师爷说话言太差，
不由黄忠怒气发。
一十三岁习弓马，
威名镇守在长沙。
……

回到重光堂，宋鸣谪见黑川梅子不在，一边拿出鸦片，一边有板有眼地唱道：

自从归顺皇叔爷的驾，
匹马单刀我取过了巫峡，
斩关夺寨功劳大，
军师爷不信在功劳簿上查一查。
非是某黄忠夸大话，
……

唱罢，他就靠在沙发上贪婪地吸食鸦片，然后满足地睡去。

天亮时，黑川梅子一脸倦意地推门进来，见宋鸣谪坐在沙发上盯着自己，赶紧解释道："我以为你不回来了呢，就在西餐厅和江澄子打麻将。江澄子输红眼了，说什么都不散局儿。不行，我困死了。"她说着就向卧室走。

宋鸣谪起身走到窗前，凝视着渐渐泛红的东方，嘴角微微上翘。

~ 136 ~

时间：1942 年 2 月 1 日，星期日。

地点：上海。

赵甲坊自认是中共门徒小组成员"野兔"，致使普乐天无法使用狙击步枪。刺杀宋鸣谪现场留下任何线索，都有可能存在隐患。

他和宋格探明虹口酒吧周边的地形后，准备先用手雷炸毁宋鸣谪的轿车，再用手枪补枪，然后从虹口酒吧后门撤退。

这并不是完美的计划，但他们别无选择。

对于狙击手来说，近距离开枪，既无经验，也无保证。

天，似乎异常寒冷。

普乐天穿着破旧的棉袄，像无家可归的流浪汉蜷缩在虹口酒吧门口，似乎睡着了。

他双手压在身下，一手握着手雷，一手握着手枪，微微睁开的眼睛一直盯着重光堂方向。

远处的教堂传来钟声，提醒人们时间已到上午 10 点钟。

钟声消失后，轿车的鸣笛声传来。

宋鸣谪的专车司机有个习惯，经过十字路口，无论有无行人都会按几下喇叭。

普乐天睁大眼睛，盯着离他越来越近的轿车。

他用嘴拔掉手雷的销钉，计算着轿车与他的距离。

轿车驶到虹口酒吧门口突然转向，疾速撞向酒吧的墙。

普乐天迅速起身跑到轿车前往里面看。司机趴在方向盘上，宋鸣谪竟然死死地掐着司机的脖子。

普乐天来不及细想，用枪托砸碎车窗，将手雷扔进车里，然后闪身进入虹口酒吧门内。

“轰”的一声巨响，轿车瞬间淹没在火海中。

普乐天径直走出虹口酒吧后门，进入一条小巷。

他实在想不出，宋鸣谪的轿车为什么在他眼前突然失控，宋鸣谪为什么不杀而亡。

事实是，宋鸣谪死于黑川梅子新买来的鸦片中的毒药。

得知宋鸣谪吸毒后，宋格就安排雷阳跟踪黑川梅子，找到为她提供鸦片之人。雷阳买通那个人，将带毒的鸦片卖给黑川梅子。

宋鸣谪吸食鸦片后，离开重光堂，中途毒性发作，产生幻觉，难受至极，抢夺方向盘，导致轿车撞墙。

一辆装载药品的卡车，从公共租界驶入法兰西码头的仓库。

在卸货的空当，赵甲坊悄悄溜出法兰西码头，奔赴十六铺码头。

十六铺码头停靠十艘新货船，红帮弟子正在举行新货船首航仪式。宋万堂等人剪彩后，朱子刑点燃鞭炮。

硝烟、纸屑和尘土，遮住了人们的视线。

赵甲坊跳到一艘货船上，走进船舱里，在范仲对面坐下：“到苏北后，范书记如何编故事呢？”

范仲说：“中共‘13 号’锄奸凯旋，如何？”

“报社肯定赚大了。”赵甲坊向法兰西码头方向望去，见滚滚浓烟升起，缓声说，“法兰西码头的戏码也很精彩。”

范仲也向法兰西码头方向望去：“共产国际同志的剧本写得真好，所有人都入戏了。”

“哈哈，我们还得感谢群演小原田野！”赵甲坊补充道。

“‘13 号’果然是天才导演，小鬼子绝对不会想到药品就在货船上。”范仲在舷墙上轻轻一拍，“诸葛亮草船借箭，‘13 号’木船藏药品。这些木船都是双层的，药品藏在夹层里，小鬼子想破天都想不到。”

赵甲坊哈哈大笑：“很荣幸，我在上海做了一回‘13 号’。”

二人谈笑间，十艘新货船沿着黄浦江向长江口驶去。

货船渐行渐远，宋万堂把右手举在空中，久久不愿放下。

他转身向十六铺造船厂望去。那艘斑驳的铁皮船，是十六铺造船厂造出的第一艘船，虽然已经腐烂不堪，但依旧摆放在门口显眼的位置。

“灯下真黑！”宋万堂摇摇头，自言自语。

日军虽然控制了十六铺造船厂，也检查了所有仓库和房间，却唯独忽略了门口那艘斑驳的铁皮船，更没想到江仲阁会把药品藏在他们眼皮底下。

宋鸣谪尸骨不存，法兰西码头仓库变成灰烬，把晴气武夫气傻了。

“药品全烧了！”晴气武夫愤愤地质问凌云洲，“范仲还在上海吗？”

“我们中计了。”凌云洲懊恼地摇摇头，“我们中了共匪移花接木之计。”

“移花接木，什么意思？”晴气武夫瞪大眼睛，“范仲根本没来上海？”

凌云洲点点头：“跑马场的戏码就是一个圈套，他们的真正目的是营救‘北极熊’，因为只有‘北极熊’有危险。共匪绕了这么大的圈子，其实就是想做掉宋鸣谪。”

晴气武夫低头沉默半晌，然后抬头问道：“共匪烧毁药品怎么解释？药品可是他们求之不得的东西。”

“得不到就毁掉，应该是充分的理由。”

晴气武夫又低头沉默一会儿：“宋鸣谪的保护措施如此严密，谁能杀了他？”

“只能是他身边的人。”

晴气武夫点点头：“梅机关有内鬼？”

凌云洲摇摇头：“我们可不能这么说。”

“为什么？”晴气武夫盯着凌云洲。

“岩井公馆查出一份密账，牵扯一笔巨额费用，涉及影佐机关长。”凌云洲把嗓门压得极低，“一旦岩井英一借此大做文章，影佐机关长肯定回不来了。”

“确有此事？”晴气武夫提高嗓门。

“千真万确。”凌云洲点点头，“宋鸣谪一死，此事死无对证。”

晴气武夫摆摆手：“逝者逝矣，凡与宋鸣谪有关的人和事，到此为止！”

凌云洲悬着的心终于放下来了。

晴气武夫这个决定，会使上海这座叱咤之城，暂时归于平静，等于给中共上海地下组织一个喘息机会。

第十五章　迷　雾

～ 137 ～

时间：1942年2月2日，星期一。

地点：上海，沙逊大厦，圣心教堂，鼎盛行，警察局。

江澄子一连几个晚上都没有睡好觉。

凌晨2点，她依然翻来覆去睡不着，见凌云洲睡得异常香甜，气不打一处来，抬腿踹向凌云洲的屁股。

凌云洲滚到床下，立即站起，见江澄子怒视自己，问道："我怎么掉到床下了？"

江澄子打开床头灯："我睡不着，凭啥你睡得那么香甜？不是说夫妻患难与共嘛，既然你醒了，我就原谅你了。坐下，我跟你说件事儿。"

凌云洲连连点指江澄子，一屁股坐在床沿上："说吧。"

"师婉笛有两个男人，一个是舒季衡，一个是蒋文汉。"

"怎么可能？舒季衡和蒋文汉是师生关系，怎么可能成为情敌？你别瞎合计了，睡觉吧，这事儿不归你管。"凌云洲打个哈欠，准备躺下睡觉。

"师婉笛已经承认了，不信你去问苏醒。"江澄子见凌云洲不信，揪住他的耳朵，把他拽到自己面前，"你怎么什么都不信呢？"

凌云洲龇牙咧嘴地求饶，江澄子才松手："我说正事儿呢，你严肃点儿。"

凌云洲一本正经地问："一个是警察局局长的情人，一个是特工总部情报处处长，你不会平白无故和她们走得这么近吧？”

江澄子不想回答这个问题，摆摆手：“睡吧，睡吧！”

“你监视苏醒和师婉笛？”凌云洲已经毫无睡意，“她们都不是省油灯，你别把自己搭上。”

“这你就不懂了吧，拉近距离才能看得更清楚。”江澄子得意地说，“她们已经成为我的闺蜜了。”

“她们是看在钱的分上吧？”

“钱能解决的问题，就不是问题。”江澄子伸个懒腰，打个呵欠，“汇报完毕，我困了。”她关闭床头灯，躺下就睡着了。

凌云洲躺在床上，却睡不着了。

“蒋文汉”竟然是师婉笛的情人，难怪他调查师婉笛没有任何进展。

另外，“蒋文汉”虽是“炼狱计划”执行者，但他似乎对此并没有什么兴趣。昨天，共生证券公司召开股东大会，股东们一致推举江澄子为董事长，“蒋文汉”也投了江澄子一票，他意欲何为？

“炼狱”被炸，似乎并没有影响“蒋文汉”的心情。他跟着舒季衡忙里忙外，却不主动推进“炼狱计划”。

他这些令凌云洲无法理解的行为，在师婉笛这里找到了答案——他在保护师婉笛。

凌云洲决定在师婉笛身上做文章。

天亮后，凌云洲给凌岳州打电话，约他一起去拜会沙逊。

凌岳州爽快答应。

他们来到沙逊大厦顶层沙逊办公室。沙逊一扫往日积郁，主动和他们谈起优生股票。

“优生股票登记造号的资料已经准备齐全，蒋先生带回去认真复核。”沙逊将一沓资料放在茶几上，“为了掩人耳目，我特意引进一家国外公司托底。”

凌岳州打量沙逊：“你怎么能让国外公司托底，谁给你的权力？”

“蒋先生别急嘛！”沙逊拿起一支雪茄点燃，“做生意呀，跟你们做情报工作一样，虚虚实实，实实虚虚，股民才看不透，我们才能有钱赚。”

凌云洲拿起那沓资料翻看："哪国的公司？"

沙逊吐了一口烟："意大利。"

凌岳州问："为什么选意大利的公司？"

"为什么不呢？意大利墨威资本投资公司，幕后老板是墨索里尼的私人管家。"沙逊扫视凌云洲和凌岳州，郑重地强调，"日本与意大利是盟国。"

凌岳州说："待我到意大利驻沪总领事馆确认后，才能答复你。"

沙逊笑道："我有的是时间。"

凌云洲和凌岳州离开沙逊大厦，走到黄浦江畔，倚着栏杆仰望沙逊大厦。

凌云洲呸了一口："老狐狸！"

凌岳州点燃一支烟："沙逊家族能在乱世不倒，肯定有点儿手段。昨天在股东大会上，老家伙一言不发，今天突然打我一个措手不及。"

"你为何投我太太一票？"

"你看不出来？投票只是形式。"凌岳州说，"是原宝轩让我投的。"

"原宝轩有这么大的能量？"凌云洲沉默一会儿，"他让我太太出任董事长，是不是想让我替她顶雷？你得跟我说实话。"

"按照上面的意思，由沙逊家族发行优生股票，满铁主导。"凌岳州表情严肃，"沙逊提议你太太出任共生证券公司董事长，你太太自己同意，其他股东只能附和，现在变成由共生证券公司主导了。"

"一旦'炼狱计划'出事，就得由共生证券公司负责，我太太负全责，对吧？"

凌岳州摆摆手："董事长就是具体工作执行人，你太太顶在前面，后面肯定有人撑腰，你不用担心。"

凌云洲转而问道："东京高层催促尽快落实'炼狱计划'了？"

"大本营一直在催，土肥原将军没催过。"

"'炼狱计划'不是土肥原将军一手策划的嘛，他怎么不着急了？"凌云洲问。

"难道你还看不出这步棋？"凌岳州说，"大本营夺取了'炼狱计划'实际控制权。"

"真他妈的复杂。"凌云洲骂了一句，"影佐机关长离开上海，现在我都不知道为谁忙活了。”

凌岳州不以为然地说：“生于乱世，我们只能为自己和家人忙活。”

凌云洲点点头：“确实，天大地大，没有老婆孩子大。接下来我们怎么做？”

“等。”

“等？”凌云洲盯着凌岳州，“上面怪罪下来怎么办？”

凌岳州说：“如果东条英机夺取‘炼狱计划’控制权，大本营那群蠢蛋谁懂金融？谁懂证券股票？他们只知道黄金、美元，哪里懂得数字的奥妙？”

“你想糊弄他们？”凌云洲追问。

“不！”凌岳州摇摇头，“意大利这家公司很有意思，墨威资本，你混金融圈，应该听说过的。”

“好像听说过。”凌云洲想了想，“我听凌四石提过一嘴，墨索里尼的私人管家好像来过上海。”

“这么说，墨威资本还真是墨索里尼的钱袋子。”凌岳州说，“只要这个消息属实，我们只能等，而且还要告诉上面只能等。万一拆了轴心国的台，你我就算有一百条命，也不够填坑的。”

凌云洲哈哈大笑：“还是你的脑子好使。”

“没事儿我们散了吧，容易招嫌疑。”凌岳州转身要走。

凌云洲不动声色地说：“找到渡边淳了。”

“找到了？”凌岳州站下，盯着凌云洲，“死的还是活的？”

“死的。”

“在哪里？”

“虹口圣心教堂。”

“太好了！”凌岳州说，“他妈的，找到渡边淳，一实一虚交上去，我们就能过关了。走，你带我去看看。”

他们驱车赶到圣心教堂后院一座坟墓前时，一个日本法医正在检查一具腐烂的尸体。

凌岳州问凌云洲：“你怎么找到这里的？尸体都烂透了，怎么能确定他就是渡边淳？”

“今天早上，看守教堂的老头报警称，一条狗扒开后院的坟，露出一具穿日本人衣服的尸体。我们根据死者身上的遗物分析，死者应该是渡边淳。”

凌岳州捂着鼻子走近腐尸旁，问法医：“死多久了？”

“应该两个月左右。”法医回答，“死于近距离枪杀。”法医指指头骨上的弹孔。

凌云洲说：“渡边淳的情人师婉笛嫌疑最大。”

凌岳州瞥了凌云洲一眼：“证据呢？”

“上面不要证据，只要口供。”凌云洲打量凌岳州，“让一个女人承认还不简单嘛。”

凌岳州沉着脸，叹口气：“抓吧！”

“她是梅机关特工，特工总部和警察局怎么抓？”凌云洲提醒道，“只能让梅机关去抓。如果她重要，自然有人替她说话。这里面的水太深，我们还是离远点儿。”

凌岳州说：“你跟梅机关熟，你去办吧。”

凌云洲说：“梅机关已经去抓了。”

凌岳州瞪着凌云洲：“你是什么意思？”

凌云洲拍拍凌岳州的肩头：“师婉笛是你师母，你去抓她，怎么向舒季衡解释？这件事，你不知情最好。”

师婉笛和江澄子在鼎盛行商贸公司喝茶时，苍井巷带领梅机关特务冲进来，二话不说，逮捕了师婉笛。

江澄子面无惧色，喝问：“你们是什么人？”

“凌太太，梅机关执行公务，请你配合。”苍井巷冷冷地说。

“既然你认识我，你就给我解释一下，她到底犯了什么罪？”江澄子指着师婉笛问。

“涉嫌杀人。”苍井巷一摆手，“带走！”

“澄子，通知舒季衡，还有他！”师婉笛扭头冲江澄子喊道。

江澄子目送师婉笛被押上车，愣了一会儿，才给舒季衡和凌岳州打电话。

现在的凌岳州是“蒋文汉”，不是原来的“凌岳州”，不能利用特权让梅机关释放师婉笛。他想了许久，认为只能找舒季衡从中斡旋。

他来到舒季衡的办公室。舒季衡正在写大字，他不敢打扰，只好焦急地等待。

舒季衡落下最后一笔，才慢吞吞地说：“我已经知道了。”

“您一定要想办法救出师小姐。什么人到了梅机关，都会变成鬼的！”凌岳州大声说。

“小点儿声，我听得见。”舒季衡把视线集中在自己的书法作品上，“难道你不知道日本华中振兴株式会社什么背景？满铁！小笛涉嫌谋杀渡边淳，而且她还是竹机关特工，麻烦得很啊！”

“她怎么会是竹机关特工呢？”凌岳州低声问，“满铁那边，我可以找人疏通。”

“我已经给晴气机关长打过电话，他的回复很明确，依法论处。”舒季衡一把抓起书法作品，狠狠揉烂，“渡边淳是共匪，这一条就够他死八回的。小笛与共匪搞到一起，怎么解释？”

“她是不是被渡边淳欺骗了？”凌岳州问。

舒季衡盯着凌岳州：“你很了解她？”

凌岳州赶紧摆手，不敢再说话。

～ 138 ～

时间：1942 年 2 月 2 日，星期一。

地点：上海，公共租界，苏州河畔，江公馆。

江澄子失踪了。

岩井公馆的人说，杨枢来见江澄子，随后他和江澄子驾车离开岩井公馆。

凌云洲找遍江澄子经常去的地方、可能去的地方，询问过她可能接触的人，都没有找到江澄子。

杨枢也是活不见人，死不见尸。

江澄子被杨枢绑架，还是他们一起遭到暗杀？都有可能。

手足无措的凌云洲，通知陈恭如和苏醒到江公馆商议。

“把能动弹的人都撒出去，务必找到我太太。”凌云洲冲陈恭如和苏醒拱手，“拜托了！”

苏醒说：“看来是我们的工作殃及你太太。”

凌云洲说：“她嫁给特工总部的人，就已经有这种心理准备。”

苏醒低声提醒：“凌主任，从目前情况来说，极有可能是杨枢绑架了你太太，但是，杨枢想拿你太太和我们交换什么呢？按理说他应该和我们谈判才对，怎么连一个电话都没有呢？”

凌云洲愤愤地说：“他是中统特工，如果是他绑架了我太太，肯定要我为他做什么。等吧，该来的一定会来。”

苏醒叹口气：“上次陈队长抓住杨毓香，就应该让她抖搂干净，不然哪会有这么多麻烦！”

陈恭如不高兴了：“苏处长，你几个意思？”

苏醒连忙说：“口误，口误，行了吧？我们别打口头官司了，救出凌太太要紧。”

门口传来汽车喇叭声。

凌云洲走到门口一看，罗亭、原宝轩和晴气武夫从一辆轿车里下来。

晴气武夫走到凌云洲面前：“你太太有下落了吗？”

凌云洲摇摇头，然后把三个人请进屋内：“据目击者称，她和杨枢在一起，但是不知去向。”

原宝轩说：“如果是杨枢绑架了江澄子，无论他开出什么条件，先答应他，确保江澄子安全。”

罗亭说：“杨枢应该不会为难澄子的。”

“姑爷，姑爷！”老何快步跑进客厅，“大小姐回来了！”

老何话音刚落，江澄子泪眼汪汪地出现在门口，一下子扑进凌云洲怀里。

凌云洲一把推开江澄子，大声呵斥道："你去哪里了，怎么连个电话都没有？"他转身指指众人，"害得大家一起为你着急上火。"

江澄子转身扑到罗亭怀里，大声喊道："姐姐——"

罗亭轻拍江澄子的后背："云洲也是担心你嘛。找不到你，他把大家都找来了，商量寻找你的办法呢。澄子，到底是怎么回事儿？你向大家说说。"

江澄子哭诉，今天她正在岩井公馆处理公务，杨枢突然来到她的办公室，她热情招待他。他们闲聊一会儿，杨枢起身把门反锁，掏出手枪，逼她提供一张岩井公馆的通行证。

"他把你带到哪里？"陈恭如盯着江澄子问。

江澄子从包里掏出两张电影票："他把我带到电影院看电影。散场后，我们一起往外走，但出了放映厅，他就不见了。"

江澄子讲完，嘟着小嘴对罗亭说："其实杨枢也没有难为我。他——他让我转告你，他要离开上海了，心里放不下你。"

罗亭苦笑："这是公开的秘密。"她环视所有人，"各位都知道杨枢喜欢我。我一直觉得他还凑合，没想到他竟然是中统'夜鹰'。"

江澄子冲原宝轩深深鞠了一躬："原先生，对不住，我——"

原宝轩安慰道："只要人没事就好，以后出门小心一点儿。"

江澄子哭道："他拿着枪，我没办法，就——"

原宝轩说："一张通行证，换一个哈佛高才生，值！杨枢离开上海，就失去存在的价值了。"

~ 139 ~

时间：1942 年 2 月 3 日，星期二。

地点：上海，日占区，警察局。

天蒙蒙亮，警察局后花园里的废墟看起来如同一片坟墓。

舒季衡站在窗前，目不转睛地盯着那片废墟，脑海里浮现出他创建“炼狱”时的一幕一幕。

他身为上海市警察局局长，却没有资格接触“炼狱计划”，令他感到无以言表的悲哀。

想想南京政府，其实也和他一样，都是替别人看门的狗。

无权过问“炼狱计划”，让他意识到自己只是日本人的一条狗，“蒋文汉”让他意识到自己连狗都不如。

土肥原指定“蒋文汉”推行“炼狱计划”，很显然“蒋文汉”是日本高级特工。“蒋文汉”不但打他的脸，还偷他的女人。

师婉笛不但是竹机关特工，还是土肥原安插在他身边的毒蛇。

炸毁“炼狱”的火箭筒是陈起倒卖的。令他大跌眼镜的是，陈起的尸体竟然是在“蒋文汉”进出“炼狱”的专用密道里发现的，同时还发现五部“炼狱”的电台。

“蒋文汉”是杀死陈起的凶手，还是监守自盗?

舒季衡不想管这些，昨天下午他借南京政府取缔特务科之机，开除了“蒋文汉”，断了“蒋文汉”搭救师婉笛的后路，让这对狗男女劳燕分飞。

“炼狱，炼狱！”舒季衡喃喃自语，“上海何尝不是一个大炼狱！”

舒季衡感觉一股痛痒感从骨子里生成，渐渐向周身蔓延，不由自主地走到办公桌前，拿出注射器和药盒。

药盒上的DEMEROL（杜冷丁）格外扎眼。

他的额头瞬间沁出一层虚汗。他没有丝毫犹豫，熟练地从药盒里取出药瓶，打破药瓶、抽取药水、注射，一气呵成。

这种药非常奇妙，一旦注入体内，那种万蚁噬骨的感觉瞬间就消失了。

他瘫坐在椅子上，眼前浮现出白茫茫的雪地上万朵梅花竞相绽放的画面。两个女人在雪地里扭动纤细的腰肢，空中荡起“咯咯”的笑声。雪花如灵蛇般飘下，落在两个女人头上。

两个女人蓦然回头，竟然是罗亭和苏醒。

舒季衡狠狠地摇摇头，但罗亭和苏醒就像两个狐妖似的，在他脑海里交替闪现。

他虽然躲到南京，却一直密切关注着罗亭和苏醒。每天晚上，她们的日常工作和生活细节汇总表，都会及时出现在他的办公桌上。

罗亭和苏醒每日的行程表、社交记录表，已经装订成册。他起身从保险柜里拿出一册，轻轻打开，逐行往下看。

他觉得，苏醒比罗亭可疑。

可是，这些跟踪记录就可信吗？

“杨——枢——”舒季衡合上跟踪记录册，喃喃自语。

汪精卫授权周佛麟安排杨枢监视苏醒。没想到，杨枢竟然是中统“夜鹰”。

“苏——醒——”舒季衡默念几遍后，心里多日的积郁渐渐消融。他根本不在乎苏醒是什么身份，只要罗亭与他志同道合，其他都无关紧要。

舒季衡将右手放在罗亭的跟踪记录册上，轻轻一弹，若有所思。

忽然，他像猎犬似的警觉起来，侧耳听着门外传来的脚步声。

他迅速拉开抽屉，将针管和药盒放进去，取出手枪，打开保险，起身走到门口。

他判断一个男人向他的办公室走来。

脚步声很轻，在门口消失。

舒季衡突然拉开门，把枪口对准杨枢的前胸。

“杨处长？”舒季衡收起手枪，“你怎么来了？”

“舒局为什么不击毙我？我可是中统‘夜鹰’啊！”杨枢指着自己的鼻子说。

“扯淡！”舒季衡冷笑着转身回到办公桌后坐下。

杨枢关上门，走进办公室四下打量：“舒局真有品位！”

舒季衡微微一笑：“托周部长的福。”他指指办公桌前的椅子，“坐。”

杨枢坐下，看着舒季衡：“舒局为什么认为我不是中统‘夜鹰’？”

“我出身中统，这个理由你能接受吗？”

“看来舒局很了解中统‘夜鹰’喽。”

“一般。”舒季衡摇摇头，“我知道这个人是男的，五十岁左右，你不符合吧？”

“看来，我来找舒局了解中统‘夜鹰’是正确的。”

“我凭什么帮你？”

“交换！”杨枢顿了顿，“我怀疑苏醒是军统‘变色龙’。”

“证据呢？”

“早晚会有的。”

“早晚？一年还是十年？”

杨枢摆摆手，低声说：“只要您配合，可能是今天，或者明天。”

“我怎么配合？”

“苏醒曾在警察局担任电讯科科长，您作为局长，必然有了解下属的信息渠道。我想接触苏醒的信息渠道。”

舒季衡点指杨枢，没有说话。

“看来您支持我了。”

舒季衡拿起笔和便笺，写下几行字后递给杨枢：“汪先生和周部长最怕家贼，只要你能查明苏醒的真实身份，就是大功一件，到时候我出面保你。”

杨枢接过便笺揣入口袋：“我相信有您和周部长帮衬，我这只假鹰就不会中枪。”

～ 140 ～

时间：1942 年 2 月 3 日，星期二。

地点：上海，法租界，霞飞路；日占区，郊外。

霞飞路上的百合公寓远近闻名。

百合公寓为女子公寓，只租给单身女人。

百合公寓大门上的彩绘如同一枝鲜活的百合花。大门左边的墙上，粉刷着醒目的“法国人有权向进入百合公寓的男人开枪”一行大字。

鲜活的百合花彩绘和血红大字，令经过这里的男人心生恐惧。

苏醒就住在百合公寓三楼的一个套间里。她是医生，有洁癖，房间里被她打扫得一尘不染。

晨风微凉。她推开窗户，顿觉寒气逼人，忍不住打个冷战。她眼前浮现出炭火旺盛的江公馆，心头升起一股莫名哀怨。

苏醒一直想拥有一个属于自己的家，但是一般男人她看不上，她看上的男人已为人夫人父。

宁缺毋滥的择偶信条，让她渐渐成为老姑娘。

苏醒转身回到桌前，端起咖啡杯轻轻抿了一口，然后坐在沙发上，闭上眼睛，放飞思绪。

她发觉特工总部才是名副其实的“炼狱”，一分钟前还是同事，一分钟后就会变成敌人；一分钟前还是鲜活的生命，一分钟后就在冷枪下变成僵尸。

杨枢是中统“夜鹰”，横竖看起来都是陷阱，不知道谁能跳进去。

她是陷阱边的猎物吗？

如果她是，那些猎人想猎取什么呢？

“‘三刺’！”苏醒心头陡然一震。

“三刺”，是扎在汪精卫心头的刺，也是让舒季衡心中意难平、愿难遂的刺。

神秘特工“姜太公”直接受命于蒋介石，在上海和南京展开一场大规模的策反行动——“军机处计划”。

“军机处计划”虽然最终烂尾，却成功策反了“断刺”、“血刺”和“毒刺”。南京政府和梅机关虽然知道“三刺”存在，却始终无法确认“三刺”是谁。

“三刺”和神秘的“姜太公”，在震惊中外的《日汪密约》原件曝光后，就彻底消失了。

情报界传闻，《日汪密约》原件曝光和“三刺”有关。

汪精卫为此大动肝火，责令舒季衡必须在三个月内挖出“姜太公”和“三刺”，否则提头来见。

舒季衡是“毒刺”，怎么可能查得出来呢？何况，即便舒季衡提头去见，汪精卫也舍不得签收。

两年后，“三刺”变成了传说。

舒季衡没有查“三刺”，却一直在查神龙见首不见尾的“姜太公”。

他有种强烈的直觉，“姜太公”一定潜伏在上海，所以他向汪精卫毛遂自荐，来上海任职，以便挖出“姜太公”。

他利用上海市警察局局长应有的资源，查遍了上海各个角落。有段时间，他怀疑“姜太公”可能藏在红帮，就伪装成重庆方面的掮客，游说红帮归顺重庆政府。有了这个掮客身份，再加上警察是官、红帮是匪，他就可以明目张胆地在红帮安插密探，暗中搜寻“姜太公”。

然而，“姜太公”依旧如石沉大海，悄无声息。

后来，他判断“姜太公”一定受到《日汪密约》泄露案牵连，被日本人抓入监狱。所以，他与安子铭、苏醒一起组局，以在监狱捞人、贩卖情报为谋利点，秘密组建了一条名为“卧榻”的情报线，暗中寻找“姜太公”。

舒季衡机关算尽，却怎么都没有想到，苏醒就是“三刺”中的“血刺”。

“血刺”当然也是值得舒季衡使用任何饵料垂钓的大鱼。

苏醒慢慢睁开眼睛，一口气喝光杯中的咖啡。

电话铃声乍响，只响一声。

她起身走到窗前，看到站在大街对面电话亭前的安子铭。

安子铭摘下鸭舌帽，冲苏醒挥挥手，然后径直向前走去。

苏醒迅速关上窗户，换好衣服，掏出手枪检查弹夹，打开保险，把手枪塞入包里，出门驱车来到郊外一个农家院。

安子铭站在农家院里。

“你来了。”安子铭迎上去，把双手搭在苏醒肩上，柔情似水地望着她。

“老师——”苏醒仰起头，痴痴地望着安子铭。

“当年我有家室，不敢耽误你。”安子铭用力抓了抓苏醒的肩膀，“唉，害得你把自己的终身大事都耽误了。”

“这是我自己的选择，重来一遍也是如此。”苏醒轻轻地说完，突然笑问，“我现在不是挺好的嘛。您让我来此，应该不仅仅是叙旧吧？”

“舒季衡又催促我寻找‘姜太公’。”安子铭松开双手，摇摇头。

“他还不放弃？”

安子铭点点头：“‘极雾计划’已经启动。”

“凌云洲真是启动‘极雾计划’的关键人物？”

“没有凌云洲，就没有‘极雾计划’。”

“凌云洲就像一个雾中人。”苏醒仰头看看灰蒙蒙的天空，“他就在眼前，可是看不透。”

“所有特工都是雾中人。”安子铭与苏醒并肩站立，“你与罗亭、舒季衡认识很久了，连他们喜欢吃什么，你都不知道吧？”

苏醒点点头：“最难看透的人，可能就是离我们最近的人。”

“罗亭得活着！”

“因为‘红雨’？”

安子铭向前走了两步：“只有罗亭才能让‘红雨’重出江湖。”他轻咳一声，“杨枢约你见面。”

“杨枢想拉我下水呀？”苏醒冷笑，“我就下水试试深浅。”

“水深浅无所谓，就怕浑了。”安子铭从口袋里掏出一件玉器，放在苏醒的手里，“水一旦浑了，浅水也能淹死人。”

“杨枢约我在哪里见面？”苏醒接过玉器，紧紧攥在手中。

“他选了一个好地方。”安子铭眉梢上挑，笑着说，“提篮桥监狱。”

苏醒惊讶：“他藏在监狱里？”

“嗯，他现在是囚犯。”安子铭淡然一笑，“这下子好了，我还得负责他的安危。”

“他很会藏身。”苏醒眺望远处萧瑟的树林，“这哪里是中统‘夜鹰’的手法，分明是军统‘变色龙’的风格！”

第十六章　圈　套

～141～

时间：1942年2月3日，星期二。

地点：上海，日占区，极司菲尔路76号，提篮桥监狱。

苏醒从郊外回来，轿车还没停稳，便看到江澄子火急火燎地走进特工总部大院。

她摇下车窗喊道："澄子！"

江澄子循声找到苏醒，招招手："苏姐姐！"

苏醒下车走到江澄子面前，拉起她的手，上下打量："昨天你要是出点事儿，凌主任非把上海翻过来不可。"

江澄子笑道："没事儿的，我命大。"

苏醒问："你一大早就来找凌主任，是不是他忘带什么东西了？"

"一个朋友被抓了，关进监狱，求我想办法。我也是碍于面子，就来碰碰运气。有枣没枣打一竿子再说，嘻嘻。"江澄子仿佛到饭店点菜一般随意。

"说说看，没准儿我能搭把手呢。"

"红帮弟子雷阳，在黑市上倒腾点儿鸦片什么的，反正都是乱七八糟的东西，不小心被日本人抓住了。"

"只要不粘共字，都不是事儿，凌主任给日本人打个电话就行。"

“有这么简单就好了。”江澄子嘟着嘴，“雷阳还是飞马商贸公司总经理，和杨枢、警察局的陈起都很熟，我怕说不清楚啊。”

“宪兵司令部的人抓的？”

“不知道，反正是日本人，把他直接扔进提篮桥监狱了。”

苏醒见此事涉及杨枢和陈起，心里一怔，摇摇头：“这事儿还真不太好办。谁让你当说客的？”

江澄子跺脚：“除了我那个未来的嫂子，谁还有那么大的脸？”

苏醒想了想：“我好歹也是鼎盛行的股东，这事儿不能看热闹。我们上去和凌主任商量一下。”

她们来到凌云洲的办公室。江澄子将雷阳被抓的事情大致说了一遍，然后问：“云洲，你在提篮桥监狱有熟人吗？”

凌云洲说：“我和监狱长安子铭都混金融圈，私交还凑合，我一会儿去向他打听一下。”

苏醒对凌云洲说：“我见过雷阳，是个不让人省心的主。这事儿您可得弄清楚，毕竟陈起倒腾过火箭筒。如果捞不出来人，再粘一手屎，那就不值得了。”

江澄子点点头，认可苏醒的提醒。

凌云洲叮嘱江澄子：“你找宋格问清楚再说，什么亲戚也没有我们的命值钱。”

“我这就去。”江澄子冲苏醒摆摆手，“苏姐姐，改天我请你吃饭，不许拒绝呦。”她冲凌云洲做个鬼脸，蹦蹦跶跶地走了。

苏醒关上门，站在窗前，目送江澄子走出特工总部大门后，转身对凌云洲说：“雷阳被抓的原因，没有澄子说的那么简单。”

凌云洲瞥了苏醒一眼：“愿闻其详。”

“雷阳、陈起、杨枢三人之间有一个交集点，就是飞马商贸公司。”苏醒低声说，“雷阳虽然是飞马商贸公司总经理，事实上就是一个提线木偶，幕后控制人是陈起和杨枢。我推测，陈起倒卖火箭筒的事儿，杨枢和雷阳肯定参与了。雷阳被抓，应该与陈起和杨枢有关。”

凌云洲想了想："难道我太太被绑架和雷阳被抓，中间也有一定关联？"

"当然，都牵扯到杨枢嘛。"

"杨枢安排人抓的雷阳？"

"抓雷阳的人，也有可能是陈起。"苏醒点指桌面，"您可以和舒局谈谈，黑市归警察局管，他知道的情况可能更细更准。"

"我真得找舒局谈谈。"凌云洲见苏醒举重若轻地将线索引向舒季衡，让他对这个代号为"血刺"的侍六组特工甚是佩服。

苏醒和舒季衡之间，肯定有一个人是汪精卫的心腹，他不但要找出来，还要秘密除掉，否则会殃及罗亭。

苏醒是"钓鱼计划"中的第一条鱼。

在"老A"授意下，凌云洲开始对"炼狱计划"成员撒网，与"炼狱"若即若离的舒季衡自然也在网中。

"姜太公"，是"钓鱼计划"的第二条鱼。

"1号"首长同意凌云洲打入重庆侍从室，并指示他潜伏高于一切。如果他能和江澄子一起打入侍六组，将是南方局最成功的潜伏计划之一。

通过罗亭提供的名单，凌云洲圈定了安子铭。这是随机而为，然后再小心求证。

在上海金融圈，三个人非常有名。一个是上海检察总长凌四石，手里掌握大量内部消息；一个是提篮桥监狱监狱长安子铭，他同时操控四只股票，每只股票都有不俗的收成；一个就是凌云洲，他买入的股票，最小收益都达成百分之四十，坊间称他为"百胜王"。

发行优生股票是共生证券公司的核心业务，共生证券公司便花重金聘请安子铭做操盘手。

既然安子铭是操盘手，"百胜王"自然要找他走后门。

"所谓的百战百胜，不过是知己知彼罢了。"凌云洲坐在安子铭的豪华办公室里四下打量，"我这不是来知彼了嘛！"

"你放着金蛋不要，到我这里来找鸡蛋？"安子铭一边给凌云洲泡茶，一边打趣，"我只是替你太太操盘呀！"

“私房钱能让老婆知道吗？”凌云洲指着博古架上价值连城的瓷器，“你不愧是上海的股王，那个瓶子，是宋代官窑的吧？”

“山西寒窑！”安子铭笑着点指凌云洲，“你这个豪门女婿，还能沦落到攒私房钱，忽悠谁呢？”

“男人嘛，总得有点儿嗜好嘛，满足嗜好只能靠私房钱不是？”凌云洲笑道，“我听凌四石讲，你一直在了解我？”

安子铭淡淡一笑：“凌四石那张破嘴，应该找块抹布堵上了。我纠正一下，不是我想了解你，是朋友托我了解你。”

“朋友？哪位大仙？”

“姓姜，姜子牙的姜。”

“姜——”凌云洲低头琢磨，“金融圈有姓姜的吗？是不是姓蒋，重庆人吧？”

“重庆姓蒋的，缺什么都不会缺钱的。”安子铭摆摆手，“姜，姜子牙的姜。姜先生说，他要高薪聘请你。”

“有多高？”

“这属于商业机密，我可不想知道。”安子铭微微一笑，“姜先生只是托我问问你。”

“你去问问凌四石，我值多少钱。”凌云洲放下茶杯笑了笑。

“不，是你想要多少钱。”安子铭盯着凌云洲。

“还不知道做什么工作呢，让我怎么开价？”凌云洲摆摆手，“这个问题太烧脑，聊点儿轻松的。”他起身走到博古架前，拿起一个宋代瓷瓶，“你到上海也就两年吧？”

“两年三个月。”安子铭拿起雪茄走到凌云洲身边，“两年来，欠你不少人情债，一直还不上啊。”

凌云洲接过雪茄点燃：“现在就有机会。”他走到窗前，俯瞰监狱大院，“有一件事，还望你能如实相告。”

“违反纪律可不行啊。”安子铭低头点燃雪茄。

“我的线人告诉我，你与舒局、苏处长的关系不错，可有此事？”凌云洲转过身，盯着安子铭，“苏处长是我的手下，我只有做到知人才能善任；舒局一直对特工总部不满，我得提防他给我挖坑。这事儿违反纪律不？”

安子铭摆摆手：“这叫八卦，哈哈。舒季衡是我同学，野心很大，一直想吞并特工总部。为此他私下建设一条秘线，还取个奇怪的名字，叫‘卧榻’。”

凌云洲盯着安子铭：“卧榻之侧，岂能容他人鼾睡？”

安子铭点点头：“这也是他把苏处长调往特工总部的原因，他要在李墨群卧榻之侧钉个大钉子。”

凌云洲点指安子铭：“舒局把你这枚棺材钉，钉到谁的卧榻上了？”

“沙逊。沙逊家族在上海经营了半个世纪，建立多条海上运输线，能将货物发往世界各地。”安子铭说，“舒局看中了沙逊家族的海上运输线，所以嘛——”

“怪不得舒局提议你出任监狱长，原来他有自己的小九九！”凌云洲向安子铭抱拳拱手，“我们从此两不相欠。”

～ 142 ～

时间：1942 年 2 月 3 日，星期二。

地点：上海，日占区，提篮桥监狱。

苏醒从来不相信巧合，太多巧合出现，必然是人为设计的。

杨枢和雷阳被通缉后不久，就纷纷落网，却没有送到梅机关、警察局、特工总部的审讯室，而是直接关进提篮桥监狱。

原因是，凌云洲、舒季衡和晴气武夫一致认定，杨枢在三大机关中关系复杂，防止内鬼作祟，才把他关进提篮桥监狱待审。

杨枢和雷阳都没有经过任何审讯，就被关进提篮桥监狱，这是巧合吗？

若不是巧合，就是圈套。如果是圈套，谁下的，等谁上套？

去提篮桥监狱的路上，苏醒突然想到这个问题。由于走神，导致轿车差一点撞到电线杆上，让她惊出一身冷汗。

她把轿车停靠在路边，缓缓神，继续琢磨："杨枢为何自投监狱？雷阳被谁送进监狱的？难道他们的目标都是'姜太公'？"

苏醒百思不得其解，从包里掏出一盒烟，抽出一支点燃，慢慢地吸着。

乱世之中，行走在生死边缘；大龄剩女，孤独苦恋，唯有那根烟才能给她一丝抚慰。

她越抽烟越伤感，感觉自己活得太不真实。苦涩之中，她觉得自己在乎的人渐渐远离，不在意的事却呼啸而至。

"姜太公""断刺""毒刺""变色龙""夜鹰"……

她必须见到杨枢，弄清楚她心中的困惑。

她驾车驶向提篮桥监狱。

安子铭早已安排好，让她在监狱密室见到了杨枢。

阴森森的密室中间，摆放着一张桌子、两把椅子。桌子上方悬挂着一盏孤灯，无力地散发出昏黄的光。

杨枢笑眯眯地看着他对面的苏醒："苏处长，没想到我们能在这里见面吧？"

"你是中统'夜鹰'，我如何处理你都不过分！"苏醒从包里拿出手枪放在桌上。

杨枢微微一笑："遗憾的是，你的目标是'姜太公'。"

苏醒不动声色地问："我又不想上封神榜，找他做什么？"

"但是他在你的黑榜上。"杨枢盯着苏醒，"说黑名单也行。"

苏醒迎着杨枢的目光："你不是中统'夜鹰'！"

杨枢仰起头："我是不是中统'夜鹰'不重要，重要的是，你是侍从室的'血刺'。"

苏醒说："你说点儿我能听懂的话，行吗？"

"当然可以。两年前，'姜太公'到上海执行'军机处计划'，策反了'三刺'。"杨枢缓声说，"策反三人时，'姜太公'并没有出面，而是由他的代理人‘鱼钩’全权负责。”

苏醒将手枪放进包里，上下打量一遍杨枢：“你就是军统‘变色龙’。”

杨枢扭头一笑，然后严肃地指着自己的鼻子：“中统‘夜鹰’。”

苏醒纠正道：“你是‘无间计划’执行者——军统‘变色龙’。”

杨枢一字一顿地说：“‘三刺’休眠就是扯淡。你，‘血刺’，一直为‘姜太公’做事。”

苏醒点点头：“我本来就是重庆方面的特工，‘鱼钩’只策反了‘两刺’，他把我顶上去凑个数。”

杨枢伸出手：“我是军统‘变色龙’。”

苏醒看着他的手：“你和凌云洲在演戏？”

杨枢耸耸肩：“不然我敢绑架他太太？我是活腻歪了吗？”

“你们想做什么？”

“钓鱼。”

“钓谁？”

“安子铭。”

“为何钓他？”苏醒心里一怔。

“凌云洲要钱，我要汪逆内鬼。”

“舒季衡还是罗亭？”苏醒追问。

“舒季衡。”

“罗亭呢？”苏醒再问。

“你希望是罗亭吗？”杨枢反问。

苏醒不置可否：“舒季衡把你弄到监狱，是来挖‘姜太公’的？”

杨枢直勾勾地望着苏醒，轻轻点头。

“别这样看着我，我又没有封神榜。雷阳也被送到这里，不会是你派人做的吧？”

“我哪有闲心搭理他！”杨枢不屑地说。

苏醒不动声色地问：“你控制江澄子大半天，她有没有发现你的目的？”

“她有那么聪明吗？”

"知人知面不知心。"

"你的意思是，雷阳是江澄子送到这里的？"

"不是没有这个可能。"

"她这么做的理由呢？"杨枢问。

"女人的直觉。"苏醒说。

～ 143 ～

时间：1942 年 2 月 4 日，星期三。

地点：上海，日占区，红堂。

炭炉上放着锡壶，锡壶里释放出酒香。

宋万堂已经喝下两壶酒，依然没有醉意。

昨天晚上特别冷，是上海入冬以来最冷的夜晚。还有十天就是新年，朱子刑已安排老伙头准备年货。

"沉船事件"已经见报，宋万堂知道日本人不会相信"人和货沉入江里"的解释。

狡猾的日本人会怎么做呢？他不愿意多想，兵来将挡水来土掩嘛。

还有糟心的事情，他安插在警察局的卫铭笠被杀。

堂堂警察局保卫科科长怎么能被杀了呢？而且还是近距离射杀，难道卫铭笠的身份暴露了？

这件事如果放在以前，他早就提枪闯进警察局；现在他是共产党的人，不能逞强蛮干。

还好，他身边还有赫赫有名的中共"13 号"。

一夜未睡的宋万堂，听到墙上挂钟响了六声，起身走到窗前，看到朱子刑带着罗亭走进院子。

"中共'13 号'怎么是女人？"宋万堂一脸诧异，但还是开门迎出去。

“我叫罗亭。”罗亭向宋万堂伸出手。

“罗局长啊，久闻大名！”宋万堂紧紧握住罗亭的手，“里面请。”

待罗亭和朱子刑坐下，宋万堂提起炭炉上的锡壶，给他们各倒一碗黄酒：“天气太冷，喝碗酒驱除寒气。万万没想到啊，上海市警察局副局长竟然是共产党员。”

罗亭微微一笑，伸手端起酒碗，一饮而尽。

“女中豪杰！”宋万堂没想到罗亭如此爽快，立刻心情大好。

“到红堂就要遵守红堂的规矩嘛。”罗亭说，“宋帮主义薄云天，一呼百应，我们确实需要您的襄助。”

朱子刑说：“宋帮主还担心共产党不接受他这个江湖中人呢。”

“团结一切可以团结的力量共同抗日，是我们的统战政策。”

宋万堂又给罗亭倒碗酒：“我算看清楚了，这天下呀，早晚是共产党的。”

“宋帮主此言差矣！”罗亭又是一饮而尽，“天下永远是人民的天下。”

宋万堂哈哈大笑：“今天我承诺，在我有生之年，红帮永远跟着共产党走，为穷苦百姓打天下。”

罗亭将酒碗放在茶几上：“我昨天才知道卫铭笠是宋帮主的人，非常遗憾。”

宋万堂坐在罗亭对面，拿起旱烟袋，看看罗亭，又放下了：“我喜欢打开窗户说亮话，乐天是你什么人？”

“他和我们一样，都与日本鬼子有不共戴天之仇。”罗亭说。

朱子刑冲宋万堂挤挤眼睛：“宋帮主，共产党组织是有严明纪律的，不该问的不能问，不该说的不能说。”

宋万堂拎起酒壶给自已倒了满满一碗酒：“我说错话了，自罚一碗，下不为例。”他说完一口饮尽碗中酒。

宋万堂放下酒碗，问罗亭：“指导员有什么指示，这个能问吧？”

“先把帮内棘手的事情解决好。”罗亭说，“第一件事，就是沉船事件。梅机关已经关注此事，你们务必清理干净。”

朱子刑说：“宋帮主已经登报申明，沉船原因是造船时用料存在瑕疵所致，这个理由很充分。”

罗亭问：“木匠头是否可靠？”

朱子刑指指自己的鼻子：“我就是木匠头。”

罗亭打量朱子刑：“你还会造船？”

朱子刑说：“祖传的手艺，但我比祖上差远了，我祖上可是给郑和造宝船的大工。祖上的造船技术丢得差不多了，我造的船，沉水很正常。”

罗亭说：“此事必须做到严丝合缝，经得起推敲。”她望着朱子刑半晌，低声说，“特工总部会密捕你，你要有充分的心理准备。”

朱子刑一拍胸脯：“比起前线和日本鬼子拼刺刀的年轻人，我这把老骨头扔到哪里都不可惜。”

罗亭摆摆手，纠正道：“我们必须好好活着，只有活着才能打鬼子。为了彻底解决沉船事件，组织制订了‘钓鱼计划’，由朱副帮主唱主角，所以凡事小心为妙。”

宋万堂说：“特工总部没有证据也敢随便抓人？真不把红帮几千名弟兄当回事儿？”

罗亭说：“狗咬人，不是狗恶，而是狗主人坏。据我了解，就是舒季衡指使蒋文汉杀死了卫铭笠。”

朱子刑说：“舒季衡一直拉拢红帮归顺重庆政府，被宋帮主拒绝。对此，他们得不到就想毁了吧？”

宋万堂一拍椅子扶手：“他奶奶的舒季衡，老子活劈了他！”

“宋帮主息怒，活劈舒季衡不是好法子。”罗亭劝道，“兵法有云，谋心为上。我们可以利用舒季衡拉拢红帮的心理，给他设局，让他自戕不就行了嘛。”

宋万堂问：“癞皮狗一样的人，能自戕吗？”

罗亭说：“舒季衡也有一支私人船队，只跑近郊浅海，我们可以在这上面做文章。”

宋万堂顿时明白了，冲罗亭竖起大拇指。

罗亭说：“多谢宋帮主信任。我还要说一件事，是关于爱琴海西餐厅的。”

“有人找格格的麻烦？”宋万堂迫不及待地问。

“宋帮主多虑了，没有人找格格的麻烦。但是，新上任的梅机关情报课课长黑川梅子，要强行参股爱琴海西餐厅。”

“什么参股不参股的，黄鼠狼给鸡拜年嘛。”宋万堂问罗亭，“她想监视格格和乐天？”

“宋帮主不要急嘛。”罗亭说，“格格和乐天早已想好应对之策了，您就等着看好戏吧。”

第十七章 **漏 洞**

~ 144 ~

时间：1942 年 2 月 4 日，星期三。

地点：上海，日占区，虹口，重光堂。

暗恋如同一粒神奇的种子，一旦植入内心深处，就会产生神奇的力量。

七年过去了，心中那片培育暗恋的土壤，依旧如此鲜活。

黑川梅子内心深处的那片土壤自然是东京大学。她和闺蜜宫本芳子同时喜欢上凌云洲，只可惜那时凌云洲眼里只有宫本芳子，她只能躲在樱花树下暗自伤心。

现在宫本芳子失踪，宋鸣谪也死了，恢复单身的黑川梅子感觉那粒神奇的暗恋种子经过七年孕育，已经长成参天大树，所以她失去闺蜜、失去情人的悲伤是非常短暂的。

她记得，招募她加入龟机关的官员说，特工的感情世界是冰冷的，特工不能对任何人产生感情，更不能将任何感情表露于色。

她在中国的一举一动，都受上峰主导，包括色诱宋鸣谪。上峰说，那是以爱情名义进行的工作，仅此而已。

宋鸣谪生命终结，那份工作就已经结束。她与宋鸣谪之间发生的所有事情，如同被抹布抹去的灰尘一样，消弭于无形。

对此，她只有接受，别无选择。

寒风中，身穿睡袍的黑川梅子蹲在门口，望着地上破碎的烟枪和零散的鸦片膏出神。

她的身子微微战抖，额头涔出一层细汗。她用尽全身力量抵抗毒品的诱惑——她在戒毒。

她的脑海里浮现出她在东京大学经历的往事，想到初见凌云洲时的内心悸动……她的眼中迸射出一道道蓝光。

她拿起扫把，狠狠地将鸦片膏扫到一起，倒进正在燃烧的火炉里。

她双手抱在胸前，凝视着升腾的火焰，感觉自己就是浴火涅槃的凤凰，即将迎来崭新的开始。

门外传来清脆的敲门声。

黑川梅子立刻恢复了高级特工的机智与敏捷，从抽屉里摸出手枪，对准房门，问："谁？"

"一截木头。"一个男人的低沉声音传进来。

"神山之上。"黑川梅子随口说道。

"山谓何山？"男人低声问。

"圣岳富士。"黑川梅子说。

"'神木'。"男人说。

"蒋科长？"黑川梅子打开门，见来人竟是凌岳州，不禁愕然。她虽然与凌岳州见过几次面，也与"神木"交换过情报，但无论如何，她都没有想到，神龙见首不见尾的"神木"竟然是凌岳州。

"进屋说。"凌岳州拿着文件袋径直走进屋里，从胸前口袋里掏出一支笔帽带有凹痕的美国原装进口派克 14K 金花杆钢笔，貌似随意地在文件袋上画了几下。

这支笔是龟机关特工"神木"与同行接头时的身份证明，黑川梅子肯定认识。

"呦，你这支笔不错，很贵吧？"黑川梅子顺势拿起那支钢笔查验后，确认凌岳州是"神木"无疑。

"重庆有神木，上海没有吧？"黑川梅子一语双关地问。她的言外之意是，“神木”现在应该在重庆，而不是在上海。

“只要在上海能卖个好价钱，重庆侍六组就能把‘神木’移植到上海嘛。”凌岳州诡秘一笑。

黑川梅子用枪指指沙发，示意凌岳州坐下：“‘炼狱’被炸，你的特务科被裁撤，日子不好过吧？”

“塞翁失马，焉知非福。”凌岳州坐下，跷起二郎腿，无视眼前黑洞洞的枪口，“特务科被裁撤，我才有机会进入特工总部。”

“你申请调入特工总部？”

“这是‘老猪’的意思。”

“上面没有更好的安排吗？”

“我是中国人。”凌岳州加重“中国人”三个字的语气，“梅子小姐，你的事情我了如指掌，只要我把这些文件交上去，你应该知道‘老猪’如何处理你。”

黑川梅子打开文件袋一看，里面全是她和晴气武夫在南京见面的照片。

黑川梅子再次把枪口对准凌岳州：“你想干什么？”

“慌什么，都是两年前的照片，只能说明你和晴气武夫早有接触，否则你也不可能当上梅机关情报课课长。”凌岳州冷笑，“你违反了龟机关特工行动准则。”

“直接说你的目的。”

“我只是希望你好好活着。”

“条件呢？”

“‘老猪’要来中国，如果你不想被他追责，就必须说你所做的一切都是我安排的。”

“‘老猪’没有那么好骗吧？”

凌岳州微微一笑：“‘老龟’和‘神鸟’玉碎，我向‘老猪’汇报什么，他只能听什么，信不信由他，反正无法查证。”

黑川梅子放下枪：“你为什么帮我？”

“我只想帮自己。”

“‘神鸟’死后，龟机关中国局实际上由你掌控，还需要我帮你？”

“当然。你得帮我救一个人。”

“谁？”

“师婉笛。”

“师婉笛是舒季衡的情人，应该让舒季衡去找晴气武夫。”

“不，她是我的女人。”

黑川梅子撇嘴：“真够乱的。舒季衡能量不小，你和他做情敌，是不是很危险？”

凌岳州冷冷地说：“舒季衡早年给自己挖了一个大坑，他能不能爬出来，还真不好说。”

“大坑？在哪里挖的？”

“舒季衡被侍六组策反了。”

“也就是说，舒季衡其实是重庆方面的卧底。你确定？”

凌岳州摇摇头：“我只是缺少一个证据。”

“什么证据？”黑川梅子坐在凌岳州对面，紧了紧微微松开的睡袍前襟。

“我需要在三个怀疑对象中逐一验证。”凌岳州的目光从黑川梅子白皙的颈部移到一边。

“都是谁？”黑川梅子故意挺了挺胸，凸显自己胸前傲人的双峰。

“舒季衡、罗亭和苏醒。”凌岳州不敢直视黑川梅子。

“一个是大内侍卫，一个是机要速记员，一个是私人医生，都是汪精卫的心腹，没有铁证，你不但动不了他们，还会引火上身。”黑川梅子意味深长地说，“上峰认可的正确，才是真正的正确。”

“他们都是休眠者，从不行动，我到哪里找铁证？”凌岳州不耐烦地说，“让他们相互怀疑，自相残杀，也是不错的选择。”

黑川梅子想了想说：“这倒是好办法。前提是，你得拥有一个新身份和新平台，还得是公开的。”

“李墨群已经命我出任特工总部情报处处长。获得这个平台，我就可以接替‘神鸟’的工作。”

“那个位子，现在苏醒占着呢。只有她把位子腾出来，你才能填补。”

“李墨群让我自己想办法进入特工总部，但我面临的困难是特工总部的陋规，处长级别的人，只能从下面提拔。”凌岳州起身走了几步，“你得想办法把我弄进特工总部。”

“你的命不错！”黑川梅子说，“凌云洲昨天提议，特工总部和梅机关成立红帮沉船事件联合调查组，点名要你出任副组长。”

“是吗？”凌岳州难以置信，“凌云洲为什么这么安排？”

“爱惜人才不行吗？”

“爱惜人才？”凌岳州摇摇头，“爱惜钱财更准确吧？”

“不管他出于什么目的，你达到目的就行。”

“你赶紧帮我落实。”凌岳州解决了这道难题，心里轻松许多，转而问道，“小笛——还好吗？”

“晴气武夫下令，任何人都不能审讯师婉笛。”黑川梅子起身走到凌岳州身边，“不审讯，就不能定性，也不知道接下来会出现什么意外。”

“那你就帮我给她捎句话吧。”

“说。”

“告诉她，等我。”

“两个字？”

“够了。”凌岳州淡淡一笑，“她若懂，一句顶一万句；她若不懂，说再多也是废话。”

黑川梅子送走凌岳州，天已微亮。

她恍然意识到，上海或许要成为她的人生归宿，因为她的暗恋种子，就在这片土地里。

～ 145 ～

时间：1942 年 2 月 4 日，星期三。

地点：上海，日占区，虹口，提篮桥监狱。

在提篮桥监狱，苏醒向杨枢承认她是“姜太公”的下线。对此，杨枢毫不怀疑，因为除非“姜太公”已死，不然她绝对不敢顶这个雷。

甄别舒季衡是不是内鬼的最快办法，就是找到“姜太公”。只要验证苏醒所言不虚，那么内鬼就是舒季衡。

实际上，自从杨枢开始执行“无间计划”任务后，就一直在寻找“姜太公”。解铃还须系铃人，与其跟踪苏醒和舒季衡，不如找到“姜太公”。

在冒充中统“夜鹰”之前，杨枢查到一条信息，提篮桥监狱关着一个老头，身份不详，入狱时间与“姜太公”失踪时间相同，所以他才选择落网，正大光明地入狱探查。

有舒季衡和苏醒关照，安子铭自然要为杨枢提供各种便利。

“雷子，查清楚了吗？”在提篮桥监狱高层领导才有资格使用的用餐包间里，杨枢和雷阳边吃边谈。

“我都打听清楚了。”雷阳看了看紧闭的房门，“那个老头叫刘老根，一看就是假名字。”

杨枢问：“他因何事进来的？”

“貌似没有人知道，大家都说他是政治犯，可能是共匪。”雷阳说，“他被关押在死囚监舍，接触过他的人，都已经吃花生米了。唯独他，在死囚监舍关了两年多，啥事都没有，仿佛被人遗忘了。”

杨枢暗想：“如果刘老根是‘姜太公’，他确实有两把刷子。他把自己弄成共匪，既能避开很多人，还没有人怀疑他的真实身份。”

“在死囚监舍关了两年多，太不正常了。”杨枢说。

“更不正常的是，未经监狱长允许，无论狱警还是犯人，都不得接触刘老根。我们怎么将他弄出去？”

“我必须见到刘老根，才能想出办法。”

“杨处长，陈起一直没有消息，他到底在哪里？”

“我也不知道。”杨枢说，“特工总部和警察局的人把上海都翻好几遍了，也找不到他。对了，你不是说这里有个朋友嘛，人咋样，可靠吗？”

“一个娘生的亲兄弟，当然可靠。”

杨枢貌似闲聊一般，问道："他叫什么，因为什么事进来的？"

雷阳说："他叫雷康，因情杀人，本来应判死刑的，宋万堂花钱运作才保住小命。这次你能把他弄出去，我以后做牛做马报答你。"他说完，起身冲杨枢深深鞠躬。

杨枢起身，把双手搭在雷阳的肩上，盯着雷阳的眼睛："我们一起共事多年，是以命相托的好兄弟。这次行动，你们兄弟俩帮了我大忙，你兄弟有事，我自然不能看热闹。但是，此事事关重大，不能让任何人发现。"

雷阳点点头，然后挠挠头："不瞒你说，我为了救兄弟，已经把提篮桥监狱研究透了。这里守卫森严，墙上有电网，根本出不去的。"

杨枢微微一笑："办法总比困难多。"

雷阳难以置信："难道你已经有办法了？"

杨枢走到门口，向外看了看，然后悄悄解开上衣扣子，一把扯下一块"肚皮"，转身递给雷阳："看看这个。"

这是一张经过特殊处理的真人皮，雷阳拿在手里，心里有点儿发毛。他万万没想到，看上去文质彬彬的杨枢，能把死人皮贴在肚子上，还能谈笑风生。

杨枢不动声色地说："翻过来看看。"

雷阳将人皮翻过来细看，上面竟然是提篮桥监狱的设计图，顿时愣住了。

杨枢接过人皮图纸，放在桌上，点指几处："这里根本不像他们说的固若金汤，麻雀都飞不出去。从这几处都能出去，而且神不知鬼不觉。刘老根就在这里。他的监舍那层，有一个污水道直通厕所的粪池。"

雷阳立即捂住嘴巴："让他从粪池里钻出去？不太可能吧？"

"除非他愿意死在这里！"杨枢自信地说，"现在最大的麻烦是，监舍外面的污水口太小，他可能钻不进去。你和雷康想办法弄到工具，扩大这个污水口，检查排污管道，看看里面的污水什么时候最浅。"

雷阳说："天助我们啊，雷康不受狱警待见，经常安排他淘大粪。"

～146～

时间：1942年2月4日，星期三。

地点：上海，公共租界，南京路，爱琴海西餐厅。

黑川梅子一直认为，宋鸣谪不可能死于意外。自从他投诚以来，一直深居简出，步步小心，怎么可能死于莫名其妙的车祸中呢？

梅机关调查过车祸现场，晴气武夫却对宋鸣谪的死因秘而不宣。若不是她是梅机关情报课课长，都无法接触到宋鸣谪的尸检报告。

尸检报告显示，宋鸣谪在轿车被炸之前，就已经中毒而死。

中毒？宋鸣谪对此早有提防，从不吃、不饮未经他检验的食物和水。那么，他能接触的毒源，只能来自一个途径——鸦片。

提供鸦片的人消失了，更印证了她的判断。

于是，她把飞马商贸公司列为怀疑对象。

飞马商贸公司总经理雷阳，是红帮堂主宋万堂的得力助手。难道宋万堂指使雷阳在鸦片上动了手脚？

可是，宋鸣谪和宋万堂除了同姓外，根本没有任何交集。

黑川梅子决定从红帮产业——爱琴海西餐厅着手调查。她毕竟是爱琴海西餐厅的股东，可以从宋格那里获得一些信息。

她来到爱琴海西餐厅总经理办公室时，见到的人不是宋格，而是朱子刑。

"你就是黑川梅子小姐吧？"朱子刑起身，示意黑川梅子坐下，顺手递过一张名片，"鄙人朱子刑，爱琴海西餐厅的新老板。"

黑川梅子诧异地接过名片："我是爱琴海西餐厅的股东，怎么不知道这里更换了老板？"

"是这样。我为红帮卖了一辈子命，宋帮主可怜我，就把爱琴海西餐厅赏给我养老。昨天，大小姐就把她持有的股权全部转让给我。"朱子刑走到桌前，从抽屉里拿出一份契书递给黑川梅子，“这是转让契书，大小姐和普先生百分之八十的股份全部转到我名下。从今以后，此餐厅就是你我的财产了。”

黑川梅子简单地看了看契书，然后把契书扔到沙发上：“股权转让这么大的事情，即便我这个股东再小，他们也应该事先和我商量一下吧？”

朱子刑拿起契书，指着一页内容说：“你可能没有仔细看，这几款已经约定，我只是暂时代他们持有爱琴海西餐厅的股份。待我百年之后，我持有的股份再无偿转让给他们。餐厅里的人员、经营模式都不能改变，因此也就没有通知你。如果你不同意他们转让股份，可以把我生前这些年的餐厅收益估价，然后把我代持的股份转让给你。”

黑川梅子不可能接受朱子刑的提议，因为她不知道朱子刑什么时候死。

朱子刑劝道：“你是梅机关的，我是红帮的，咱俩的资源相互匹配，以后爱琴海西餐厅的生意想不火都难。”

黑川梅子不想再纠缠此事，转而问道：“宋小姐和普先生去哪里发财了？”

“鼎盛行。”

黑川梅子不动声色地问：“鼎盛行也是红帮产业？”

“不是。”朱子刑说，“鼎盛行是江家送给宋家的聘礼，大小姐去鼎盛行做老板。”

黑川梅子感觉自己被几个中国人戏耍了，顿时火冒三丈，直接问道：“既然你受宋万堂器重，一定知道红帮十艘货船沉没的原因了。请你如实回答我。我现在是以梅机关情报课课长的身份讯问你。”

朱子刑摘下眼镜放在桌上：“唉，家丑不可外扬。黑川课长，看在我们共同赚钱的分儿上，这件事的原委，就到你这里为止，千万不能再传了。红帮准备造船时，宋帮主嫌洋人的设计费用高，就让我仿造。我只能仿出一层皮，结果不就——”

“你还会造船？”黑川梅子打量朱子刑。

“其实我是木匠出身，造过小瓢船。唉，贪小便宜吃大亏。”

“没关系，那批货船到底沉没沉海，派人下去问问龙王就知道了！”黑川梅子说完，凝视朱子刑足有十秒钟，才起身离去。

~ 147 ~

时间：1942年2月4日，星期三。

地点：上海，日占区，极司菲尔路76号，黄浦江畔。

“炼狱计划”走入死胡同了。

凌岳州从意大利驻沪总领事馆获悉，墨威资本的确是墨索里尼的私人产业，便连夜把此信息发电报告知土肥原。

土肥原的回电只有耐人寻味的两个字，“鸡肋”。

犹太人的巨额财富，怎么可能是鸡肋呢？土肥原的回电只能证明，已经被大本营接管的“炼狱计划”，对土肥原来说就是鸡肋。

凌岳州和凌云洲合计，最好的应对策略就是大本营不催，他们就不动。

凌云洲当然同意这样做。只要凌岳州沉默，“炼狱计划”便会搁置，待墨威资本的大总管来到上海，他便可以实施最后一击，彻底破坏“炼狱计划”，保护上海犹太人和上海人的财富。

红帮沉船事件联合调查组成立，黑川梅子任组长，凌云洲和凌岳州任副组长，指挥部设在特工总部。

黑川梅子授意，凌岳州的编制放在特工总部总务处，因此凌岳州成为特工总部正式员工。

“蒋科长能量不小啊，搭上黑川课长这艘大船，以后就可以平步青云了。”凌云洲打趣道。

“让你见笑了。黑川课长哪能看上我呢？”凌岳州说，“特工总部可是你的地盘，我以后还得指望你多多关照呢。”

凌云洲笑了笑：“舒季衡有眼不识金镶玉，我可是人尽其才。你我在金融圈联手，还能不发财？”

“我什么都不说了，我们事儿上见！”凌岳州拱手。

“蒋科长，其实你最应该感谢的人是黑川课长。这次用不用你，我只有推荐权，她有决定权。”凌云洲说。

凌岳州摆摆手：“警察局特务科已经裁撤，我被开除，凌主任就别叫我蒋科长了。”

凌云洲递给凌岳州一支烟：“我们就以兄弟相称吧。不谈这个了，我们聊正事儿。总务处的人，你暂且用着。至于以后如何安排你的职务，等李主任回来再定。红帮沉船事件震惊上海，梅机关非常关注。你我兄弟联手，一定要给梅机关一个完美的交代。”

凌岳州点燃烟，想了想：“海上哪天不沉船，梅机关为什么对这件事如此上心？”

“因为是红帮的船。”

“梅机关怀疑红帮通共？”

凌云洲点点头：“你应该知道我家和红帮的关系吧？”

“多少了解一些。”

“黑川课长暗示过，你以后就是特工总部的人。我主管总务处，你也就是我的人。”凌云洲把手搭在凌岳州的肩上，“特工总部，庙小妖风大，我们要想把屁股下面那把椅子坐踏实，手里没有几张硬牌肯定不行。红帮的人，遍及各行各业，就是一张很不错的牌，我们一定要打好。明说吧，江家与红帮快结成亲家了，如果红帮能为我们所用，我们头顶上就多了一把大伞。”

凌岳州点点头：“所以，红帮不能通共！”

“处理此事的关键在于尺度，你一定要拿捏好。我们的原则是，既要调查清楚，又不能得罪红帮。你就多费点儿心吧。”

作为潜伏上海十多年的资深特工，凌岳州自然在红帮安插了眼线，没想到这次他能以“凌岳州”的名义启用原来的眼线，心里自然百感交集。

漆黑的夜里，凌岳州站在四下无人的黄浦江畔，望着滚滚东去的江水，心里感慨万千。当初他从特工总部消失，兜兜转转，再次在特工总部现身，真乃世事无常。

洪磊叼着烟，一步三晃地走到凌岳州身后："你不是死了吗？看到你的联络信号，我以为见鬼了呢。"

凌岳州也不回头："你这种烂人都活着，我怎么能死呢？"

洪磊谄笑道："凌处长所言极是，你有何吩咐？"

"现在跟谁混饭吃呢？"凌岳州从口袋里掏出一沓钞票甩给洪磊。

"跟雷子在黑市瞎倒腾。"洪磊接过钞票，放在鼻子下闻了闻，揣入口袋。

"你他娘的还是那副德行，贪财如命。"

"这年头没啥都不能没钱。如果不是你让我混红帮，我才不去呢，规矩忒多，赚钱还少，哪有青帮自在！"洪磊把烟头弹进江中。

"少他妈的发牢骚，说说红帮的事。"

"上面的事我够不着，下面倒有些稀奇的事。"

"什么事？"

"第一，雷子被抓了。"

"因为啥？"

"不清楚。这两年我一直跟他混，他跟特工总部的杨处长、警察局的陈科长都很熟，按理说，他在上海滩不能折了啊。"

凌岳州问："他跟杨枢很熟？"

洪磊低声说："飞马商贸公司的幕后股东就是杨枢和陈起，雷子是总经理，他们能不熟吗？"

"没想到还有这种事儿。"凌岳州瞥了洪磊一眼，"说第二。"

"红帮大小姐的未婚夫普乐天，外面有女人。"

"女人？谁？"

洪磊向四周看了看，压低嗓门说："警察局的罗局长。"

凌岳州一怔，伸手揪住洪磊的衣领："这事儿不能瞎说。"

洪磊连连点头："我亲眼所见。"

凌岳州把洪磊推开："详细点儿。"

"一个星期前，就是红帮新船下海的前一天晚上，我去宋格家时，看到一个女人去找普乐天。"洪磊一边整理衣服一边说，"那天，宋格也在家，我见她在哭，心里好奇，就等那个女人出来。那个女人出来后，我一看是罗局长，也吓了一跳。"

"你小子立大功了！"凌岳州的袖口突然弹出一把匕首。几乎就在匕首弹出的同时，他反手一挥，割断洪磊的气管和颈动脉，一脚将洪磊踹入江中。

凌岳州收起匕首，沿着黄浦江畔慢慢行走。

阵阵江风吹来，既冷又硬，他胸中却燃起一团熊熊大火。

～ 148 ～

时间：1942 年 2 月 4 日，星期三。

地点：上海，法租界，宋公馆。

春暖花开后，却依然春寒料峭。

宋格心中无法与人言语的悲痛，如同水中的鱼，即便泪流满面，也没有人能看到它的泪水。

她恨自己太敏感，能看透本不该看透的事情。那天，普乐天和罗亭在宋公馆门前深情对视，她看到了，也确定他们就是夫妻。

当下的情况，只要她坚持，就能和她深爱的普乐天结婚，可她却不忍心破坏一对革命夫妻的情缘。

爱上不该爱、不能爱的人，她只能暗自悲痛。

宋格的悲痛，源于罗亭的放弃，源于她对罗亭的崇拜。换作是她，无论出于什么目的，她都不会放弃心爱之人。

然而，罗亭不但能放弃，而且还能祝福。

宋格对自己的自私感到惭愧，因为她发觉革命理想就像让凤凰涅槃的烈火，能淬炼人的心胸和品格，能让灵魂更加纯洁、高贵。

真的就是真的，假的就是假的。她和普乐天在人前假装男女朋友，所有亲昵的动作，都是做给别人看的，表演而已。一旦观众不在，他们就放弃自己的角色，彼此尴尬地相处。

坐在黄包车上的宋格，沉浸在悲伤之中。黄包车已经停在宋公馆门口，她还没有意识到她应该下车了。

“小姐，到了。”黄包车夫低声提醒。

“哦。”宋格回过神来，起身下车，径直向宋公馆大门走去。

“小姐，车费呢？”

“哦。”宋格站下，转过身，拉开包，掏出一张钞票递给黄包车夫，“不用找了。”

黄包车夫看看钞票的面额，愣住了，目送宋格走进大门，才意识到自己应该走了。

宋格低头向院子里走，紧紧地抿着嘴。忽然，她踩到一个石子上，脚狠狠地崴了一下。

一股撕裂般的剧痛传遍全身。宋格不得不蹲下揉脚，随即“哇”的一声哭了。

张妈跑过来：“小姐，怎么了，是不是崴脚了？”

宋格点点头：“疼。”

“我背你进屋用冰块敷一下。”

宋格尝试着站起来：“不用，没事儿的。”说完，她慢慢地走进客厅，吃力地坐在沙发上，“张妈，咖啡煮好了吗？”

“早就煮好了，我去拿。”张妈走进厨房，端来半壶煮好的咖啡，给宋格倒了半杯。

“不要告诉我爹。”宋格接过咖啡杯，冲张妈做个鬼脸，起身向楼梯走去。

“小姐，还有半壶呢，我端楼上去吧。”

“好的，谢谢张妈。”宋格走到二楼露台，在藤椅上躺下，端着咖啡杯看院子里怒放的蜡梅。

藤椅在晃，咖啡在晃，眼前的景色也在晃。她的眼泪又被晃出来，落进杯子里，与咖啡溶在一起。

宋格紧紧地闭着嘴，担心只要张开嘴，她就会有一场无法控制的号啕大哭。

耳边传来熟悉的脚步声。

她赶紧擦拭眼泪，坐直身子。脚步声在她身后消失了，她也不转身，轻声问："吃饭了吗？"

普乐天却问道："张妈说，你崴脚了，严重吗？"

宋格摇摇头。

普乐天蹲下，查看宋格的脚："擦点儿红花油吧。"

宋格答非所问："要不要给朱叔叔打个电话？听说黑川梅子去餐厅了。"

普乐天摇摇头："不用。朱帮主是老江湖，黑川梅子根本不是他的对手。"他说完，走到露台边缘仔细查看。

"我们被监控了？"宋格问。

普乐天没有发现异样，才回到宋格身边，向隔壁洋房望去："林公馆有新人入住了。"

宋格看了看林公馆："什么时候的事儿？"

普乐天说："你心真大。"

宋格摇摇头："没有一个女人的心能大过她的拳头。"她说完伸出手，"我的手，就不应该插到你们夫妻中间。"她收回手，捂在胸口，"我该收收心了。"

普乐天一时语噎，不知道如何应答。他再次望向林公馆，发现一个二十多岁的女人出现在窗前，注视着他们。

宋格也看到了那个女人："看来是一对年轻夫妻。"她喝了一口咖啡，"要是不打仗，你们的孩子该有十岁了吧？"

普乐天叹口气："国破家何在！"

这时，那个女人身边出现一个三十五六岁的男人。他似乎怕冷，从女人背后伸出手关上窗户。

“军人？”普乐天打量那个男人。

作为顶级狙击手，普乐天当然知道军人和普通人的区别。

那个男人是军人，而且受过严苛且系统的军事训练。

他们在监视宋公馆。

他们受谁指派，为什么来监视宋公馆？

普乐天的脑海里飞速闪现这段时间发生的事情，确信自己的言行没有出现任何纰漏。

“那天，罗亭来家里，我本想下楼的。”宋格还是不想终止这个话题。

“罗亭？难道罗亭那天进入宋公馆出了问题？难道她被特务跟踪了？她有危险吗？”普乐天在心里一连问自己几个问题。

一辆轿车的灯光，扫过林公馆的窗户。

同时，一道微弱的光从林公馆的窗口折射过来，一闪即逝。

那是狙击步枪目镜折射的光。

普乐天更加确认，林公馆里有人监视他们。

普乐天脱下衣服，披在宋格身上：“天凉了，小心感冒。”

宋格弯曲胳膊：“我身体壮得很！”

普乐天蹲在宋格身边，悄悄地向林公馆努努嘴：“那也架不住春天病毒多啊，凡事小心为妙。”

第十八章　煮　鹤

~ 149 ~

时间：1942 年 2 月 5 日，星期四。

地点：上海，日占区，舒园。

朱子刑是来舒园“钓鱼”的。

年过半百的他，终于加入了中国共产党，实现了他奋斗多年的梦想。

他第一次以共产党员的身份参加行动，于是私下里给舒季衡取个代号叫“鹤”，给自己取个代号叫“古琴”。

“焚琴煮鹤”是“钓鱼计划”的核心任务，他要经历一场地火“焚烧”。

朱子刑认为，他只有经过地火焚烧，才能凤凰涅槃，才能成为合格的共产党员。

“钓鱼计划”是中共“31 号”制订的，让朱子刑做该计划的执行人，说明舒季衡极有可能认识中共“31 号”。

朱子刑驻足扫视周围，眼角眉梢间的笑意渐渐消隐。他明白，只要走上面前的五级台阶，他必然要面临一场狂风暴雨。

两个日本特务躲在他身后不远处窥视。

朱子刑早已发现有人跟踪自己，却佯装不知。他正了正帽子，拾级而上，走到大门前，举手敲门。

老仆人打开门，把朱子刑迎进去。

舒园是一座建于明代的古宅，院子里栽植七株梅树，此刻梅花盛开，鲜艳欲滴。

舒季衡站在梅树下，待朱子刑走近，摘下一朵梅花放在鼻下嗅了嗅，随手扔到地上："没想到红帮的人，还能主动登门啊。"

朱子刑将礼品递向老仆人，笑道："快过年了，宋帮主安排我逐家走动走动。这是宋帮主的一点儿小意思，还望您笑纳。"

舒季衡冲老仆人努努嘴。

老仆人接过礼物，转身离去。

舒季衡问："宋帮主身体可好？"

朱子刑摇摇头："红帮损失那么大，他能不心疼嘛。"

舒季衡摆摆手："红帮家大业大，损失十艘货船，伤不了筋骨的。"

"本来损失十艘货船就够闹心的，日本人还揪住这件事不放，我们也说不清道不明。"朱子刑向舒季衡颔首，"宋帮主让我来向您讨教。"

舒季衡说："这次我只能说爱莫能助了，还望宋帮主理解。"

朱子刑向左右看了看，压低嗓门："宋帮主交代，只要您愿意搭把手，卫铭笠的事儿就翻篇了，还兑现您以前的提议。"

舒季衡把脸一沉："卫铭笠是红帮的？你们在我身边安插眼线，几个意思？"

朱子刑不动声色地说："红帮中也有您的人啊，而且不止十个。宋帮主对此心知肚明，却睁一只眼闭一只眼，就是指望您能在红帮遭难时，能渡红帮一把。"

舒季衡往前走了两步："当年佛祖一苇便可渡江。"

"您左手南京，右手重庆，就是上海的佛祖。"

舒季衡冷笑："宋万堂的如意算盘打得不错！"

朱子刑微微一笑："一切还得仰仗您提携。"

舒季衡瞥了朱子刑一眼："你们把黑川梅子都能玩弄于股掌之中，我只有给你们提鞋的份儿了吧？"他狠狠地折断一根梅枝，"黑川梅子不但一点儿便宜没捞着，还白白地为爱琴海西餐厅挡刀。”

“哈哈，什么事儿都瞒不了您，在下佩服。”朱子刑躬身颔首。

“我若助红帮渡过此劫，宋帮主必须兑现承诺！”

“请您放心，以后红帮就是您的红帮。”

舒季衡说：“这件事也没有那么难办。我的私人船队中有几十艘船，船体、船型和你们的沉船差不多，在海底根本分辨不出来。我给你调拨五艘船，至于怎么办，不用我说了吧？”

朱子刑颔首：“您的大恩，红帮人没齿难忘。”他说完从包里掏出一张现金支票递给舒季衡，“这是购船款。”他又从包里拿出一份协议，“这是购船协议。”

舒季衡接过协议，却没有收现金支票。

朱子刑也没客气，将现金支票放进包里。

舒季衡扫视一眼购船协议，意识到一旦他在上面签字，红帮就被他死死地攥在手里，他也从一颗闲棋冷子，一举成为炙手可热的情报大员，兑现了当初他对汪精卫的承诺，真正打入侍六组……

他用两个手指夹着协议，另一只手猛扯面前的梅枝，片片梅花纷纷落下。

~ 150 ~

时间：1942 年 2 月 5 日，星期四。

地点：上海，日占区，虹口，提篮桥监狱。

凌岳州，是“钓鱼计划”要钓的第三条“鱼”。

凌云洲要进一步甄别凌岳州是不是龟机关特工。

凌岳州是师婉笛的情人、舒季衡的情敌，关键还是日本特工——只有他能把舒季衡送上绞刑架。

“钓鱼计划”环环相扣，任何一个环节都不容有失。为了完成这个计划，凌云洲必须和凌岳州去一趟提篮桥监狱。

他们来到提篮桥监狱，受到安子铭盛情款待。凌岳州打量安子铭装修奢华的办公室："监狱长真有品位啊。"

安子铭摆摆手："什么品不品位不位的，在这种烂地方和烂人待久了，人也会烂的，不得不想办法打发时间。二位光临烂地，有何指教？"

凌云洲说："还是为雷阳的事儿。"

安子铭从办公桌上拿起一个档案袋："他的事已经办妥，再过两三天就能出去了。这种小事，二位打个电话就可以的。"

凌云洲接过档案袋，冲凌岳州努努嘴："蒋先生想提审雷阳。"他说完将档案袋递给凌岳州。

凌岳州说："雷阳可能涉及梅机关的案子。谈不上提审，我只是了解一下情况，还望监狱长给予方便。"

安子铭说："既然你们拿着梅机关的尚方宝剑，我还能说什么？请吧。"他说完拿起电话，吩咐秘书陪同凌岳州前去。

待凌岳州走后，安子铭递给凌云洲一支雪茄："雷阳就是街头小混混，知道个屁。"

凌云洲接过雪茄："我今天还想见一个人。"

安子铭不动声色地问："谁？"

凌云洲点燃雪茄："杨枢。"

安子铭装糊涂："杨枢？哪个杨枢？"

"当然是特工总部的杨枢。"

"你是说杨处长呀？"安子铭晃动手中的雪茄，"第一，我听说杨处长犯案，早就不在上海了；第二，即便他在上海，抓他也不是我分内的事儿；第三，即便有人把他送到我这里，我也不敢接收。"

凌云洲吐了一口烟，打量安子铭："在上海，还有你不敢做的事儿？我们都是千年狐狸，就别聊聊斋了。"

安子铭盯着凌云洲："不好意思，你高估我的理解能力了。"

凌云洲说："那我就直说吧，姜先生的薪水由你负责。"

安子铭问："理由呢？"

凌云洲笑道："你就是姜先生，自己给自己发薪水，多有意思。"

安子铭摆摆手："我是我，姜是姜。你这么说，就没有意思了。"

凌云洲耸耸肩："日后择得清就有意思了。在我这里，必须把安先生和姜先生揉到一起，这样我才敢考虑那份工作。"

安子铭点指凌云洲："做人不能太算计。"

凌云洲摇动食指："有命赚，有命花，那才叫赚钱。"

安子铭身子往后一靠："这么说，我们就没法谈了。"

"能谈！不过，要以我的方式谈。"

"你的方式，就是吃空我吧？"

"只有吃空你，我才能看到你的底牌啊。"凌云洲微微一笑，"就凭你的提议，我就能把你带到特工总部过几遍筛子。你现在还能坐在这里讲品位，就说明我很有诚意。"

"哦，我给你推荐一份工作，就要去特工总部过筛子？"

"延安、重庆、南京、东京的工作，只要价格到位，我来者不拒。"凌云洲说，"能给我介绍工作的，基本都是这四家代表。你属于哪家？"

"我替姜先生跑腿儿。"安子铭把目光移到窗户上。

"那就是重庆喽！"凌云洲走到安子铭身边。

"把话说得太直白就没有意思了。"安子铭冲凌云洲挤挤眼睛。

"你先考虑一下我开出的条件，当然也可以折中。等你考虑好之后，我们接着谈。"

"好，容我与姜先生沟通一下。"

"这个话题到此为止，我们接着聊杨枢。我知道，你不会抓杨枢，但是杨枢自己能来啊。"凌云洲顿一顿，"我不打哑谜了。杨枢到你这里做客，是我的主意。"

"是吗？"安子铭眯着眼睛问。

"军统'变色龙'，你应该听说过吧？"凌云洲盯着安子铭，"我们要捉这只避役[1]。”

“我这里庙小妖风大，别说避役，出现虎、豹、鹰都不稀罕。”安子铭拿着雪茄，起身走到窗前，“遗憾的是，我还真没听说过这只避役。”

“他不在你这里。”

安子铭转身盯着凌云洲：“不在我这里，你还跟我谈这个？”

“我捉一只扔给你，你不就有了嘛。”

“我还真不需要。”

“李主任需要啊！”凌云洲走到安子铭身边，压低嗓门说，“李主任说，您就是那只避役。”

安子铭做出噤声的手势：“打住，你们在城门放火，别殃及我这条池鱼！”

凌云洲问：“我现在可以见杨枢了吧？”

“我马上安排。”安子铭转身打电话。

凌云洲的目光，透过卧室的门缝，看到卧室北墙上挂着一块名为《木兰辞·问鱼》的版画。

看到熟悉的字体，他心里一怔，这是不是“姜太公”的手迹？

密室里，凌云洲与杨枢面对面坐下。

杨枢指指上下左右，问凌云洲：“安全吗？”

凌云洲点点头：“我查三遍了。”

杨枢问：“你跟安子铭聊过了吧？他信了？”

凌云洲点点头：“不知道他会不会告诉舒季衡。”

杨枢说：“这得看他是什么人了。”

凌云洲肯定地说：“我觉得他不会告诉舒季衡。”

“那就说明他来自重庆。”杨枢的手指在桌面上点了三下，然后一划，“舒

[1] 避役：俗称“变色龙”，唐代段成式《酉阳杂俎·虫篇》和明代李时珍《本草纲目·鳞一·十二时虫》中均有记载。

季衡、安子铭、苏醒中间应该有一条秘线。”

“‘卧榻’。”凌云洲轻声说。

杨枢瞪大眼睛：“你怎么知道？”

“安子铭告诉我的。”

“舒季衡告诉我，安子铭告诉你，我们就这么值得他们信任？”

“只要利益足够大，什么都是生意。”

“或许是保命。”杨枢说。

“我只要钱，不要他们的命。”

“你栽赃舒季衡是军统‘变色龙’，就等于要他的命！”

“他可以花钱买命嘛！”凌云洲嘿嘿一笑，“他们互相出卖，受益人就是苏处长。”

“苏处长也不干净。”杨枢摇摇头，“我倒觉得苏处长像军统‘变色龙’。”

“说实话，我不想为难军统‘变色龙’。”凌云洲说，“如你所说，我们这号人，到什么时候都得给自己留条后路。抓住这条‘变色龙’，军统还会派第二条‘变色龙’过来，我可不想给自己出难题。我只想做一个俗人，超级俗那种。”

“散发铜臭味儿那种俗人吧？你吃肉，总得让我喝口汤吧？不然显得你多不仗义啊！”

“你想仗义，可以啊，跟我交个实底——”凌云洲盯着杨枢，“你为什么猫在这种鬼地方？”

杨枢似乎不太放心：“我们是过命的兄弟吧？”

“废话！”

杨枢眼圈泛红：“我姐姐死在警察局——”

凌云洲点点头：“我知道。”

“我必须给姐姐报仇。”

“报复警察局？”

“不，我要把舒季衡送上断头台！”杨枢握住凌云洲的手，“兄弟，你得帮我！”

凌云洲反握杨枢的手："放心，我们必须让舒季衡付出代价！"

提审雷阳时，凌岳州请无关人等离开，故意制造一种恐怖的氛围。

雷阳见凌岳州摆出这副架势，便配合他装出恐惧害怕的样子。

"我什么都不问。"凌岳州见雷阳胆怯，把脸一沉，"因为你做的一切，我都知道。"

"是吗？"雷阳眼神散乱。

"洪磊是我的人。"凌岳州索性一竿子插到底。

雷阳骂道："吃里爬外的东西！"他猛地抽了自己两个嘴巴，然后媚笑道，"我这张破嘴就是欠抽！蒋科长，在下对您心服口服外加佩服。"

凌岳州摆摆手："我已不是警察局的蒋科长，现调任特工总部，叫我蒋先生。"

雷阳嘻嘻笑道："恭喜蒋先生高升！"

凌岳州瞪了雷阳一眼："少贫嘴，说说红帮的事儿。"

雷阳踌躇："帮有帮规，宋万堂要是知道我出卖红帮，肯定用斧子活活劈了我的！"

"看来红帮真的不太干净啊。"

"不是一般的不干净。"

"从哪儿刮来的尘土？"

雷阳低头瞧瞧手铐："当然是从重庆、延安刮来的尘土。"

凌岳州给雷阳打开手铐："你出去后，直接去特工总部找我报到。背靠特工总部这座大山，宋万堂就不敢把你怎么样了。"

雷阳活动着手腕："给我弄个职位，能管俩人那种，譬如小队长啥的，不然我更不踏实。"

凌岳州将一盒烟递给雷阳："谋个职位不难，就看你努不努力了。"

雷阳接过烟盒，抽出一支，然后把烟盒装进口袋。

凌岳州打量雷阳："说说吧，是重庆方面的，还是延安方面的？"

"重庆方面的。"

"何事？"

"半年前，重庆方面派来一个特派员收编红帮。"

"重庆方面收编红帮不足为奇，特派员是谁？"

"我不知道，但我知道掮客。"

"谁？"

"舒季衡。"

"舒季衡给重庆方面当掮客？"凌岳州难以置信。他没想到自己苦苦寻找的人证，竟然如此容易找到。

"舒季衡和特派员到红帮总堂那天，我负责端茶倒水，看得真真儿的，绝对不会认错。"

凌岳州盯着雷阳半晌，然后一字一顿地问："你是说，舒季衡是重庆方面的人？"

雷阳连连点头："没错！"

"宋万堂答应他的要求了吗？"

"如此机密大事，不是我这种喽啰级的人知道的。后来，舒季衡跟朱子刑走得很近，朱子刑肯定知道。"

"如果朱子刑能把这件事告诉我，你对我来说还值几毛钱？"

雷阳将烟头扔到地上，狠狠踩灭："朱子刑与舒季衡之间有猫腻，朱子刑要做红帮帮主。朱子刑一旦做了红帮帮主，必然会带领红帮弟子投靠重庆方面。"

凌岳州从口袋里掏出一沓钱扔给雷阳："今天我们没有见过面，懂？你出去后，照我所说去做，你就能成为陈恭如的心腹。陈恭如是谁，你应该知道吧？"

雷阳摇摇头。

凌岳州点了雷阳额头一下："特工总部行动队队长！"

凌岳州驾车，载着凌云洲离开提篮桥监狱，赶往特工总部。

路上，凌岳州一边开车，一边把讯问雷阳的过程在心里复盘一遍，然后进行取舍。他把认为该说的那部分内容，向凌云洲做了详细汇报。

“舒季衡真为重庆方面服务？”凌云洲假装不信。

“我觉得只有这样才能解释通。”

“他会不会是军统‘变色龙’？”凌云洲追问。

凌岳州先是一愣，然后会意：“还真他妈的没准儿。军统‘变色龙’是条大鱼，警察局局长的位子才能与他匹配！”

凌云洲挤挤眼睛：“李主任更希望他是军统‘变色龙’啊。”

凌岳州愤愤地说：“怪不得三大机构一直抓不住军统‘变色龙’，谁他妈的能想到，他是中统、军统、警察局杂交出来的？凌主任，你放心，这次必须让他唱一出让大家都满意的戏码！”

凌云洲盯着凌岳州：“不是让大家都满意。这出戏码，只要李主任看得开心就好。他开心，你就能高兴。”

凌岳州眉开眼笑地说：“我回去就带人抓捕朱子刑。”

“理由呢？”

“特工总部抓人还需要理由？”

“就当我什么都不知道。”凌云洲补充道，“红帮的宋格是江家未来的媳妇，我这个江家姑爷必须避嫌。”

“我理解，李主任也能理解。”凌岳州低声说，“此事我向李主任直接汇报，当然，功劳还是你的。”

凌云洲对此不但不置可否，还喃喃自语：“这两天，苏处长忙什么呢？”

凌岳州说：“情报处处长还能忙什么，满大街找情报呗。”

“未必。”凌云洲摇下车窗，一股冷风吹进来。

凌岳州盯着前方，若有所思：“这两天，苏处长与黑川课长频频接触，好像是处理梅机关的事儿。”

凌云洲问：“黑川课长想做什么？”

“鬼才知道她想做什么。”凌岳州说，“听说晴气机关长去南京了，年前未必能回来。现在梅机关大小事务，都由黑川课长做主。”

凌云洲往后一靠，闭上眼睛，嘀咕道：“你盯着苏处长，苏处长盯着黑川课长，我们背后猫着谁呢？”

～ 151 ～

时间：1942 年 2 月 5 日，星期四。

地点：上海，日占区，虹口，梅机关。

舒季衡是“毒刺”，罗亭是“断刺”——黑川梅子提供的情报令苏醒震惊不已。

就连戴遇依使出浑身解数都没有挖出“姜太公”和“三刺”，黑川梅子怎么能掌握如此绝密的情报？

更出乎苏醒意料的是，彻查警察局的行动，黑川梅子不仅不揽头功，反而甘愿隐身幕后。

“不可能！”苏醒冲黑川梅子连连摇头，“他们不可能都是重庆方面的特工。”

“两个好做窝。”黑川梅子把半个屁股放在办公桌上，一只手搭在苏醒肩上，上身前倾，胸部显得无比硕大。

“做窝？他们又不是鸟！”苏醒移开黑川梅子的手，“我需要知道你的情报来源，毕竟汪先生非常信任舒季衡和罗亭。”

“情报来源？”黑川梅子把脸一沉，“事关帝国高层机密，恕我不能如实相告。”

苏醒耸耸肩：“既然如此，我就无法帮你了。”

“你是不想调查这两个人吧？”黑川梅子狠狠地盯着苏醒，心中暗想，“按照蒋文汉的分析，苏醒调入特工总部并非她所愿，因此她对舒季衡和罗亭颇有微词。现在舒季衡和罗亭落入她的手里，她怎么会如此冷淡呢？”

“我不是不想调查，而是不便调查。”苏醒点燃手里的烟。

“有区别吗？”黑川梅子追问。

“不便调查，是因为没有直接证据，最起码时机还不成熟。”苏醒缓声说道，“我不能凭你一家之言，就去调查汪先生的心腹。望你理解。”

黑川梅子连连点指苏醒。

“梅机关不想得罪汪先生，让我当马前卒。你这么做，我只能表示理解。只要我得到晴气机关长的授权，汪先生应该不会说什么。”苏醒将锅甩给晴气武夫。

黑川梅子拿起电话筒，在转接晴气武夫的电话间隙，说：“有些事情，晴气机关长只能装糊涂，不信你问问他。”

电话接通，黑川梅子将话筒递给苏醒。

苏醒把话筒放到耳边，起身立正，话筒里只传出晴气武夫冰冷的一句话，“彻查警察局的行动，由黑川梅子全权负责”。

苏醒放下话筒，盯着黑川梅子：“难道你还是龟机关特工？”

黑川梅子示意苏醒坐下，然后把脸凑近：“保密条例第三条，不该问的不问。”

“这么说，我在与龟机关合作了。”苏醒把头后仰。

“在上海，能与龟机关合作的中国人，你是第一个。”

苏醒冷冷地问：“我是感到无比的荣幸，还是无尽的悲哀呢？”

黑川梅子没有说话，从桌上拿起一个信封递给苏醒：“内政部派专人送来的汪先生手谕。”

苏醒打开信封细看，果真是汪精卫手迹：“既然汪先生亲自过问，我一定办妥此事。”她把信装入信封，望着黑川梅子，“我要说明一点，我只是医生，不幸误入此行，没什么经验。”

“经验不如敬业。你准备怎么做？”

“不知道。我说过，我不是职业特工。”苏醒将皮球踢给黑川梅子，“你有什么好建议？”

黑川梅子猜不透苏醒的真实想法，于是模棱两可地回答：“这是你们南京政府的自家事儿，我不便过问。”

苏醒点点头："对，这是我们自家的事儿，你不提醒我倒忘了。既然是我们自家的事儿，某些问题我就不用向你汇报了吧？"

黑川梅子点点头："我只要结果。"

"我有一个不成熟的想法。"

"说说看。"

"我不是职业特工，也不懂你们那一套。"苏醒走到沙发前坐下，"我是医生，只知道病人要是不去医院就医，就很难知道他患上什么病。"

"你想立即抓捕他们？"

"不是抓捕，是看病。"

"看病，如何看病？"

"如果舒季衡和罗亭真有病，他们就得去医院医治。到了医院，他们患上什么病，还不是医生说了算？"

黑川梅子不动声色地示意苏醒往下说。

苏醒说："既然是看病，暂时就叫它'解剖计划'。'解剖计划'分两步，第一步对警察局全体职员进行体检，地点在共生医院。体检之后，宣布舒季衡和罗亭患有重病，必须留院观察；第二步，在共生医院设置临时审讯室，审问舒季衡和罗亭。如果他们是重庆方面的特工，直接执行死刑，对外宣布他们病亡，还不会影响南京政府的形象。"

黑川梅子点点头："高明！"

～ 152 ～

时间：1942 年 2 月 5 日，星期四。

地点：上海，日占区，虹口，提篮桥监狱。

杨枢与刘老根见面异常顺利，好像他们背后各有一只无形大手将他们推到一起。

午饭时，杨枢与刘老根分别接到可以吃小灶的通知，于是他们就在小灶食堂见面了。

刘老根五六十岁，由于长期营养不良，一脸菜色，唯有双眼时而闪现出贼光。他见杨枢坐到面前时，眼角微微抖动一下。

杨枢皮笑肉不笑地问："你就是刘老根？"

"好久没吃过小灶了。记得我上次混入小灶食堂吃了一顿，结果被安子铭命人吊起来打了三天。这次安子铭主动让我吃小灶，是不是个坑呢？"刘老根苦笑一下，拿起筷子，"管不了那么多了，做个撑死鬼也值得。"他夹起一块红烧肉放入口中，贪婪地咀嚼，"软糯多汁，肥而不腻，没想到中层领导伙食都这么讲究。"他似乎无视杨枢。

杨枢又追问道："你就是刘老根吧？"

刘老根瞥了杨枢一眼："我们熟吗？"

"马上不就熟了嘛。"杨枢似乎不在意刘老根的无礼，"你进来多久了？"

"将近两年吧。"刘老根也不抬头，眼里好像只有饭菜。

"因为什么进来的？"

"嘴贱，身边的人更他妈的嘴贱。"

"你谈论什么了？"

"《日汪密约》原件曝光后，我大声叫好，结果被身边的人捅到警察局，警察局认定我妄议国事。"刘老根放下筷子，向四周瞧了瞧，"这里没有监听器吧？"

"监狱中层以上的领导在这里吃饭，装那玩意儿，谁监视谁啊？"

"这种地方，谁相信谁啊？"刘老根反问。

杨枢突然问道："你经历过共匪大溃败？"

刘老根夹鱼的筷子停在空中："经历过大溃败的人，不是在延安，就是在地下，能在上海吗？"

杨枢不动声色地说："我认识一个老共匪，经历过大溃败，据说遭老罪了。一路上缺衣少食，大冬天凿冰窟窿钓鱼，却连鱼钩都没有，就将缝衣针烧弯做成鱼钩。这个老共匪有一手绝活，能用直钩钓鱼。"

刘老根摇摇头："别瞎掰了，他是姜太公转世呀？经历过大溃败的共匪，怎么可能跟你说这些？就算打死我我都不信！"

"他是我的老师，中途被俘投诚，后来死在梅机关。"

刘老根低头吃肉："他是'鱼钩'？"

杨枢立即追问："你——你是'姜太公'？"

刘老根突然抬起头，凝视杨枢，眼中透出一股逼人的杀气。

杨枢心头一凛，赶紧解释："我也是实在没有办法，才冒失地来找你。'三刺'中有内鬼不假，但也不能全部杀掉。他们都是汪精卫的心腹，一个人的能量就能抵千军万马。"

刘老根不动声色地问："你有怀疑对象？"

杨枢松了一口气："我只想问你一句话。"

"讲！"

"苏醒是你的下线吗？"

刘老根迅速低下头，夹菜吃饭。

杨枢点点头："我懂了。"

刘老根轻飘飘地问了一句："另外'两刺'呢？"

杨枢沉思片刻说："罗亭应该不是。不过这只是我的直觉，没有证据。"

"眼睛有时候也会欺骗你的。"刘老根边吃边说，"继续讲。"

"苏醒既然是你的下线，内鬼就应该是舒季衡。"

刘老根依旧埋头吃饭。

"舒季衡、苏醒和安子铭之间有一条名叫'卧榻'的秘线，安子铭是舒季衡的人，还是苏醒——不——你的人？"

"今天我们见面，是我让安子铭安排的。"刘老根说，"你一进提篮桥监狱，就到处打听我，我便猜出一二。安子铭也想知道你入狱的真实目的，就答应我提出与你吃顿饭的要求。"

"看来你已经掌控了提篮桥监狱，不然不会知道这么多、这么细。"

"说不上掌控，我有一条可以自由出入这里的密道。"刘老根这时才抬起头，"劝劝你的人，别到处找工具了，你们想挖的那条路，早被我挖通了。"

杨枢问："既然你能出去，为何还待在这里？"

"我留在这里，或者说留在上海，'三刺'心里就永远有一根刺。"刘老根又埋头吃饭，"我若回到重庆，就相当于'三刺'拔掉了我这根隐蔽的刺。"

"如何除掉舒季衡这个内鬼？"

"不着急。"刘老根又进入眼里只有饭菜的状态，"日本人在共生医院设局，以给警员体检为由秘密调查罗亭。估计现在她已经在共生医院了。"

杨枢一愣："罗亭暴露了？我们得想办法营救她。"

"这事不用你操心，一切都在掌控中。"

"怎么营救？"

刘老根指指外面："共生医院就在隔壁，我的密道出口就设在共生医院里，救罗亭还是难事？"他把饭碗一推，打了一个饱嗝，"不过，我相信罗亭有能力自救。我的人一直在密切关注共生医院，一有风吹草动，我就会知道，所以你无须担心，办好自己的事情就可以了。"

杨枢见刘老根胸有成竹，悬着的心稍稍放下。他相信，对于面前这个神龙见首不见尾的高级特工来说，只有别人想不到的事，没有他做不到的事。

第十九章　为爱而战

~ 153 ~

时间：1942 年 2 月 5 日，星期四。

地点：上海，法租界，霞飞路，宋公馆。

宋公馆坐落在十几栋欧式洋房中间。那些洋房的主人，基本都是上海的商贾，还有一部分是来自欧洲的买办。

宋公馆左后方的洋房，原属于百乐门头牌欧阳夏所有。欧阳夏生性浪漫，给洋房取名为“玫瑰之城”。一年前她移居巴黎，“玫瑰之城”便一直空着。四天前，罗亭搬进“玫瑰之城”。

罗亭在“玫瑰之城”的阁楼上，架设一副望远镜。借助望远镜，她可以观察宋公馆和林公馆里的情况。

林公馆的主人是画家，有亲共行为，一个月前神秘失踪，林公馆便一直空着，昨天才住进一对夫妇。这对夫妇晚上开派对，七八个男女玩了一夜，一直没有离开。

罗亭判断，那些男女都是特工总部的特务。

罗亭意识到，她一直担心的事情还是发生了。她知道，这一天早晚会来，所以她已经知道如何处理了。

罗亭打开行李箱，取出狙击步枪的主件和配件，组装完毕架在窗前，瞄准林公馆，然后把枪口移向宋公馆。

宋公馆今天很热闹。宋万堂邀请周佛麟打麻将，普乐天和宋格作陪。

罗亭在目镜里看到普乐天，一行清泪夺眶而出。她喃喃地说道："再见了，我挚爱的人。"

她已经向党组织申请，清除普乐天身边的障碍，并获得党组织批准。

她从红帮沉船事件调查组成员那里得知，监视普乐天的人，是特工总部总务处的特务。

宋公馆的牌局，是她请宋万堂安排的，目的是让周佛麟成为普乐天和宋格没有作案时间和空间的证人。

罗亭准备妥当之后，丝毫没有犹豫，立刻对林公馆里的特务展开狙杀。

没有丝毫防备的特务，还没有反应过来，就死伤大半。另外一批特务，看清弹头来向，冲出林公馆，攻击"玫瑰之城"。

特务的火力太猛，罗亭难以招架。她逃入小巷，一边用手枪还击，一边冲向大街。

她在惊慌的人群中，奋力逃进一条短巷里。三个特务紧追不放，其中一个特务射中她的左臂。

罗亭举枪还击时，才发现弹夹已空。

她向四周看了看，身边除了特务，没有其他人。

她最后的希望也破灭了。

按照她的性格，绝不会如此冒险。她之所以选择狙杀特工总部的特务，是因为她想赌一把。

她的赌注就是"姜太公"。

重重迷雾中，唯有灯塔才能让人找到行进的方向。她之所以把自己化作灯塔，是因为她瞄准了蒋介石的"军机处"——侍从室。

"无间计划"是甄别计划，只要能证明自己不是内鬼，就能获得"姜太公"的信任。狙杀监视普乐天和宋格的特工总部特务，无疑是最好的证明，又能解除普乐天和宋格的危厄，可谓一举两得。

罗亭坚信，"姜太公"一定会在暗中观察"三刺"，一定会看到她在《申报》上刊登的名为《玫瑰之城　断崖之危　如刺在喉》的文章。

这是她向“姜太公”发出的求救信号。

时间，地点，求救信号，以及她的生死，一股脑丢给了“姜太公”。

可是，“姜太公”并没有出现。

三个特务判断罗亭的手枪里没有子弹了，就大胆地围上来。

押错筹码，就得面对死亡。罗亭将手枪扔到脚下，缓缓摘下婚戒，用力拉平，将一端对准自己的喉咙——

就在这时，从她身后突然闪现出一个头戴礼帽的男人。

男人握着一把木筷，行走速度极快，直奔对面的特务。

三个特务见男人手中无枪，又急于抓捕罗亭，也就没把他放在心上。

男人走到三个特务中间，猛地挥手，木筷快速扎入三个特务的心脏。

三个特务像齐根锯断的木桩，重重地摔倒在地。

罗亭意识到她期待的人出现了——此人一定是“姜太公”。

男人杀死三个特务后，并没有转身面对罗亭，而是把一个纸团向后抛出，随即魅影一般在胡同口消失了。

罗亭接住纸团，转身跑出胡同。她走了一段路，判断身后无人跟踪，才展开纸团，看见上面只有歪歪扭扭的“共生医院”四个小字。

罗亭苦思不解，如果那个男人就是“姜太公”，他用简单的四个字向她传递什么信息呢？

～ 154 ～

时间：1942 年 2 月 5 日，星期四。

地点：上海，日占区，极司菲尔路 76 号；法租界，宋公馆。

朱子刑昏迷两次，每次都被凉水浇醒。他醒来后依旧笑眯眯地问凌岳州同样的问题：“蒋科长，你就不想想后果？”

狠毒的凌岳州，根本不会在乎朱子刑的死活。

朱子刑见惯杀伐场面，根本不把皮肉之苦当回事儿。

第三次醒来后，朱子刑多问了一句话，“蒋科长想知道什么呀？”

“老子什么都想知道！”无计可施的凌岳州怒喝。

“那就对我客气点儿！”朱子刑冲刑架努努嘴。

凌岳州把朱子刑从刑架上放下来，朱子刑瘫坐在地。

凌岳州蹲在朱子刑面前，抚摸着朱子刑身上外翻的皮肉：“何苦呢？你是混江湖的，又没有跟日本人过不去，有必要遭这份罪吗？”

“蒋科长，我是混江湖的，知道的事情不少，但我真不知道你想问哪件事。”朱子刑从凌岳州手里抢过烟，几口吸完，然后剧烈地咳嗽。

“我有必要提醒你，这里不是警察局，而是特工总部。我也不再是蒋科长，请叫我蒋先生。”凌岳州冷冷地说，“既然你知道的事情不少，那就给我说说和重庆方面有关的。”

朱子刑沉思半晌：“有劳蒋先生提个醒吧。”

凌岳州不动声色地说：“舒季衡来自重庆方面，你跟舒季衡很熟。”

朱子刑的双手猛地抖动起来，然后极力控制住：“没错，舒季衡跟重庆方面不清不楚，我也想做红帮帮主——”

“所以你们达成一笔交易？”凌岳州又拿出一支烟递给朱子刑。

朱子刑接过烟：“我这个人，有奶就是娘。既然你现在在特工总部，我们也可以做笔交易。”

“我能得到什么好处？”凌岳州没想到朱子刑会与他做交易，心里很高兴。

“你帮我得到红帮帮主宝座，红帮就是你的。”

“我要红帮做什么？”凌岳州问。

朱子刑从凌岳州手里抢过打火机，点燃嘴里的烟。

凌岳州盯着朱子刑被罩在烟雾中的脸：“有一个人确实需要红帮。”

“谁？”

“陈恭如。”凌岳州附在朱子刑耳旁，低声说，“他曾经是军统四哥，现在是特工总部行动队队长，他有能力也有实力把你推到那把椅子上。”

“你想要的好处呢？”朱子刑问。

“说说红帮沉船事件。”

“十艘货船是我设计的，内舱藏有一批运往重庆的违禁物资。”朱子刑说，“十艘货船从十六铺码头启航，进入长江西下，直达重庆。这是舒季衡设计的线路。”

“这批货船已经到达重庆了吧？看来日本人根本找不到沉船。”凌岳州说。

朱子刑说：“如果日本人真敢下海，还是能找到的。”

“哦？”凌岳州瞪大眼睛。

朱子刑低声说：“舒季衡私下经营一支船队。红帮的十艘货船，和舒季衡船队的货船，无论船体、船型基本差不多，外行人根本看不出来。”

凌岳州想了想，说：“你的意思是，舒季衡会沉没几艘货船，让日本人找到？舒季衡什么时候沉船？你能说得具体一点儿吗？”

朱子刑说：“一、你通知日本舰队，今天晚上 10 点，必须抵达红帮所说的沉船地点；二、搜查舒园，找到我假借宋万堂的名义与舒季衡签订的那份协议。你应该知道，做成这件事之后，对你意味着什么。”他一把抓住凌岳州的手，压低嗓门，“希望你无论如何都不要公开那份协议，否则宋万堂闹起来，会引起日本人怀疑的。”

凌岳州没有说话，起身到监控室给黑川梅子打电话，让她派人把朱子刑转移到梅机关的安全房。

一个特务跑进来喊道：“蒋先生，大事不好了。”

凌岳州放下话筒，转身踹了特务一脚：“说！”

特务稳住身形：“监控宋公馆的七个兄弟被打死了。”

凌岳州惊愕：“谁干的？”

“没看清楚。”

一下子死了这么多人，凌岳州不敢耽搁，立即驱车赶往宋公馆。他刚到宋公馆门口，迎头碰上凌云洲。

凌云洲虎着脸问：“总务处一下子挂了七个兄弟，怎么回事儿？”

凌岳州说：“我刚才在部里审讯朱子刑，也不清楚啊。”

“进去吧，周部长在里面呢。”凌云洲说完径直走进宋公馆。

凌岳州紧紧跟在凌云洲身后。

他们走进客厅，见周佛麟一脸铁青地坐在沙发上。见到他们，周佛麟破口大骂："特工总部是干什么吃的？"

凌云洲点头哈腰："周部长！"

站在沙发后面的普乐天走到凌云洲面前，低声说："周部长正在打麻将，隔壁枪声大作，打得很猛，就连周部长的侍卫都受伤了。"

凌岳州低声对周佛麟说："'玫瑰之城'隐藏着一名可疑的女人，特工总部的兄弟监视她。可能她要逃走，弟兄们进行抓捕，双方因此交火。实在没想到您在此坐镇，他们应先请示您再采取行动才对。根据线报，那个女人是军统高级特工。"

周佛麟点指凌云洲和凌岳州："你们啊，一群人抓不住一个女人不说，还白白搭上七条人命，说你们啥好呢？"

凌岳州"啪"地一下行个军礼："请周部长放心，我们一定能抓住那个军统特工，为死去的弟兄报仇！"

"但愿如此！"周佛麟起身对宋万堂说，"宋帮主，恕我公务在身，先走一步，告辞！"他说完向宋万堂抱拳拱手，转身离去。

凌云洲命令凌岳州带人搜查整个洋房区。

凌岳州走后，普乐天走到窗前，向"玫瑰之城"和林公馆看了一会儿，转身问宋万堂："谁张罗的牌局？"

宋万堂说："我奉警察局罗局长之命张罗的，怎么了？"

"那个人是罗亭？"普乐天身体晃了几晃，强撑着站稳，走到沙发前瘫倒。

凌云洲走到普乐天身后，在他肩上轻轻拍了拍。

~ 155 ~

时间：1942 年 2 月 5 日，星期四。

地点：上海，日占区，警察局。

罗亭在愚园路1136弄汪公馆处理好胳膊上的枪伤，躺在床上休息，开始琢磨那个男人留下的纸条上仅有的四个字——共生医院。

这四个字她好像刚刚见过。

她想起来了，今天早上，南京政府内政部下达通知，要求上海市警察局全体职员到共生医院体检。

她断定那个男人应该是“姜太公”，否则他不会在正确的时间出现在正确的地点。

“姜太公”要向她传达什么信息呢？

如果约她在共生医院见面，却没有标明见面时间。

难道共生医院对她来说，是一个陷阱？

罗亭想不明白，决定返回警察局一探究竟。

法租界每天都发生黑帮火并，大街上开枪杀人是常有的事情，特工总部一时半会儿还怀疑不到她。

“玫瑰之城”血案，一次死掉七个特务，特工总部、警察局、梅机关都不会善罢甘休。凭他们的信息网，也许很快就能查到她身上。

对潜伏特工来说，遭到敌方怀疑，只有一种结局。只是，她以哪种身份退出或者暴露，才是重中之重。

行动之前，她没有任何侥幸心理，所以向延安方面发出诀别电报。

上级党组织不会派人与她联系，她从此成为断线的风筝。

她希望自己还能成为一粒种子，随风飘到她想去的地方，然后在那里生根发芽，等待光明与自由。

这，就是她要为自己寻找的未来。

“姜太公”突然出现，让她看到了未来的曙光，她决定先凌云洲一步打入侍六组。

“姜太公”不与她做任何交流，说明“姜太公”还没有完全信任她，她必须为自己寻找到有力的筹码。

她决定向舒季衡摊牌。

警察局办公楼内，唯有舒季衡的办公室还亮着灯。

院内，夜风冷硬、刺骨。

罗亭站在楼下，感觉窗口透出的灯光都裹挟着寒意，不禁紧了紧大衣，然后缓步走进大楼。

舒季衡刚注射完杜冷丁，沉浸在亢奋之中。他以最舒服的姿势靠在椅子上，掏出怀表看了看，见时针已经指向 10 点，心里莫名地紧张起来。

他有种不祥的预感，感觉要有大事发生。他沉思半晌，喊了声“不好”，起身走到办公桌前抓起电话筒。迟疑片刻，最终他还是放下电话筒。

他想询问五艘货船是否出发。

“这步棋走得太险了！”舒季衡喃喃自语，“富贵险中求嘛。但是，那五艘货船若被日军发现，自己就百口难辩了。”

舒季衡想到这里，打通舒园的电话，想命令老仆人立即烧掉朱子刑给他的协议。

舒园的电话，却迟迟无人接听。

舒季衡决定回家自己处理。

门外传来熟悉的脚步声。他判断罗亭来找她，于是打开门，迎着罗亭的目光，努力微微一笑。

罗亭走到门口：“已经 10 点了，您怎么还不回家？”

舒季衡反问：“这么晚了，你怎么回来了？”

罗亭指着左臂：“7 点钟遇到刺客，中了一枪，包扎好后，来找你报备。”

舒季衡关切地问：“到底怎么回事儿？”

罗亭说：“你我的名字，不知道在多少人的暗杀名单上呢。这也不是什么光彩的事儿，你知道就行了。自从‘炼狱’被炸，我们都抬不起头来。我今天遇到的破事儿，就不外传了，不然被梅机关和特工总部的人知道，他们岂不笑话我们无能？”

舒季衡摇摇头，把罗亭让进办公室。

罗亭坐在沙发上，瞥了一眼垃圾筐里的杜冷丁药瓶，红着眼睛说：“李墨群与晴气武夫关系好，你与李墨群有隙，二打一，以后我们的日子没法过了呀！”

“你放心，这种窘况马上就会改变的！”舒季衡给她倒杯红酒，“相信我。”

“你有什么好办法，能分享一下吗？”

舒季衡指指旁边卧室的门：“有宝贝。”

罗亭看向卧室的门：“‘卧榻’？”

舒季衡一怔：“你查我？”

罗亭晃动酒杯：“‘卧榻’是南京方面的，还是重庆方面的？”

舒季衡不动声色地问：“你觉得呢？”

罗亭喝了一口红酒，放下酒杯：“南京方面。”

“我们都为南京政府服务，‘卧榻’当然是南京方面的。”

“安子铭在股市里翻手为云，覆手为雨，不可能是小人物、小角色。不然，你为什么唯他马首是瞻呢？”

“你想知道什么呢？”

“我可没有闲工夫暗地里查你！”罗亭摆摆手，“‘卧榻’是凌云洲告诉我的，安子铭告诉他的。”

舒季衡愤愤地说：“看来安子铭嫌自己的命太大了！”

“安子铭敢出卖你，就说明他根本没把你当回事儿。一个监狱长不怕警察局局长，这也太不正常了吧？”

舒季衡反问：“你觉得我有把柄在他手里？”

“凌云洲没说。”

“凌云洲——”舒季衡刚说出三个字，电话铃声骤然响起，把两个人都吓了一跳。

罗亭想去接电话，舒季衡抢先一步拿起话筒：“哪里？”

“局长，我们的船被宪兵司令部的人查扣了。”话筒里传出一个男人焦急的声音。

“知道了。”舒季衡挂断电话，从抽屉里拿出两把手枪、四个弹夹塞入公文包里，然后对罗亭说，“我可能被人算计了，不得不离开上海一段时间。”

“你要去哪里？”罗亭瞪大眼睛。

舒季衡摆摆手：“来不及向你解释了。我必须连夜赶到南京，面见汪先生，只有汪先生才能救我。共生医院或许就是埋葬你我的陷阱，我们不能去。你跟我去南京吧，不然会很危险的。”

罗亭摇摇头：“只要日本人想抓我，何时何地都能抓住的。我太累了，不想折腾了……”

“保重！”舒季衡拉开门，快速离去。

～156～

时间：1942年2月5日，星期四。

地点：上海，日占区，警察局，极司菲尔路76号，李公馆。

在与狼共舞的十多年中，普乐天从未见过罗亭如此冒险。看来，她这么做，绝不仅仅是为了弥补中共门徒小组组织结构设计上的漏洞，还和该死的“三刺”内鬼有关。

普乐天找遍罗亭能去、可能去的地方，甚至冒着违反纪律的风险，贸然给原宝轩打电话，都没有得到罗亭的消息。

他感觉罗亭肯定遇到危险了。

罗亭就是他的精神脊梁，精神脊梁消失，他就是一摊烂泥。

宋格望着万念俱灰的普乐天，喃喃地说：“罗姐姐之所以这么做，就是担心我们暴露。她不是冒失的人，她肯定觉得值得做才会这么做。你不应该如此消沉，完成你的任务，才对得起她以命相托！”

普乐天一声不响地爬起来，提起装有狙击步枪的箱子，径直走出家门。

他和罗亭走上革命道路那天，他们就知道这一天迟早会来。只不过，他没想到这一天会来得如此之快。

他本想大哭一场，然而只要日本侵略者还在，革命尚未成功，他就没有资本、没有资格、没有时间悲伤。他能做的，只有继续战斗。

他现在的任务是“帮助”舒季衡狙击日本特务。

这也是“钓鱼计划”的最后一把火。

根据朱子刑的供词，不出意外的话，日本海军和上海日本宪兵司令部扣押舒季衡的货船后，埋伏在警察局和舒园附近的梅机关特务就会抓捕舒季衡。

钱乙然带领六个红帮弟子，埋伏在舒园附近，等待凌岳州一到就开火，然后佯装不敌四下逃散。

普乐天和江澄子埋伏在警察局对面的楼顶，对蜂拥而至的梅机关特务展开狙杀。

只要双方交火，舒季衡就百口难辩。

晚上 10 点钟，普乐天在狙击枪的目镜里看到罗亭出现在警察局大门口，狠狠地挥了挥拳头。如果不是在埋伏，他想向苍天磕九十九个响头。

他目送罗亭进入警察局大楼，然后就是漫长的等待，令他感觉时间从未如此漫长。

警察局院子里突然射出两道刺眼的灯光，扫过普乐天藏身的位置，随后是轿车马达的轰鸣声。

普乐天确定，轿车里的人是无法发现他的。

马路尽头出现的三轮摩托车、轿车、卡车，似乎瞬间就来到警察局大门口。

从江澄子的狙击位传来一声枪响。

普乐天看清日本特务封堵警察局大门口，拦住准备驾车出逃的舒季衡。

江澄子开枪后，乘日本特务转身察看的机会，舒季衡迅速掉转车头，驶入警察局大院深处。

普乐天立刻进入战斗状态，沉稳冷静地向日本特务射击。几秒钟内，三个日本特务中弹倒地。

日本特务纷纷向普乐天的位置乱射。

从警察局大楼一个房间的窗口，伸出一支狙击步枪。

三支狙击步枪，从三个位置向这群日本特务连连射击。

腹背受敌的日本特务四下寻找掩体躲避。

普乐天从警察局办公楼里那个人的开枪手法和节奏判断，那个人应该是罗亭。

罗亭也判断出，对面那个狙击手，就是普乐天。

心情大好的普乐天，枪法更准了，又狙杀了四个日本特务。

其他日本特务躲在卡车、三轮摩托车、轿车后面，一动也不敢动。

普乐天见任务完成，向江澄子发出撤退信号。

日本特务确认狙击手不再开枪后，才敢冲入警察局办公楼。

此刻，警察局大楼里空空如也，一个人影都没有。

凌云洲站在特工总部大院里，聆听来自警察局方向的枪声，脸上露出欣慰的笑容，悠然地点燃一支烟。

“凌主任，谁在执行任务？”苏醒从办公楼楼口走到凌云洲身边。

“蒋文汉。”

“是不是红帮沉船事件有进展了？”

“嗯！”

“蒋文汉在警察局就是大将之才，到特工总部更是如鱼得水。凌主任，您赶紧腾出一个处长位子给他吧。”苏醒打趣道。

凌云洲吐了一口烟：“你知道蒋文汉这次为何如此卖力吗？”

“警察局——难道——难道他去抓警察局的人？舒局能答应吗？”苏醒叹口气，“对你下手最狠的人，可能就是曾经的同事！”

“错，他更恨军统特工。”凌云洲说。

“恨军统特工？警察局里还有军统特工？”苏醒难以置信，“谁？”

“舒季衡就是那条让我们愁破头的军统‘变色龙’！”凌云洲愤愤地说。

“啊？”苏醒一脸惊诧地望着凌云洲，“舒局是军统‘变色龙’，不会吧？”她转而又笑了，“挖出军统‘变色龙’是李主任交给我的任务，没想到被你挖出来了。说吧，让我怎么感谢你。”

凌云洲说："这事儿跟我没啥关系，都是蒋文汉的功劳。"

"好好的警察局局长不做，偏偏要做军统'变色龙'，舒季衡是不是脑子进水了？"苏醒愤愤地说。

舒季衡被捕，打乱了苏醒的计划，一时间她没有对策，重重地叹口气："千防万防，家贼难防！"

凌云洲却不怎么激动，打量苏醒："你这么晚还没回去？"

"我还没来得及向您汇报呢。警察局要组织全员体检，医院医生不够用，黑川课长命我坐诊，这几天我可能不在部里了，先向您告假。您若有事，就派人到共生医院给我传话。"

"共生医院？提篮桥监狱隔壁的那家医院吧，怎么安排在那里体检？多不方便啊。"凌云洲似乎有些不理解。

苏醒莞尔一笑："日本人决定的事情，不是我们能猜测的……"

她的话还没说完，凌岳州驾车疾速驶进大门，径直停在凌云洲身旁，拉开车门钻出来，大声骂道："警察局局长是军统特务，真他妈的天大笑话。"他将一份文件递给凌云洲。

苏醒问道："确定了吗？"

凌岳州点点头："基本确定了。"

凌云洲似乎不太想让苏醒知道太多，于是对苏醒说："苏处长，时间不早了，你赶紧回家吧。"

苏醒点点头，磨磨蹭蹭地向大门走去。

凌云洲指指文件，问凌岳州："还顺利吧？"

凌岳州说："埋伏在舒园的军统特务，被我们一顿暴虐。我们搜查舒园，找到了这份涉案文件。"

"只要这份文件和扣押的货船能相互印证，就能证明舒季衡是军统'变色龙'。遗憾的是，梅机关没有抓到人。"凌云洲没有看文件，就把文件还给凌岳州，"速将此事上报李主任，他今天下午从南京回来了，一直在李公馆等我们的消息。再有，全城戒严，封堵所有出城道路，重点搜查共生医院。"

"我马上安排。"凌岳州大声说。

凌云洲捅了一下凌岳州，冲站在大门口的苏醒努努嘴。

凌岳州看了看苏醒，转身驱车赶到愚园路 1136 弄李公馆，将文件交给李墨群："这是从舒园查到的涉案文件，应该很重要，请您过目。"

李墨群粗略地翻了翻文件，然后看了看凌岳州："凌主任看过了？"

"我给他了，但是他没看。"

李墨群点指文件："舒季衡竟敢搜集周部长与重庆方面联络的证据……"

凌岳州说："他能创建'炼狱'，做什么都不足为奇。但是，有一点我想不明白，苏醒和我都是警察局的人，她怎么就调到特工总部了呢？还有，师婉笛是不是被冤枉的？"

李墨群不动声色地说："苏醒能来，也能走嘛，你不用担心。至于师婉笛嘛，我已经和黑川课长交涉过，估计现在师婉笛应该回家了。"

"您认为舒季衡心怀不轨，派人盯着他很正常。事实证明师婉笛也在监视舒季衡。她不但无过，而且有功。更何况，渡边淳是日籍共匪，师婉笛杀掉他，是职责所在。"凌岳州补充道。

李墨群起身走向凌岳州，凌岳州立即站起。

李墨群把手搭在凌岳州肩上："小蒋，你聪明能干，眼里有活儿，我很欣赏你。"

凌岳州立即立正："如有工作交办，请您吩咐！"

李墨群指指文件："知道怎么做吗？"

凌岳州低声说："知道。一定让您满意！"

第二十章　绝处逢生

~ 157 ~

时间：1942 年 2 月 7 日，星期六。

地点：上海，日占区，极司菲尔路 76 号。

罗亭可以在“玫瑰之城”的租赁合同上使用假名字，但是有一点她无法规避，那就是房主委托的掮客能记住她的相貌。

特工总部的特务找来画师，根据掮客的描述，画出了罗亭的画像。

此刻，那张画像就摆放在凌岳州的办公桌上。

画像宛如一把铮亮的军刺，刺伤了凌岳州的眼睛。

他一眼就看出，画像中的人十有八九是罗亭。

无论在特工总部，还是在警察局，他都没有怀疑过罗亭。如果在“玫瑰之城”一次就枪杀七个特务还能全身而退的人是罗亭，只能说明他根本不了解罗亭。

他知道，仅凭根据掮客描述画出的一张画像，根本无法指证罗亭就是枪杀七个特务的人，毕竟她现在还是警察局的副局长。

更何况，他是被警察局除名的人，罗亭却是汪精卫的心腹。

作为“死”过一回的人，他深知，很多时候，证据不一定能证明某种特殊需要的正确。

这幅画像，就像一团火，一旦他玩不好就会上身。

特工总部审讯室里，凌岳州走到刑架上的掮客面前，问道："你说，警察局局长会缺房子吗？"

掮客摇摇头。

凌岳州继续问："警察局局长会亲自找你租房吗？"

掮客摇摇头。

凌岳州扭头冲身边的特务努努嘴，转身回到监控室。

两个特务把审讯室里的大部分刑具，在掮客身上用了一遍。

掮客实在搞不清楚，他刚才哪句话说错了，更不知道凌岳州想问他什么。

对掮客来说，最麻烦的是，凌岳州现在什么都不问。

凌岳州不出来制止，负责行刑的特务们就一直折磨掮客。

行刑的特务们见掮客不叫了，也不动了，顿时慌了。一个特务上前摸摸掮客的颈动脉，发现掮客已经被他们折磨死了，赶紧向凌岳州报告。

凌岳州见掮客被活活折磨死，心里虽然很满意，却佯装气急败坏，连抽行刑特务们几个耳光，然后挥挥手，让他们出去。

已经瑟瑟发抖的特务们立即离开是非之地。

凌岳州回到监控室，拨通凌云洲的电话，汇报审讯室发生的情况。

凌云洲来到审讯室，听完凌岳州的汇报，确认掮客已死，埋怨道："蒋先生，程序不对啊。你起码要请罗局过来，经过掮客辨认之后再审讯也不迟啊。现在掮客死了，怎么办？"

"罗局也不缺房子，根本不会租房子。这个掮客也承认这一点，我担心掮客受人指使，故意陷害罗局，就多上了几套家伙，想看看他有没有说谎，没想到他这么不结实。"

凌云洲点点头："罗局是汪先生的人，你这么做也没有错。"他拿过画像看了看，"只能说这个人像罗局，并不能确定她就是罗局。这款女人的长相，地域特征还是比较明显的，应该不能作为直接证据。"

凌岳州故意问道："凌主任，如果'玫瑰之城'里的女人，真是罗局怎么办？"

凌云洲说："是就是，不是就不是，哪来那么多如果！现在唯一的证人受刑不过死亡，没有直接证据证明，我们不能贸然下结论。罗局毕竟是汪先生提拔任用的，汪先生能犯如此低级的错误吗？不可能的。”他看了看凌岳州，为难地说，“其实——其实有一些事情，用后面的错误证明前面的决策是正确的办法，历史上是常见的。”

凌岳州掏出打火机，点燃画像：“凌主任，我现在的任务是调查红帮，这个案子就交给你处理吧。”

“唉，又让我给你们擦屁股。好吧，谁让我赚这份钱呢。”凌云洲无奈地说，“舒季衡不仅是军统高级特工‘变色龙’，还伪造红帮沉船证据。梅机关那群人，都把他堵在警察局里了，最后还是让他跑了。你立即组织人手，必须把舒季衡缉拿归案。”

凌岳州低声问：“活的还是死的？”

凌云洲瞪了凌岳州一眼：“你要敢审就抓活的！”

凌岳州点点头，没有言语。

凌云洲又问：“共生医院那里啥情况，摸清楚了吗？”

“我在共生医院周边插了几根钉子。根据弟兄们反映，整个医院都被梅机关的人控制了，不知道里面要干什么。”凌岳州向门口望了一眼，把手拢在嘴边，压低嗓门，“黑川课长说，共生医院的行动，连晴气机关长都要回避。”

凌云洲叮嘱道：“知道太多命短，我什么都没问啊。”

凌岳州眨眨眼睛：“我什么也没说啊。”

凌云洲点点头：“该明白的时候，也不能糊涂。苏处长可能是舒季衡的人，她酿酒不甜，酿醋肯定会酸的。”

“那就把她做成菜团子。”凌岳州做出揉面的手势。

～ 158 ～

时间：1942 年 2 月 7 日，星期六。

地点：上海，日占区，虹口，共生医院，提篮桥监狱。

罗亭是最后一个接受体检的。警察局人数众多，共生医院大夫又少，两天才检查完毕。

罗亭站在共生医院门口，感到内外杀机四伏。

这两天，她还住在愚园路1136弄汪公馆，站在露台上就能看到躲在街角的普乐天。他就像一棵向日葵似的，把根植入大地，而她就是向日葵追寻的太阳。

他们有时短暂对视，有时长时间凝望，一切都在不言中。

他们结婚后，罗亭在普乐天面前并没有尽到妻子的义务。对此，普乐天毫无怨言，因为这是他们共同的选择。

罗亭知道，共生医院体检肯定是个陷阱，但她还是来了。一个女护士把她带进一楼内科诊室，见到身穿白大褂的苏醒。

罗亭好奇地打量苏醒："苏处长，你到底是医生还是特工？"

苏醒莞尔一笑："在特工总部我是特工，在共生医院我是医生。"

罗亭也微微一笑："苏大夫，我需要抽血吗？"

苏醒摆摆手："不用。我只负责把脉。"她举起手中的铅笔，冲罗亭晃了晃，然后用力折断，随即喊道："哎哟，断——断了——"

罗亭不动声色地望着苏醒。

苏醒顺势把断笔扎在手指上，然后又"哎呦"一声："扎刺了，流血了！"她不停地点指血，点指断笔。

罗亭立刻意识到，苏醒在向她强调"断刺"和"血刺"。

苏醒在向她表明身份。

苏醒见罗亭要说话，急忙偷偷地指了指身后的墙角上方。

罗亭顺着苏醒手指方向看去，发现那里有一条很不明显的电线，意识到这个屋子里有窃听器。

罗亭暗想："'姜太公'没有杀自己，还把自己引到共生医院，肯定是有人想见自己。难道苏醒就是想见自己的人？不会，苏醒想见自己，随时都可以，没有必要搞得如此神秘。"

她想不明白，就继续观察。于是她拿起断笔向苏醒道歉："苏处长，我不小心弄断了你的铅笔，害得你把手扎破了，非常不好意思。待我体检完毕，给你买一根。”

苏醒示意罗亭坐下：“无大碍的。你坐下，我给你把把脉。”她说完，却起身走到罗亭身边，“罗局，你属于寒湿体质，体内寒气太重了。”

罗亭问：“吃什么药呢？”

“吃什么药啊？我听说安子铭监狱长的曾祖传下一张治疗寒湿的秘方，据说秘方中巧妙地使用了生姜。你不妨找找他，按秘方服用几服药看看。”

“苏醒不在座位上坐着，跑到自己面前说这些，她想表达什么呢？”罗亭在心里把苏醒的话画出重点：安子铭，曾祖，寒湿秘方，生姜。

曾祖，就是太公；秘方，就是秘密；生姜，就是姜——

难道苏醒在告诉自己，安子铭就是“姜太公”？

罗亭不动声色地说：“我跟安监狱长不熟，他能给我吗？”

苏醒说：“不试试怎么知道？舒局有一个重庆的亲戚患上寒湿证，就是从安监狱长那里抄的方子，服下三服药就彻底去根儿了。”

罗亭又开始在心里找苏醒这段话的关键词。

舒季衡，重庆的亲戚，患病，去根儿。

难道苏醒在告诉她，舒季衡是重庆方面的人？

“苏处长应该和安监狱长很熟悉吧？您方便的时候陪我去他那里抄方子吧。”罗亭冲苏醒点头示意，她明白苏醒所说的暗语。

“那你得抓紧了。过完年，正月初六，我就回南京侍候几天祖父，正月二十一日去颐和路给汪先生拜年。”苏醒说，“凌云洲主任也去南京给汪先生拜年，让我陪他给汪先生置办一些礼物。你若抽不出空，可以让他陪你去找安监狱长，他们已经很熟了。”

苏醒这段话的信息量很大，罗亭在心里又找关键词。

正月初六、侍候、祖父——侍六组；南京、正月二十一日——南京21号；凌云洲去南京、一起置办礼物、凌主任和安监狱长很熟——凌云洲和安子铭合作，安子铭在策反凌云洲。

罗亭不得不佩服安子铭的手段。

苏醒在上海特工总部攒够资本，回到南京21号必然官升一级，看来南京21号的副主任的位子非她莫属。

凌云洲和苏醒，一个掌管上海特工总部，一个在南京21号当家，看似被梅机关击垮的重庆谍报网，从此逆风翻盘。

罗亭不免为凌云洲和江澄子担心。他们和安子铭这种思维缜密、老辣干练、攻守平衡的高级特工打交道，稍有不慎，极有可能就把他们置于万劫不复之地。

苏醒拿起体检名单看了看："罗局，安监狱长祖传的秘方，毕竟是土方子，未必管用。我建议你留院观察几天。"

这句话，罗亭想不通了。

黑川梅子推门进来，对罗亭说："苏处长说得对，罗局要以身体为重，留下好好检查一遍吧。"

罗亭佯装不解："黑川课长，你几个意思？我不是已经体检完了嘛，还需要检查什么呢？"

黑川梅子说："万一心脏和大脑有问题呢？现在患脑卒中的人不少，我们必须为你的健康负责。"

罗亭拍拍胸脯，指指脑袋："我觉得我的心脏和大脑没有任何问题。"

黑川梅子冷笑："既然罗局的心脏和大脑没有问题，那你就帮我想想，舒季衡现在应该在什么地方。"

罗亭瞪大眼睛："梅机关的情报课课长，向我打听舒季衡在哪里，我只能当笑话听了。"

苏醒提醒道："罗局，舒季衡就是军统'变色龙'！"

罗亭冷笑："你们也可以说我是恐龙。我和舒季衡共事多年，说他是军统的人，证据呢？"

黑川梅子冷冷地对罗亭说："我不需要证据，我只想知道舒季衡在哪里。既然你不知道他在哪里，没关系，你先在这里想一晚上。如果你明天还想不出来，就去梅机关想！"

此刻，安子铭正叼着雪茄环顾他的豪华办公室。

他，提篮桥监狱监狱长、上海股市的“股王”，就是传说中的“姜太公”。

他坐在宽大的办公桌后面，跷着二郎腿，笑眯眯地盯着房门。

他在等一个人。

他与凌云洲的拉锯战，已经打过两个回合。没想到，凌云洲竟然猜出他是“姜太公”，看来凌云洲一定调查过“军机处计划”。

所以，他故意向凌云洲提供了一条线索。

卧室墙上悬挂的那幅《木兰辞·问鱼》版画，讲的就是“姜太公钓鱼”的故事。

他相信，凌云洲能从那幅版画中，猜出他是“姜太公”。

他确实在钓鱼，饵料是南京的侍六组，凌云洲就是那条鱼。

鱼饵已经撒下去了，就看凌云洲咬不咬钩了。

有节奏的敲门声传来，清脆、有力、笃定。

安子铭吐出一个烟圈：“门没锁。”

凌云洲推门进来，笑道：“监狱长吉祥！”

安子铭说：“监狱长还能吉祥？亏你想得出来。你是怎么进来的？”

凌云洲掏出一个证件递给安子铭。

安子铭接过证件打开一看：“日军第十三军司令官松井久太郎亲笔签发的特别通行证，凌主任果然不可小觑！”

凌云洲摇摇头：“我再神通广大，也不能帮周武王讨伐商纣王。”他暗示安子铭，他已经知道安子铭是“姜太公”了。

安子铭打量凌云洲：“如果我是‘姜太公’，你是谁呢？”

凌云洲微微一笑：“二郎神、哪吒，实在不行就是哮天犬。”

安子铭缓缓伸出手，低声说：“你在冒险！”

凌云洲用力握住安子铭的手：“愿与安先生同在！”

安子铭想了想说：“我代表侍六组欢迎你，你的代号是‘黑石’。”

~ 159 ~

时间：1942年2月7日，星期六。

地点：上海，日占区，虹口，共生医院，提篮桥监狱。

罗亭被关在共生医院的一间手术室内，门外挂着标注“手术中”的牌子。

黑川梅子和梅机关的特务，即将对罗亭进行“手术”。无论他们的“手术”成功与否，罗亭都很难从“手术台”上下来。

对罗亭来说，最难熬的不是接受“手术”，而是她自己孤零零地等待“手术”。

黑川梅子之所以没有立即对罗亭进行“手术”，就是想无限延长罗亭的等待时间，以致罗亭精神崩溃或者心神混乱。

入夜后，手术室里的灯是关不掉的。刺眼的灯光，直直地照着饥饿无比的罗亭，令她感到头晕目眩，有些恶心。

因为体检，她早上没有吃东西；她被带到手术室后，一滴水也没有喝。

她能做的，就是闭上眼睛，与疲惫、饥饿和无名的恐惧对抗。

她知道，这次她遇到了审讯高手，对方先摧毁她的意志，再摧毁她的肉体。

晚上10点钟，她感觉脚下的地面微微晃动，传来如老鼠啃噬食物一样的声响。

她立即睁开眼睛，四下打量，没有看到任何人。

墙角的一块地板缓缓升起、移到一边，然后第二块地板移到一边……

苏醒的头从下面探出来，冲罗亭努嘴。

罗亭顿时明白，起身拿着包跳入洞内。

苏醒打开罗亭手上的手铐后，两个人哈着腰向前走去。

地道越走越宽，最后变成一人多高、四人并行的宽度。

她俩举着手电筒，加快脚步，两分钟后便走出共生医院地下那段地道，来到大街下面。

一束刺眼的光从前方射过来。

她们关闭手电筒，紧紧贴在墙壁上。

苏醒递给罗亭一把手枪。

伴随着脚步声，杨枢的声音传来："我们不论付出什么样的代价，都必须确保罗小姐的安全"。

陌生的声音："罗小姐和苏醒是党国精英，我不会让她们出现任何闪失的。你说舒季衡是内鬼，证据呢？"

杨枢的声音："'姜太公'，请你相信我，舒季衡就是内鬼。"

罗亭附在苏醒耳边悄声问："'姜太公'派你来救我？"

苏醒悄声说："这个'姜太公'是假的。"

罗亭立刻警觉起来，杨枢已经落入敌人设计的陷阱里，她和凌云洲是不是也中了敌人的圈套？

陌生的声音："我听说，舒季衡已被梅机关和特工总部通缉，他怎么可能是内鬼？杨处长，你是中统特工，真了解侍六组的事情吗？"

杨枢的音量明显提高："我不是中统的……"

陌生声音也变大："'夜鹰'不是中统的，难道是侍六组的？"

声音消失了，地道里陷入死一般沉寂。

陌生的惊叫声："你想什么呢？"

杨枢的声音："你他妈的到底是谁？别他妈的跟我说你是'姜太公'！'姜太公'知道我是谁，你他妈的说我是中统'夜鹰'！"

舒季衡的声音突然传来："杨处长，我等你多时了。刘老根是我的人，你放他一马吧。"

随后是陌生的惨叫声，接着是重物摔倒的声音。

舒季衡的声音："罗亭和苏醒是两根'刺'，有了这两根反骨，我就能逆风翻盘。刘老根的命，算我送给你的补偿。"

杨枢的声音："你假冒'姜太公'，守株待兔抓'三刺'，真够可以的！"

舒季衡突然举起手电筒，照向罗亭和苏醒的位置："出来吧！"

罗亭和苏醒同时用手电筒照向舒季衡，看见舒季衡一手勒着杨枢的脖子，一手持枪抵着杨枢的太阳穴。

舒季衡冷笑道："果然是你们。自《日汪密约》原件曝光后，我就怀疑你们被军统策反了，只是苦于找不到证据，好在杨枢帮了我大忙。苏醒，杨枢认为你是军统'变色龙'。"他冲苏醒点点头，"确实，你挺会演戏的。"

苏醒冲舒季衡摇摇头："你听风就是雨，我真怀疑你是怎么爬上警察局局长位子的。杨枢才是军统'变色龙'！"

舒季衡手上用力，几乎要把枪口插进杨枢的太阳穴，喝问："你就是军统'变色龙'？"

罗亭毫不畏惧地向前走，把枪口对准舒季衡："放了他，否则我就开枪！"

舒季衡冲苏醒喊道："开枪！"

罗亭立即蹲下，就地翻滚。

舒季衡冲罗亭开了一枪。

与此同时，杨枢把头狠狠地撞向舒季衡的下巴，挣开舒季衡的胳膊，把舒季衡扑倒。

舒季衡在倒地的过程中，冲杨枢开了一枪。

杨枢剧烈地抖动几下摔倒。

舒季衡坐起，持枪寻找罗亭。

苏醒开枪射中舒季衡的额头。

"我——爱——你——"杨枢用尽最后一丝力气，向罗亭举起手。遗憾的是，不等他把胳膊伸直，胳膊便砸向地面。

罗亭走到杨枢面前，用手电筒照着杨枢的脸。半分钟后，她缓缓低下头，轻吻杨枢的额头。

苏醒在确认舒季衡和那个陌生人是否彻底死亡。

她确认陌生人已经死亡，却不知道陌生人叫刘老根。

她确认二人死亡之后，拉起罗亭："走！"

罗亭似乎没有听见苏醒的呼唤，不慌不忙地从包里掏出针管和药瓶，很专业地给杨枢注射了一针。

注射完毕，罗亭双手合十，冲杨枢拜了三拜，然后捡起手枪，跟随苏醒往外跑。

走到地道拐弯处，苏醒停下，在墙壁上摸索了一会儿后，墙壁上凭空出现了一道门。

苏醒和罗亭进入那道门之后，苏醒按了一下墙上的按钮，那道门缓缓关闭。

罗亭意识到，她们走的地道和杨枢等人走的地道可能不一样。

她们又向前走了一段路，地道变成台阶。

她们爬到台阶顶部，苏醒打开地道口，进入一个衣柜。她推开衣柜门，把罗亭带进一间豪华卧室。

她们走出卧室，来到客厅，看到安子铭和凌云洲坐在茶几旁喝茶。

凌云洲冲罗亭笑了笑："罗局，你应该去洗澡了。"

罗亭盯着凌云洲："什么情况？"

安子铭逐一点指面前的凌云洲、苏醒和罗亭："一家人嘛。"

苏醒指着安子铭："'姜太公'，真的？"

凌云洲指指自己的鼻子："鱼。"

安子铭哈哈大笑："古有姜太公渭水河边钓鱼，今有凌主任上海滩钓姜太公，哈哈！"他点指罗亭和苏醒，指指卫生间，"你们去洗澡，然后我们出去喝点儿什么。"

～ 160 ～

时间： 1942 年 2 月 14 日～ 1943 年 4 月 1 日

地点： 上海

1

1942 年 2 月 14 日，公共租界，黄埔江边。

起雾了。浅雾。

“轰”的一声巨响，一辆轿车在江边爆炸。

半个小时后，警察、记者和市民在残破的车体四周形成一堵人墙。

凌云洲、江澄子、普乐天、宋格、黑川梅子站在人群中。

只剩下铁架的轿车边，摆放着两具烧焦的尸体，根本分辨不出是什么人。

凌云洲掏出工作证，走到苏醒面前：“苏处长，能确定车里人是谁吗？”

苏醒说：“看车牌，应该是警察局舒局长的车。舒局长和罗局长今天一起去梅机关办事。”

“怎么会这样呢？”凌云洲蹲下查看烧焦的尸体。他戴上手套，从一具焦尸的手指上拽下一枚戒指，擦了又擦，看见上面是“永恒之爱”的英文字母。

凌云洲把戒指交给苏醒，走出人群。

普乐天追上去，问凌云洲，能不能让他看看那枚戒指。

凌云洲把手搭在普乐天肩上，盯着他的眼睛，缓声说：“‘永恒之爱’的英文字母。”

普乐天仿佛遭到雷击一样，陷入呆滞状态。

宋格跑过来，摇晃普乐天的胳膊：“乐天，乐天——”

“到底怎么回事儿？”江澄子追问凌云洲。

“回家再说。”凌云洲扭头望向注视他们的黑川梅子。

2

1942 年 3 月 2 日，公共租界，江公馆。

凌云洲和江澄子正在吃早饭。

江澄子舀一勺蜂蜜放入碗中搅拌：“这是原先生送给我的蜂蜜。”

凌云洲问：“原先生对你怎么样？”

“挺好的，像父亲一样关心我。”江澄子若有所思地说，“不过，我总觉得我在哪里见过他，就是想不起来。”她突然脸色一变，捂着嘴跑向卫生间。

卫生间里传出剧烈的干呕声。

凌云洲跑进卫生间，轻轻拍打江澄子的后背："怎么了？"

江澄子缓过来之后，拽过毛巾擦擦嘴巴，微微一笑："没事儿。"她说完走出卫生间，从包里拿出一张诊断书，放到凌云洲的餐位上。

凌云洲坐下，看到诊断书，拿起来细看，然后瞪大眼睛盯着江澄子，高声问道："我要当爸爸了？"

"你还没有当爸爸的样子呢。"江澄子用手戳凌云洲的鼻子。

"马上就有，马上就有。"凌云洲起身拿起电话筒，要通原宝轩的电话，兴奋地说，"原先生，我太太怀孕了，这段时间不能上班了。我给她请个长假。"

"好。"原宝轩的声音非常平静。放下话筒后，他狠狠地掐了自己大腿一下，然后双手合十，面向北方拜了三拜。

3

1942年9月18日，公共租界，意大利驻沪总领事馆。

意大利驻沪总领事馆四周站满荷枪实弹的日本宪兵。

墨索里尼私人大总管墨本来到上海，日本外务省极其重视，责令驻上海的岩井公馆和梅机关负责安保工作。

原宝轩和意大利驻沪总领事馆总领事共同制定安保措施，并在意大利驻沪总领事馆四周的制高点，安排多名狙击手。

黑川梅子想不通为什么以如此高规格接待一个以私人名义来到上海的意大利人，便问原宝轩："原先生，意大利似乎败局已定，墨本此刻来上海做什么？"

"据我所知，墨本此次来上海，跟优生股票有关。"原宝轩说，"一个月前，一度上涨的优生股票忽然出现几个跌停，墨威资本作为控股方，肯定如坐针毡。"

"在欧洲人眼里，个人利益永远高于国家利益。"黑川梅子愤愤地骂道，"我们作为大日本帝国军人，有义务保护这些自私的家伙吗？如果他出现问题，我们是不是还得受连累？”

“总领事馆内由意大利人负责，总领事馆外由梅机关和岩井公馆负责。只要墨本不在总领事馆外出现问题，就与我们无关。”原宝轩解释道，“我们只为帝国的需要服务，保护墨本也是帝国的需要。”

意大利驻沪总领事馆内，时年五十岁的墨本坐在沙发上，一个年轻的翻译官向他汇报：“总管阁下，程大师是上海的‘针灸王’，他只给政府政要和商界大佬服务，松井司令官和德川将军都喜欢他。”

“一年前我来上海，腰痛不已，在医院治疗一个月也不见好转，松井司令官便向我推荐了程。”墨本竖起大拇指，“当时我并不相信中医，怎奈剧烈的腰疼让我不得不接受中医。后来程给我做了九次针灸，腰痛就好了。中医太神奇了。这次来上海，我的腰似乎又有些不舒服，还得请程扎几针。”

“程大师应该到了，我出去迎接。”翻译官后退三步，转身走出去。

程大师提着药箱走到意大利驻沪总领事馆门前，主动向意大利卫兵出示证件。

意大利卫兵接过证件，认真地查验。其实，他们也只是做做样子，他们根本分不清中国人的脸。

翻译官一边小跑一边招手：“程大师，快请进！”

意大利卫兵看看翻译官，半信半疑地将证件还给程大师。

程大师指指喉咙，沙哑地对翻译官说：“昨天晚上着凉了，这里有些不适，没事儿吧？”

翻译官摆摆手：“不碍事儿。”

翻译官把程大师带到墨本的卧室。

程大师娴熟地打开针盒，在墨本后背连扎三针。

墨本似乎感觉很舒服，示意程大师再扎几针。

程大师拿出一根长针，扎进墨本的一个穴位上。墨本感觉浑身酸麻，手脚无力。

“唐先生[1]让我问候你。”程大师又将一根银针插入墨本颈后的哑穴里。墨本张张嘴巴，不再动弹。

程大师拔下墨本身上的所有银针，装入针盒内，用被子盖好墨本后转向翻译官，扯下口罩，冲翻译官微微一笑。

程大师竟然是凌云洲假扮的。

翻译官问：“凌先生，怎么样？”

凌云洲点点头：“马先生，谢谢你的配合。”

翻译官说：“谢我什么，我只是完成江老的嘱托而已。”

凌云洲戴上口罩，走到门外，钻进翻译官的轿车。

翻译官驾车缓缓驶出意大利驻沪总领事馆，冲出岩井公馆和梅机关特务设置的天罗地网，拐进一条小巷。

翻译官把轿车停在路边。凌云洲掏出一张船票递给翻译官：“你先到苏州，从苏州转到天津上船。你见到江老后，他会向我转达你抵达美国的消息。”

翻译官接过船票，驾车离去。

三个小时后，意大利驻沪总领事馆的人才发现墨本已经死亡，但无论如何都查不出死因，于是下令抓捕程大师。

日本宪兵很快在日军第十三军司令部找到程大师。但是日军第十三军司令官松井太久郎证明，这两天程大师一直给他做针灸治疗，没有离开过日军第十三军司令部。

“谢天谢地，墨本死在意大利驻沪总领事馆之内。”原宝轩双手合十，虔诚地感谢上苍。

黑川梅子也向墙上的天照大神画像一拜再拜：“好在墨本以私人名义来到上海，不然出了这么大的事儿，我们难辞其咎。”

---

[1] 意大利西西里黑手党头子唐·卡洛。

原宝轩转身问黑川梅子："什么人能在意大利驻沪总领事馆杀掉墨本呢？而且手法如此高明，到现在我们都查不出墨本的死因。"

"没准儿是心脏病突发呢。"黑川梅子将一袋卷宗递给原宝轩，"虽然查不出墨本的死因，但是陪同墨本的翻译官当天就失踪了。翻译官的家庭住址是假的，查遍码头、车站和主要出城路口无果。看来，此事只能找个替死鬼背锅了。我就不明白，这些人为什么要冒这么大的风险刺杀墨本呢？难道和优生股票有关？"

原宝轩透过窗户，向意大利驻沪总领事馆方向望去："墨本一死，墨威资本在上海的投资将不了了之。谁是优生股票的最大受益者，谁就是杀害墨本的凶手。"

黑川梅子不解地问："这就是答案吗？"

原宝轩缓缓点头："这是最合理的答案。"

4

1943 年 3 月 12 日，公共租界，沙逊大厦。

犹太富豪沙逊，坐在沙逊大厦顶层办公室里的沙发上，尽力控制着心里熊熊燃起的怒火。

"五个商界犹太大佬被上海日本宪兵司令部的人抓走了！"原宝轩低声说，"据说他们的家人缴纳巨额保释金后，他们还是被杀害了。"

"面对魔鬼有何道理可讲？若不是你提前布局，共生证券公司背后有松井和德川支持，恐怕我都活不到现在！"沙逊愤愤地说。

原宝轩劝道："日本鬼子蹦跶不了几天了。日本海军在中途岛遭到美军痛击，胜利已经倾向同盟国。如今抗战胜利在望，我们要耐心等待。"

"江先生在美国可好？"

"江先生身体还行。他为了打赢这场金融战，远赴美国和意大利，墨威资本是江先生与意大利王室控股的公司，若非如此，日本人岂能相信你？"

"精明的日本人怎么都不会想到，优生股票赚的每一分钱，都转移到江先生的账户上。江先生做生意，真是大手笔、大格局！"

“这是江先生发来的电报。”原宝轩从公文包里掏出电报递给沙逊。

沙逊看完电报，激动不已：“这是上海犹太人的希望和未来，它会像种子一样生根发芽，滋生希望、光明与自由。”

“您可以宽心了。只要优生股票继续下跌，日本人攫取上海犹太人财富的计划就会彻底泡汤。”

沙逊按照中国礼仪，起身面向原宝轩，躬身施礼：“感谢您和江先生为我们所做的一切。”

5

1943年4月1日，日占区，极司菲尔路75号金公馆。

狙击步枪的枪管，从特工总部对面的金公馆顶层窗口缓缓伸出。

月光照在女人漂亮至极的脸上。

她慢慢移动枪口，让站在特工总部大门口的凌云洲的脸，完整地出现在目镜里。

她调整好呼吸，白嫩纤细的手指扣在扳机上。

她知道，只要她的手指微微扣动，凌云洲便死定了。

她没有扣动扳机，而是放下狙击步枪，走到与她等高的镜子前，打量镜子里的人。

镜子里的人，几乎和失踪的宫本芳子一模一样。

6

1943年4月1日，法租界，“玫瑰之城”洋房阁楼里。

黑川梅子正在发电报。

桌上，草拟的电文清晰可见——

宫本正仁现身上海，幕府计划第一阶段完成

武士变节迹象明显，欲嫁武士除疑，望尽快安排黑川梅子掌握多少秘密，她自己都说不清楚，但她却因此痛并快乐着。她愿意为那些秘密奉献自己的一切，包括爱情，也包括生命。

发完电报后，她拿起桌上的银质徽章。

徽章上，雕刻着一棵如火焰般燃烧的青铜树。

叱咤之城系列谍战小说·第二季　完